– SPETTRI –

ALTER EGO

José Carlos Somoza

Uno studio in nero

Trilogia del signor X

alter ego

Alter Ego Edizioni
Collana: Spettri

Titolo originale: *Estudio en negro*
Traduzione di Francesca D'Annibale

I edizione: aprile 2021

ISBN: 978-88-9333-187-6

Copertina di Luca Verduchi
Progetto grafico: Luca Verduchi e Stefano Frateiacci

www.alteregoedizioni.it

Per mio padre.

Un giorno mi hai chiesto di restare a casa.
Eccola. Restaci per sempre.

Preludio per i morti

"Il successo teatrale della morte è indiscutibile:
resta eternamente in programma
e al suo debutto non occorre alcuna prova
per risultare perfetto".
(Sir Henry George Bryant, *Studio sul teatro inglese*, 1871)

La morte fu rapida ma snervante, come quando con le dita raggiungi quel punto della schiena che ti prude da ore.

Così rilassante, veloce, quasi succosa.

Niente agonia, né un medico, un amico, un familiare che lo piangesse, o qualcuno che portasse il feretro, né cavalli impiumati come corvi né una vedova velata alla testa di alcun corteo. L'istante decisivo lo sorprese seduto. Poi lo presero in due e lo portarono via da casa sua dentro a una borsa. Il resto non fu silenzio, bensì un volgare sferragliare in una carrozza del tutto inappropriata al suo contenuto funereo.

Era già notte quando quel veicolo instabile si arrestò. I due uomini scesero, aprirono la borsa e il morto mise i piedi a terra. Lo invitarono a entrare in un luogo del tutto sconosciuto. Era, a prima vista, una casa in rovina, forse una fattoria. Puzzava di escrementi di mucca e c'erano pochi mobili all'interno. Come aldilà, ovviamente, era sconfortante.

Uno degli uomini che lo accompagnavano si fermò nella stanza più grande e accese una lampada a olio.

«Come si sente?».

Il morto fece un gesto di fatica e disinteresse. Si sentiva poco stimolato da quella baracca inospitale. Ricordava la sua vita piena di attività, e persino l'istante del lampo fina-

le risultava, a confronto, molto più autentico e piacevole di quel nulla polveroso – tra l'altro, si chiedeva, dove si sarebbe messa la ragazza che lo aveva fatto morire. Ma neanche tutta la scienza del XIX secolo conosciuta dal morto, con i suoi macchinari ingegnosi, le sue teorie su scimmie atee e la sua religione anglicana, serviva a spiegargli come dovesse essere la vita varcata l'ultima soglia. Immaginò che si sarebbe abituato. Non aveva niente di meglio, ma neanche di peggio.

Inoltre – e sapere questo lo rallegrò oltremodo – era molto probabile che non dovesse restare solo molto a lungo. Glielo disse quell'uomo poco dopo.

«Ci saranno altri morti».

Si sentì sollevato. Al cadavere, nella sua infinita solitudine, piaceva avere compagnia.

PRIMA PARTE

*

Si alza il sipario

"La sensazione peculiare di guardare
qualcosa di nascosto che presto sarà svelato.
Quel tempo di attesa. Quell'inizio terribile...".

(G.J. Clemens, *La mia vita dalla poltrona*, 1871)

Il signor X

1

Il mistero che sto per raccontare non riguarda me, bensì il signor X. Tuttavia credo che dovrò dire anche qualcosa su di me.

E potrei dire molte cose su di me, ma mi viene in mente questo:

All'inizio del 1882 vivevo con mia madre a Southwark, Londra, in un buco sudicio per il quale il nostro padrone di casa ci chiedeva una fortuna. Finché un giorno mia madre si mise a fissarmi incessantemente. Quando capii che era morta chiamai mio fratello, pagammo il trasferimento del feretro a Portsmouth, di dove siamo oriundi, per seppellirla insieme a mio padre. Nella stazione della nostra città natale, mio fratello comprò i giornali locali: il "Portsmouth Journal", "L'Occhio di Portsmouth" e il "Portsmouth Gazette". Mio fratello leggeva i giornali soprattutto per le recensioni degli spettacoli teatrali, anche se aveva abbandonato da anni il suo sogno di diventare attore ed era impiegato in una banca. Vide qualcosa nel "Journal" e me lo indicò. Offrivano un lavoro da infermiera per accudire un malato di mente in una pensione privata maschile a Southsea, Portsmouth. Ci pensai un po' – solo un po' – e, tornata a Londra, inviai le mie referenze. Ricevetti una lettera di accettazione due settimane dopo. Bene, mi dissi. Ebbi la sensazione che nella mia vita si stesse chiudendo un cerchio: ero nata a Portsmouth e tornavo lì, forse per sempre.

A quel tempo mi vedevo con un uomo che avevo conosciuto quattro anni prima. Si chiamava Robert Milgrew e faceva il marinaio su una nave mercantile, il che significava che mi faceva visita quando poteva, o così mi raccontava. Il lettore non si immagini un giovane imberbe e muscoloso: era più grande di me, robusto, basso e con la barba incolta. Gli piaceva bere e a volte era violento, però immagino che non si possa avere tutto. Quando mia madre era in vita non lo portavo mai a casa, ma questa volta, quando mi annunciò il suo arrivo, preparai tutto per dargli la notizia: gli feci lo stufato di carne, che gli piaceva tanto, e gli comprai una bottiglia di buon vino rosso, che gli piaceva anche di più.

Prima lo invitai a vedere uno spettacolo circense a Camberwell. Potevamo permetterci di andare al circo, e noi donne entravamo senza problemi. Inoltre, anche se la maggior parte non sono *scandalosi*, suscitano molte emozioni, con gli acrobati mascherati che fanno smorfie continuamente. In questo spettacolo erano chiusi in una grande gabbia e fingevano di voler uscire. Gridavano e saltavano come scimmie. Robert rise fino a spappolarsi i polmoni – che erano già spappolati – e poi tornammo a casa, lui un po' stordito dalle acrobazie e dalle grida. Durante la cena ascoltò in silenzio il mio piano di andare a Portsmouth, lavorare, risparmiare e comprare una casetta lì per noi due. Mentre parlavo, lui si era spazzolato due piatti interi di stufato. Quando terminai rimase in silenzio. Temetti qualcosa. Quindi allungò la mano, prese la bottiglia di vino vuota e me la lanciò in testa. Per fortuna, una sedia decise di stare lì nel momento opportuno, vi inciampai e la bottiglia si schiantò contro la parete. I vetri mi piombarono addosso. E dietro mi piombò Robert. Mi sollevò con una mano sola. Era tarchiato e più basso e vecchio di me, ma era un uomo, chiaro. Aveva una forza fuori dal comune. La mia serviva solo ad accudire e curare. La sua era terribile. Distruttrice.

«Lasci Londra per quella topaia!» sbuffava, gridava, la barba piena di stufato. Sembrava un acrobata impazzito. «Mi lascerai per andartene! Te ne andrai in giro da sola, laggiù, come una puttana! Neanche per sogno, regina!».

Perché faceva così? Glielo chiedevo, lo supplicavo. Avremmo potuto continuare a vederci a Portsmouth!

Non mi ascoltava.

Non mi ascoltava mai quando era ubriaco, ma questo lo sapevo già.

Era irascibile, ma sapevo anche questo.

Eppure, in quel momento fece qualcosa che non aveva mai fatto prima e che non sapevo avrebbe potuto farmi un giorno.

Iniziò a strangolarmi.

«Ro... bert...» esalai.

Mi vidi morire. Lì, nella mia casetta con due stanze, con i piatti in frantumi e le mani di Robert intorno al collo. Ma furono i suoi occhi a intimorirmi di più. Erano scuri e puzzavano di carne. Non volevo guardarli.

«V... vuoi andartene? Vuoi...?» balbettava. «Allora... vattene!».

Quindi mi liberò. E mentre tossivo ai suoi piedi, lo sentii gridare che d'accordo, potevo andarmene anche all'inferno, se volevo.

Prese parte dei miei risparmi e sbatté la porta.

Tutto finì come di consueto. Il giorno dopo – io ero ancora dolorante nel letto – qualcuno fece scivolare una busta sotto la mia porta. Conteneva una lettera. Era di Robert, anche se non era la sua scrittura, e per questo capii che era sua. Non era mai la scrittura di Robert quando era di Robert, perché Robert sapeva scrivere a malapena e chiedeva a qualcun altro – un marinaio, un mozzo, un magazziniere – che a sua volta non scriveva bene, ma un po' meglio di lui, di scrivere il messaggio che gli dettava. Mi diceva che mi perdonava.

Che avrebbe cercato di continuare a vedermi a Portsmouth, nella mia prima sera di riposo. Che mi amava.

Io non reagii. Né bene, né male. Sistemai le cose col padrone di casa, mi tenni l'essenziale e regalai il resto a mio fratello e il mio primo giorno di lavoro, a metà di giugno, indossai il mio vestito migliore e presi un treno alla stazione di Waterloo.

2

Passai l'intero tragitto a pensare alla stessa cosa. Perché non voleva che mi trasferissi a Portsmouth? Lui viveva in mare, che gli cambiava?

Dio sapeva che non era una bella città. Eppure aveva un porto che, sebbene non incoraggiasse a scrivere poesie, era l'ideale per qualsiasi marinaio. Il resto erano casupole – io ero cresciuta in una di esse – e la parte nobile di Southsea, che nel tempo si era sviluppata, ora accoglieva persone agiate e molti più teatri. C'era anche Clarendon House, la pensione dove avrei lavorato.

Ad ogni modo, perché aveva fatto così? Cosa avevo fatto di male stavolta? È vero che, per un po' di tempo, non avrei avuto una casa mia – avrei vissuto nella pensione – ma anche a Londra ci vedevamo fuori di casa. Non lo capivo, ma questo mi succedeva sempre con Robert. Non capivo neanche me stessa: non volevo rivederlo – portavo ancora sul collo i segni delle sue dita, che avevo nascosto sotto un fazzoletto – eppure sapevo che quando mi avrebbe scritto di nuovo sarei stata lì. Lo sapevo, per quanto lo negassi a me stessa.

Mi restavano poche cose nella vita: il mio lavoro da infermiera e Robert. Non erano facili, tuttavia erano tutto ciò che avevo.

Diluviava quando il treno arrivò alla stazione di Portsmouth. Uno di quei temporali estivi che vengono giù quando decido di mettere il mio vestito migliore per dare una buona impressione in un nuovo posto di lavoro. Ebbi, almeno, la fortuna di poter prendere una carrozza alla stazione. Anche se mi misi a guardare dal finestrino per vedere qualcosa della mia città natale, che non visitavo dal giorno della sepoltura di mia madre – visita durante la quale riuscii a recarmi solo al cimitero – non scorgevo quasi nulla per via dell'acquazzone. Sembrava una lapidazione eseguita da fanatici. La fine del mondo.

Eppure, i teatri continuavano ad attirare le persone, e restammo cinque minuti in attesa che la moltitudine di ombrelli ammassati ci lasciasse passare davanti all'entrata del Victory, in Victory Road, dove sembrava che dessero un melodramma di successo.

Clarendon House era una macchia enorme con la parte posteriore affacciata sul mare, circondata da altre macchie verdi. Con il bel tempo doveva essere bella. Mi sembrava di ricordare un edificio così nella mia giovinezza, con la facciata olandese e i tetti appuntiti. Immaginai che fosse appartenuta a una famiglia nobile ora in rovina e che, una volta ristrutturata, fosse stata convertita in una clinica per uomini ricchi. Forse la famiglia era stata venduta a una compagnia teatrale clandestina – mio fratello mi raccontava che era questo ciò che accadeva ad alcune famiglie in rovina – ma chi poteva saperlo. Immaginavo un lavoro tranquillo di assistenza a un vecchio capriccioso. Il tipo di mansione in cui mi consideravo esperta.

La mia carrozza si fermò al cancello del muro che circondava la proprietà, dove c'erano un campanello e una targa lavata dalla pioggia: "*CLARENDON HOUSE. CASA DI RIPOSO PER SIGNORI*". Pagai il cocchiere e aggiunsi una mancia affinché mi portasse la valigia alla porta, dove passò nelle mie mani.

Da quando ero piccola mi piace il manto lucente dei cavalli quando la pioggia lo adorna, come se lucidasse dei mobili di ebano, ma non ero nelle condizioni di godermi lo spettacolo quando il buon cocchiere di Portsmouth se ne andò. Mi sentii molto sola sotto al mio ombrellino inadeguato mentre suonavo il campanello. Pensai che nessuno sarebbe uscito, che mi avrebbero lasciato lì e la pioggia avrebbe finito col dissolvermi come uno di quei castelli di sabbia che i bambini fanno sulle spiagge.

Tutto era iniziato male.

Pensai che le cose non avrebbero fatto altro che peggiorare.

3

«Santo cielo! È fradicia, uuuuh! Le darò qualcosa per asciugarsi!».

Alla fine ad aprirmi fu una domestica grassoccia in uniforme celeste di nome Henrietta Walters. «Ma tutti mi chiamano Hettie, uuuuh!». Rideva a crepapelle, come se vedermi zuppa fino alle ossa fosse la cosa più divertente del mondo. Avevo l'impressione che insieme a lei tutto accelerasse. Corremmo sotto al suo ombrello lungo un sentiero fangoso, attraversammo un atrio sobrio e serio e delle cucine che odoravano di infusi e uova fritte, poi entrammo in una stanza minuscola che sembrava essere il guardaroba. Hettie mi diede un asciugamano. C'era uno specchio a figura intera e dei ripiani con uniformi nere e davantini e grembiuli bianchi. Con l'asciugamano mi asciugai quanto potei senza togliermi il vestito. Poi iniziai col fango degli stivaletti.

Hettie veniva ogni tanto e mi chiedeva se mi servisse qualcosa. Era una donna materna. Scoprimmo subito che eravamo entrambe di Portsmouth, e poiché l'unica cosa che sembrava allontanarci era il lavoro, lo mettemmo da parte e parlammo di teatro. Le sue guance paffute arrossirono nel dirmi – a bassa voce – che dovevo andare a vedere *Lucy, la devota*, un melodramma che trionfava al Victory.

Le emozioni del melodramma sono eccessive per me. A Hettie, invece, piaceva moltissimo emozionarsi.

«Ho pianto, ho riso, uuuuuh! Spesso piangevo e ridevo insieme».

«È... *scandaloso*?» chiesi con curiosità.

Mi guardò e annuì molto lentamente, ma con grande decisione. Ogni cenno del capo aumentava la mia percezione dello scandalo. Poi si piegò verso di me e mi raccontò come appariva l'attrice protagonista in una certa scena che interpretava, e cosa le gridava parte del pubblico. Promisi che l'avrei visto, soprattutto perché smettesse di raccontarmelo tutto.

Quando finii di asciugarmi mi guardai allo specchio.

Quello che vedevo era più che altro il desiderio di apparire bene: il mio penoso cappellino, il mio vestito migliore fradicio, le rughe del mio viso accentuate, il mio naso grosso, i miei occhi troppo vicini. Ero io, come sempre. Almeno ero pulita. Questo sì. O lavata.

Il collo era sotto al fazzoletto.

Quindi Hettie mi disse:

«Ora andiamo... nell'ufficio del signor Weedon!».

Prolungò talmente tanto il nome – "Weeeeeedon" – che ebbi paura già prima di vederlo.

4

Lo studio, situato al lato opposto dell'atrio, aveva una targhetta sulla porta che diceva: *"PHILOMON WEEDON, CONTABILE"*. Oltre alla sua scrivania, ce n'era un'altra perpendicolare occupata dal suo aiutante, un giovane dai capelli biondi e dal volto angelico che si presentò come Jimmy Piggot. Sembrava molto timido. Weedon era un uomo piccolo, robusto, dalla chierica concava – l'ho scritto bene: *"concava"*, schiacciata al centro – dove i pochi capelli creavano striature d'inchiostro e di pelle glabra. Non mi invitò a sedermi. Si mise gli occhiali e iniziò a scrivere mentre mi faceva domande. Non erano molto diverse da quelle a cui avevo risposto quando inviai le mie referenze, ma non mi importava. "Il bello di ripetere qualcosa è che lo hai già fatto prima", diceva mio padre.

«Età?».

«Quarantaquattro anni, signore».

«Stato civile?».

Mi resi conto che mi stavo toccando il fazzoletto al collo.

«Nubile, signore».

I miei pensieri andavano a Robert per poi tornare indietro, come un'alga che galleggia a riva. Sapevo di non doverne parlare. Se non ne avessi parlato, non ci avrei pensato tanto. Se non ci avessi pensato tanto, forse avrei finito col dimenticarlo. Se lo avessi dimenticato, forse avrei smesso di desiderarlo.

Esaminò le cose più disparate: la mia residenza precedente, la mia famiglia, i miei gusti teatrali – operette, drammi e spettacoli circensi, risposi. Non obiettò.

«Esperienza?» disse.

Parlai dei miei lavori come infermiera privata, ma pensai che sarebbe stato un vantaggio aggiungere quanto avevo già incluso nelle mie referenze: i miei due anni nel manicomio di Asherton, Dartmoor – tristemente noto, perché tutti ricorderanno che venne distrutto da un incendio nel 1872. Eppure, Weedon storse la bocca.

«Il fatto di aver lavorato in un manicomio è una cosa buona e cattiva, signorina McCarey». Restai in attesa della spiegazione di quella frase misteriosa. Aggiunse in tono accademico: «A Clarendon non abbiamo "malati" bensì "ospiti". Così deve chiamarli. Signori di buona famiglia che vengono a Clarendon a calmare il nervoso che gli provoca la loro vita piena di enormi e importanti responsabilità. Comprende?».

«Sì, signore».

Bene, quello era il nome, semplicemente. "Ogni posto ha il suo dizionario", diceva mio padre. Tuttavia, dedussi che, se mi avevano accettato nonostante sapessero del mio passato in manicomio, era perché gli interessavo.

Alla fine, mi passò dei documenti. Erano le condizioni che conoscevo già: ottanta sterline al mese, vitto e alloggio, un'uniforme pulita e il riscaldamento. Da me si aspettavano una condotta decorosa, irreprensibile. Non potevo sposarmi senza il permesso del direttore medico. Avevo diritto a mezza giornata di riposo ogni due settimane, ma dovevo dichiarare quale spettacolo teatrale avrei visto, se volevo impiegarla così. Giugno del 1882. Anne McCarey – la mia firma non era altro che il mio nome in lettere molto piccole, come quelle che uso ora nello scrivere questo. Dopo aver guardato i documenti, Weedon si alzò.

«Presto conoscerà il dottor Ponsonby. Ora le presenterò il suo ospite».

Sembrava improvvisamente nervoso, come se quello appena arrivato fosse lui.

5

Era come se ci fosse stata una carneficina e stessero cancellando le prove.

Delle cameriere in uniforme celeste si affannavano a strofinare tutto quasi con furia, corrimano, pavimenti e pareti. Più tardi scoprii che a Clarendon tutto ciò che non aveva tappeti veniva strofinato ripetutamente, come un castigo per la sua mancanza di morbidezza.

«È per la pioggia» disse Weedon mentre prendevamo le scale che portavano al piano superiore. «Si insudicia tutto».

Mentre salivamo, mi spiegò che Clarendon aveva due piani con dieci stanze ciascuno, cinque per ala. Gli ospiti si lavavano nella loro stanza, aiutati o meno dalle infermiere, e condividevano un bagno in fondo al corridoio. Eravamo quattro infermiere più la capo infermiera, e si aspettava che io conoscessi e mi occupassi, quando possibile, degli ospiti dell'ala in cui sarebbe stato il mio – la ovest, al primo piano. Aggiunse che erano ammessi solo ospiti di sesso maschile e di buona famiglia, restavano esclusi quelli di famiglia normale o cattiva e le donne, senza riguardo della famiglia di provenienza.

«Non accettiamo donne» precisò, affinché non ci fossero dubbi.

Forse per questo mi esaminò con lo sguardo dalla testa ai piedi arrivati al primo piano. Pensai quasi che avrebbe detto: "E non accettiamo neanche infermiere poco attraenti". Ma a questo proposito mi tranquillizzai subito. Ci interruppe un'infermiera che sembrava riempire con il suo corpo il corridoio davanti a noi. Era più grossa di Hettie ma più bassa, il che, insieme all'uniforme completamente nera – a parte cuffia, grembiule e davantino –, la faceva somigliare a una palla che scivolava in silenzio con un sigaretto poggiato in cima. Aveva in mano un vassoio con delle garze e dal grembiule le penzolava un mazzo di chiavi. I suoi lineamenti concentrati al centro di un volto cereo sotto l'altissima cuffia erano lontani dal somigliare a quelli della gioviale Hettie. Lei e Weedon ebbero una breve conversazione a bassa voce sugli "ospiti" – *Impara la parola, Annie!* – poi, il secondo fece le presentazioni.

«La capo infermiera, Mary Braddock. Anne McCarey, la sostituta di Bettie».

Mi guardò da quell'ammasso di lineamenti senza ricambiare il sorriso.

«Mi dispiace per te!» disse, e proseguì per la sua strada.

Weedon scrollò le spalle come se avesse presentato una figlia un po' insolente, la cui alta posizione nella gerarchia familiare era però fuori dubbio.

«Deve scusare la signorina Braddock, il signor X è un po' particolare».

Non capii il nome. Forse era un cognome straniero.

Ma non potei chiedere nient'altro perché si allontanò, andando nella direzione da cui era venuta l'infermiera, che era senza dubbio l'ala che mi competeva, la ovest. Da un lato c'erano porte chiuse, e dall'altro finestroni che affacciavano su viale Clarence e su tutta Portsmouth, imbrattata dalla pioggia. Immaginai che le stanze degli ospiti avessero la vista sul mare. Weedon si fermò all'ultima porta – dopo avermi indicato il lussuoso bagno condiviso in fondo – bussò e la aprì senza aspettare risposta.

E, cosa più incredibile, parlò verso l'interno con una voce molto diversa da quella del distinto impiegato e rigido istruttore di prima.

Suonava quasi musicale, dolce, come se stesse dicendo "gugù" a un neonato.

«Signor X... è arrivata la sua nuova infermiera!».

E, mentre parlava, si fece da parte e mi invitò a entrare.

Ma non lo feci.

La stanza era completamente al buio.

L'OCCHIO DI PORTSMOUTH

RECENSIONI TEATRALI

Lucy, la devota, melodramma in tre atti di J.P. Wilford. Teatro Victory

... e Lucy Simmons (grande interpretazione della signorina Kendall), con un'incredibile divisa da cameriera (solo nastri e fiocchi su tutto il corpo, solo nastri e fiocchi!), obbedisce a qualsiasi creatura vivente: ai signori, ai figli dei signori, agli invitati e agli amici, al cane e al gatto, ai topi, ai mendicanti che elemosinano in strada (tutti interpretati da attori)... Ma, quando uno zio di Lucy muore in America, e la nostra protagonista eredita la sua fortuna, ora vestita di pelliccia e alti stivali neri, si guarda negli specchi e detta ordini a se stessa... Si sente la mancanza dell'attore Edwin Noggs, uno dei mendicanti, i cui salti in scena arrivavano al soffitto mentre maneggiava così abilmente la sua cintura... Edwin, come ricorderà il nostro pubblico di Portsmouth, era un vero mendicante, ed è morto in una rissa con un altro vagabondo la settimana scorsa...

H. Schreiber

Il violino

1

La mia ombra si dispiegò nel rettangolo di luce su un tappeto, poi si piegò e si arrampicò sullo schienale di una poltrona.

Più in là, delle tende chiuse.

Tutto vuoto.

Weedon continuava a farmi cenno di entrare. Feci qualche passo. In cosa ti stai cacciando, Annie, mi dissi. La stanza era spaziosa, ma forse questa impressione era dovuta al fatto che non c'erano molti oggetti. Un letto rifatto con cura. Un lavamano tra il letto e un comò con un vaso grande. Dall'altra parte, un camino con mensola e una lampada, un tavolino con una sedia e un piccolo armadio. La poltrona già menzionata al centro.

Nient'altro. Né libri né riviste né quadri. E non puzzava di pazzo, quell'effluvio misto di animale e uomo, al quale ero così abituata ad Asherton, bensì di aria respirata ed espulsa come farebbe una mucca con l'erba.

«Gli dica qualcosa» sussurrò Weedon dalla porta.

«A... a chi?».

Fece cenno con la testa verso la poltrona, impaziente.

Provai immediatamente paura. Le mani mi si inumidirono e ne feci scivolare una lungo il fazzoletto che mi avvolgeva il collo. Mi sembrava che non fossi io ad avvicinarmi, ma che fosse la poltrona, lentamente, come cercando di passare inosservata, ad avanzare verso di me.

Giunta alla sua altezza, guardai.

Quello che vidi era un bambolotto.

Era seduto dritto, senza deformare la seduta con il suo peso. Nella penombra scorsi zigomi spigolosi, una fronte sproporzionata, occhi grandi e aperti e, soprattutto, un naso aquilino molto pronunciato. Il resto – il corpo emaciato rinfoderato in pigiama, vestaglia e pantofole – sarebbe potuto volare via con una corrente d'aria senza che l'insieme cambiasse molto. Parlai con maggior entusiasmo di quello che sentivo.

«Buongiorno, eh... Mi chiamo Anne McCarey e sono... la sua nuova infermiera, piacere di conoscerla, signor... signor...».

«Signor X» puntualizzò Weedon dalla porta.

«Ma questo non è il suo nome, vero?» replicai.

«Non ha un nome» disse Weedon bruscamente.

Mi sembrò assurdo. Non volli indagare. Il bambolotto non si muoveva, così mi piegai per vedere il suo volto. Nella penombra vidi qualcosa di strano nei suoi occhi.

«Posso aprire le tende, signore?» chiesi, rivolgendomi al signor X. Ma fu Weedon a rispondermi subito dall'uscio.

«No. Ora esca».

La tensione di Weedon mi meravigliava. Uscii dopo aver fatto una riverenza. Weedon chiuse la porta.

«Perché non si possono aprire le tende?» chiesi.

«Il signor X non vuole che si aprano. È un individuo particolare. Io non conosco i dettagli, glieli comunicherà il dottor Ponsonby». E si passava il fazzoletto sulla fronte, come se avessimo visitato la tana di una bestia pericolosa. Pensai: certo che *conosce i dettagli*, ma non vuole raccontarmeli.

Però via, Weedon era un contabile, pensai. Il suo rapporto con i pazzi era segnato dai pregiudizi. Non era il mio caso.

Pensavo di sentirmi pronta a occuparmi del signor Senza Nome.

2

Hettie Walters mi condusse in quella che sarebbe stata la mia stanza a Clarendon, una delle cinque camerette all'ultimo piano in cui alloggiavano le infermiere.

Definirla “sobria” sarebbe riduttivo.

Era spoglia e minuscola. C'era uno specchio a mezza figura sopra a un comodino della misura giusta affinché il letto ci entrasse accanto. La luce si diffondeva da un lucernario nel tetto inclinato. Ho vissuto in posti peggiori.

Avevano messo a terra una bacinella d'acqua calda, una spugna e un asciugamano. La mia valigia, così come un'uniforme piegata, deformava il letto. Mi tolsi il vestito, mi lavai ed esaminai l'uniforme. C'era una camicia, calze, reggicalze, sottoveste, un vestito nero a lutto con la gonna larga, davantino e grembiule bianchi col fiocco, tasche e attrezzi alla cintura, polsini e collo inamidati e stivaletti bassi. C'era anche un cambio di ciò che noi donne usiamo nell'intimità e di cui facciamo a meno soltanto nell'oscurità del matrimonio.

Altrimenti, si può andare in un teatro per vedere donne senza neppure quest'ultima difesa delle buone maniere. Immagino che già lo sappiate. Io informo e basta.

Poiché sono una signora matura e non molto aggraziata, non c'era nulla che prevenisse le tentazioni: né corsetti con i lacci, né corsetti fascianti, né – che Dio sia lodato! – la cuffia con la visiera ampia per nascondere metà del viso. La mia cuffia era semplicemente alta, da arcivescovo. Quando mi incoronai con essa, lo specchio – un po' brunito – mi restituì un'immagine strana.

Ero io e non lo ero. Nonostante l'uniforme fosse più o meno della mia taglia, mi conferiva un aspetto strano. È curioso l'effetto che fa l'abbigliamento, in che modo cancelli qualcosa e allo stesso tempo ne aggiunga un'altra, come se fossi un'attrice che interpreta una parte. Il collo alto nascondeva dei segni che restavano indietro, almeno per il momento.

Sorrisi davanti a quell'immagine.

Ora ero un'infermiera di Clarendon House.

Il dottor Ponsonby non era ancora arrivato, così decisi di iniziare il mio lavoro senza ulteriori indugi. E la prima cosa che avrei fatto sarebbe stata controllare alla luce del giorno gli occhi di quel signore, quale che fosse il suo nome, perché era il paziente che mi era stato assegnato.

A questo scopo salii le scale coperte di tappeti sollevando l'orlo della gonna nuova, camminai fino all'ultima porta, diedi alcuni colpetti e aprii, come aveva fatto il signor Weedon, ma ora con la sicurezza che mi dava il fatto di essere la responsabile.

Tuttavia, tornai a sentirmi a disagio nel mezzo della penombra e del silenzio. Che volete che vi dica, quella poltrona girata di spalle incuteva un po' di soggezione. Ancora di più quando chiusi la porta. Fu come se avessero spento le luci in una galleria.

«Signor... ehm... X, vengo un momento a controllare i suoi occhi. Poi chiuderò di nuovo le tende, se vuole».

Non ci fu risposta. Mi venne in mente uno strano ricordo: mio padre di spalle curvo su una scrivania nel cantiere navale del porto. C'erano altre scrivanie in quegli uffici – che ora, nel ricordo, mi sembravano infinite – e la sua dava le spalle all'entrata. Vedevo il dietro della sua redingote, i suoi capelli neri, nerissimi, tanto quanto... quanto gli occhi di un orsetto di pezza che mi aveva regalato un giorno.

Allontanai quello strano ricordo dalla mente mentre camminavo verso la finestra.

«C'è una cosa che si chiama "mare" più in là, sa?» dissi. «La sua vista di solito rilassa e risulta piacevole, in generale...». Afferrai le tende quando una voce delicata ma molto chiara si udì alle mie spalle.

«No».

Mi voltai. Quindi parla, mi dissi. Stava lì dritto, piccolo e distinto allo stesso tempo, con i lineamenti nascosti dal buio unito alla mia ombra.

«Mi scusi, signore?».

«Non apra le tende».

Una pronuncia chiarissima, acuta, direi. Senza emozioni. Un ordine delicato come una supplica.

«Posso sapere perché, signore?».

«Mi piace che stiano chiuse, così mi concentro meglio».

Continuai a osservare quella sagoma dritta nella poltrona. Per che cosa doveva concentrarsi?, pensai. Sciocchezze. Io ero abituata alle richieste assurde dei malati di mente, così simili ai capricci dei bambini. La cosa migliore era ignorarle quando pregiudicavano la salute. Lo diceva Florence Nightingale, la maestra di tutte le infermiere: *"Il paziente deve godere di luce e aria fresca"*.

Mi girai verso la finestra e afferrai le tende.

«Faccio subito. Dopo potrà tornare a... "concentrarsi"».

Nell'aprirle chiusi gli occhi, non tanto per la luce – continuava a piovere, la giornata era grigia e non c'era sole – quanto per la nube di polvere che mi assalì all'improvviso. Capii che nessuno apriva o lavava quelle tende da mesi. Mi vidi riflessa con la mia cuffia altissima nei rettangoli di cristallo di una finestra sporca a due ante. Il paesaggio era sfocato tra la polvere e la pioggia, ma si riuscivano ad apprezzare i tronchi degli alberi del giardino, il muro della proprietà e, più in là, il grigio della spiaggia. Neanche la finestra era stata pulita. Quell'uomo era stato abbandonato alla sua sorte nell'esclusiva Clarendon solo per compiacere le sue assurde manie.

Tornai a guardare la poltrona e mi scansai dalla luce per vedere chi la occupava.

Molto magro, molto basso, ma la testa era diversa. Si ergeva su di lui come una corona. Fronte alta, zigomi ossuti, mento sottile e, per finire, il già menzionato naso aquilino. Non è che fosse rasato, sembrava proprio che non avesse mai avuto la barba. Corpo minuto, quasi infantile e testa grande e matura. Il primo ti faceva venire voglia di giocare, la seconda ti portava a rispettarlo.

Va bene, era un po' strano, e allora?

Tutti sono strani. Io stessa ho il naso grosso, gli occhi molto vicini e il mento sfuggente. A scuola mi chiamavano "la Donnola". Non mi sembrava che il signor X fosse più o meno strano di chiunque altro.

Però i suoi occhi mi lasciarono paralizzata.

Il destro era di un azzurro quasi pallido, come un acquario vuoto. Piegandomi un po' verificai che era a causa della sua iride enorme, che riempiva quasi tutta la congiuntiva. L'iride dell'occhio sinistro, invece, si trovava in un fitto groviglio di rovi rossi che formavano un disegno che sarebbe risultato semplicemente bello in quasi qualsiasi altro posto che non fosse stato un occhio.

Un occhio azzurro, l'altro rosso.

L'insieme era straordinario.

«Ha finito?» mormorò, quasi senza separare le labbra.

«Cosa, signore?».

«Di guardarmi».

«Eh… sì, signore».

«Allora, per favore, chiuda di nuovo le tende, grazie».

Accettai. Non volevo contrariarlo di nuovo. Ma mi dispiaceva per quell'occhio rosso, il cui significato clinico mi sembrava ovvio: un versamento di sangue.

«Le… brucia?» domandai con un filo di voce.

«Cosa?».

«L'occhio sinistro… le brucia? Per questo non vuole che apra le tende?».

Sbatté gli occhi per la prima volta. Se così si poteva dire. Lo fece molto lentamente, come se assaporasse l'oscurità.

«Il mio occhio è così dalla nascita, signorina McCarey. E ora chiuda le tende».

Sa il mio nome, pensai. Se ne sta lì, così tranquillo, seduto e silenzioso, come uno strano fiore nel suo vaso, ed era al corrente di tutto.

3

«Si tratta di un caso curioso, senza dubbio. Ah, non il più curioso di quelli che ho trattato, ma curioso, certo...».

L'ufficio del dottor Ponsonby era più grande di quello di Weedon, così come lo erano la sua competenza e il suo ruolo. Al suo interno, a colpire maggiormente l'attenzione erano gli scaffali pieni di dorsi di libri, un cranio appoggiato sul tavolo suddiviso in sezioni numerate e una finestra che affacciava sul giardino e sul muro esterno.

Niente di troppo confortante. Ma Ponsonby era un medico. Di solito non sono confortanti.

Ponsonby stesso era in armonia con l'arredo: robusto, calvo, si lisciava di continuo la barba e i suoi occhi guardavano ovunque tranne che me. Il suo modo di parlare, sempre con quel "ah" con cui iniziava le frasi, come se dicendo qualcosa si ricordasse che avrebbe dovuto dirlo prima, o la sua mania di correggersi da solo – "Questo è interessante, non il più interessante che conosco, ma comunque interessante" – mi rendeva ancora più difficile seguire le sue digressioni.

Mentre lo ascoltavo, ogni tanto mi guardavo le mani incrociate davanti al grembiule. La mia cuffia era così alta che a momenti credevo che avrebbe sfiorato il lampadario.

«Per lei sarà facile, ah, forse non la cosa più facile che abbia fatto, però... ragionevolmente facile... Sì, ragionevolmente facile avere a che fare con lui, signorina McGregor...».

«McCarey».

«Ah, chiedo scusa». Era la seconda volta che sbagliava il mio cognome, ma non sembrava gli interessasse, e neanche a me, perché era gentile. Mi chiedevo se la sua gentilezza derivasse dal fatto di ignorare chi fosse chi o se, consapevole di questa mancanza, avesse deciso di compensare essendo gentile. «Prima di tutto, faccia in modo che non si lamenti... Per quanto possibile, rispetti le sue manie. Quella delle tende chiuse, per esempio... Bisogna consentirgliele. Non dico che non possano esserci eccezioni, però... la sua famiglia è di altissimo rango. Pagano bene per la sua permanenza e le sue cure. Non vogliono problemi».

«Mi scusi, dottore, però perché questa cosa del "signor X"? Non ha un nome?».

«Ah... immagino che lo abbia avuto, ma nessuno lo sa. "Ics" è quello che c'è scritto in tutti gli spazi in cui dovrebbe esserci il suo nome, su tutti i documenti, e così lo chiamavano anche a Oxford. La sua famiglia lo ha fatto per evitare indiscrezioni. Come le ho detto: è una famiglia molto distinta... La sua identità è stata cancellata da tutti i documenti ufficiali».

«Mi perdoni, ma saranno rimaste informazioni sulla sua vita prima del suo arrivo».

«È difficile» disse Ponsonby. «Vive nelle pensioni da quando era bambino».

All'improvviso un nodo alla gola mi tolse il fiato. Iniziai a pensare a quella famiglia "distinta" che cacciava per sempre dal proprio seno il suo rampollo, portandogli via persino il suo nome. Ad Asherton avevo visto casi davvero tragici, ma la vita del signor X, allontanato dalle persone che avrebbero dovuto amarlo e prendersi cura di lui, mi mosse a compassione.

Ponsonby mi stava chiedendo qualcosa.

«Come dice, dottore?».

«Asherton. Leggo nelle sue referenze che ha lavorato in quel manicomio... ah, tristemente sparito... Nel gruppo di sir Owen Corridge, presumo?». Annuii. «Ah, uno dei più grandi alienisti di questo Paese, senza dubbio, non il più grande, però... Ha fatto teatro mentale con lui?».

«No, non ho mai aiutato in quelle sessioni, dottore».

La mia risposta lo fece interrompere, come se si aspettasse di camminare insieme a me in una direzione e io mi fossi defilata. Nonostante ciò, non rinunciò all'argomento.

«Mi piace il teatro mentale. L'ho praticato con un certo successo». Diede uno sguardo all'orologio da taschino, gesto tipico dei medici, come se sentissero il polso a tutto. Era chiaro che annunciava la fine del colloquio, ma io volevo chiedere un'altra cosa.

«Chiedo scusa, dottore, ma il mala... l'ospite ha un versamento nell'occhio sinistro. Dovrebbe vederlo uno specialista, non crede?».

L'espressione accigliata di Ponsonby sembrava rivelare che non avesse la più lontana idea di ciò di cui parlavo, e nemmeno di chi fossi io.

«Ah, sì... sì, sì...».

«Nell'occhio sinistro».

«So a cosa si riferisce... sì, ah, sì... Era così quando arrivò, due mesi fa».

«Forse gli brucia, e magari è per questo che non vuole aprire le...».

«Signorina... ah, signorina...» alzò una mano.

«McCarey».

«Grazie. Non si preoccupi del suo occhio. Lui non ha chiesto nessuno specialista».

Mi sembrò incredibile che lo dicesse. Per caso la salute di un paziente dipendeva dai suoi desideri? Cercai di parlare nel modo più umile che potevo.

«Dottore, mi perdoni, ma è molto arrossato. È possibile che lo irriti... Forse è una cosa superficiale... Se alleviamo il bruciore lo compiaceremo, proprio come... desideriamo».

Rimase a guardarmi per un momento.

«C'è un medico appena arrivato a Portsmouth. Il suo ambulatorio è a Southsea. Si è offerto di occuparsi dei disturbi fisici degli ospiti... credo in particolare di quelli oftalmici... ah... Dirò al signor Weedon di chiamarlo. Il referto, però, deve essere consegnato direttamente a me...».

La coincidenza fortunata della presenza di questo medico mi fece sorridere.

«Grazie, dottore». Feci una riverenza ma la sua voce mi fermò.

«Ah... e, signorina... signorina...».

«McCarey».

«Signorina McCarey». E all'improvviso *esistevo* per lui: per un momento aveva smesso di guardare orologi, consultare volumi, lisciarsi la barba e mi vedeva lì davanti, in uniforme, con la mia cuffia. «Ho fondato Clarendon House sette anni fa con l'idea di farla diventare un luogo dove signori distinti potessero godere del mare, del riposo e delle cure di infermiere amorevoli... finora ci sono riuscito. Ma devo avvisarla: questo ospite è... ah, molto speciale». Inarcò un sopracciglio. «Faccia molta attenzione con lui».

4

Quell'avvertimento mi inquietò più di quanto fossi disposta ad ammettere. Attenzione a cosa? Non me lo volle spiegare. "Lo vedrà", mi disse nel congedarmi. Il signor X a me sembrava del tutto inoffensivo. Ad Asherton avevo visto casi che avrebbero fatto tremare uno scaricatore di porto. Cos'aveva quella povera creatura di speciale, eccetto la sua reclusione perenne nelle case di riposo?

Dovevo sapere cosa ne pensavano le mie colleghe.

Per questo accettai con piacere l'invito, lo stesso giorno del mio arrivo, a fare parte dell'esclusivo gruppo delle "infermiere del tè" dell'esclusiva Clarendon.

In realtà, questo gruppo consisteva nel fatto che noi infermiere di Clarendon ci riunissimo tre volte a settimana a cenare in una vecchia dispensa adiacente alla cucina. Era una sorta di rituale. Me lo spiegò la collega che mi si avvicinò per includermi nella sacra sorellanza. Si chiamava Susie Trench, era bassa e con la voce nasale, ma aveva degli occhi azzurri bellissimi. Susie era di Gosport ed era felicissima che un'altra oriunda di Portsmouth si unisse al piccolo esercito. Mi portò, tenendomi per mano, dall'atrio alla cucina mentre bisbigliavamo. Diversamente dalla raccomandazione di Hettie Walters, Susie insisteva che lo spettacolo del momento fosse il musical per bambini *I boemi di re Leonte*. Io non lo conoscevo, anche se non mi sembrava molto invitante per una donna sola e senza figli.

«Ma è per bambini» dissi.

«Uh, sì, però... oh... Annie...». In seguito, scoprii che Susie lasciava molte frasi all'immaginazione di chi l'ascoltava. Non importava, il suo piccolo volto era molto espressivo.

«È *scandaloso*?».

Preferì non rispondere.

Il luogo della nostra riunione era un bugigattolo senza finestre, illuminato da una lampada sopra a un tavolo dove c'erano anche le vivande e il servizio da tè. La cuoca, la signora Gillespie, preparava per l'occasione dei deliziosi pasticcini con la crema che ci regalava alla fine del rinfresco. Quando entrai erano già tutte presenti e le cuffie, illuminate come lastre di ghiaccio nella penombra, si girarono verso di me.

Susie mi presentò: già conoscevo la capo infermiera Mary Braddock; poi l'alta e seria Nellie Worrington e la giovanissima e – di certo – bella Jane Wimpole, con la sua uniforme ingombrante e il volto nascosto dalla visiera della cuffia, che serviva a non scatenare pensieri indecenti negli ospiti. Un po' in disparte sul fondo e fuori dalle cinque elette, a spazzolare ogni piatto che le mettevano davanti, c'era la signora Murray, infermiera in pensione che – Susie mi raccontò – aveva lavorato per il padre di Ponsonby. L'aveva portata a Clarendon perché per lei nutriva un affetto particolare. La signora Murray era al di sopra di tutto, e lo ostentava chiamando il dottor Ponsonby semplicemente "Ponsonby". "Ponsonby è un bravo professionista e un buon capo", diceva. "Con Ponsonby bisogna solo stare attenti alla forma".

Dopo le presentazioni, Susie approfittò per annunciare alle altre che io non avevo ancora visto il musical *I boemi di re Le-*

onte. Dovevo andare a vederlo, questo era chiaro! Cantarono persino in coro delle canzoni con voce bassa e sognante:

Lavare, lavare, sfaccendare...
Lavare, lavare, sfaccendare...
è il lavoro del pirata,
del pirata in alto mare!

Aveva un ritmo orecchiabile, naturalmente.

«Ed Elmer Hutchins fa un ruolo meraviglioso...» disse Susie. «Quando esce dal baule dicendo: "A me no, a me no!"».

Le mani sulla bocca. Morivano dalle risate.

«Quando difende la bambina che stanno per sculacciare!» saltò su Nellie Worrington.

«Molto indecente quella scena» si pronunciò la capa Braddock e tutte annuirono.

Ma aveva un bagliore negli occhi che riuscii a riconoscere, perfino nella penombra. Lo *scandalo*. C'erano musical per bambini *scandalosi*, naturalmente.

«È un'attrice straordinaria, a nove anni» riconobbe Susie. «Balla con Elmer Hutchins vestita *solo* di calze rosse... Devi vedere come volteggiano le sue trecce!».

Un altro silenzio malizioso.

«Chi è Elmer Hutchins?» chiesi.

«Il mendicante più amato dai bambini di Portsmouth» rispose Susie.

«Si dice che non beva più» commentò Nellie Worrington, finita la sua seconda tazza.

«Non mi fido degli ubriaconi, neanche quando sono sobri» disse Mary Braddock. «Sanno solo cercare problemi. Guardate il caso di Edwin e di quell'Uomo Dolce che lo ha ammazzato...».

«Non è che questo accada tutti i giorni, signorina Braddock» osservò Susie.

«Quanto basta perché non mi piacciano» sentenziò la Braddock, la cui abitudine da capa, scoprii in seguito, era di risolvere le discussioni con un'ultima parola. Qui non ci riuscì, perché Jane Wimpole, sognante, aggiunse qualcosa:

«Elmer è diverso... i bambini lo adorano. Inoltre, signorina Braddock, mi hanno raccontato che l'assassino di Edwin, prima di essere un Uomo Dolce, era stato rinchiuso in prigione, ad Anchor Gate, per furto...».

Fecero gesti di disgusto. Nellie Worrington fu incaricata di aggiornarmi: a quanto pare, parlavano di un vagabondo, Edwin Noggs, che aveva partecipato a *Lucy, la devota* – il melodramma che piaceva a Hettie – il cui cadavere era stato ritrovato da dei pescatori del nuovo porto di South Parade sulla spiaggia, davanti alle baracche a est, una settimana prima. Si dava il caso, raccontò Nellie, che Edwin e un ex detenuto di nome Gary Hiscock, che si guadagnava da vivere facendo l'Uomo Dolce, si fossero scontrati in pubblico con dei coltelli giorni prima, e per questo la polizia era sicura che fosse stato Hiscock ad assassinarlo.

«Hiscock accusava Edwin di avergli rubato un ruolo al Carità, il teatro dell'ospizio di St. Mary's» mi spiegò Nellie. «I ruoli al Carità sono molto importanti per loro... Hiscock doveva lavorare come Uomo Dolce per poter vivere».

Trattenni una smorfia. La Gente Dolce andava di moda anche a Londra. Si trattava di uno spettacolo da strada davvero ripugnante, meschino e non poco immorale: uomini e donne con il corpo spalmato di uno zucchero appiccicoso vagavano per i vicoli di notte con un mucchio di cucchiaini attaccati a lunghe catene che gli pendevano dal collo. Il loro suono tintinnante era inconfondibile. Per un penny potevi assaggiare lo zucchero, e con pochi altri potevi abbuffarti staccando dei pezzi con il cucchiaino. Spogliare l'Uomo o la Donna Dolce era uno dei passatempi preferiti tra i bambini delle famiglie nobili.

«Mi hanno detto che dopo lo scontro i ragazzini si mangiavano lo zucchero che usciva dalle ferite di Hiscock!» sussurrò Nellie, e ci furono altri gesti di disgusto.

«Non ci sono dubbi che quell'ex detenuto abbia ucciso Edwin» disse la nostra capa.

Tutte le diedero ragione. La signora Murray, che già si era finita i piatti e gli avanzi delle altre, chiese di passarle i pasticcini.

Era il mio momento. Mi schiarii la voce e dissi:

«Cambiando argomento, mi hanno assegnato... un tale "signor X". Voi che ne pensate?».

Un silenzio grave.

«Lo sappiamo, ci dispiace, cara» disse Nellie Worrington.

«La nuova arrivata sarà presto sostituita» osservò la capa Braddock.

«Speriamo di no, mi... mi piaci» disse impietosita Susie Trench.

«Io non mi avvicino neanche a lui» disse Nellie Worrington, e Jane Wimpole intervenne, compassionevole:

«Non spaventiamola, poverina...».

«Bettie Harfield, quella che lo assisteva prima, piangeva tutti i giorni» mormorò Susie.

«Quel tipo fece impazzire Bettie» disse la capa Braddock con tono assente.

Nellie, come se fosse un segreto orribile, sussurrò:

«Bettie mi diceva che, di notte, sentiva "varie voci" nella stanza del signor X».

«Tu le hai sentite?» disse la Braddock, e quando Nellie negò: «Già ve l'ho detto, Bettie era impazzita».

Susie Trench salvò la situazione.

«Cavolo, Annie, ti ha già fatto... il *flauto*?» disse.

«Quale flauto?».

Risero tutte, compresa la suddetta. Davantini che tremavano alla luce della lampada. Ma era una risata nervosa, colma di paura. La spense all'improvviso la signora Murray.

«Signorine, signorine...! Credete di sapere quando non sapete niente, e quello che non sapete lo inventate! Quell'uomo è... terribile! Lo capii il giorno che giunse a

Clarendon. Io lo avvisai Ponsonby: “Non ti fidare di lui”, gli dissi, “non è un pazzo. Quell’uomo è... è uno stregone. O forse qualcosa di *peggio*. Di molto *peggio*”».

«Be’, signora Murray... Lei... non se ne è neanche occupata...».

«Susie Trench! Come puoi definirti un’infermiera se non hai delle intuizioni sui pazienti appena li vedi?». E ci guardò tutte. «Credetemi se vi dico una cosa: attenzione, quel tipo è pericoloso. Ponsonby ha detto che nell’ultima pensione in cui è stato, a Oxford... è successo *qualcosa*. Non sapeva cosa, ma sapeva per certo che è intervenuta la *polizia*».

Sentir nominare la “polizia” mi provoca sempre inquietudine. Immaginai il signor X come un pazzo assassino.

«A me non sembra un uomo *così... così* pericoloso» obiettò Jane Wimpole dalla sua visiera della “decenza”. «Solo... Solo che... a volte...».

«Solo che è matto da legare, tesoro!» disse la capa Braddock. Questo fece scoppiare di nuovo le risate. Ma io guardavo la signora Murray, che mi restituiva lo sguardo annuendo.

«Secondo me, è come se stesse... *aspettando qualcosa*» mormorò.

Quest’affermazione così strana, senza sapere perché, mi fece venire i brividi.

«Sta aspettando di far scappare la prossima infermiera» disse Mary Braddock, velenosa, ingoiando un pasticcino intero. Risero tutte, ma gli occhi acquosi della signora Murray restavano fissi nei miei.

5

Quando entrai nella sua stanza quella sera mi sentivo – per quanto paradossale possa sembrare al lettore – più tranquilla. Di solito le persone hanno paura dei pazzi perché fanno cose strane. Se qualcuno avesse, poniamo, un disturbo allo stomaco, non ci si spaventerebbe nel vederlo rigurgitare. Anche i disturbi della mente provocano dei rigurgiti, a loro modo, niente più. Pensai che le mie colleghe, e persino il dottor Ponsonby, erano professionisti nel trattamento di ricchi lunatici, ma un vero pazzo, di quelli gravi, forse li sconcertava.

Bene, questo non succedeva ad Anne McCarey, infermiera del manicomio.

Appena entrata, camminai verso la finestra e aprii completamente le tende. La pioggia, più sottile dell'acquazzone della mattina, appannava i vetri.

«Buona meravigliosa serata di pioggia, signor X, ora apro la finestra per rinfrescare la stanza».

«No» tornò a dire con quella voce delicata ma chiarissima.

Mi piegai verso di lui fingendo rabbia.

«Su, su, signore. Perché non vuole che apra la finestra?».

«Perché non voglio, signorina McCarey. E ha già aperto prima le tende. Le chiuda».

«Questo non è un buon motivo».

Mi guardò in silenzio, senza sbattere le ciglia, con quei grandi occhi bicolore.

«Ho avvisato il dottor Ponsonby» dissi. «Uno specialista le controllerà quell'occhio, signore». Fece una smorfia, come se schioccasse la lingua. Un gesto sorprendente su quel suo viso rigido. Sorrisi. «Non faccia il bambino. Lo specialista non le farà alcun male».

Prese aria e la buttò fuori con un debole sospiro. Quindi le sue labbra abbozzarono un timido sorriso. Lo ricordo bene. Sottile e rapido, ma apprezzabile. Mi inorgoglì l'averlo fatto sbocciare su quel volto inespressivo.

Pover'uomo, pensai. Bisogna solo parlargli con educazione e affetto.

«Si fidi di me» dissi, sentendomi soddisfatta della mia piccola vittoria, e mi azzardai perfino a dargli dei colpetti sulla mano. «Andrà tutto bene».

Riprese a parlare mentre io ancora gli davo dei leggeri colpetti. Muoveva a malapena le labbra sottili, con lo stesso tono chiarissimo e vellutato di prima.

«Credevo che la costosissima ed esclusiva clinica Clarendon potesse permettersi qualcosa di meglio di una signorina frustrata dal fatto di ritenere di avere scarse attrattive fisiche, motivo per cui cade tra le braccia di un marinaio che preferisce le bottiglie a lei, e che nella sua ultima visita gliene ha lanciata contro una, di vino rosso, vuota e ha cercato di strangolarla».

Smisi di dare colpetti.

Rimasi con la mano immobile.

Mi portai l'altra alla bocca.

Giuro che si fermò persino la pioggia.

Dio.

Dio.

Dio.

Dio.

Dio.

6

Non so cosa dissi, non so cosa feci. Piansi? Mi strappai la pelle? Il volto mi bruciò di febbre? Mi scoppiarono le guance per la vergogna?

Credetti di stare sognando.

«Se deve piangere, non lo faccia sul tappeto» continuò l'omino testone con lo stesso tono. «L'alcalinità della lacrima produce un odore insopportabile quando si mischia con le fibre sintetiche che ricorda, anche se solo lontanamente, l'urina di topo. E ora chiuda le tende, per favore. Non mi servirà fino alla cena, buona serata».

Non so come trovai la forza per obbedire. Né ricordo come riuscii a venir fuori da quel posto al buio: immagino che lo feci camminando sui miei nuovi – e presto restituiti, immaginai – stivaletti da infermiera. Mi vedo camminare con passo rigido lungo il corridoio fino alle scale, come un automa di quelli che appaiono a volte nei teatri delle marionette. Da lì all'atrio, da lì alle cucine, da lì alla mia stanza nell'attico. Grazie al cielo, non incontrai nessuno durante il tragitto. O forse non vidi nessuno. O forse non lo ricordo. O forse morii e questo lo sto scrivendo dalla mia tomba. Oh, Dio mio. Oh, oh, oh.

Chiusi la porta e mi sedetti sul letto a sfregarmi le mani.

7

Da bambina mia madre mi portava sulla spiaggia, forse a pochi metri da dove mi trovavo ora. Ero solita fare una cosa che mi divertiva molto: mi mettevo sulla battigia e radunavo della sabbia umida sfruttando l'intervallo tra le onde, fino a costruire una collinetta in tutta fretta. Quando un'onda la faceva crollare, provavo a farne un'altra. Il mio obiettivo era costruirne una così rapidamente e così solida che le onde non potessero buttarla giù. Mi dispiaceva che l'acqua le distruggesse. Ovviamente, non ci riuscivo. Il mare arrivava sempre prima e vinceva. Pensai che era ciò che stava avvenendo in quel momento con qualsiasi spiegazione io cercassi di trovare.

Chi avrebbe potuto dirglielo? Mio fratello?

Ma perché Andy avrebbe dovuto raccontare qualcosa di me a un malato mentale di Portsmouth?

Andy aveva fatto la spia affinché mi cacciassero dal lavoro, riuscendo così a evitare che io e Robert tornassimo a stare insieme?

Forse a Clarendon sapevano tutti della mia storia con Robert? Che orrore, mi dissi. Non poteva essere, mi dissi. Questo succedeva solo a teatro. Di solito, nella vita reale, qualcosa di così *scandaloso* non si rendeva quasi mai pubblico.

D'altra parte, era vero che ad Andrew non era mai piaciuto Robert, e non lo nascondeva. Il fatto è che non gli era mai piaciuta la possibilità che io mi sposassi. Preferiva lasciarmi il carico della cura della famiglia mentre lui cercava un'opportunità di diventare attore di teatro a Londra. Quando le esperienze con il teatro clandestino lo fecero pentire – a me non raccontava quasi niente in proposito, con la scusa che non erano cose "adatte alle donne", e non lo erano, vi assicuro che è così, ma io avevo già visto qualche spettacolo clandestino con Robert – lasciò tutto e ottenne un impiego in banca. Preferiva che io mi prendessi cura della gente. È vero che in quello ero brava: mi occupai di nostro padre quando la malattia gli fece gonfiare tanto un piede da farti pensare che se ti fossi avvicinato la sua caviglia ti sarebbe scoppiata in faccia. Dopo, quando morì e vendemmo la nostra casa di Heighton Alley, mi portai mia madre a Londra per accudirla e, per pagare l'affitto della topaia di Southwark, accudivo persone a tempo parziale. Fu in quel periodo che conobbi Robert Milgrew, marinaio semplice su una nave mercantile chiamata "l'Ingrata". Sapevo che Robert non era un angelo caduto dal cielo: beveva e bestemmiava, masticava tabacco e sputava, mi picchiava e gridava. Però nei suoi momenti migliori era tenero e mi faceva sentire protetta. Io ero convinta che a spingerlo alla violenza fosse l'alcol, non la sua indole, e che prima o poi sarei riuscita ad allontanarlo dalle bottiglie. Così mi presi cura di lui.

Va bene, Andy, non ti piace Robert, ma tu hai avuto il tuo teatro da adolescente: lasciami avere il mio a quarant'anni. Questo pensavo. Né Robert né il teatro sono puri o *decorosi*, eppure ci danno qualcosa che ci manca.

O almeno, questo avevo creduto fino alla nostra ultima discussione.

Fino alla bottiglia. E i segni sul collo.

E ora che ci *pensavo*...

Il tentativo di strangolamento e il fatto della bottiglia erano dettagli che *nemmeno Andrew conosceva*. E io avevo nascosto i segni delle sue dita con un fazzoletto.

Forse Robert aveva rivelato la nostra relazione per farmi cacciare da Clarendon?

Però, se a Clarendon lo sapevano, perché mi avevano accettata?

Collinette di sabbia bagnata.

L'unica cosa che mi aiutò a controllarmi – che ci crediate o no – fu una cosa stupida: fissarmi le mani mentre me le sfregavo, in ansia. Vedere le mie dita con le unghie corte e le nocche callose, le mie mani rossastre, indurite, mi riportò alla realtà.

Ignoravo cosa fosse successo e perché, ma dovevo fare una cosa e non avrei rinunciato a farla per quell'avvenimento.

Mi chiamavo Anne McCarey ed ero un'infermiera.

Scesi in cucina, diedi istruzioni alle cameriere affinché preparassero un infuso di tè molto leggero, cercai garza e pinze nella cassetta del pronto soccorso e, munita di una ciotola fumante e di tutti gli strumenti, tornai nella stanza del mio ospite. Che importava?, mi dissi. Già ero morta – di *scandalo* – e, quanto a lui, poteva benissimo essere il diavolo in persona o uno stregone, ma a quell'occhio irritato serviva sollievo.

Questo era qualcosa di terreno. Un compito. Un incarico. Il mio.

Bussai ed entrai senza aspettare la risposta. Nell'improvvisa oscurità delle tende chiuse, non percepii subito il cambiamento. Fu quando lasciai il vassoio sul tavolino adiacente che feci un salto all'indietro.

La poltrona si muoveva. Questa volta non era un'illusione. Tremava.

«Signor X?».

Mi sporsi e vidi la figura tenebrosa col braccio sinistro sollevato, e il destro che si agitava sopra di esso in un furioso andirivieni. Aveva gli occhi chiusi, ma era tutto preso nell'attacco, annebbiato, frenetico: perfino nell'oscurità si poteva scorgere una vistosa vena che gli attraversava la tempia come una sanguisuga gonfia di sangue.

«Mio Dio!» gemetti. «Signore...!» gli presi la testa cercando di fargli aprire la bocca affinché non si mordesse la lingua, una precauzione molto comune nel primo soccorso per chi soffre di questi episodi. Non altrettanto comune fu rendermi conto che, appena lo feci, le convulsioni terminarono del tutto e mi guardò accigliato.

«Signorina McCarey, le dispiacerebbe lasciarmi continuare a suonare il violino?».

«Il... il violino».

«Di solito faccio pratica a quest'ora, signorina».

«Chiedo scusa».

«Accetto le sue scuse. Mi permetta di continuare, per favore».

Devo dire, anche se mi dispiace – ora che sapevo cosa stava facendo, o quello che lui *credeva* di stare facendo – che la sua mimica era penosa. Non ho mai visto un violinista professionista da vicino, eppure avrei giurato che non si muovesse con quei tremori. Tuttavia... c'era qualcosa in quei gesti, o nell'espressione concentrata del volto, che mi portò a osservarlo molto più a lungo di quanto non fosse ragionevole.

Un silenzio non aveva mai catturato tanto la mia attenzione.

Alla fine, uscii dalla stanza in punta di piedi, come per non disturbare l'artista nel mezzo del concerto.

Nell'atrio incontrai Susie Trench e le sorrisi.

«È un violino».

«Cosa?».

«Non è un flauto quello che crede di suonare, Susie. È un violino».

Già mi sentivo meglio. Il signor X era solo matto da legare. E io ero la sua infermiera.

8

Restava la questione spinosa di come avesse saputo della mia storia con Robert, ma ero sicura che sarei riuscita a scoprirlo, prima o poi.

Quindi pensai una cosa.

Il dottor Ponsonby mi aveva detto "faccia attenzione". Il signor Weedon e le mie colleghe apparivano nervosi. La signora Murray lo aveva definito "stregone"...

E se fosse stata questa sua capacità ciò che temevano? Ad Asherton avevo conosciuto malati che erano in grado di fare complessi calcoli matematici o che recitavano a memoria intere pagine della Bibbia... Non per questo erano meno pazzi, ma quelle abilità ti lasciavano scossa. E se l'abilità del signor X fosse stata questa? Il dottor Corridge diceva che nascevano a causa di uno "strano sviluppo frenologico frontale" il che, non so a voi, ma almeno per quanto mi riguarda, non mi diceva niente.

In ogni caso, io ero la sua infermiera. Il mio dovere era curarlo, non capirlo.

Tornai nella sua stanza quella notte, dopo cena, per somministrargli il laudano – Ponsonby gli aveva prescritto alcune gocce per dormire; più tardi capii che era quello che faceva con quasi tutti gli ospiti – e preparargli il letto.

Senza sospettare che stavo per giocarmi la vita nel farlo.

Di notte, la stanza poteva contare almeno sulla lampada a olio accesa sulla mensola del camino. Era una luce molto debole, ma ti permetteva di muoverti senza sbattere gli stinchi contro alcun mobile. Appena posai il laudano sul tavolino, mi diressi verso le tende e le aprii. Ero pronta ad affrontare il mostro, non per coraggio, bensì per pietà: il malato era *lui*. Io dovevo prendermene cura.

«Il dottore chiamerà un oculista perché le controlli quell'occhio» annunciai. «Apro un po' la finestra. È necessario che l'aria si purifichi». Non aspettai che rispondesse, iniziai ad armeggiare con la maniglia della finestra mentre parlavo. «Il rumore delle onde la aiuterà a...».

«Attenzione» sentii alle mie spalle.

«Non mi interessa quello che dice, signore».

«Attenzione, signorina McCarey».

«Perch...?».

In quell'istante tirai la maniglia. Lo feci con un gesto brusco, perché il meccanismo sembrava inceppato, e se il mio volto non si fosse spostato per ascoltare il signor X, ora non lo starei raccontando: il chiavistello della maniglia era infilato in un gancio e nel liberarsi girò verso di me con la sua forma lunga e appuntita, come un piccolo coltello. Indietreggiai, più irritata che spaventata.

La catastrofe si annida nei posti più insospettabili.

«Chi ha costruito questa stupidaggine?» chiesi a voce alta, incredula.

«Forse lo stesso che pensò che le finestre non debbano aprirsi facilmente in un alloggio per malati mentali» disse la voce alle mie spalle, «sebbene, senza dubbio, la soluzione non sia stata la migliore».

Era una spiegazione, sì. I pazzi spesso ragionano in modo ammirevole. Lasciai la finestra socchiusa mentre l'aria del mare mi calmava. Il mio amato mare di Portsmouth. Le onde si scorgevano nitide da oltre gli alberi, in un buio disseminato di luci di barche. La pioggia torrenziale della mattina aveva lasciato un po' di frescura. Come poteva quel tipo vivere rinchiuso senza godere di questi piaceri?

Mi diressi a preparargli il letto. Sentii di nuovo la sua voce alle mie spalle.

«Lei mi tratta con una certa ostilità, signorina McCarey. Un "grazie" non è obbligatorio, ma gradito. L'ho appena salvata dal Chiavistello Assassino».

«Grazie» dissi senza intonazione, sprimacciando il cuscino.

«Oh, immagino che l'abbiano infastidita le mie osservazioni di questa sera».

«In alcun modo, signore». E anche se volevo mordermi la lingua, non potevo. Robert mi diceva sempre: "Hai il fegato di parlare, ma non per affrontare ciò che ne consegue". «Non mi hanno infastidita perché lei non mi conosce affatto... Però... se mi sto sbagliando e... ha parlato con qualcuno che mi conosce...».

«Ovvero, vuole che le spieghi come l'ho saputo».

«No, grazie, lo so già. È qualcosa di frenologico e frontale che... lo provoca».

Il signor X sospirò.

«Sembra che i medici abbiano già condiviso con lei la loro ignoranza. A volte mi sembra di giocare a scacchi con avversari che giocano ai dadi».

«Non capisco, signore...».

«Certo che non capisce. La mia intelligenza è molto richiesta in tutto il mondo, così ho deciso di venderla. Le darò una spiegazione in cambio di due cose».

«Quali cose?» domandai, sospettosa.

«Niente finestra aperta, niente oculista».

Quasi sorrisi. Per fortuna, mi trovavo dietro la poltrona. Non avrebbe potuto vedere neanche se avesse avuto gli occhi sulla nuca.

«Chiuderò la finestra. Ma quell'occhio dev'essere controllato».

«Lei è molto testarda».

«Iniziamo a capirci». Mentre sentivo la sua voce, aprii la coperta e la lisciai.

«Come vuole lei».

Dopo un breve silenzio, tornai alla carica.

«Le ho concesso la metà. Lei potrebbe concedermi metà della spiegazione».

«Metà della spiegazione è tutta la spiegazione, signorina McCarey» disse la vocina, «ma, per farla dormire tranquilla stanotte: la prima volta che è entrata ho sentito l'attrito delle sue dita sulla stoffa del fazzoletto, e al contempo la sua voce suonava leggermente roca, con il timbro di chi ha vissuto un episodio di asfissia i cui segni resistono ancora. Odore di rum e catrame sul suo vestito e, molto più leggero, di vino rosso di qualità sui suoi capelli. Cena di coppia. In pubblico? Improbabile, per il tentativo di strangolarla. Intima. E se una come lei intrattiene una relazione intima con un marinaio di quella risma può essere solo perché ha molta poca autostima».

«No... non è possibile dedurre tutto questo...» gemetti.

«La prego di non piangere sul tappeto, per favore». Mi asciugai le lacrime e mi allontanai dal tappeto.

«Nessuno può... dedurre *tutto* questo solo vedendo qualcuno!» insistetti.

«Le piace il teatro?» domandò l'omino testone all'improvviso.

«Certo, a chi non piace?». La domanda mi sconcertò.

«A me».

«A lei non piace il teatro?».

«No».

«E questo cosa c'entra con quello di cui parlavamo?».

«Se la smettesse di fare domande, potrei spiegarglielo». Rimasi in silenzio, un po' irritata. La delicatissima voce proseguì: «A teatro tutti restano seduti e attenti allo spettacolo. Io faccio lo stesso, ma il mio spettacolo sono le persone. So che non mi capisce».

In effetti, non lo capivo. O capivo solo che aveva percepito tutte le mie disgrazie osservandomi, e questo mi fece piangere di nuovo.

«Se può consolarla, le dirò che nemmeno io capisco perché le donne piangano per tutto» disse la voce dalla poltrona.

Pensai a una risposta acida.

«Perché di solito non incolpiamo o umiliamo gli altri quando ci arrabbiamo né gli sbattiamo in faccia i loro segreti...».

Il signor X non disse nulla. Ne approfittai per chiudere la finestra.

«Buonanotte, sig...». Quando mi girai a guardarlo rimasi paralizzata.

La poltrona era vuota.

Per un momento pensai che si fosse volatilizzato come uno spettro. Invece stava sdraiato nel letto, a faccia in su.

«Non ha preso il suo laudano» dissi, vedendo il bicchiere colmo.

«Non mi serve. La conversazione con lei è soporifera».

«Grazie». Anche se dalla smorfia che fece, sospettai che quella fosse la sua idea di "scherzo". Di certo qualcosa lo aveva messo di buon umore.

«Buonanotte, signorina McCarey. Ora devo dormire. Domani mattina dovrò svegliarmi presto».

E così fu. Quando mi avvicinai, respirava tranquillo con gli occhi chiusi. Era come se qualcuno avesse lasciato una stanza dopo aver spento la luce.

Lasciai la sua dopo aver fatto esattamente questo con la lampada.

Nella mia cameretta, nonostante la stanchezza che sentivo per il trambusto di quel primo giorno a Clarendon, non riuscivo a prendere sonno. Che strano individuo, pensavo. Non avevo mai conosciuto nessuno così, pazzo o no.

Alla fine, dovetti addormentarmi, perché il teatro dei sogni iniziò subito. Vidi Robert in una poltrona e la signora Murray, di fianco a lui, con un sorriso pieno di denti affilati.

"Sta aspettando qualcosa", ripeteva di continuo.

PORTSMOUTH JOURNAL

I boemi di re Leonte, musical di E. Pooghuch. Teatro Carità del St. Mary's

... il ritornello resta impresso: "Lavare, lavare, sfaccendare...! Questo è il lavoro del pirata in alto mare!". Pirati grandi e piccoli! Canzoni indimenticabili! Ma non piace solo ai bambini, nella versione del maestro Pettirosso con la compagnia Coppelius, anche gli adulti si divertono... Ammiriamo le piccole "piratine" che si svestono con pudore... I ragazzi del pubblico gridano, palpitano, saltano e lanciano oggetti a ogni indumento che si tolgono... Una singolare esplosione di allegria! Tutto è così *scandaloso* in modo infantile...! Signora, non si preoccupi, quando apparirà Elmer, suo figlio potrà gridare fino a farsi venire la schiuma alla bocca! La inquieta?... Noi adoriamo vedere queste piccole bestie con gli occhi fuori dalle orbite che ridono fino a impazzire! Il grande Elmer Hutchins li fa ruggire! Che sia benedetto!

D.H. Humbert

Uscita di scena per Elmer Hutchins

"Alcune uscite di scena sono estenuanti".
(Jerome K. Edwards, *Enciclopedia del teatro drammatico*, 1865)

Elmer non sa dove si trova. E la verità è che non gli importa.

Perché, ovunque sia, c'è LEI.

Vuole piangere, ridere, scoppiare con i suoi sessantaquattro anni di vita.

All'inizio pensava di stare sognando. Però no, quelle cosce, la pelle come quella di un frutto, la tonicità dei muscoli... È tutto reale. È molto giovane, ma è la ragazza migliore con cui sia stato nella sua vita.

Non che voglia dire molto, sia chiaro. Perché la vita di Elmer Hutchins è di quelle "predestinate": da un villaggio a nord di Portsmouth che, probabilmente, fu cancellato dalle mappe quando Elmer lo lasciò, fino ai porti di quest'ultima. Il lavoro non gli era mancato. Con i suoi quasi due metri di altezza, le sue spalle troppo grandi per poterle cingere in un abbraccio e la sua forza incredibile, era lo scaricatore ideale. Nonostante tutto, aveva una natura gentile, un po' tonto e non desiderava fare male a nessuno. Nei porti, lo picchiavano tipi molto più bassi e mingherlini di lui, solo perché Elmer non vedeva motivo di restituirgli i colpi e incassava bene quelli che prendeva. Eppure, furono altri a fargli il danno peggiore: gli fecero conoscere l'alcol, lo costrinsero a bere. Elmer ubriaco era un orso stupido e il passatempo preferito degli scaricatori era vederlo barcollare come se ballasse finché non crollava. Non ci mise molto a farsi cacciare dal lavoro. "Mi salvarono al St. Mary's" diceva. Nell'ospizio aveva trovato qualcosa da fare, o disfare: gli consegnavano una grossa corda e, insieme ad altri poveri, estraeva con le sue grosse dita i fili, in un paziente lavoro da ragno al contrario. Dopo, quei fili potevano essere venduti come stoppa e il compito aiutava anche a mantenere occupato chi, come Elmer, pensava solo all'oscuro fondo delle bottiglie. Elmer diceva che disfare corde gli aveva salvato la vita, e da allora portava nella tasca dei suoi pantaloni logori dei pezzi di corda annodati per non dimenticare mai quel periodo. Gli portavano fortuna.

Nel teatro Carità scoprì, inoltre, la sua capacità di far ridere i bambini. Il suo grande corpo, l'enorme barba bianca e il suo vocione grosso spaventavano i ragazzini all'inizio. Dopo si mettevano a ridere quando il gigante e vecchio Elmer veniva inseguito, picchiato o cacciato con calci e scopettate dalla scena, come un fantoccio enorme e sorridente. Più o meno come nei porti. La differenza era che a teatro nessuno gli faceva male davvero. E a Elmer piaceva vedere come le sue tribolazioni si trasformassero in divertimento per i ragazzini. Poco a poco si era allontanato dal temuto alcol, che non faceva altro che annebbiare la mente, come non si stancava di dire al suo giovane amico Danny Waters, il tartaglione. "La bottiglia è cattiva, Danny, guarda quello che è successo a Edwin. Ci sono altri modi per essere felici", gli diceva.

Senza dubbio, la ragazza con cui è ora li conosce tutti.

La ragazza non è la bottiglia, è il genio che ci abita dentro.

Elmer ci avrebbe giurato.

Eppure, che strano: Elmer non la sta accarezzando, non la tocca neanche con la punta delle dita.

In realtà – si rendeva conto adesso – non sono nemmeno vicini l'uno all'altra.

Elmer sa solo che lei è lì. E che lui è lì. E lei si muove davanti a lui e a lui usciva la bava dai buchi nei suoi denti: grossi fiotti, come i fili di canapa che separava durante il suo lavoro di una volta. Ogni goccia, un rintocco... così fino a dodici.

Allora capisce: egli stesso è fatto di corde. Il suo intestino, le palpebre, la barba, i testicoli, il cervello... Ogni cosa nel suo corpo era stata costruita con solide fibre intrecciate. La saliva è il modo di tirare il capo di una di queste e disfarlo. Elmer si sgroviglia poco a poco formando anelli per terra. Questo gli fa sentire un piacere così travolgente che, quasi senza transizione, si trasforma in orrore.

Quando vuole gridare le sue corde vocali, con un dolce strappo finale, si sciolgono e ondeggiano lentamente fino a cadere in cima alla corda.

Anche così, riesce a sentire la voce. Viene dalle ombre, da dove è scomparsa la ragazza. Lo schernisce, crea un'eco che lo assorda:

Elmer non ha più corda!
Elmer è impazzito!
È la fine della scena!
Presto sarà seppellito!

Il cadavere

1

Fu Susie a darmi la notizia il giorno dopo. Era affacciata alla finestra del pianerottolo della scala degli ospiti, insieme a una cameriera, e quando mi sentì salire volse verso di me i suoi begli occhi azzurri.

«Buongiorno, Annie. C'è... è... sulla spiaggia».

«Oh».

Mi unii a loro nell'osservazione. Non so se ho descritto la posizione esatta di Clarendon House. Affacciata da quella finestra potevo vedere, verso est, ora accecante per via del sole, la nuova costruzione del porto di South Parade, con le sue bandiere, i caffè e i tendoni dei divertimenti – tra quelli, ce n'era uno che, secondo Susie, certe notti era un'*arena*. A ovest, all'altra estremità della spiaggia, si vedeva l'antica fortezza di Southsea, fino a poco tempo fa bastione difensivo della nostra isola, ora dedicato – alcune notti – agli spettacoli all'aria aperta. Ma molto più vicino, piegandosi di più e grazie all'angolo che formava la linea di costa, si intravedeva parte di viale Clarence e una fila di pini come quelli che adornavano il nostro giardino. Accanto c'era un cerchio di persone sulla sabbia. Vidi cappelli di paglia, caschi della polizia, ombrelloni e qualche bagnante. Hettie Walters mi venne addosso da dietro con il suo grosso petto.

«Uuuh... Un cadavere!».

Non ero troppo sorpresa. Era il mio secondo giorno di lavoro a Clarendon e cosa appariva a circa duecento metri da dove mi trovavo? Un cadavere.

Lo considerai quasi normale. La cosa buona di noi che siamo sempre sfortunati è che non siamo superstiziosi.

2

Quella finestra divenne il luogo più frequentato dal personale di Clarendon per tutta la mattina. Non era strano, se si considera che si trattava del posto migliore per vedere tutto, a parte le stanze degli ospiti nell'ala ovest del primo piano. Il pianerottolo superiore era troppo in alto e gli uffici di Weedon e Ponsonby affacciavano solo sul muro che circondava Clarendon. Così ci davamo il cambio a quella finestra come spettatori di una funzione senza fine. Si unirono a noi il signor Weedon e Jimmy Piggot. Poi venne la signora Murray, con la sua andatura zoppicante, aiutata dalla capa Braddock. Le aprimmo un passaggio affinché vedesse un po' anche lei.

«Chi è?» chiese con la sua voce ruvida.

A saperlo. Si instaurò un ordine: chi aveva meno da fare restava più tempo a guardare e informava gli altri dei progressi. In questo modo scoprii che il signor Weedon non aveva quasi niente da fare, perché non lo vidi muoversi dal suo posto all'osservatorio ufficiale e quando ci avvicinavamo raccontava con tono distratto le novità.

«È venuto il giudice, un medico... Ci sono i giornalisti... La polizia ha isolato l'area. Sembra una cosa grave...».

Grave poteva sembrare che interrompessimo il nostro lavoro per seguire la storia dell'accaduto, eppure devo ammettere che questo mi succedeva anche a Londra, con o senza Robert. A Robert piaceva osservare l'orrore della vittima di un crimine – gli piacevano anche le arene – a me non tanto, ma non mentirò: se si presentava il caso, mi mettevo in punta di piedi e guardavo da sopra le spalle come chiunque altro. Con Robert ho visitato anche dei teatri clandestini. Guardare, guardo. Cos'altro rimane alla gente *decente*?

Fu Hettie Walters che a metà mattina ci diede l'importante notizia che segue. Hettie entrava e usciva spesso da Clarendon – ricorderete che fu lei a ricevermi il giorno prima sotto al temporale – parlava con i giardinieri, con la gente che passava per le strade. Sapere cosa succedeva fuori era la sua vita. Arrivò traboccante di lacrime ed emozioni, le tremava il davantino e prendeva aria a singhiozzi.

«Dio, dio...! Ah... ah...! Uuuh!».

Ci voltammo tutti a guardarla.

«Era il povero Elmer! Uuuuuh! Il... povero... Elmer!».

Io non sapevo chi fosse fino a poco prima: si trattava di quel senzatetto che in teoria aveva lasciato l'alcol e lavorava al Carità del St. Mary's. Nellie Worrington ci aveva detto che pensava di assistere a uno degli spettacoli. Ovviamente, lo spettacolo era stato cancellato. Era triste, ma colsi nei volti delle mie colleghe una certa delusione, perché la morte di un mendicante non è nulla di troppo *scandaloso*. Si potrebbe perfino dire che si tratta di un accadimento volgare. A Londra i mendicanti muoiono in modo violento tutti i giorni. La capa Braddock fece persino una smorfia di disprezzo.

«Un altro ubriacone assassinato. Bisognerebbe fare qualcosa con queste bestie».

«Tipo cosa, signorina Braddock?» chiese Weedon come sentendosi tirato in causa.

«Non so... Rinchiuderli tutti da qualche parte...».

«Tutti gli ubriaconi di Portsmouth? Significherebbe recintare la città...».

Susie Trench, che stava guardando anche in quel momento, indicò con un dito.

«Qualcuno...! Lì...!».

Ci spingemmo per affacciarci. I poliziotti circondavano una carrozza appena arrivata, ferma su viale Clarence. Si aprì uno sportello, ci furono riverenze e saluti.

«Sono di Scotland Yard, sicuro» disse Weedon, saggiamente.

«Scotland Yard... Per il caso di *Elmer*?» disse la capa Braddock con tono incredulo.

«Se a noi succedesse qualcosa, verrebbe Scotland Yard?» si lamentò Susie comprensibilmente, senza che nessuno le rispondesse.

3

L'arrivo del dottor Ponsonby ebbe come effetto principale quello di sciogliere temporaneamente il gruppo della finestra. Ci mettemmo in fila davanti a lui mentre arringava.

«È successa una tragedia vicino a dove ci troviamo. Ah... non voglio dire troppo *vicino*, e neanche mi riferisco a una *grande* tragedia... Immagino che tutte voi abbiate già certe informazioni, eh... semplicemente, un altro ubriacone è stato assassinato sulla spiaggia. Questo è triste, non c'è dubbio, non la cosa più triste del mondo, però... Il nostro dovere, lasciate che ve lo dica... il nostro dovere in quanto responsabili di Clarendon House... immagino lo sappiate... il nostro dovere principale è calmare gli ospiti e assisterli nelle nuove necessità che sorgeranno... dall'accaduto».

Quali erano queste nuove necessità? Scoprii che, in quasi tutti i casi, si trattava di binocoli da teatro. C'era chi ne aveva già uno, come lord Alfred C. – non do i cognomi per ovvie ragioni – un bel binocolo. Altri, come sir Leslie A., lo vollero immediatamente. In qualche caso, l'ospite in questione confidava solo sulla sua vista, e ci furono i meno fortunati dell'ala est che chiesero di affacciarsi dalle finestre dell'ala opposta per vedere meglio, con quello che pagavano, si sentivano in diritto di poter assistere. Chiaramente, Ponsonby respinse l'idea che potessero entrare nelle stanze di altri ospiti.

In ogni caso, la mattina trascorse animata e piacevole grazie a questo. E fu persino più salutare: molti malati riluttanti a uscire per camminare mostrarono il desiderio di uscire all'aria aperta proprio allora, in particolare sulla spiaggia, e più specificamente verso dove si concentrava il pubblico. Altri si accontentavano da lontano. Tutti si divertivano.

Con una sola eccezione.

Quando entrai nella stanza del signor X, lui si trovava nella poltrona e aveva finito di fare colazione, ma le tende erano ancora chiuse. Inciampai quasi sul lavamano usato per la sua pulizia del mattino, a cui provvedeva da solo. Mi sembrò incredibile che qualcuno curioso e impiccione quanto lui non si godesse lo spettacolo.

«Hanno ucciso qualcuno sulla spiaggia stanotte» dissi. «Sono venuti la polizia e addirittura Scotland Yard da Londra. Non vuole vedere?». E aprii le tende.

«Potrebbe richiudere le tende, per favore, signorina McCarey?». La sua espressione era tesa, niente a che vedere con l'umore della notte precedente.

«Ma non vuole vedere? Lei ha il miglior posto di Clarendon».

«Ho già risposto alla sua domanda con la mia, signorina».

Sbuffai e chiusi di colpo le tende.

«Allora nulla, continui a godere della sua maledetta oscurità senza distrarsi con niente che valga la pena più di... di suonare il suo "violino"».

«Ora che lo menziona, è proprio quello che ho in mente di fare» disse subito. «Oggi non pranzerò, lo dica in cucina, e le chiedo anche di avvisare che nessuno deve disturbarmi».

Lo lasciai che muoveva stupidamente le braccia nell'aria oscura e chiusi la porta.

4

Finirono col portare via il cadavere dopo mezzogiorno, pover'uomo, in una barella e coperto da un lenzuolo, eppure mi persi il trasferimento perché in quel momento stavo dando da mangiare a lord Alfred C., che doveva essere imboccato a causa della sua età avanzata. In realtà, era un compito di Susie Trench ma per via delle speciali circostanze di quel giorno insolito, e poiché la sottoscritta era appena arrivata, accettai che Susie rimanesse alla finestra del pianerottolo. Quando lord Alfred finì, raccolsi i piatti senza aspettare la cameriera. All'ingresso mi vide la capa Braddock e mi diede nuovi compiti per compensare l'assenza delle colleghe affacciate. Eravamo intente a far questo quando la porta d'ingresso si aprì e lì, immobile, spaventosa, c'era Hettie Walters, i cui occhi spalancati mi fecero ricordare quando vidi per la prima volta nella mia vita una mucca che partoriva. Sappiate che lo dico solo affinché vi facciate un'idea, non per offendere.

«Io... l'ho... visto...» mormorò, raggelata.

Non ci volle molto affinché il gruppetto della finestra si trasformasse nel gruppetto di Hettie. Chiaramente, quello non sarebbe stato un giorno noioso. La povera donna era tutta occhi, bianca come la sua cuffia. Il suo aspetto mi spaventò tanto che mi misi a tremare. Quello, senza dubbio, era molto più che *scandaloso*.

«El... mer...». Tra i singhiozzi. «El... mer...!».

La circondavamo e ci guardavamo tra di noi come lanciandoci la nostra paura con gli occhi. L'unico uomo presente – fatta eccezione per il giovane Jimmy Piggot che, in quanto tale, aveva la licenza di terrorizzarsi quasi quanto una donna – era il signor Weedon, così che procedette, sospirando, a farsi carico della situazione. Ovvero, a calmare Hettie. Ma era ovvio che quel ruolo non gli calzava: da quanto mi raccontavano, era uno scapolo incallito la cui vita sembrava essere fatta di numeri e bilanci – e di teatro clandestino, non c'è da stupirsi – e il suo disagio nei rapporti umani era evidente.

«Dica cos'ha visto, signorina Walters» insisteva senza essere brusco ma ostinatamente. «Ci dica quello che ha visto, non ci lasci così. Dopo potrà piangere, se vuole. Forza, avanti. Ci dica».

Alcune di noi lo sostituirono subito, come quando gli uomini vogliono fare i coraggiosi davanti al parto, ma finiscono col cedere il compito alle donne. Diverse di noi calmarono Hettie stringendola a sé. Come se – mi viene in mente questo orrendo paragone – cercassimo delicatamente di spremere una sorta di vescica per far uscire fino all'ultima goccia del suo contenuto.

«Io ero... lì quando l'hanno... caricato» disse alla fine la brava donna. «Non vedevo nulla, non potevo passare tra le persone... C'erano anche bambini, senzatetto. Io non vedevo nulla... È così orribile non vedere nulla... Mi ascoltavo il cuore quando ho sentito un... un poliziotto che diceva qualcosa». Imitava il poliziotto in questione come in trance. «"Questa è opera di un pazzo! Non guardate! Non guardate, ragazzi!". Venivano con la barella da una carrozza dell'obitorio sul lungomare Clarence... E qualcuno ha detto: "Forza, andiamo!" e la gente indietreggiava mentre lo... lo...». Fece il gesto con le sue braccia grassocce.

«Lo caricavano» la aiutò la capa Braddock.

«Sì... lo caricavano... e allora ho *visto*... Aveva... Oh, Dio mio!».

Proprio in quell'istante si rimise a piangere. La stringemmo un po' di più.

«Hettie...».

«Coraggio...».

«Aveva... gli... le... uauauauhhhhh-uuuhhhhuhuuuu...». Era inutile. La povera Hettie alla fine gonfiò il petto e sorrise nel pieno apice del suo dolore. «Piango e rido insieme! Non so perché mi succede! Quando vedo *cose*... piango e rido!».

In quel momento spaventoso, la porta tuonò. Eravamo tutte così terrorizzate che sono certa che provassimo un certo piacere *proibito*. Quel piacere di alcuni spettacoli che non vogliamo mai ricordare e non dimentichiamo mai.

Fu il signor Weedon – di nuovo eletto dalla maggioranza femminile – ad aprire e fare strada al nuovo orrore. Fece la sua entrata in modo brusco, militare. Tutte guardavamo come imbambolate quell'uniforme e quella cappa che si agitava a ogni passo. Dietro, altri poliziotti. Assistiti da Weedon, si diressero all'ufficio di Ponsonby e, di lì a poco, il gruppo, a cui ora si era aggiunto Ponsonby, il quale chiese alla capa di convocare immediatamente tutto il personale, ritornò. Poiché "tutto il personale" era già lì, tranne la signora Murray, che di solito faceva un riposino pomeridiano, non ci fu da aspettare molto.

Cuoche, cameriere, infermiere e giardinieri si radunarono intorno a Ponsonby, che manifestava emozioni contrastanti. Era ovvio che gli piacesse essere il nuovo centro dell'attenzione; si sentiva solenne, e al contempo preoccupato, nervoso e distratto. Ci guardava a turno come se cercasse il volto perfetto: l'espressione che, finalmente, gli avrebbe offerto una risposta unica a tutti i suoi sentimenti. Sorrideva come se sognasse di essere famoso, ma disprezzasse i mezzi per diventarlo.

«Signore e signori di Clarendon House, a causa del... del crimine perpetrato sulla spiaggia questa notte di cui tutti voi già sapete, o dovreste... non dico che *dobbiate*, dico dovreste... questi agenti delle autorità mi... mi informano che riceveremo la visita di... un ispettore di Scotland Yard». Gli agenti delle autorità erano della polizia locale. Ponsonby si schiarì la voce prima di proseguire: «Detto ispettore interrogherà il personale della nostra pensione, in particolare coloro che hanno passato la notte qui. Così... per l'attenzione e il rispetto che dobbiamo alla giustizia, vi chiedo di mettervi a sua disposizione».

Al culmine di quei paroloni, i mormorii avevano iniziato a dilagare. Ci cancellavamo o aggiungevamo alla lista dei possibili interrogati a seconda che avessimo dormito o meno a Clarendon, e nel primo caso bisognava dichiarare anche di non essersi mossi dalla propria stanza – come noi – e veniva richiesta la conferma di altri come testimoni di tale circostanza. Testimoni che, ahimè, non esistevano perché a loro volta non si erano mossi dalle loro camere. Ponsonby e Weedon, molto contenti di aver dormito nelle rispettive case, cercavano di stabilire la calma. Tutta Clarendon era un putiferio. Susie mi disse:

«Sembra un... lo sai... un...».

Susie, come sempre, lasciava agli altri il penoso compito di pronunciare l'impronunciabile.

«Sembra uno spettacolo clandestino *scandaloso*» dissi, e ci tappammo la bocca entrambe.

5

Gli uomini di Scotland Yard arrivarono parecchio più tardi rispetto all'avviso. Era come se volessero innervosirci con quell'attesa. La cameriera che aprì dovette indietreggiare davanti ai due agenti, uno in borghese e l'altro in uniforme. Il primo era magrissimo e basso, con i baffi dai peli crespi, appuntiti, e degli occhi come ne ho visti poche volte, di una chiarezza maestosa e una fissità soprannaturale, dove le pupille sembravano punture di siringa. Aveva un cappello di feltro calato sulle enormi orecchie. Indossava un soprabito e un completo logoro, le mani nelle tasche del primo. Ma tutto si sommava – e si riassumeva – in quello sguardo divorante, nervoso. Era come se i baffi fossero formati da spuntoni piantati sul labbro e l'espressione che ne derivava mostrasse il coraggio con cui resisteva al dolore. È arrivata la legge, sembrava dicesse.

Noi infermiere, Ponsonby e Weedon li ricevemmo in fila. Ponsonby si fece avanti e allungò la mano all'omino.

Lui non la allungò.

«Sono l'ispettore Augustus Merton, di Scotland Yard. Il sergente Jameson».

Il sergente che, come dicevo, era in uniforme, sembrava essere stato costruito con ciò che era avanzato dalla costruzione di Merton: alto, obeso, simpatico, sorridente sopra al sottogola del casco, che formava un secondo mento sopra al primo, con i baffi come quelli di un gatto grosso e mansueto, a differenza dell'ispettore increspato e aggressivo.

«Siamo a sua disposizione, signore» disse Ponsonby in tono reverenziale.

«Grazie. Non le ruberò molto tempo, dottore. Ci serve una stanza».

«Potete usare il mio ufficio, signori».

Noi infermiere aspettavamo in fila e venne stabilito che io fossi l'ultima in quanto ero nuova. Le colleghe interrogate uscivano facendoci coraggio: "Non è niente, vedrai", sussurravano. Ma quando arrivò il mio turno, entrando, mi tremavano le gambe.

«Avanti» disse Ponsonby.

Merton, le mani ancora nelle tasche, ancora con il cappello in testa e seduto nella poltrona di Ponsonby, stava parlando. Il sergente Jameson prendeva nota su un taccuino facendo piegare una sedia col suo peso mentre Ponsonby e Weedon, ciascuno su una sedia vicino alla finestra, sembravano il pubblico.

«No, no, non sono molto brillante» diceva Merton, «non si sbagli, dottore. Ma...». Fece una pausa, infondendo a quel "ma" un'improvvisa energia.

«C'è sempre un "ma"» mormorò Jameson, bonario.

«Ma, in questo lavoro, signori, le cose non dipendono tanto dall'intelligenza quanto dalla pazienza. Le sfumature e i dettagli di un crimine formano un arazzo complesso, ed è necessario rimuovere strato dopo strato, strato dopo strato, ripulendolo con sottile delicatezza, fino a lasciare il fatto... lì, puro, incontaminato, senza ostacoli».

«Vero quanto il fatto che ho una madre» confermò il sergente.

Forse solo per una coincidenza, entrambi mi guardarono, la qual cosa mi fece arrossire.

«Si sieda, signorina...» disse Jameson e controllò i suoi appunti. «McCarey?».

Per fortuna, l'interrogatorio fu condotto da quest'ultimo. Jameson fece le domande e trascrisse le mie risposte – che si limitarono a mettere in chiaro che ero andata a dormire alla tale ora, dopo aver terminato i tali compiti, e non avevo visto nulla sulla spiaggia – mentre Merton posava su di me quei terribili occhi che sembravano aver assorbito come spugne tutto il sudiciume dei delitti del mondo che a noi comuni mortali non è dato contemplare, per asciugarlo minuziosamente. Erano come pozzi che conducevano verso il sotterraneo senza fondo a cui appartengono cose come il cadavere di Elmer Hutchins sulla spiaggia – i cui orrendi dettagli ancora non conoscevo, anche se avrei rimediato ben presto alla mia ignoranza – e Merton, proprietario di quei pozzi, sembrava avvertirmi, per il mio bene, di non guardarli troppo e che, in caso contrario, lo avrei fatto sotto la mia completa responsabilità.

Quando dissi che l'ospite di cui mi occupavo si trovava nell'ala ovest del primo piano, Merton mi interruppe.

«Quello sembrerebbe il posto migliore per aver visto qualcosa. Vero, Jameson?».

«Vero come il fatto che mio padre è morto, ispettore».

«Dovremo interrogare gli ospiti di quell'ala, dottore».

Detto così, sembrava non essere nulla, ma a Ponsonby venne una sorta di spasmo. Come al solito, in lui si mescolavano emozioni diverse: il senso del dovere verso la giustizia e del rispetto verso i suoi ospiti. Addirittura, si alzò per parlare.

«Ah, a Clarendon siamo dei sostenitori della legge, ispettore Morton». "Merton" lo corresse l'interessato. «Sì, mi perdoni, però... ci sono anche dei pazienti... e delle famiglie che dobbiamo rispettare. Non intendo dire che questo rispetto sia superiore al rispetto che merita la legge... le chiedo solo che... ah... che tenga in considerazione le particolari caratteristiche della nostra clinica, dove la discrezione è...».

Anche Merton si alzò, impaziente.

«Me ne rendo conto, dottor Ponsonby. Ma...».

«C'è sempre un "ma" in tutto questo» confermò con piacere il suo aiutante, alzandosi anch'egli.

«Ma Scotland Yard è sinonimo di discrezione, signore».

«Non lo metto in dubbio». E Ponsonby volse verso di me i suoi occhi nervosi. «Sarebbe così gentile da... guidare il signor ispettore... nelle stanze dei nostri ospiti del primo piano, ala ovest? Devono aver già cenato. Non li disturberà molto».

Sospettai che mi avesse scelto non solo perché per caso mi trovavo vicino a lui. Ero la nuova arrivata, e pertanto ero colei che conosceva meno le vite e i segreti degli ospiti. Con me, Ponsonby si assicurava una discrezione supplementare.

6

Ho un timore naturale per la polizia, quasi più di quello che sento per i malfattori, perché con questi si può sempre ricorrere alla polizia. Per dirla in un altro modo: davanti al male mi resta ancora la consolazione che il bene possa difendermi, ma chi può difendermi dal bene?

Si comprenderà dunque che, mentre li precedevo sulle scale con l'orecchiuto e allampanato ispettore alle calcagna, mi sentivo sempre più nervosa. Un omicidio era un omicidio. Era una cosa seria, reale. Non era neanche uno spettacolo clandestino, dove ti puoi calmare dicendoti: io sono il pubblico. Di certo non ero collegata, neanche lontanamente, con l'assassinato, però mi trovavo *dentro* al caso, insieme alla polizia, a partecipare senza alcuna possibilità di esserne esclusa.

All'inizio non ci furono grandi sorprese. Il rituale fu simile per tutti. Ci fermavamo alla porta, io dicevo il nome dell'ospite, li informavo delle sue particolarità, bussavo ed entravo. Il resto lo faceva Merton. E fu un disastro totale, soprattutto perché Merton decise di ignorare il fatto che gli interrogati erano malati. O meglio, non lo ignorava, ma lo comprendeva nel modo più sbagliato possibile. Per lui erano esseri che, in quanto carenti di raziocinio, non avevano sufficiente dignità. Li trattava come "mentecatti" anche in loro presenza, come se essere pazzi equivalesse a essere sordi: "E questo mentecatto, che deve raccontarci?", sempre con le mani nelle tasche del soprabito. Ce n'erano di veramente sordi, come lord Alfred C., un ottuagenario che usava il cornetto acustico e viveva in un mondo fatto di rivolte dei sepoy, completamente alieno agli eventi più recenti. Alla domanda di Merton su quanto avvenuto la notte precedente, rispose con i deliri che già conoscevo nei malati del suo genere: "Lei non è il maggiore Briggs, della quarta brigata lancieri? Se non lo è, mi perdoni se glielo dico, lei ha un fratello gemello in India, amico... Se fossi in lei, indagherei nella mia famiglia". Non descriverò lo sguardo con cui Merton lo fulminò da sotto il suo cappello di feltro. E c'era il signor Conrad H., un anziano lucido ma ossessionato dalle spie e dalla sorveglianza, che per ogni domanda che gli veniva fatta ne restituiva due o tre, freneticamente, come un avversario indiavolato in una partita di tennis: "Perché vuole saperlo? Posso vedere i vostri distintivi? Come ha detto che si chiama?". Quanto a sir Leslie A... Che dire di sir Leslie! Era giovane, vestiva con colori sgargianti e aveva un bagliore negli occhi che sembrava riflettere innumerevoli notti *scandalose* nell'East End, alla luce delle candele, tra aliti di innumerevoli donne, fumo d'oppio e spettacoli *proibiti*. Susie mi aveva sussurrato che era affetto da quel tipo di malattia di cui a Clarendon House nessuno avrebbe mai parlato, nemmeno di fronte a Merton, quella che si contrae vivendo in *quel* modo. A quanto pare, l'unica cosa che salvava la bella Jane Wimpole dai suoi abusi quando entrava ad accudirlo era – da quanto mi confessò Susie – che a Leslie piacevano molto più in carne, per cui né la capa Braddock né Hettie Walters mettevano piede in quella stanza neanche per sbaglio.

Lasciando da parte questi tratti sordidi, sir Leslie sembrava perennemente addormentato in una immensa vasca di champagne.

«Oh, la polizia, la polizia...» disse quando entrò Merton. «Avanti, avanti, oh, polizia, benedetta polizia. Dolce amica polizia... No, non sono andato in nessun teatro clandestino...».

Merton fece un interrogatorio brevissimo – infruttuoso – e quasi fuggì dalla stanza. I commenti che scambiò con il suo subalterno, senza rispettare la mia presenza, mi fecero arrossire. Era chiaro che Leslie potesse disgustare alcune persone, però chi poteva giudicarlo? Non mi piacque quella superiorità accompagnata da insulti come "depravato" o "maiale".

Restava un'ultima porta.

Non chiedetemi perché lo feci. Io stessa non ne sono sicura.

Forse perché quello era il mio ospite e mi sentivo a disagio anche solo per la mera possibilità che Merton gli affibbiasse gli stessi epiteti o anche peggiori. Merton, con le mani nelle tasche e il cappello ancora calato sulle sue orecchie enormi, sfinito da quei baffi che sembravano torturarlo, mi sembrava freddo e disumano come un carcere. Forse anche il signor X era freddo e disumano, però in lui c'era una sensibilità spirituale che mi impietosiva.

Mi piantai davanti a loro e parlai con gli occhi bassi.

«Perdonatemi, ma questo ultimo ospite non vi sarà utile, signori. Vive sempre al buio, con le tende chiuse, e non si muove dalla sua poltrona... Non ha neanche un nome... Lo chiamano "signor X"... Vi assicuro che non ha visto niente...».

Allora Merton fece una cosa il cui ricordo mi fa rabbrividire ancora oggi.

Si avvicinò a me, basso com'era.

«Signorina...».

«McCarey, signore» mormorai sul punto di piangere.

«Signorina McCarey, questo lo decidiamo noi. E ora apra questa maledetta porta e si faccia da parte, come deve fare una donna, e un'infermiera».

«Sì, signore». E, mentre armeggiavo con la maniglia, insistetti: «La stanza è buia, ha le tende chiuse e non lo vedrete perché è seduto sulla poltrona...».

Aprii.

La stanza era illuminata da diverse lampade. Le tende erano aperte. E il signor X era in piedi davanti alla finestra.

7

Noi tutti restammo fermi. Senza girarsi, il signor X iniziò a parlare:

«Buonasera, signorina McCarey, vedo che porta delle visite. Benvenuti, signori. Mi dispiace che la scomodità di queste mie mura non sia all'altezza della circostanza».

I poliziotti e io restammo ancora un istante fermi sulla porta.

«Questo chi è?» chiese Merton.

«Si chiama signor X» ripetei. «È... speciale».

Quando entrammo e chiusi la porta, il signor X era già tornato sulla poltrona. Merton avanzò cauto in quella direzione, come se non fosse sicuro di cosa avrebbe potuto trovare. Ma quando arrivò e vide con chi aveva a che fare, i suoi lineamenti si rilassarono. Quella espressione, che tante volte avevo colto nei visitatori del manicomio quando osservavano un malato il cui aspetto anormale li faceva sentire immediatamente superiori – come se la "normalità" fosse una medaglia, più che una fortuna – mi suscitava un sincero disgusto. Odiai Merton ancora di più per questo.

«Dunque... "speciale". Be', perlomeno i suoi occhi sono decisamente *speciali...*».

«Il sinistro ha un versamento, signore» replicai più irritata dell'occhio stesso.

«Parli solo quando interpellata, signorina».

Mi morsi un labbro, ma la levatura dell'autorità mi portava sempre a umiliarmi.

«Con o senza versamento, dalla dimensione dell'altro occhio direi che lei deve aver visto molte cose». Merton guardò il suo aiutante che gli sorrise. «Ma...».

«C'è sempre un "ma"» disse il sergente, come se fosse a caccia di farfalle.

«Ma non è tanto ciò che si *può* vedere, quanto ciò che *si vede*. E ciò che si ricorda».

«Una verità più vera della vita stessa» disse Jameson.

«Quindi, signor "speciale"...». Merton si incurvò vicino alla poltrona e mi sembrò che, con i suoi modi da cicciottello, Jameson lo imitasse da dietro, con il quadernino degli appunti. «Vogliamo sapere se ha visto o sentito qualcosa di strano la scorsa notte».

«No, signor ispettore» disse velocemente la voce dalla poltrona. «Non ho visto né sentito niente di strano tra la mezzanotte e le cinque».

«Tra la...?». Merton aggrottò le ciglia. «Come sa che è quello l'orario...».

«Non lo sapevo, ispettore, ma ora sì. Grazie mille. Pensavo che il caso del povero signor Hutchins fosse stato una rissa, come i due casi precedenti».

«Quali altri due casi? C'è solo quello di Edwin Noggs...».

«Oh, quindi il caso di Edwin Noggs e quello di Hutchins sono collegati».

«Come lo sapev...?».

«Non lo sapevo, lo sospettavo soltanto. Ora lo so. Grazie mille. La mia ipotesi partiva dal collegare le due morti, perché se hanno chiamato Scotland Yard per un vagabondo, è perché presentava le stesse quattro ferite dell'altro...».

«Quali quattro ferit...?».

«Tre, allora: due al ventre e una alla gola».

«Un momento, come sa...?».

«Non lo sapevo. Ora sì. Grazie mille, ispettore: ha fatto domande molto giuste per tutte le mie risposte. Ora potete andare. Vi prego di non fare rumore mentre uscite».

Aveva parlato tanto velocemente da avermi fatto pensare ai prestigiatori dei teatri. Il volto di Merton era come quello di uno che cammina sicuro per strada e all'improvviso sospetta di essere seguito.

«Lei chi è, signore?» chiese rosso dall'ira, e infine mostrò entrambe le mani – piccole, sproporzionate – chiuse a pugno.

«Il signor X non ha un nome» dissi. «La sua famiglia è...».

«È la seconda volta che interrompe, stupida!». Merton si voltò con tutto il corpo verso di me, il volto ossuto completamente rosso, e sporse i baffi come se cercasse di spararmi tutti quei dardi di peli. «Stia zitta, una buona volta!».

Stavo per chiedergli perdono quando la voce dalla poltrona si fece sentire di nuovo.

«Oh, ispettore, non creda che la signorina McCarey sia come le attrici o gli attorucoli delle arene che lei frequenta nell'East End, bambini o giovinette che si affrontano in combattimenti coreografici nei quali la cosa più interessante sono i costumi inesistenti che indossano i partecipanti, insultati dal pubblico a proprio piacimento...».

«Come sapev...?» disse Merton per l'ennesima volta, con gli occhi storti.

«Però si capisce che i teatri clandestini siano il suo unico divertimento da anni, da lì la crisi coniugale che sta attraversando e, tuttavia, scommetterei che il problema di cui crede di soffrire risieda più nella sua testa e nel timore del contagio che in una sua mancanza di virilità. Immagino che non tolga le mani dalle tasche per questo. Tutto ciò mi porta a darle due consigli: parli con sua moglie a questo riguardo, al fine di ricostruire la vostra relazione, e tratti con il massimo rispetto la signorina McCarey, mia infermiera personale. Buona serata».

8

Ricordo ancora il silenzio.

Il signor X creava i silenzi così, come un ragno che tessendo la tela crea arazzi leggerissimi ma letali.

E Merton. Se un uomo potesse sciogliersi in piedi come un cero, l'esempio che mi verrebbe sempre in mente sarebbe lui.

Mai avevo visto qualcuno così trasformato, più distrutto. Tutta la sua durezza rocciosa da piccolo individuo dai baffi appuntiti ormai trasformata in fango in attesa di essere modellato di nuovo. Persino i suoi baffi sembravano piegarsi, come se parte della loro forza fosse stata estratta dalla stessa contrazione della mandibola che aveva liberato la bocca dai suoi cardini così che ora pendeva aperta nel vuoto, costituendo ormai soltanto un vago ricordo nei suoi lineamenti. Ma erano gli occhi, segnali in codice Morse un tempo furiosi, ad aver sperimentato il cambiamento più grande, perché, all'improvviso, sembravano aver ripercorso tutta la sua vita all'indietro. E lo dico perché il suo sguardo mi ricordava quello di un bambino che guarda un padre autoritario o dei compagni burloni. Nelle sue palpebre si raccoglievano lacrime indecise. Non prestò neanche attenzione al sergente Jameson quando, forse a disagio per l'assenza di "ma", chiese:

«Di questo prendo nota, ispettore?».

Mi sembrò che Merton stesse per crollare e mi avvicinai subito.

«Per favore, non pianga sul tappeto» gli sussurrai.

Merton mi guardò come da un altro mondo e si diresse verso la porta. Osservai come titubava prima di afferrare la maniglia con la mano attenta, anche se sembrava giudicare ciò che si lasciava dietro come peggiore dello sporcarsi. Quando scomparì, il sergente lo seguì lentamente, come se riflettesse su quale fosse la sua utilità una volta restato da solo.

Capivo l'orrore che doveva provare Merton. Osservai la quieta figura nella poltrona. Non mi guardava, i suoi occhi bicolore erano fissi sulla finestra, dove la luce del tramonto scemava sul mare.

«Quello che gli ha detto... era tutto vero?».

«Un proiettile rivestito di verità, il resto era solo piombo, ma ha fatto centro».

«Come ha... come ha potuto...?».

«Ora non ho tempo di raccontarle l'ovvio. Deve rispondere urgentemente a una domanda: mi concede la sua totale *fiducia*? Risponda».

Rimasi di sasso, ma non per la richiesta.

Era che, per la prima volta, quell'omino impassibile sembrava nervoso.

PROGRAMMA

SOUTH PARADE ARENA

(Questo programma deve essere restituito all'uscita dalla sala)

Piccoli
angeli lottatori
per il sollazzo degli spettatori!
Paul cade, si alza Kevin, Peter fa una
piroetta. Danny mostra il suo fascino...!
La nostra opera ha una morale: è la
quotidianità dei bambini che lottano
per il cibo, per un tetto, o per qualcosa di
intangibile come l'amicizia...! Oh, il piacere
dei nobili corpi impegnati nelle loro guerre
prodigiose, coreografate magistralmente!
Non si arrendono, non finché l'avversario non
cade o finché lei, nostro stimatissimo cliente,
alla fine applaude e chiede respiro!
Paladini della bellezza, Cupidi senza arco,
ma con saette che fanno innamorare
a prima vista! Questa notte:

PAUL... Paul Thompson,
moro, dodici anni.
PETER... Peter Corcoran,
biondo, tredici anni.
KEVIN... Kevin Calloway,
rosso, dodici anni.
DAN... Danny Waters,
biondo, dodici anni.

Fidarsi

1

C'erano tre lampade accese nella stanza: una sul tavolino e l'altra vicina al letto, oltre alla solita sulla mensola del camino. Degli sprazzi di chiarore si vedevano ancora dalla finestra. Una luce più che sufficiente per osservare il mio ospite senza difficoltà. Seduto nella sua poltrona, rigido, con vestaglia, pigiama, pantofole. Le sue sopracciglia fine si inarcarono. Aprì un poco la bocca.

Io lo guardavo come, immagino, avreste fatto voi dopo aver sentito una simile richiesta.

«Fidarmi di lei?».

«Mi ha sentito, quindi, per favore, risponda».

«Cosa vuole fare?». Mi spaventai.

«Se si fida di me, non ho motivo di risponderle, e altrettanto se non si fida».

I suoi grandi occhi bicolore mi guardarono, anche se non sembrava ci fosse alcuna espressione dietro di essi. Era preparato, o così credetti, a qualsiasi risposta.

«Non posso fidarmi di lei così velocemente quanto mi chiede!» dissi.

«Allora, per favore, esca immediatamente dalla stanza e avverta che nessuno deve disturbarmi, compreso l'ispettore Merton, se gli fosse rimasta qualche voglia di tornare, cosa che non credo, ma neanche escludo, altrimenti scriverò alla mia famiglia le mie lamentele. Dica così al dottor Ponsonby e se ne vada».

Il suo disprezzo e la sua indifferenza erano tali che feci mezzo giro e mi diressi alla porta. Ma ci pensai meglio. Non potevo lasciarlo solo dopo quella richiesta.

«È lei a doversi fidare per primo di me!» dissi, tornando verso la poltrona. «Se quello che pensa di fare è ammissibile, mi avrà al suo fianco, altrimenti dovrò decidere cosa fare. Ma non mi chieda di concedere ciò che lei non sembra essere capace di darmi!».

Sostenni il suo sguardo azzurro e rosso. Le sue labbra sottili s'incurvarono in una smorfia.

«L'ho difesa davanti alla polizia. Le sembra questa una scarsa dimostrazione di fiducia?».

«Nessuno le ha chiesto di farlo! Sono la sua infermiera, non una sua amica! Mi fiderò di lei per quanto lei mi permetterà di farlo!».

Mi sentivo come in un tiro alla fune.

«Lei è...».

«Cocciuta, già lo so. Ma non me ne andrò finché...».

«Allora apra la finestra».

«... non mi dimostrerà... Che ha detto?».

L'impazienza lo fece – se possibile – parlare più velocemente.

«Signorina McCarey, lei vuole scambiare fiducia con fiducia e io ho accettato, quindi apra questa finestra quanto prima facendo attenzione al nostro amico comune, il Chiavistello Assassino».

Riconobbi che il suo ragionamento era valido e, paradossalmente, quello che mi chiedeva era quanto avevo tentato invano di fargli accettare da quando ero arrivata a Clarendon.

Aprire la maledetta finestra.

Mi girai verso i rettangoli polverosi che svelavano l'azzurro scuro più in là. Già ero pratica nello sbloccare quel terribile chiavistello.

«Bene, e ora...» dissi mentre la brezza marina del crepuscolo mi accarezzava.

Allora mi fermai.

Giuro che, se avessi sofferto di cuore, questa storia non sarebbe mai stata scritta.

Perché due mani si alzarono in aria, da fuori, e si aggrapparono al davanzale.

2

Devo dire, nel caso finora io abbia offerto un'altra immagine in questo racconto, che il mondo per me ha sempre avuto un aspetto ordinario, sebbene non del tutto felice: lavoro, molto; riposo, poco; camminate; pazienza; burocrazia; piccole gioie; immense tristezze e qualche sogno, sempre relazionati al sole, perché la sua assenza, il suo sorgere e il suo calare mi fanno sognare. Non credo di peccare di presunzione dicendo che questo è il mondo di molte altre persone. Fino a quell'istante, assistevo a cose straordinarie solo a teatro e le poche eccezioni – la farfalla che, inaspettatamente, venne a posarsi proprio sulla mia mano da bambina; l'anziana che mi ringraziò per le mie cure appena prima di morire; la prima volta che Robert Milgrew mi baciò – erano state fugaci e irripetibili. Ma era chiaro che il mondo del signor X fosse diverso. Non solo dal mio, bensì da quello di qualsiasi altra persona comune. Qualche ora dopo che ci eravamo conosciuti lui sapeva tutti i miei segreti. Un giorno dopo, io iniziavo a conoscere i suoi.

Rimasi immobile a guardare sconcertata mentre entravano.

Nessuno ostacolò il passaggio agli altri. Si sollevarono con agilità e saltarono all'interno, ordinatamente, come se si scambiassero cortesie davanti a una porta. Poi rimasero fermi, a osservarci con i loro grandi occhi aperti e nervosi davanti alla poltrona.

Credo che tutti li abbiamo visti qualche volta, e allo stesso tempo non li vediamo mai. I bambini con cui la vita si accanisce con tutta la sua crudeltà – che abbondano a Portsmouth non meno che nelle strade di Londra – vestiti di stracci, sporchi, con lo sguardo fisso e ansioso. Di solito la gente non gira la testa quando passano in branchi rumorosi, però li scruta con avidità sui palchi dei teatri, legali o clandestini. Sono come creature immaginarie per quella parte della società che crede che un vero bambino sia quello col vestito alla marinara che gioca col cerchio e col bastone sotto lo sguardo vigile dell'istitutrice. A me è sempre sembrato il contrario: ogni volta che vedo un bambino di strada, cento bambini ben vestiti e sani per me si sciolgono come lo zucchero della Gente Dolce.

Davanti a me ne avevo tre esempi straordinari. Il più basso non poteva avere più di dieci anni ed era una scimmietta con la faccia lentigginosa e sporca di fuliggine e i capelli arruffati e rossi. Il più alto, accanto a lui, con i capelli come paglia, mostrava tutta la tranquillità e rassegnazione che sembravano mancare al primo, con i suoi occhi socchiusi e una tristezza che sembrava brevettata da lui. Il terzo, biondo e sporco, era il più bello e né le lacrime – perché piangeva in un silenzio commovente – né la sporcizia né i graffi sulle braccia e sulle gambe – che mi fecero pensare che si guadagnasse da vivere in qualche arena – diminuivano la sua bellezza.

Per un istante non accadde nient'altro. Loro guardavano me, e io loro, e non avrei saputo dire chi fosse più stupito o spaventato. Sei gambe magre dai piedi piccoli e sudici dinanzi all'emaciato dittatore della poltrona, che ruppe la trance parlando.

«Non restate fermi davanti alla finestra, ve l'ho già detto, un po' più verso il letto. Non devono vedervi da fuori. Sia gentile, signorina McCarey, spenga tutte le lampade tranne una e metta una sedia contro la porta, grazie».

Mi assicurai di obbedire, sebbene sapessi che, così facendo, diventavo complice di qualunque cosa fosse quella che il mio ospite aveva tra le mani, però non mi venne in mente altro.

Sembrò che il signor X mi avesse letto nel pensiero, perché aggiunse:

«Non deve preoccuparsi di nulla, signorina McCarey, più tardi le spiegherò la presenza dei miei tre amici qui, ma per ora mi permetta di abusare ancora un po' della sua bontà e, come rapida presentazione, le dirò che questo rosso inquieto è detto Mosca, ronza tanto e parla troppo». Questo sembrò far piacere all'interessato e al suo alto compagno, che sorrise e gli diede uno spintone. «Il suo amico lo chiamo Ragnatela, perché resta fermo e percepisce fino ai più minimi dettagli. Anche il terzo ha un soprannome, ma io preferisco chiamarlo col suo nome, Danny Waters; e per quanto riguarda l'infermiera McCarey, ha la mia piena fiducia».

I sorrisi con i buchi tra i denti che mi rivolsero avrebbero ispirato pietà anche a Erode. Cercai di restituirgliene uno che ispirasse "piena fiducia", ma ero lontana dal sentirmi così. La presenza di quei ragazzini andava contro ogni regola di Clarendon e, se fossero stati scoperti, di sicuro avrei perso l'impiego.

«Avanti, Mosca, cosa avete?» disse il signor X.

Il rosso sembrava aver aspettato quel gran momento tutta la vita.

«Hanno trovato un altro morto sulla spiaggia, signore! Beveva! Si chiamava Hutchos, Tarta lo conosceva!».

«Hutchins» lo corresse Ragnatela in tono molto serio.

Il terzo bambino piegò la faccina e il suo pianto aumentò tra singhiozzi agghiaccianti. Il volto gli diventò rosso, si contorse. Si abbracciò da solo come una cosa leggera che temesse di essere scagliata da una tempesta.

«Tarta voleva molto bene a Hutchos!» disse Mosca in tono divertito, ma non crudele: per quei poveri angeli il dolore di una perdita era una storiella in più nella vita quotidiana. Nonostante ciò, nessuno parlò per un istante mentre quel pianto si riversava come se tutta la tristezza sgorgasse da lui. Finché il signor X intervenne.

«Be', questo è aneddotico».

Questo mi lasciò senza parole. Mi avvicinai ai bambini, che indietreggiarono prontamente, abituati come erano a mantenere la distanza da qualsiasi adulto. Eppure, attraverso la coltre di lacrime negli occhi arrossati, il povero Danny accettò le mie braccia. Lo strinsi e sentii la sua struttura forte di bambino dell'*arena*, nonostante ora tremasse come se si trattasse di un ragazzo molto più debole.

Mentre lo consolavo, lanciai al signor X uno sguardo di rimprovero.

«Non ha un briciolo di umanità?». Non ottenni risposta. «Vuoi un po' d'acqua?» chiesi al bambino mentre gli toglievo dal viso i riccioli appiccicosi. «Vieni, ti do un bicchiere d'acqua... e forse qualcosa da mangiare».

Il vassoio con i resti della cena era ancora lì, vicino al camino, poiché gli interrogatori della polizia avevano ritardato il lavoro delle cameriere. Non fu necessario estendere la mia offerta. I tre si avvicinarono. Riempii il bicchiere più volte perché, dopo che Danny ne bevette due con avidità, Mosca e Ragnatela lo imitarono, né risparmiarono i resti del tè e delle vivande: rosicchiavano ossi e avanzi di verdura, leccavano i piatti. Avreste dovuto vederli.

Mi impietosì infinitamente accorgermi che, dopo i bicchieri d'acqua, Danny non volle mangiare quasi niente.

«Tarta vuole diventare attore, e Hutch lo incoraggiava» disse Mosca mentre deglutiva.

«Gli diceva che avrebbe parlato bene se non avesse pensato che lo avrebbe fatto male» disse Ragnatela.

«Ed è vero! Tarta, di' qualcosa!». Il ragazzo guardava per terra. Mosca abbassò la voce. «Ora fa solo arene, ma vuole diventare attore-attore...».

«Mi dispiace, Danny» disse, inaspettatamente, il signor X, senza enfasi, poi continuò: «Dovrete dirmi di più se volete una ricompensa, visto che immagino abbiate potuto vederlo prima che la polizia lo prendesse».

«Uh, sì, signore... *crunch*... sono stato lì quasi tutta la mattina!». Mosca sgranocchiava un pezzo di carota.

«Quante ferite grandi aveva, Ragnatela?».

«Tre, signore» disse quello alto in tono quasi scientifico. «Due sulla pancia e una alla gola».

«Infatti, come Noggs» disse il signor X.

«Sì, signore, più o meno... con qualche... differenza».

Poiché questo dettaglio spinse di nuovo Danny nel suo pianto disperato, decisi di intervenire contribuendo con delle osservazioni tecniche.

«Ma la gente dice che per Noggs fu una lotta con un Uomo Dolce che...».

«Oh, signorina McCarey» interruppe il signor X con delicatezza, «la verità non è mai democratica, non dipende dal numero di persone che credono in essa, semmai è il contrario: di solito è riservata alla minoranza attenta e selettiva, per questo la politica è un disastro totale. Propongo di raccontare alla signorina McCarey i meravigliosi dettagli di entrambi i crimini. Mosca...».

«Posso fare a meno di una storia tanto meravigliosa» dissi.

Ma sembrava che in questo mondo non ci fosse nulla che piacesse più all'inquieto Mosca di raccontare orrori. Aiutato dalle domande del signor X e dalle sfumature che aggiungeva Ragnatela, dispiegò un racconto spaventoso. Non credo che lo dimenticherò mai, per questo riassumo qui ciò che ascoltai.

Una settimana prima, dei pescatori che si dirigevano al porto di South Parade trovarono dei vestiti ammucchiati sulla spiaggia, vicino alle baracche a est. Colpendoli coi piedi, scoprirono occhi fissi e una bocca piena di sabbia. Aveva due tagli al ventre, verticali, che da soli forse avrebbero potuto ucciderlo all'istante. Ma lo avevano anche sgozzato. Era Edwin Noggs, e tutti ricordavano le sue lotte col suo vecchio amico Gary Hiscock, l'ex detenuto, che lo accusava di aver raccontato del suo passato di carcerato affinché gli togliessero i ruoli teatrali al Carità, e che ora lavorava nudo e imbrattato di zucchero come Uomo Dolce. Venne arrestato dopo qualche ora. La teoria della polizia sembrava essere, evidentemente, che Gary si fosse spinto troppo oltre in quell'ultima rissa.

Tuttavia, solo una settimana dopo, l'enorme corpo di Elmer Hutchins cadde a terra e, con lui, anche quella fragile ipotesi. Perché anche Hutchins presentava due ferite al ventre, verticali, e uno sgozzamento finale. E se tale coincidenza da sola non fosse bastata affinché Scotland Yard si immischiasse, il resto dei dettagli che lo adornavano – quelli che la povera Hettie era stata incapace di raccontare – sarebbero risultati più che sufficienti.

Perché – è spaventoso, avverto i possibili lettori impressionabili, ma scrivo ciò che ascoltai dalle labbra di quei bambini – al signor Hutchins avevano tirato fuori parte dell'intestino dalle ferite al ventre e, tirandolo, glielo avevano legato al collo come una sartia tesa, ma non si sapeva se prima o dopo averlo sgozzato, così come il movente che avrebbe potuto avere l'assassino per commettere tale atrocità. Quell'accanimento sproporzionato denunciava un atto fuori da qualsiasi logica, compassione o anche, solo, sentimento di umanità.

E fu proprio questa feroce descrizione a far sì che Danny Waters ricominciasse a mostrare il suo terribile dolore. Questa volta lo tradusse in parole, appesantite dal difetto descritto dal suo soprannome.

«Il si-si-signor Hut-Hutchins e-e-era bu-bu-buono...!».

«Non hai bisogno del signor Hutchins per diventare ciò che vuoi, Danny» disse il signor X.

«Sì, per diventare attore!» insistette Mosca. «Sì, sì! Il Tarta vuole diventare attore-attore, ma fa solo spettacoli clandestini!» imitò le lotte delle arene. «Nudo!».

«Sta' zitto». Lo rimproverò il serio e distinto Ragnatela.

Danny si limitò ad abbassare lo sguardo.

Non riuscivo a immaginare la vita di quel ragazzo nei teatri clandestini, a farsi strada come lottatore nudo nelle piccole arene, o travestito, o in qualunque altro degli innumerevoli modi in cui il teatro sfruttava i bambini senza protezione. Lo vedevo su palcoscenici piccoli come lui, sotto la penombra dei colori usati da chi fa teatro, annebbiata dal fumo e piena di grida assordanti. Ma quelle fantasie dolorose si scontrarono contro il muro di ghiaccio che era il signor X.

«No, non allontaniamoci dal tema, c'è poco tempo. Ditemi, era presente l'arma anche questa volta?».

«Sì, sì, signore!» saltò su Mosca. «Un poliziotto l'ha trovata quando siamo arrivati! Un coltello grande così! No, così!».

Secondo le braccia di Mosca – e la sua esagerazione – doveva essere una sciabola, ma il signor X non si soffermò su simili dettagli.

«A quale distanza dal corpo direste che era?».

Ci fu una piccola discussione, soprattutto perché nessuno di loro poteva offrire numeri e cercavano solo esempi. Alla fine, decisero.

«Quanto da noi a quella brocca!» indicò Mosca.

«Non credo che al dottor Ponsonby piacerebbe il fatto che chiamate "brocche" i suoi vasi, per quanto siano solo imitazioni di porcellane cinesi, però diciamo all'incirca a otto passi, il che trasforma la semplice domanda del delitto precedente in un enigma: perché lasciare l'arma vicino ai corpi?».

Ma mancava la rivelazione finale. Mosca si fece carico di gridarla.

«Un signore ha visto tutto! Si chiama Testimonio! Lo dicevano i poliziotti!».

«S-Spencer» lo corresse Danny, tirando su col naso.

«Si chiama Spencer, idiota» disse Ragnatela. «Dicevano che era un "testimone"».

Questa informazione sembrò finalmente colpire l'omino esigente. Rimase un istante con gli occhi di due colori fissi in un punto nel vuoto.

«Oh, e che faceva il signor Spencer, chiunque egli sia, a quell'ora sulla spiaggia, qualcuno lo sa?». Le piccole spalle si strinsero quasi contemporaneamente. «Vi piacciono i biscottini croccanti Merryweather, della pasticceria di Green Street?».

Questo provocò poco meno che esaltazione. A chi non piacevano?, mi chiesi. Erano tipici della città, un negozietto – esisteva già quando ero bambina – che si era allargato fino a Londra. Mia madre li adorava. Erano come grandi monete di farina e miele. Il signor X alzò le piccole mani interrompendo l'allegria.

«La prossima volta avrete un paio di scatole di biscottini croccanti Merryweather. Un paio, ovvero due» precisò, forse per Mosca o solo per sicurezza, «oltre alla solita ricompensa, se otterrete qualche informazione su questo Spencer: che faceva sulla spiaggia, cos'ha visto. Avete dei contatti, usateli. Ora prendete ciò che è vostro e andate via».

Conoscevano già la procedura: si diressero verso il comò e, senza bisogno di parlare, lavorarono ordinatamente. Presero il grande vaso, lo rovesciarono sul letto e i penny e le paste – avanzate dai tè serviti la sera, che io pensavo il mio ospite divorasse con gusto – sparirono in un lampo. Quando corsero verso la finestra, la mia raccomandazione di fare attenzione arrivò solo alle tende ondeggianti e ai rami agitati degli alberi.

«Sono abili e discreti, e sanno badare a se stessi» spiegò il signor X mentre io cercavo, invano, di rintracciarli nel giardino buio. «Non c'è niente di meglio che i bambini di strada per questo».

«Ma come ha fatto a... e perché...?». Chiusi la finestra e le tende, ancora incredula che nessuno li avesse scoperti.

«I servizi del giovane Jimmy Piggot sono eccellenti» disse il signor X, «non solo quando si tratta di prendere e portare le lettere degli ospiti. Vuole sposarsi e accetta delle gratifiche. Inoltre, chi l'ha preceduta, la signorina Harfield, ha collaborato a modo suo, giacché insisteva ad aprire la maledetta finestra come lei. Una sera sentii quei monelli che giocavano in spiaggia, chiamai Jimmy e gli chiesi di parlare con loro usando come carota qualche penny e un po' di dolci, che avrebbero vinto i primi tre che fossero saliti nella mia stanza. Così conobbi e battezzai Mosca e Ragnatela, ai quali si unì Danny Waters.

«Ma lei li stava aspettando... come sapeva che sarebbero venuti?».

«Abbiamo stabilito delle semplici regole» replicò annoiato. «Se apro le tende e accendo le lampade, possono salire. Lanciano un sassolino alla mia finestra, così so il momento esatto in cui posso aprire la finestra e mettere la sedia davanti alla porta. Oggi hanno lanciato il sassolino proprio quando sentivo la polizia nel corridoio. Mi sono piazzato davanti alla finestra per farmi vedere bene, facendogli segno di aspettare a salire. Attendevano nascosti tra i rami degli alberi. Per questo avevo fretta di cacciare il nostro amico Merton e di aprire la finestra».

Ora capivo la questione delle "voci" che Bettie Harfield, l'infermiera che mi aveva preceduto, aveva creduto di sentire nella stanza del signor X. La visita segreta di quei pipistrelli!

«Ma che tipo di informazioni le occorrono da loro?».

«I bambini di strada sono tutti occhi e orecchie. Efficaci soprattutto per osservare i dettagli su un cadavere prima che le autorità si portino via il corpo».

Qualcosa non mi tornava. Raccoglievo gli avanzi della cena e cercavo di cancellare ogni traccia dei bambini quando mi fermai e incrociai le braccia, mettendomi davanti al mio ospite.

«Ma... Edwin Noggs è stato ucciso una settimana fa e Hutchins è apparso oggi. Lei dice di aver parlato con quei bambini un *mese* fa... Come faceva a sapere che ci sarebbero stati questi... omicidi?».

«Anticipare le mosse è l'unico modo per vincere, signorina McCarey». Questo mi fece ricordare all'improvviso le parole della signora Murray: "Sta aspettando qualcosa". «Ora mi permetterebbe, se non chiedo troppo, di abbandonarmi agli arabeschi del violino? Non si preoccupi del laudano o di mettermi a letto. Buonanotte».

Lo lasciai a mettere in atto la sua assurda pantomima, ma in parte lo invidiai. Io non avevo alcun violino, immaginario o meno, nella mia camera: nell'oscurità delle mie palpebre fluttuavano solo l'orrore raccontato da quei bambini e la possibilità che ci fosse un assassino a Portsmouth.

3

Mi svegliai con una sensazione assurda: avevo sognato la visita segreta di alcuni bambini? No, si erano *davvero* arrampicati su un muro e su un albero ed erano entrati nella stanza del mio ospite, e uno di loro piangeva ed era un bambino dell'arena.

Fino ad allora, le cose assurde del mio lavoro le vivevano solo i miei pazienti. Il signor X le aveva mischiate con la mia vita. Questo mi rendeva nervosa.

La mattinata, invece, non aveva niente a che vedere con la mia tensione interiore. Il sole dell'alba aveva in sé una brillante promessa che non tardò a mantenere sulla spiaggia, donando alle acque un bagliore luccicante. Negli attimi in cui mi affacciai alla finestra del pianerottolo vidi un'attività come non ne vedevo da quando avevo abbandonato Portsmouth. Quel tipo di frenesia che può esserci solo vicino al mare. Oltre ai soliti assidui della spiaggia – dame con l'ombrellino che passeggiavano sulla battigia con le gonne alla caviglia, bambini che parlavano a strilli con i gabbiani, damerini disoccupati con cappelli di paglia, bagnanti rinchiusi nelle macchine da bagno che i ragazzini spingevano a riva affinché i suoi occupanti potessero fare il bagno conservando il pudore – si osservavano piccoli spettacoli all'aria aperta. Nella zona in cui era stato trovato Elmer, apparentemente già priva di interesse per la polizia, degli ambulanti inscenavano la farsa di un crimine. Ebbi l'impressione che Hutchins fosse interpretato da una grossa donna, ma poteva anche essere un costume pieno di sacchi. Un altro maneggiava un coltello scintillante. La gente applaudiva e lasciava monete in un cappello. E proprio sulla riva degli acrobati saltavano come delfini di terra al suono di tamburi e trombe. Nella piccola pineta si scorgevano ballerine all'aria aperta. Grandi battelli a vapore iniziavano a riempire l'orizzonte. E, dalle finestre del corridoio degli ospiti, una *troupe* su viale Clarence, con trombe e carretti, annunciava quello che sembrava essere uno spettacolo gotico al Terrance Hall, ma non riuscivo a leggere il titolo dell'opera. Ogni tanto si aggirava l'ombra di un poliziotto di guardia, che impediva che la tragedia venisse dimenticata del tutto. Tutta Portsmouth, però – o almeno Southsea – stava recuperando la sua vitalità e il trambusto di sempre. Dovevo sospettare che non sarebbe durato.

Nel corridoio incontrai Susie, che usciva dopo aver medicato le ulcere di lord Alfred.

«Splendida giornata, Annie, eh...» mi disse allegramente.

In quell'istante la capa Braddock uscì dalla stanza del signor Conrad H. Era una donna acida, ma avrei scommesso che anche lei aveva un cuore.

«Splendida giornata, signorina Braddock, eh?» dissi.

«Il dottore desidera vederti» rispose seccamente.

Era chiaro che non sarebbe durato.

4

Ci pensavo mentre davo dei colpetti alla porta del suo ufficio. I bambini. Li hanno visti. Sono licenziata.

Ponsonby mi ricevette di spalle, mentre guardava uno dei suoi libri. A volte avevo l'impressione che si mettesse a leggere testi scientifici solo quando entravamo, per dare un'immagine appropriata di sé. Ma questa era solo una mia impressione. Sulla scrivania, sparpagliati, c'erano altri volumi. Alcuni sembravano essere sul teatro mentale, chiaramente una tecnica che gli interessava.

Eppure, il dettaglio più sorprendente non era sulla scrivania bensì vicino alla finestra: la signora Murray lavorava a maglia seduta su una sedia. Portava gli occhiali. Sapevo che appariva nei luoghi più inaspettati. C'era e non c'era. Viveva in una stanza vicino al bagno che dividevamo nell'attico, però a volte la sorprendevi in qualche ufficio, o in cucina, a lavorare a maglia. Non si faceva notare, ma osservava.

Ponsonby esitò nel presentarmi.

«McCarey» gli ricordai.

«Già ci conosciamo, Ponsonby» disse l'anziana.

Il dottore si dimenticò di lei ed entrò velocemente in argomento.

«Volevo vederla. Stasera verrà l'oculista di cui le avevo parlato».

«È fantastico, signore». Mi rallegrai, ovvio, ma aspettai perché il volto di Ponsonby non sembrava riservarmi solo questa notizia.

«Quando lo avrà visitato, voglio che consegni il referto a me personalmente».

«Sì, dottore».

«Ah... mi dica...» e finse di tornare a immergersi nelle sue letture. «Ieri è successo qualcosa quando la polizia ha interrogato il signor X?».

«Be'...». Pensai velocemente. Non potevo raccontare né nascondere tutto. «Lei sa com'è fatto... Si è messo a... a dire... cose riguardo l'ispettore».

Ponsonby schioccò la lingua e gettò il libro sulla scrivania con un colpo. Questa volta, davvero irritato.

«È vergognoso!» borbottò. «Quando è sceso, l'ispettore era molto nervoso... e... mi ha chiesto tutte le informazioni che avevo su di lui... che non sono molte, come credo di averle già detto. Ah, non voglio dire che non ce ne sia nessuna, ma non ci sono grandi cose... neanche in altre cliniche hanno fatto controlli o diagnosi su questo soggetto. L'ispettore mi ha promesso che avremo sue notizie. Cosa mai gli avrà potuto dire quel maleducato?».

Ero così sorpresa da quel cambiamento – non erano più ospiti "selezionati" bensì "vergognosi" e "maleducati" – che per un momento non riuscii a parlare. La signora Murray osservava con grande apatia.

«Cose intime» mormorai.

«Può farmi un esempio?».

«Io... ho preferito non ascoltarle, dottore».

Mi guardò fisso ma ora, di nuovo, io *esistevo* per lui.

«Non gli regga il gioco su niente, mi ha capito?».

«Quell'uomo è un demonio, già te l'ho detto, Ponsonby» mormorò la signora Murray.

«Ad ogni modo, non incoraggi le sue manie. Lo lasci solo».

«Sì, signore».

Ponsonby aggrottò la fronte e parve concentrarsi su qualcosa che aveva sulla scrivania. Arricciava le labbra, come lo avevo già visto fare altre volte.

«Non mi piace». Lo disse con tono così categorico che guardai la scrivania. Ma lì non c'era niente: era la questione. I pensieri gli si agitavano in testa come i ferri della signora Murray. «Le racconterò una cosa. Quando il signor X fece ingresso a Clarendon, due mesi fa, il direttore della clinica precedente, a Oxford, mi inviò una lettera. Ah, diceva che il pazzo si era... intromesso in un'indagine della polizia...».

«Io te lo avevo detto» disse la signora Murray con quel tono dei vecchi che, parlando del passato, sembrano fare profezie.

«Non dico che mi sembrasse una cosa grave» proseguì Ponsonby, «è un pazzo e...».

«Quell'uomo non è un pazzo qualunque, Ponsonby» disse la signora Murray.

Quell'osservazione condusse Ponsonby nel labirinto della sua solita confusione.

«Ah, no, no, sì... però no... Qui... qui è un ospite, signora Murray. Volevo solo metterla a conoscenza, signorina». Fece un gesto verso di me col dorso peloso della mano. «Ho il timore che stia succedendo lo stesso qui. Ah, non voglio dire che sia esattamente lo stesso, però potrebbe essere qualcosa di simile... Ha l'idea malsana di indagare sui *delitti* separatamente dalle autorità. Non posso... Non possiamo permetterlo a Clarendon. Qualsiasi cosa egli faccia o dica in proposito me la comunichi immediatamente. Immediatamente» sottolineò. «Tutto deve passare da me».

«Sì, dottore».

«E lo distragga. Ah... non gli permetta di abbandonarsi alle sue idee morbose. Sono stato sufficientemente chiaro?». Nella sua domanda c'era una punta di preoccupazione, come se essere "sufficientemente chiaro" fosse un risultato che non raggiungeva quasi mai.

5

Ciò che più mi feriva era che Ponsonby aveva ragione.

Com'era possibile che io, formata in luoghi dove i malati di mente erano considerati solo malati che dovevano ricevere cure e compassione, mi fossi lasciata tentare dalle illusioni di quel paziente? Tornai nella sua stanza e lo trovai al buio, ma, per cambiare, era seduto davanti al tavolino, completamente visibile, dopo essersi spazzolato tutto lo spuntino di tè e biscotti di metà mattinata – era magro ma mangiava a quattro palmenti.

Appena mi vide, si mise a parlare.

«È già arrivato Jimmy con le scatole di biscotti, signorina McCarey?».

«Buongiorno, signore» borbottai.

«Oggi dobbiamo essere pronti a ricevere i miei passerotti, che porteranno senza dubbio informazioni importanti».

«Oggi la visiterà l'oculista» dissi senza fermarmi, andando verso la finestra.

«Va bene, immagino che dopo potrò... No, non apra le tende, allora».

«Non ci sarà nessun "dopo"». Aprii le tende con un solo strattone.

«Non lo faccia!» sentii alle mie spalle. «I miei ragazzi potrebbero credere...».

Mi invase qualcosa a metà tra la rabbia e la stanchezza. Dalla finestra vedevo il mare che si agitava oltre le ombre degli alberi, le onde, la luce, i teatrini. Tutto palpitava.

«Si vesta» ordinai.

«Chiedo scusa?».

Mi girai verso la figura in vestaglia e pantofole, che era già tornata alla poltrona, una mano sull'altra. Aveva un'espressione titubante.

«Si vesta. Immagino sappia cosa significa. I nostri antenati iniziarono a farlo dopo il peccato originale: pantaloni, camicia, panciotto, giacca. Non dimentichi le scarpe. Il cappello non è necessario, però non glielo vieto. Le do dieci minuti. Aspetterò fuori».

L'inquietudine che mostrava non sembrava esagerata, ma avevo imparato a riconoscere alcuni dei suoi impercettibili segnali emotivi e avrei potuto giurare che, in realtà, si era innervosito molto.

«Ma, signorina McCarey, dove andiamo? Io non esco mai da qui!».

Mi fermai mentre andavo verso la porta, scocciata.

«Ho sopportato la sequela di orrori sanguinari che ha fatto raccontare a quei poveri bambini in cambio di cibo. Sono le sue manie, signor X, ma ora sopporterà le mie. La aspetto fuori. Se non esce vestito tra dieci minuti, racconterò al dottor Ponsonby tutto ciò che è successo ieri, anche se mi licenzierà. Per quanto la sua famiglia sia influente, probabilmente sarà espulso da Clarendon e forse finirà rinchiuso in una cella imbottita. Se fossi in lei mi vestirei. Le restano nove minuti».

Uscii e chiusi la porta.

Per essere del tutto onesta nei suoi confronti, dirò che era riuscito a mettersi, almeno, i pantaloni e una camicia, e stava cercando di chiudere i bottoni di quest'ultima quando rientrai. Aveva chiuso di nuovo le tende, quindi sembrava un fantasma sotto a un lenzuolo bianco. Le aprii di nuovo, imperturbabile.

«Molto bene» disse, «così ora tutte le signore che passeggiano sulla spiaggia potranno godere della mia intimità».

«A nessuno interessa la sua intimità». Lo osservai mentre con dita sottili e tremolanti ancora lottava con i bottoni più in alto. «Da quando non esce per strada, signor X? O meglio, c'era qualcosa che somigliasse a una "strada" quando uscì l'ultima volta o c'erano ancora boschi e cavalieri in armatura?».

«Si risparmi le battute se non vuole aiutarmi».

Lo aiutai controvoglia con il panciotto e la giacca, che sembravano aver vissuto molto comodamente appesi nell'oscurità dell'armadio e ora si rifiutavano di svolgere la loro funzione di indumenti. Ignorando l'ostinazione degli abiti e del loro proprietario, chiusi la camicia inamidata sul suo collo magro, gli abbottonai la giacca e mi chinai per infilargli degli stivaletti con la punta quadrata. Era come vestire un bambino.

«Le ho già detto che il cappello non è necessario».

«Le chiedo di permettermi almeno questo capriccio» mormorò. Il cappellino era ridicolo, aveva una piuma alla tirolese e gli stava sul cocuzzolo della testa, su quella fronte altissima, come un alpinista solitario e pauroso sulla cima di un picco innevato. Prese anche un bastone con il manico d'avorio.

«Oh, per favore, non stiamo mica andando a Buckingham! Andiamo, una buona volta».
«La dolcezza non è una delle sue, forse non molto numerose, ma in generale soddisfacenti virtù, signorina McCarey».
«E lo scopre ora? Non è così perspicace. Forza, cammini».
Cinque pinze fredde cinsero inaspettatamente il mio braccio. Fino ad allora non mi aveva mai toccato. La sua forza insospettabile mi sorprese.
«Per favore, non mi lasci solo». Nella sua voce, ora trapelava l'angoscia.
Quello "stregone" da casa di riposo aveva perso tutti i suoi poteri. Poveri malati indifesi! Gli misi una mano sulla spalla e gli parlai con dolcezza.
«Non si preoccupi, sono con lei».
Così uscimmo. Mi teneva per il braccio, il bastone nell'altra mano, il volto pallido e gli occhi di due colori, grandi e aperti, che guardavano in avanti. Sulla scala incontrammo Susie Trench, che saliva con una pila di lenzuola piegate, che somigliavano a libri fatti di neve. Quando sollevò lo sguardo e ci vide, restò affascinata.
«Dove va, signor X?».
«Lo chieda alla signorina McCarey, per favore».
«A fare una passeggiata» conclusi.
All'ingresso presi uno scialle per me. Il signor Weedon, che dava istruzioni a una domestica, si tolse gli occhiali quando ci vide. Ebbe la delicatezza, o l'indifferenza, di non dire nulla, ma osservò il passaggio del signor X come se si trattasse di una visita a sorpresa dell'arcivescovo di Canterbury. Il pomeriggio fresco e soleggiato mi fece strizzare gli occhi. Camminavamo con un equilibrio instabile, girammo verso il lato della spiaggia, e ci addentrammo nella sabbia. Ebbi l'impressione, che mi fece sentire in colpa, di portare a spasso un animale domestico.

6

Non c'era più tanta gente sulla spiaggia. Di certo, nessun bagnante. La farsa del crimine si era conclusa da molto. Il sole ci irradiava le spalle e, guardando in quella direzione, bisognava fare una visiera con la mano per vedere la fortezza di Southsea. Diverse signorine passeggiavano, come me, sottobraccio a dei cavalieri, alcune molto giovani, con il velo della *decenza*. Tuttavia c'era ancora la musica delle bande e c'erano artisti circensi al porto di South Parade. Le falde della giacca del signor X e il mio scialle si gonfiavano come vele.

«Che confusione!» si lamentava il mio ospite. «Quanto rumore, quanto teatro! Ma nessuno capisce che ci sono cose più importanti dello spettacolo? Tutti vogliono guardare gli altri, nessuno se stesso. Ascolti questa musica dal porto, per Giove, quante grida per qualche acrobata, quanto clamore! Temo di non poterlo capire, mi creda, voglio tornare alla mia oscurità e dimenticare il mondo».

«Mio fratello mi diceva sempre una massima del mondo del teatro: "Non temere il teatro che romba come un tuono e abbaglia come un fulmine, temi quello buio e silenzioso"».

«Troppo poetica» valutò il signor X. «Perché ha lasciato la carriera da attore?».

Non gli chiesi come sapeva che avrebbe voluto fare l'attore.

«Non gli piaceva fare spettacoli clandestini» dissi.

I curiosi guardavano il mio ospite, soprattutto perché passeggiava con un'infermiera. Ma il suo aspetto non era così affascinante da richiedere una seconda occhiata e perdevano subito interesse. Dal porto arrivavano grida e applausi.

«Non biasimo suo fratello, quel piacere, quel baccano fastidioso, tutto quel rumore e quella furia... viene da chiedersi perché ci serve tutto questo».

«Cos'ha di male il piacere?» chiesi.

«Nulla» fu la brusca risposta. «*Questo* ha di male».

Un ragazzo correva in lontananza, o forse era una ragazza. Era nudo ma aveva qualcosa di dorato al collo e alla caviglia sinistra che lo identificavano come il tesoro di una caccia al tesoro. I tesori stanno nudi all'aria aperta senza *scandalo*, perché sono tesori. Questo correva, senz'altro perché lo avevano trovato. Accidenti! Ora doveva nascondersi in un altro posto già predisposto finché non lo avessero trovato di nuovo. Le cacce al tesoro erano uno degli spettacoli più apprezzati sulle spiagge da quando ero bambina.

Nonostante le lamentele del signor X, mi sentivo sempre meglio mentre i miei stivaletti affondavano nella sabbia e il mio volto veniva bagnato dall'aria fredda e umida. Amavo il mare, come mio padre. Pensai a Robert, forse per associazione. Non volevo pensare a lui in quel momento di pace, ma non riuscii a evitarlo. Mi chiesi se sarebbe venuto a trovarmi a Portsmouth, come aveva detto nel suo ultimo messaggio. Cosa avrei fatto se fosse accaduto? Le domande mi affollavano la testa con l'insistenza immotivata delle onde, e volteggiavano senza sosta come lo zigzagare del povero bambino-bambina nudo, a cui bagnanti e burloni tagliavano la strada. Il sole splendeva sulla sua piccola schiena e sulla rotondità del suo sedere.

La piccola figura era sgusciata tra i suoi inseguitori e non si vedeva più quando la voce melliflua del signor X mi interruppe.

«Almeno... non potremmo andare dall'altra parte, dove la polizia ha trovato il cadavere di Hutchins?».

Aveva parlato in tono quasi supplicante. Mi fermai a guardarlo: una mano sul cappello, l'altra ancora mi teneva, il bastone infilato sotto l'ascella.

«Per favore, lasci perdere i cadaveri e gli assassinati, una buona volta» implorai.

Questo sembrò irritarlo. Si sciolse velocemente dal mio braccio. Quando mi voltai, si appoggiava tremolante al bastone, tutto il suo corpo magro barcollava.

«Sa una cosa, signorina McCarey? Lei fa questo perché ha pietà di me: "Usciamo, così che veda il mondo, si goda il sole, pover'uomo", però a me non serve la sua compassione».

«Non ho pietà di lei».

«Eppure, la mia vita potrebbe ispirarle una certa pietà». Fece una pausa come se riflettesse sulle sue prossime parole e io cercai di ascoltare con attenzione. Quindi aggiunse: «Perché lascia il coltello sempre a una certa distanza dal cadavere? Questo è...».

Sospirai. A quanto sembrava, non c'era forza umana o paesaggio divino che gli facessero dimenticare le sue idee morbose.

Dei bambini vestiti di tutto punto, che prima avevano inseguito il tesoro, ora si dedicavano a sporcarsi con palle di sabbia facendo indignare le loro nutrici, e correndo vicino al signor X quasi lo spinsero. Mi affrettai a sostenerlo.

«I rischi dell'aria aperta» bisbigliò spaventato.

«Perché la sua vita potrebbe ispirarmi pietà?» domandai.

«Oh, perché... Ma mi prometta che torneremo quando glielo avrò spiegato».

«Questo non posso promettergliel o».

«Di cos'è fatta lei? Di pietra?».

«Di umanità. Lei da dove viene?».

«Mi dica questo, almeno, signorina McCarey: sono così importanti i nomi? Mi chiamo X, nacqui a W e morirò a Z, e una rosa avrebbe lo stesso profumo se...».

«Le dispiacerebbe ogni tanto rispondere a una delle mie domande?» esclamai.

Sembrò pensarci. Tornammo a camminare vicini, con lui che mi afferrava il braccio.

«Vengo da una famiglia molto nobile» disse, «non esagero, le sue decisioni pesano sulla politica di questo Paese ma, proprio per questo, non potevano permettersi una creatura come me; all'età di un anno parlavo tre lingue: il francese e il tedesco li imparai dalle mie nutrici, poi li dimenticai, ovvio.

O meglio, li conservai. Stanno lì, se voglio disporne, ma è necessario lasciare spazio per le cose importanti. Lo stesso mi accadde con altre sciocchezze: geografia, storia, geometria, matematica... Mi sembravano materie noiose, perché la percezione attenta e profonda di un ambiente mi trasmetteva molta più conoscenza di esse, per non parlare degli esseri umani». Lo guardai: arrossato e testone, ora sembrava quasi contento. L'aria del mare gli aveva sciolto la lingua. Continuò come tra sé e sé: «C'è tanto, tanto da imparare nella più insignificante delle persone... grandi profondità in cui cercare perle... nessuna scienza eguaglia questo passatempo, e quando lo scoprii, riposi il resto e mi dedicai solo a questo, così che a tre anni rivelai ai miei genitori tutti i segreti della servitù, dal primo maggiordomo all'ultimo stalliere, e mi ascoltarono meravigliati. Però a quattro anni raccontai ai miei genitori tutti i segreti dei miei genitori, e non si meravigliarono più tanto. Non li biasimo».

«Io sì» dissi, reprimendo la rabbia. «Il fatto di averla spedita in una casa di riposo da bambino... mi perdoni, ma mi sembra una barbarie».

«Oh, mi trattarono con le pinze, come un insetto velenoso dai colori sgargianti, e mi rinchiusero in una teca di cristallo dopo aver scritto una ics sullo spazio del mio nome, per mancanza di classificazione. Sono un individuo difficile, le centoventidue infermiere che l'hanno preceduta, e le trentaquattro pensioni in cui ho vissuto possono dimostrarlo. Morivo di noia... fino a Oxford» aggiunse.

Rimasi in silenzio, ma mi sembrava qualcosa di estraneo a tutto ciò che io intendevo con "famiglia".

Ripresi a camminare tirando delicatamente il signor X.

«E non ha rivisto i suoi genitori?».

La domanda sembrò divertirlo. Si fermò davanti al mare, che avanzava verso di noi come se ci sfidasse su un terreno pulito e umido di schiuma.

«No, non li ho rivisti, non li ho mai visti. La mia famiglia è strana. Forse io sono il più strano, ma sono tutti strani. O almeno lo erano». Scosse gli stivaletti con disprezzo. «Buon Dio, se c'è qualcosa che mi dà più fastidio della sabbia asciutta, è la sabbia umida... Possibile che ci siano esseri umani che vengono qui per divertimento...? E perché li uccide sulla spiaggia...?».

Un dettaglio di ciò che aveva detto mi era sembrato confuso.

«Perché dice di non aver mai visto i suoi genitori?».

Questa volta percepii che avevo esaurito la sua pazienza. Scosse la testa.

«Perché lei mi facesse proprio questa domanda stupida» replicò. «Signorina McCarey, ha finito con la sua pietà? So che è diventata infermiera per fare della pietà verso le persone una professione, e che cerca di avere pietà della gente affinché le restituiscano un po' di quella pietà. Io vivo in un guscio di noce e mi sento il re dell'universo, ma lei vive nel mondo e si sente un vermetto in una noce, il che mi infastidisce. Questo modo che ha di considerarsi la donna più brutta del creato, questa ossessione di cercare un uomo che le dia il permesso di essere felice, che la fa dipendere da un marinaio volgare e ubriacone che la maltratta...».

«Signor X...».

«... che lei sopporta perché crede che il dolore, gli abusi e la solitudine furono inventati in suo nome e, infine, questa maniera di aggrapparsi alla speranza disperata di redimerlo, perché lei è una di quelle donne che misurano la propria felicità in base a quella degli uomini che le circondano e aspettano che essi dicano loro "vieni" perché da sole sono incapaci a dire "vado" e finiscono, pertanto, tristi, abbandonate, con ragioni più che sufficienti a ottenere la compassione che cercano ardentemente. Le dirò una cosa: lei lavora con tanto impegno per essere compatita che già ci è riuscita senza sospettarlo, il che mi fa avere compassione di lei». Detto tutto questo, aggiunse: «Lascia il coltello vicino alle vittime... vicino... Perché?».

7

Continuò a pensare ad alta voce. Io non lo ascoltavo più. Rimasi a guardare il mare.

E fu come se il mare mi si fosse incollato agli occhi. Umidità e sale.

"Guarda che diventi brutta quando piangi, figlia", mi diceva mia madre. Certo: contorco tutto il viso e il mio naso grosso si gonfia e si arrossa.

Tutto quello che mi aveva detto era vero. Così la sentivo. VERITÀ. Ma nessuno mi aveva mai nemmeno avvicinato quel ferro rovente come aveva fatto il signor X. Era come se, mentre mi bruciava, mi cicatrizzasse. Mi desse la forza, addirittura, di arrabbiarmi col mio torturatore. Fu una cosa strana. Come se qualcuno, all'improvviso, avesse svelato con un solo strattone uno specchio coperto da un lenzuolo.

Il signor X tolse la mano dal mio braccio in modo altrettanto brusco.

«Rientriamo? Ho compiuto il mio...».

Senza rispondergli, mi chinai accanto a lui. Gli tolsi uno stivaletto, poi l'altro e, infine, le calze dopo una piccola lotta. Perse l'equilibrio e, per non cadere, dovette reggersi alla mia cuffia, strappandomela. Dovevamo offrire un quadretto molto grazioso. E, nel frattempo, non smetteva di gesticolare ansiosamente.

«Ma che fa? Mi lasci i...! Signorina McCarey...!».

Non mi fermai finché i suoi piccoli piedi non toccarono la sabbia con le dita timide. Erano piedi normali ma piccoli. Non da bambino né da nano: come riproduzioni in scala di piedi adulti.

«Rientriamo» dissi, raccogliendo la cuffia e i suoi stivaletti.

«Perché fa così?» piagnucolò. «È la sua vendetta?».

«Mio padre diceva che vicino al mare bisogna stare scalzi, per rispettarlo».

«Un uomo saggio, suo padre». Il signor X piegava le dita nella sabbia. «Peccato andasse così poco d'accordo con suo fratello. Chiaramente era meno poetico di lui».

Rinunciai di nuovo a chiedergli come lo sapeva. Mio padre non aveva mai sopportato che Andrew volesse fare l'attore, nonostante egli avesse cambiato idea successivamente. Scrollai le spalle e iniziai il cammino di ritorno senza preoccuparmi se il signor X mi seguisse o meno. Mi fermai un istante a mettermi la cuffia. Per farlo, lasciai gli stivaletti sulla spiaggia. Mi sentivo strana. Non felice, ma nemmeno triste o offesa. Fino ad allora, quel tipo di sensazione l'avevo provata solo dopo aver ricevuto degli schiaffi: da mio padre, da Robert. Facevano male, ma ti facevano vedere le cose in un altro modo. Questa era stata una cosa simile, però molto più profonda.

Le parole del signor X non avevano colpito il mio volto, bensì qualcosa dentro di me. E il dolore aveva generato un'eco.

Sentii la sua vocina che mi chiamava. Quando mi girai, lo vidi completamente disorientato, che incespicava coi piedi nudi come una papera, eppure inaspettatamente allegro.

«Signorina McCarey, quello che ha fatto è veramente... riprovevole... e la sua crudeltà, lasci che glielo dica, la sua crudeltà non conosce limiti, nonostante questo... ha mancato il suo obiettivo perché, le confesso, questa curiosa sensazione della sabbia sotto ai piedi... mi duole ammetterlo, è piacevole e scopro nuove capacità nelle dita che prima sospettavo appena... quindi, per riassumere, lei mi ha reso felice...».

«Me ne rallegro» risposi bruscamente, presi gli stivaletti e continuai ad avanzare verso la strada, fuori dalla sabbia.

«Oh, vedo che si è arrabbiata» sentii la sua voce, che quasi si perdeva nel vento. «Dimentico sempre che la verità è tagliente... Però cercherò di ricompensarla, quindi mi dica cosa vuole, mi chieda ciò che desidera sapere riguardo alla mia vita, se le sembra interessante...».

Mi fermai di nuovo e lasciai che si avvicinasse.

«Cos'è successo a Oxford?» dissi.

L'espressione sul suo volto cambiò a malapena, come se se lo aspettasse.

«Oh, il nostro amico Merton si è lamentato con il dottore, eh?».

«E questo che c'entra?».

«È l'unica ragione plausibile per cui Ponsonby potrebbe averle raccontato quel poco che sa sulla faccenda di Oxford».

«Lei stesso l'ha nominata poco fa» gli ricordai. «Risponda. Lo ha promesso».

«A Oxford ho aiutato un amico... Era finito in guai seri e la polizia non era sufficiente, come accade spesso. Le darò i dettagli un'altra volta».

«C'è un collegamento con gli omicidi dei mendicanti?».

«Nessuno ha detto che ci sia».

«Ma c'è?» insistetti.

«Ho promesso di rispondere a una sola domanda».

Quell'arguzia mi fece sbuffare. Persi l'interesse. Arrivammo al confine della spiaggia. Sulla strada continuavano ad annunciare l'opera gotica. Ora potevo leggere il titolo sul cartello sostenuto da due attori nel carro: *"La casa degli specchi nascosti"*. Al Terrance. Saltavano, ballavano, suonavano i corni. Mi voltai di nuovo. Il signor X si avvicinava con passi incerti. In realtà sembrava che si godesse la novità.

«Ma non era questo che le avevo offerto, signorina McCarey!» esclamò quando mi fu davanti. «Il mio interesse a renderla felice è sincero, glielo assicuro, quindi... lasciamo volare la fantasia e mi veda come un mago o il genio di una lampada... e pensi... se davvero potesse esprimere un desiderio, cosa vorrebbe? Giuro che cercherò di realizzarlo, nella misura delle mie possibilità, che non sono poche...».

Quella stupidaggine, così appropriata a un malato di mente, riuscì a intenerirmi. Io sapevo che lo faceva per compensare le frasi umilianti che mi aveva diretto, però rimasi in silenzio a guardarlo. Una mano sul cappellino svizzero, l'altra sul bastone, la bocca socchiusa come se perfino quel minimo esercizio gli costasse un grande sforzo. Credo che non dimenticherò mai la sua immagine in quel momento. Un uomo strano, anche se non più di chiunque altro. Tranne che in un aspetto.

«E lo esaudirà?» dissi. «Un desiderio?».

«Glielo giuro» affermò con una assurda serietà.

«Vorrei che lei avesse un nome».

Sbatté le ciglia, di nuovo lentamente come se i suoi occhi assaporassero qualcosa.

«Bene» mormorò in tono molto basso.

Non parlammo più. Sulla strada gli infilai gli stivaletti e tornammo a Clarendon.

Il signor Weedon ci stava aspettando all'ingresso con le dita nel panciotto.

«Signor X, si è goduto la passeggiata? La trovo bene! È già arrivato il suo oculista...». Quindi da dietro avanzò un giovane con la pelle abbronzata e un sorriso smagliante. «Lasci che le presenti il dottor Arthur Conan Doyle».

PORTSMOUTH
Gazette

IL NOSTRO TEATRO

***La casa degli specchi nascosti*, di S. Palmer. Spettacolo gotico. Terrance Hall. Portsmouth**

... di questa storia: nella dimora dei Blackstone tutti gli specchi sono avvolti in lenzuoli neri. I suoi abitanti vivono in un mondo di abiti bizzarri e scenografie contorte (grande progetto della signorina Grobscher!). Arriva un mendicante giovane e cencioso... Sarà lui a rimuovere i sudari che coprono gli specchi. Appena questo succede, i membri della famiglia si trasformano, così come il mondo che li circonda. Le identità si capovolgono e la natura stessa sembra essere sconvolta. Una tempesta incombe, tutto si oscura... Avrà davvero *paura* davanti a quello che succederà adesso!

T. Hermann

SECONDA PARTE

*

Intermezzo

"Momento per commentare,
per chiederci cosa accadrà...
Un leggero tremore del sipario...".

(M.C. Schmidt, *Il teatro europeo*, 1811)

Intermezzo

"Un intermezzo è, per definizione,
l'interruzione di un sogno".
(Trevor M. Torless, *Il teatro di intrattenimento inglese*, 1867)

La bellezza.

Solo a vederla produce ansie.

Le ansie sono voraci, esaltate e onnipotenti.

Però, con un solo gesto, la figurina sul palco le addolcisce.

Il vecchio professore si stupisce che questo gesto – girare il tronco sul lato opposto – sia bastato a dominare la sua furia improvvisa.

Piano e violoncello proseguono, malinconici, l'interpretazione del valzer che il suo amico compositore russo gli ha appena inviato come anteprima di una futura raccolta.

È bello e nostalgico. Debutta ora con una ballerina.

La figura sul palco fa girare la sedia – l'unico oggetto nella scenografia azzurra illuminata dalle luci della ribalta – e, a cavalcioni su di essa, guarda il professore con un'infinita malinconia nei suoi dolci occhi azzurri.

Un altro giro, stavolta laterale, e con un abile gesto delle piccole gambe nasconde con la coscia quello che altrimenti sarebbe rimasto alla vista, perché addosso non ha nulla per nasconderlo.

Con un altro movimento, dolce quanto le onde della musica, in ginocchio sulla seduta, la piccola diavolessa crea tutto un mondo di messaggi contraddittori.

Ti desidero.

Fingo di desiderarti.

Ho paura che mi tocchi.
Fingo di avere paura.
Con ineffabile esattezza, l'esecuzione del primo tema finisce e, come un piccolo sole all'occaso, il corpicino bianco dai ricci capelli biondi si piega.
Un uomo è entrato nel piccolo teatro e cammina tra le poltrone vuote verso il vecchio professore, unico spettatore, seduto in prima fila.
La seconda parte è come un uccello che impara a volare.
Il torso della ballerina si solleva, la schiena si inarca, chiude gli occhi e subito torna a nascondersi dietro al proprio corpo facendo girare il trono.
In quel momento succede.
La bellezza.
Che ne saprà lei. Che ne saprà della bellezza che suscita.
Il vecchio professore stringe i denti.
Che ne saprà della sua violenza.
Tremante di piacere, sente qualcosa che non può definire.
Va oltre le sensazioni fisiche, oltre l'estasi della sua virilità improvvisamente rocciosa, oltre il sangue che pulsa nel suo cuore palpitante e infiamma tutto il suo organismo.
Va oltre il pallore.
Il vecchio professore siede in piena estasi.
La ragazzina, sapendo ciò che suscita, lo osserva come una barchetta fragile potrebbe osservare l'arrivo di una montagna d'acqua. Fa quello che le hanno insegnato: abbassa la testa, nasconde il volto con i suoi capelli biondi, incrocia le braccia sul suo petto liscio... per poi mostrarsi di nuovo, guardando l'uomo con aria di sfida.
Ultime note del violoncello. Ultime del piano.
Piano e violoncello, ragazza e vecchio professore, ora fermi.
Lei fa un gesto finale: si alza dalla sedia con le caviglie unite e si stende a terra lenta come un serpente, separa le gambe, allunga le piccole braccia, appoggia il volto sul tappeto.
Un rumore. Palmi che sbattono. Ancora e ancora.

Niente è come la bellezza.

Tranne il potere. È questa la linfa vitale della vera arte. Il potere su quella figura che ora giace bocconi sulla scena, le infantili dita delle mani sono separate, i palmi a terra...

«Ahem».

Il vecchio professore guarda come sconvolto l'uomo che lo interrompe. Il potere su questo giovane che si raschia la gola spaventato senza osare guardarlo.

«Che c'è?» chiede il vecchio professore.

«È arrivato il ciclista».

La mano del professore si stende. Un foglio. Lo prende e lo apre. I suoi gesti, dopo aver letto e infilato il foglio nella giacca, sono decisi, energici. Da essa tira fuori un fazzoletto e si asciuga il sudore.

Lo spettacolo che ha appena visto lo ha lasciato privo di desideri, i pori aperti, colmi, secernono un sudore che si raffredda nella solitudine di legno della saletta.

«Sono felice che tutto vada bene».

«A quanto pare, solo un piccolo cambiamento» dice il giovane.

«Non è davvero rilevante» minimizza il professore.

Cosa può esserci di meno importante di un cambiamento in qualcosa che è solo un'illusione, magia, mutamento costante, travestimento?, pensa. Per definizione, la bellezza del corpo, la bellezza che ha appena ammirato e che contiene il segreto dei segreti, è un'incessante trasmutazione. La sua sola solidità è la sua inconsistenza, un riflesso in un lago.

Il vecchio professore osserva la ragazzina immobile.

La rigidità di quei muscoli quasi appena nati, quella scultura caduta, quella cosa creata per la delizia altrui e il dolore proprio, la purezza lasciva, impubere e sfacciata della sua anatomia aperta. Obbligata a. Sempre. Nemmeno abusare della sua innocenza può paragonarsi al piacere del gesto, pensa.

«Non volevo disturbarla, signore» aggiunge il giovane, tremante.

«Non c'è problema. Siamo nell'intermezzo».

Si allontanano lungo il corridoio.

La ragazzina sul palco non si sposta di un centimetro dalla sua posizione bocconi. I muscoli sono ancora immobili. Le luci sono ancora accese.

Lo strano caso del dottor Doyle e del signor X

1

In quel momento non riuscii a ricordarlo – molto più tardi sì, per ovvi motivi.

C'era un gatto, in un famoso racconto per bambini, che diventava invisibile lasciando il suo sorriso nell'aria. Non ricordavo che racconto fosse né chi fosse l'autore. Forse voi sì.

Ora immaginate quel sorriso che pende nel vuoto e dipingetegli un volto intorno. Io lo feci nel vedere quel giovane. Un seduttore, naturalmente. Arthur Conan Doyle era così: una mezzaluna bianca attaccata agli occhi, un gatto magico.

Appena ebbi accompagnato il signor X nella sua stanza dopo la passeggiata, dove lo lasciai a svestirsi – mi assicurò in tono malinconico che non aveva bisogno di aiuto – tornai da Doyle e approfittai per parlargli delle particolarità del suo paziente: l'assenza del nome e la sua mania di chiudere le tende. Omisi la questione del violino e le sue rivelazioni sull'intimità altrui perché mi sembrava che di questo avrebbe avuto tempo di rendersi conto da solo e non era necessario spaventarlo sin dal principio. Il giovane dottore prese tutto molto bene, mi disse che comprendeva perfettamente che si trattava di un malato mentale e che avrebbe fatto buon uso dei miei avvertimenti. A sua volta, mentre percorrevamo il corridoio verso la stanza del signor X, mi raccontò alcune cose in modo amichevole. Era di Edimburgo, ma aveva viaggiato in gran parte del mondo – avrei potuto giurarlo, con quella carnagione e i modi disinvolti. Non ebbe difficoltà ad ammettere che non era ancora uno specialista in oftalmologia, sebbene avesse esperienza in quel campo e non escludesse di diventarlo un giorno.

«Quando vuoi che ti conoscano, non escludi nulla!». Rise. «Ancora di più se stai avviando un ambulatorio! Ne ho aperto uno in Elm Grove proprio questo mese e ho passato il resto del tempo a fare vita sociale nei meravigliosi teatri di questa città... Quanto al suo paziente, non si preoccupi. Non sono un alienista, ma ho già avuto a che fare con malati mentali».

Magari era un principiante, ma il suo garbo e la sua simpatia mi sembravano più meritevoli di occuparsi del signor X rispetto al disinteresse di Ponsonby. Pensai che fosse il medico ideale per il mio ospite. E credetti di averne conferma in questo: mentre aprivo le tende – con la sensazione che, in realtà, tutta la mia lotta a Clarendon con quell'uomo potesse riassumersi nell'aprire e chiudere tende – lontano dall'infastidirlo con frasi come "apra l'occhio" o "guardi qua" o dallo sbrigarsi a mettergli sotto al naso i divertenti marchingegni del suo mestiere – pinze, cotone, bottiglie di alcol, garze – si limitò a lasciare guanti e cappello sopra al tavolino con fare annoiato e ad avvicinarsi alla finestra.

In questo momento in cui è incorniciato da quella finestra, mi rendo conto che, considerato che il cosiddetto Arthur Conan Doyle sarà un altro signore importante nel mio racconto, sarà bene che mi dilunghi un po' nel descriverlo. E mi viene in mente che era quasi l'opposto del signor X. Tutto energia, attività, bellezza apollinea e sorrisi magnetici. Sulla trentina, aveva i capelli ben tagliati, basette e baffi a manubrio, occhi azzurro limpido e una carnagione che rivelava – credo di aver già detto che era "abbronzata" – lunghe permanenze nei Paesi meridionali e più di un viaggio in nave. Il suo abito grigio aveva un taglio impeccabile e il suo panciotto con la catenina, la cravatta di lusso e le punte del collo della camicia erano stati curati con attenzione. Era possibile che avesse ancora poco vestiario, e che questo non fosse lussuoso, ma sapeva come usarlo per presentarsi in società.

Osservando dalla finestra la spiaggia al tramonto, commentò:

«Non è male la vista da qui, ma le confesserò, signore, che in qualche occasione anche a me piace chiudere le tende e godermi un po' di intimità. I paesaggi continuano a stare lì quando uno ha voglia di vederli. Sono come quadri: non devi guardarli se non ne hai voglia».

«Sono d'accordo, dottore» disse il signor X laconicamente. Non c'era traccia di ironia nella sua voce, il che mi parve un trionfo da parte di Doyle. «Se ora potessimo chiuderle...».

«Prima mi permetta di controllare un momento i suoi occhi, signore». Solo allora il giovane avvicinò la sedia e si sedette vicino alla poltrona per non ostacolare la luce della finestra.

«È così dalla nascita, dottore». Ma Doyle già si stava piegando verso di lui.

«Oh, quindi sarà più che abituato a farselo controllare. Non si muova».

Ah, il dottor Doyle! Mi ricordò i bei tempi con gli specialisti di Asherton. Aveva l'attitudine del bravo medico: essere più paziente del paziente stesso.

Aveva appoggiato delicatamente il pollice sulla palpebra inferiore per osservarne l'interno quando il signor X spostò il viso.

«Chiedo scusa. Mi brucia».

«Mi dispiace, signore. Da quando?».

«Alcune settimane. L'acqua tiepida di solito mi dà sollievo».

Non lo avevo mai sentito lamentarsi del suo occhio. Mi stupì. Chiaramente lo giudicai un altro successo del grande

Doyle – e in parte merito mio: con la sua abilità e la mia tenacia avevamo fatto in modo – evviva! – che il ferreo signor X ammettesse il suo fastidio. E quando Doyle mi chiese di portare acqua tiepida, garze e pinze, mi apprestai a scendere in cucina con grande entusiasmo.

Il diavolo a volte ti spinge a fare il tuo dovere.

Ci pensai mentre attendevo che l'acqua bollisse. Perché si era lamentato dell'occhio proprio *ora*?

Presa da un cattivo presentimento, raccolsi velocemente tutto quello che mi aveva chiesto Doyle, lo misi su un vassoio e feci il viaggio di ritorno sentendo che, con ogni passo che facevo, aumentavano i miei funesti presagi. Aveva voluto farmi allontanare per restare da solo con il giovane dottore? E a che scopo? Sicuramente per dirgli qualcosa che aveva colto in lui con quella sua perspicacia così soprannaturale, e quindi farlo andare via per sempre. Ci sarebbe riuscito? Non ne dubitavo. Se ci era riuscito con quell'osso duro dell'ispettore Merton, cosa non avrebbe potuto fare con quel medico giovane e gentile? Nel corridoio quasi correvo. Ero determinata ad arrivare quanto prima e impedire la catastrofe.

Infine, raggiunsi l'ultima porta. C'era silenzio. E fu questo ad angosciarmi: di certo il signor X parlava delicatamente, ma la voce di Doyle era squillante. Non avrei dovuto sentirla a un certo punto? E pensando ciò, immobile, con il vassoio tra le mani, sentii, inequivocabilmente, la voce del dottore.

Diceva il mio nome.

«... la signorina McCarey?» disse, con tono incredulo.

Qui confesso che venni meno a ogni norma e, invece di far notare la mia presenza, mi piegai discretamente e aguzzai l'udito. Riuscii a sentire la risposta del mio ospite.

«Proprio così, dottore. La signorina McCarey non deve saperlo».

2

Senza avere il tempo di valutare quello che avevo sentito e di speculare su quello che non avevo sentito, decisi di non tardare ulteriormente il mio rientro. Feci rumore con le scarpe e bussai. Mi aprì il dottor Doyle.

Ma era un altro.

Un'emozione nuova lo pervadeva. Gli occhi scintillavano, sorrideva distratto. Era in maniche di camicia, teneva in mano uno di quegli apparecchi con cui gli oculisti esaminano gli occhi, che somigliano a grandi lenti d'ingrandimento nere con rotelle dentate e numeri, estratto senza dubbio da un astuccio foderato di rosso che spalancava le sue fauci sul letto ma, a giudicare dal suo aspetto, avrebbe potuto essere più un'ostetrica che avesse appena regalato al mondo una vita. Dedussi che il particolare veleno del signor X gli scorreva nelle vene. Anche lo stesso signor X sembrava aver assaporato il liquore spumeggiante di Doyle e, mentre io fingevo di non accorgermi di nulla e lasciavo il vassoio sul tavolino, lo sentii parlare con grande fervore.

«Signorina McCarey, benvenuta, le dirò che ho avuto una gradevole conversazione con il nostro dottore, e mi auguro che le abbia fatto un po' di piacere, caro dottore».

«Certamente!» esclamò Doyle, in tono un po' eccessivo. «Il signor X mi... mostrava... fin dove è in grado di arrivare il ragionamento, il buon senso e tutti quegli elementi che donano al nostro cervello evoluto la capacità di essere chi siamo...! Mi rammarico di non averla conosciuta prima, signore».

«Io mi rammarico dello stesso con lei, dottore».

Io mi rammaricavo di essere stata tanto sciocca da permettere che qualcuno come l'ingenuo Doyle restasse da solo sotto l'influsso del tiranno della poltrona. E a un punto tale che solo le seguenti parole del signor X mi permisero di intravedere.

«La coincidenza la divertirà, signorina, ma anche al dottore interessano gli avvenimenti criminali e mi ha confessato... e immagino di non essere indiscreto se lo dico, dottore...».

Doyle gesticolò dopo una risata.

«Assolutamente no, signore! Ci mancherebbe altro!».

«... mi ha confessato che, nel suo tempo libero, si dedica a scrivere romanzi gialli, per questo gli interessano tanto i veri crimini, al che gli ho risposto che avevo già percepito in lui un'attitudine letteraria...».

«Non so come l'abbia capito, davvero!» si emozionò Doyle.

«Il suo linguaggio non è quello di un medico, dottore: lei ama il lessico, e a questo aggiungo l'esitazione del giovane scrittore che ancora non sa se deve lasciare tutto per seguire il cammino che lo appassiona. Mi sono permesso di chiarirle che, in caso si veda obbligato a dover scegliere tra queste due professioni, quella dello scrittore è la scelta giusta, perché facendo il medico migliorerà la vita di molte persone, ma come scrittore le farà felici e nulla, nulla a questo mondo ci interessa più della felicità».

Doyle sembrava già felice, senza che alcuno scrittore o dottore potessero fare di più. Il suo stato somigliava a quello di una bottiglia di liquido frizzante dopo essere stata agitata. L'esaltazione traboccava dai suoi occhi. Gesticolò con l'apparecchio oftalmico.

«Il signor X... è riuscito, non so come... a scovare nella mia povera interiorità... frammenti della mia passione per la scrittura che, devo confessare, non condivido quasi mai, perché mi sembra che le cose che desideriamo davvero di rado vengano comprese dai nostri simili...». Aggiungete modi ed espressioni a questa prosa e avrete, di certo, un'impressione di ciò che il giovane trasmetteva in quell'istante. «E sì, devo ammettere che in questo lungo cammino stagionale che è la mia carriera letteraria mi trovo in una calda, ma ancora precoce, primavera... La cosa incredibile è che questo signore sia stato in grado di percepire tutto questo della mia interiorità. È una cosa che mi lascia senza parole...».

Quasi apprezzai che gli mancassero le parole, però il suo paziente aggiunse quelle che mancavano.

«Ho solo reagito alla sua attività, dottore: lei si è messo a studiare il mio occhio arrossato con quell'affare, il che mi ha permesso di fare lo stesso con l'oscurità delle sue pupille. È stato uno scrutarsi a vicenda, come due pittori esperti che, messi di fronte, cerchino di individuare l'uno nell'altro una tonalità, un colore. Così mentre lei mi faceva, per così dire, "uno studio in rosso", io le restituivo "uno studio in nero"».

«Belle frasi! Mi permetta di annotarle!». Doyle aveva preso un taccuino e, nervosamente, cercò di scrivere con l'apparecchio oftalmico, anche se corresse subito l'errore e prese una matita.

«La prego, dottore, le faccia sue, ma prima di tutto riprendiamo il nostro fruttuoso dibattito... Mi diceva che ha seguito il caso degli omicidi dei mendicanti sui giornali locali».

«"L'Occhio di Portsmouth" e il "Portsmouth Journal" raccontano parecchie cose».

«A proposito di occhi...» interruppi timidamente. «Ho portato tutto quello che...».

Doyle guardò il vassoio come se si trattasse di reperti archeologici la cui funzione fosse oggi sconosciuta.

«Oh, sì, ho già lavato l'occhio da solo, grazie. Ora le spiego». E si diresse di nuovo verso il signor X: «Ovviamente, dopo il caso di Elmer Hutchins, anche io mi rendo conto che ci troviamo davanti a un assassino particolare. Ma il fatto di abbandonare l'arma del delitto accanto ai corpi è una cosa nuova per me. Questo non viene detto nei giornali».

«Non *accanto*, dottore, mi permetta di puntualizzare: *vicino*».

Doyle mordicchiò la matita mentre si sedeva di nuovo sulla sedia.

«Mi potrebbe spiegare perché è così importante questa differenza?».

Compresi subito cosa stava accadendo. Un secondo prima che io uscissi da quella stanza, erano due persone che si erano appena conosciute. Un secondo dopo che ero tornata, erano due uomini che condividevano una passione.

Non c'è nulla di altrettanto piacevole per gli uomini. Chi scrive lo ha potuto verificare con uomini di diverso tipo e condizione: mio padre, mio fratello, Robert. Davanti a una donna possono parlare spinti da un'emozione, ma solo davanti ad altri uomini parlano di cose che li emozionano. Mi sentii come se si fosse sollevata una corrente d'aria e io fossi un foglio di carta. Non eravamo più tre persone lì dentro: erano loro due e io.

Quando parlo di "condividere" non voglio dire che le loro personalità fossero uguali, e neanche simili. Semmai erano opposte. Questo lo osservai poco a poco: il signor X si concentrava, Doyle si esaltava. Il signor X conservava con cura i silenzi che Doyle si faceva carico di riempire con qualsiasi cosa. A differenza del mio ospite, Doyle sembrava sapere un po' di tutto e, mentre il primo disprezzava quello che ignorava, al giovane medico interessava più questo di ciò che già sapeva, e chiedeva informazioni per imparare cose nuove. Infine, c'era l'umore, che il signor X esprimeva solo sotto forma di bile amara, mentre in Doyle era puro champagne, allegro, luminoso. Se il signor X era un dramma con lunghi silenzi, il dottor Doyle si poteva paragonare a un musical pieno di colori.

Eppure, per quanto riguardava i misteri, sembravano amici da una vita.

«Per ora non conosciamo il movente, dottore, forse è vendetta, o pazzia, il fatto è che commette il crimine ogni volta con un coltello diverso e lo lascia vicino al cadavere...».

«Forse è una sorta di sfida» disse Doyle, e fece il gesto di lanciare qualcosa – si accorse in tempo di avere in mano la matita. «"Arrestatemi, se ci riuscite", non crede?».

«Però, perché lascia i coltelli *vicino* alle vittime e non *accanto* a esse?».

«Non capisco bene la differenza, mi perdoni».

«Sempre a qualche passo, non di fianco».

Doyle rifletté lisciandosi i baffi.

«Non vuole che li trovino, ma non vuole nemmeno portarli via...».

«Ma, caro dottore, se è così perché non li nasconde? Potrebbe sotterrarli nella sabbia. Perché lasciarli *vicini e visibili*? Questo è il mistero più grande di tutti!».

«Be', ci sono altri dettagli strani. Io stesso ne ho trovato qualcuno».

Non potrebbe esserci esca migliore per catturare vivo il signor X. Si agitò nella poltrona con gioia.

«Per caso i giorni e le ferite, dottore?».

«I giorni?».

«Sette giorni tra l'uno e l'altro, tre ferite gravi, né più né meno».

«Una coincidenza?».

«È lo pseudonimo delle cause ignote, dottore».

Immaginai che i colpi alla porta in quel momento fossero parte di qualche causa sconosciuta, tuttavia ebbero l'effetto finale di turbarmi, perché quando aprii si affacciò il volto arrossato del timido Jimmy Piggot, con in mano una grande valigia. Nel vedere che c'era un visitatore, si intimorì e guardò intorno per assicurarsi che nessuno vigilasse.

«Mi perdoni, signorina McCarey... È la *corrispondenza* del signor X».

Io sapevo bene cosa fosse. Presi le scatole di Merryweather in un silenzio complice. Lo scambio avvenne senza intoppi e il povero Jimmy disse che, per non disturbare, sarebbe tornato più tardi per la sua "ricompensa" e sparì con la valigia vuota. Riposi le scatole nell'armadio senza che i due interlocutori interrompessero il discorso.

«Lo riconosco, signore, ma c'è un altro dettaglio ancora più strano...».

«Brucio d'impazienza, dottore».

«Il luogo. Immaginiamo Noggs: una banderuola al vento, un ubriacone, attore di terza categoria e, a quanto si dice, trafficante di attori bambini per i teatri, uno che potevi trovare, effettivamente, una notte nell'ospizio e l'altra tra le braccia di Bacco nei porti. Ma Elmer Hutchins? Molti lo conoscevano a Portsmouth. Aveva le sue abitudini. Dormiva sempre negli stessi posti. Che ci facevano entrambi sulla spiaggia a quell'ora? Sono stati condotti lì dall'assassino? Sono andati, senza saperlo, a un appuntamento con la morte?».

«Riconosco che il luogo sia un enigma di non scarso interesse, dottore».

Smisi di prestare attenzione a quel gioco da spadaccini. Mi doleva constatare che il dottor Doyle sembrasse essere, in effetti, il medico ideale per il signor X.

Ma non per le ragioni che speravo.

3

La cena li interruppe di nuovo, ma solo per il breve istante in cui la cameriera poggiò il vassoio sul tavolino. Dopo alcune cortesie di rito, il signor X iniziò a mangiare con appetito mentre continuava il suo dibattito. Io mi misi a guardare il paesaggio dalla finestra. Mi piacevano in modo particolare quelle ore del tramonto in estate, con il cielo che usa le sue ultime cartucce per accendere il mare. Da quando ero bambina, quella meraviglia mi faceva sognare senza bisogno del teatro. "La spiaggia, la spiaggia, sì, perché?", dicevano le voci alle mie spalle.

A un certo punto, un'altra voce intervenne. Era la mia.

«Forse gli piaceva la spiaggia di notte».

«Come, scusi?» disse il signor X.

«Parlavate di cosa facessero i due mendicanti sulla spiaggia di notte. Forse gli piaceva il mare a quell'ora».

Il disprezzo mi investì come uno spintone.

«Signorina McCarey, a chi mai potrebbe piacere il mare di notte, per favore...».

Stavo per rispondere “a me” quando sgranai gli occhi. Avevo visto qualcosa muoversi nel cupo giardino della pensione, circondato dal muro e costellato dai pochi rettangoli di luce delle finestre. Forse era un uccello, ma non ero sicura. Mi diressi verso la lampada sulla mensola del camino mentre Doyle e il signor X facevano a pezzi la mia tesi.

«Non mi sembra probabile che si stessero godendo il paesaggio...».

«Certamente no, dottore, la signorina McCarey parla di se stessa, poiché la sua personale ossessione consiste nell’aria fresca, il paesaggio e aprire la fines...».

Io stavo accendendo la lampada, cercando di ignorare la mordacità del signor X, quando lui dovette zittirsi. Il rumore, come un forte schiocco, ci fece trasalire. *CLAC*. Il dottor Doyle sussultò e io indietreggiai spaventata... finché capii quale potesse essere la sua origine. Ma la reazione più intensa fu quella del signor X. Si raddrizzò sulla seduta e contrasse i suoi lineamenti lisci in una smorfia.

«Non apra la finestra».

4

Mi avvicinai al vetro con la lampada accesa e quello che vidi mi spaventò. Un paio, no, due, tre, addirittura *quattro* paia di piccole mani appese al davanzale. E il signor X pretendeva di impedire che entrassero! Lo considerai un mostro: per lui quelle bocche affamate erano solo portatrici di informazioni. Documenti che consultava quando gli interessava e che, altrimenti, poteva benissimo mettere da parte o gettare nel cestino.

«Forza!» esclamai mentre tiravo il Chiavistello Assassino con l’attenzione di sempre. «Su! Entrate, veloci! Cadrete, dannazione!».

In realtà mi aspettavo solo i soliti tre. E, in effetti, Mosca, Ragnatela e Danny Waters furono i primi a saltare.

Ma dopo ne salirono altri. Senza aiutarsi tra loro, con l'agilità che sfida la gravità tipica degli acrobati. Alti, bassi, emaciati, paffuti, entravano e si mettevano dietro al trio di veterani, i quali apparivano a disagio per la loro presenza, ma non si decidevano a cacciarli. I Merryweather, mi dissi, devono fiutarli a distanza.

"SIAMO FELICI PERCHÉ MANGIAMO MERRYWEATHER", ricordai la frase tra i ghirigori sulle scatole.

«Ma... cos'è questo!». La posa impassibile del signor X si trasformò in uno spasmo. «Quanti siete...? Cosa credevate...? La sedia, signorina McCarey!».

Io ero già corsa prima che me lo dicesse, approfittando del fatto che Doyle era in piedi, e avevo messo lo schienale della sedia contro la porta. Fu allora che notai l'espressione stupefatta del dottore, di cui tutti sembravamo esserci dimenticati, e decisi di dargli qualche spiegazione.

«Sono... amici del signor X».

«Allora è molto popolare».

Il sorriso che iniziava ad affiorare sul suo volto mi tranquillizzò. Un altro trionfo per Doyle! Il giovane stava iniziando ad accettare la strana vita del signor X senza dare giudizi affrettati. Ne era persino divertito.

Quest'ultimo, d'altro canto, non sembrava essere affatto divertito in quel momento. Pietrificato, aggrappato alla poltrona con entrambe le mani, come se temesse che lo portassero via, contraeva il volto come un idolo diabolico di una cultura primitiva. In realtà, il gruppo di ragazzini aumentava a un ritmo inquietante. Danny Waters voleva bloccare il passaggio ai nuovi, ma lo spinsero. Ci fu un battibecco che cercai di mediare. Non dimenticherò mai l'emozione del bambino balbuziente, la supplica negli occhi lacrimosi.

«Ci ha-ha-hanno se-se-seguiti, si-si-signorina! No-non vo-vole...!».

Cercai di calmarlo, ma il battibecco continuava – "Tu! Lasciami! Andatevene! No!" – e non mi sembrava possibile estinguerlo senza fomentare un battibecco peggiore. Questo se a Clarendon o da fuori non si fossero già resi conto della salita dai tronchi di quei grandi toponi cenciosi, visto che ancora non era del tutto buio.

La soluzione la trovò Doyle – un'altra ragione per adorarlo: la sua capacità di adattarsi a nuove situazioni. Si mise davanti all'orda mongola in posa militare.

«Tutti fuori... o chiamo... la polizia!».

Il suo portamento, e ovviamente il fatto che si trattasse di un uomo sconosciuto – che nessuno dei piccoli invasori si aspettava – donarono al suo intervento la credibilità necessaria. I nuovi tornarono da dove erano venuti bloccando il passaggio a quelli che ancora non erano saliti. L'esodo fu più rumoroso dell'arrivo nella Terra Promessa. L'albero maltrattato oscillava e i rami scricchiolavano. Alla fine, terrorizzata, sentii la venerabile voce di lord Alfred dalla finestra della sua stanza che gridava che c'erano dei sepoy nel giardino. Chiusi la finestra, ma era già tutto un disastro. E, di peggio, c'era la discussione che avevano messo su Mosca, Ragnatela e Danny incolpandosi a vicenda dell'accaduto: "Li hai portati tu! Ho detto solo che potevano venire e aspettare giù...! Io-io no...!". Bastò uno zittio del signor X.

«Ditemi che notizie avete e pregate il cielo che siano buone!».

Per Mosca, tutto era divertente. Sapeva scovare le risate come un rabdomante l'acqua nelle rocce, ma si esaltava troppo. "Il Testimonio! Il Testimonio!". "Howard Spencer", lo correggeva Ragnatela. Anche Danny Waters, povero ragazzo, voleva dire la sua. Parlavano di un tale Sweet Willy, un poliziotto e una ragazzina attrice. Il signor X si sommò alla confusione dando ordini come sferzate.

«Che faceva il signor Spencer...? Volete parlare...?».

Decisi di intervenire.

Non per prendermi dei meriti, ma non c'è niente come un'infermiera per calmare le persone e noi stesse, tra l'altro. Avendo avuto a che fare con vite che si spengono in pochi secondi e sangue che spruzza svuotando corpi come un beone fa con le bottiglie, posso dire che, se c'è qualcosa che so, è come fare ordine e distribuire l'angoscia per non affrontarla tutta in un sorso solo. Quindi mi chinai davanti ai tre bambini.

«Vediamo. Il signor X vuole solo sapere cosa faceva il signor Spencer quella notte sulla spiaggia. Rispondi tu per primo, Ragnatela, poi tu, Danny, e tu, Mosca, aggiungerai quello che sarà sfuggito a Ragnatela...».

«Incredibile» sentii commentare Doyle, il primo tra i molti aggettivi di stupore che espresse da parte sua da allora. «Affascinante».

Funzionò. L'ordine, in generale, funziona. Presto appresi la storia: Sweet Willy era un attore bambino degli spettacoli clandestini travestiti, a sua volta amico di un poliziotto del commissariato di High Street – non volli pensare a che tipo di "amicizia" li unisse, lo lascio alla morale di ognuno di voi. Grazie a lui erano riusciti a sapere che un tale Howard Spencer – fratello di un'attrice bambina di nome Sally che lavorava al Carità, nello specifico con Elmer Hutchins in *I boemi di re Leonte* – si trovava sulla spiaggia di notte e aveva visto "quasi tutto".

A quel punto si guardarono cercando di capire chi lo avrebbe detto per primo. Ragnatela, il designato, mormorò con tono serio:

«Spencer ha detto alla polizia che Hutchins è stato ucciso da un fantasma».

5

Non ricordo la reazione che produssero quelle parole, perché in quel momento sentii delle voci nel corridoio. La capa Braddock, pensai. Lord Alfred e i suoi sepoy l'avranno allertata. Tutto era perduto. I ragazzini iniziarono la fuga "puniti" dallo spietato signor X, che gli negò le scatole di biscotti finché non fossero tornati con più informazioni. Questo mi fece indignare in modo particolare. "Sei testarda come un mulo", avrebbe detto Robert.

Quando erano già spariti dalla finestra, corsi all'armadio, presi entrambe le scatole e le lanciai nell'oscurità. Sembrò che agli alberi fossero cresciute delle mani per afferrarle.

«Tornate quando volete per prenderne altri!» bisbigliai.

«Signorina McCarey» cominciò la voce alle mie spalle, «questa condotta...».

I colpi alla porta ci pietrificarono. Quindi – ancora un'altra ragione! – il dottor Doyle, ancora in maniche di camicia, con in mano l'apparecchio oftalmico, si diresse all'entrata e affrontò energicamente il volto accusatore della capa Braddock.

«Sì, infermiera, abbiamo sentito la confusione... Cosa mi dice! Dei diavoletti che giocavano in spiaggia, vicino al muro... I bambini sono come piccoli insetti, lo sa: ronzano di qua e di là, danno fastidio, però non c'è dubbio che siano meravigliosi segni di vitalità... Non si preoccupi, non sono passati di qui...».

La Braddock sembrava ascoltare quelle parole come estasiata. Dopo aver diviso il suo sguardo sospettoso tra la poltrona e me, trattenne il desiderio di continuare a fare domande e se ne andò. Doyle era incantato – "straordinario", "ammirevole" – ma aveva fretta di andarsene. Si era fatto tardi! Parlava mentre riponeva l'apparecchio nel suo astuccio.

«Conoscerla, signore, è stata davvero un'esperienza! Le dico cosa farò. Credo che potrei scoprire qualcosa su questo tale Spencer... Ho dei colleghi che lavorano con la polizia... Glielo dirò. La cosa si fa interessante! È stato un vero piacere, signore. La vedo pensieroso...».

Sembrava più abbattuto, forse per la mia decisione di regalare a quei poveri angeli le scatole di Merryweather. Senza enfasi, come se pensasse ad altro:

«C'è un pezzo mancante in questo affare, caro dottore».

«Un pezzo? Quale pezzo?».

«Del tipo che, incastonato nell'anello giusto, lo trasforma in un gioiello».

Il medico valutò la frase e improvvisamente sentii qualcosa: una risata.

Come colto sul fatto, Doyle arrossì.

«Chiedo scusa, signor X, ma quando parla così... È tutta la sera che penso che quando parla...». Si fermò, fece un gesto vago. «È una sciocchezza, non importa».

«La dica ugualmente, dottore, adoro le sciocchezze».

«Bene: quando parla in questo modo... mi ricorda... un *personaggio* di mia invenzione... So che sembra stupido». Doyle arrossì mentre si aggiustava la giacca. «È un detective. Ho appena scritto un paio di pagine su di lui, ma ho l'idea molto chiara in mente. E accidenti se lei me lo ricorda! Il destino sceglie strani percorsi...».

La cosa non dispiacque neanche un po' al signor X.

«Dottor Doyle, sa che la realtà supera sempre la fantasia».

«Certamente, amico mio. La bozza del mio personaggio è solo un alone. Lei è qui, in tutto il suo essere: non è immaginazione, non è teatro. È lei».

Ci scambiammo saluti e inchini, Doyle prescrisse un collirio, "l'infiammazione" era "superficiale", disse, e precisò: "Congiuntivale, non corneale", poi lo accompagnai a parlare con Ponsonby e gli consegnò il referto completo in privato. Fu un'intervista breve. Quando uscii da Clarendon insieme a Doyle era già notte e il vento ci obbligò a tenere cappello e cuffia. Doyle continuava a essere meravigliato. Mi mostrò un bel sorriso da bambino cresciuto.

«È un paziente unico. Un luminare. Che dico, un genio... "Uno studio in rosso" e "uno studio in nero"!». Rideva. «Mai conosciuto qualcuno così. Quella capacità di percepire... Potrebbe essere un raro disturbo neurologico. È un caso degno di essere studiato da degli esperti!».

Gli concedetti un po' di sollazzo scientifico di quel genere. Ma io non dimenticavo un altro dettaglio. Mi fermai a pensarci mentre guardavo i suoi occhi: dovevo chiederglielo così, brutalmente? È ciò in cui sono brava, per la cronaca. Non essere sottile, come si suppone che debbano essere quelle del mio sesso – sottili, furbe – mento molto male e fingo peggio, anche se nessuno può raggiungere la mia età a Londra senza allenarsi un po' in entrambe le cose. Così optai per una miscela di brutalità educata.

«Deve dirmi altro, dottore?».

«A che proposito?».

«Sul mio ospite. Qualunque cosa sappia su di lui mi riguarda. Sono la sua infermiera personale».

Doyle disse: "Oh" e rimase a pensare così tanto che un carro lento – cocchiere e cavallo che sbadigliavano contemporaneamente – ebbe modo di sfilare davanti al cancello. Altra cosa che mi sembrò evidente: recitava molto male. Gli angoli della sua bocca facevano strane smorfie e le sopracciglia si inarcavano per dare l'impressione di star cercando nella sua memoria, ma era ovvio che sapesse di cosa stessi parlando.

Tutti gli uomini, in generale, di solito ci credono stupide, ma gli uomini giovani, oltretutto, si credono molto svegli.

«No. Niente che io ricordi. Se ne prenda semplicemente cura, signorina McCarey. Quell'uomo è oro». Lo vidi allontanarsi lungo la strada, ancora tenendosi il cappello e con la valigetta nell'altra mano.

"La signorina McCarey non deve saperlo".

Per quanto mi arrovellassi il cervello lì, al cancello, e più tardi sola nella mia camera, fui incapace di immaginare minimamente di cosa potesse trattarsi. Non sapevo neanche se preoccuparmi o rallegrarmi della mia ignoranza.

6

Era curioso il sentimento che mi ispirava il signor X. A volte mi chiedevo se capitasse solo a me o se lo stesso accadesse a qualsiasi persona più o meno normale. Vorrei tanto che voi, che ora state leggendo questo, lo aveste conosciuto e mi raccontaste le vostre impressioni! Ammettiamo che il suo cervello fosse un nido di pensieri inaccessibili e di complessità straordinarie, ma il suo comportamento? Mio nipote, a cinque anni, avrebbe potuto imitarlo. Capricci, rimproveri per tutto, esigenze, una ridicola ossessione per i ritardi, la puntualità dei pasti, i rumori più lievi... Quale infermiera a volte non ha la sensazione di non avere bisogno di figli suoi per sentirsi ugualmente la madre di figli lagnosi? A me, con il signor X, sembrava di averne cinque.

Ore di violino invisibile e muto.

Arrivò prima il collirio prescritto da Doyle che Doyle stesso. Era il secondo giorno quando versai in quella gemma rossa le prime gocce. Si mostrava esanime, come se stesse per essere sacrificato. Crocifisso alla poltrona, a guardare docilmente verso il contagocce.

«Mi uccida, signorina McCarey, faccia di me ciò che vuole».

«Per ora, voglio metterle queste gocce nell'occhio, signore. Le chiedo di non sbattere le palpebre».

La perla si diffuse in quel mare di sangue.

«Che mi importa delle sue maledette gocce, signorina McCarey». *PLINC*, la seconda.

«Dovrebbero alleviarle il *bruciore*, signore».

Così, con tono intenzionale, affinché sapesse che non mi aveva ingannato con quella scusa grossolana. Che gli bruciasse davvero o meno, ora doveva sopportare le gocce.

Passai una garza su una lacrima fuggitiva, chiedendomi se ci fosse un altro modo di far piangere quell'uomo. Una cipolla?

Intanto parlottava da solo.

«Sono sommerso nella confusione... Sette, tre... non mi sbaglio, me lo dice l'intuito, e l'intuito non si sbaglia mai, perché le false intuizioni non sono intuizioni, bensì ragionamenti erronei camuffati...».

«Chiaro» dissi, prestandogli attenzione a metà e asciugandogli bene gli occhi.

«L'intuizione naturale, spontanea, non è mai erronea, perché proviene da un mondo in cui gli uomini non sapevano sommare due più due, però già amavano, credevano negli dèi e avevano visioni, quindi devo sapere cosa ha visto quell'uomo sulla spiaggia e perché Doyle non arriva...».

Ero tentata di rispondere che, senza dubbio, Doyle era una persona normale e avrà avuto molte altre cose da fare prima di fare visita all'ospite di una clinica mentale privata, ma chiusi la bocca come facevo con il collirio.

«E quei ragazzini egoisti che lei l'altro giorno ha ricompensato senza che lo meritassero davvero, da cosa saranno attratti ora? Che Jimmy compri altri Merryweather. È urgente perché fra tre giorni ne saranno passati sette. E tre ferite. Numero curioso. Lo menziona solo "L'Occhio di Portsmouth", che è quello che dà più informazioni, in effetti, però...».

Mi fermai all'improvviso. Altolà.

Quand'era che quell'uomo leggeva i giornali?, mi chiedevo. Non ne avevo mai visto un solo esemplare nella sua stanza. E cosa mi ricordava la frase "L'Occhio di Portsmouth è quello che dà più informazioni"? Lo aveva detto Doyle? No. Lo aveva detto...

7

Riunione delle infermiere del tè. Susie Trench parlando degli omicidi:

«Se volete sapere tutto, "L'Occhio di Portsmouth" è quello che dà più informazioni».

Girai intorno alla poltrona per vedere da vicino il suo volto. Impassibile come – quasi – sempre. Rideva sotto i baffi?

«Confesserò prima che mi chieda qualcosa, signorina McCarey: mando Jimmy Piggot come spia alla riunione del gruppo che voi chiamate "le infermiere del tè"».

«Dio mio». Mi sembrava inaudito. «Da quando?».

«Oh, da tempo, e non si immagini cose perverse, per favore». Era esattamente quello che stavo immaginando: un Jimmy nascosto nell'oscurità sotto a una cuffia. «La colpa è della signora Gillespie...».

«La cuoca?».

«Lei conosce un'altra signora Gillespie? Chiaro che è la cuoca: fa dei pasticcini deliziosi, e a Jimmy è risultato facile corromperla per farsene fare qualcuno in più per lui, così glieli lascia in un piatto, Jimmy va in cucina e da lì tutto sta nella sua capacità uditiva e la sottigliezza della porta dell'antica dispensa. Aggiungo che voi siete molto meglio di qualsiasi giornale».

Arrossii. Ero in fiamme. Giuro che fino ad allora non mi ero ancora arrabbiata così tanto con lui. Riuscivo appena a balbettare. Come se fossi stata in bagno e lui avesse aperto la porta. Una cosa così... *indecente*!

«Lei *spia*... le nostre... riunioni?».

«Mi impiccio solo di quello di cui vi impicciate voi, un ladro che ruba a un ladro, è sempre perdonato, signorina McCarey. I giornali che mi riassume il buon Jimmy non dicono tutto».

«Lei... lei è... ignobile!».

«No, ma mi *interessano* le cose ignobili».

«Lei... è pazzo!».

L'avevo detto, alla fine. Come potei farlo? Non lo so, non ero in me. Non lo avevo mai detto a nessuno, mai nella vita, nemmeno ai sani di mente. Mi sentii male. Lui non ne sembrò ferito: lo vidi fare un debole sorriso.

«Mi dica qualcosa che non so, signorina McCarey».

«Mi dispiace».

«No, è a me che dispiace, capisco la sua rabbia verso la mia riprovevole curiosità, è solo che devo sapere, sapere...».

«E perché!» sbottai. «Che altro vuole *sapere* che non sappia già!».

«Come impedire che, entro tre giorni, sulle spiagge di Portsmouth compaia un altro mendicante assassinato con tre ferite gravi...». Mi guardò con una calma rossa e azzurra. «Perché, sebbene siano solo mendicanti, o "scarti della società" come li chiama la signorina Braddock, non è necessario che muoiano prematuramente per questo né che soffrano più del necessario».

«Cosa importa a lei dei mendicanti!».

«Assolutamente niente, mi riferivo a lei».

«A me?».

«Lei è una donna di buon cuore, per cui dovrebbe importarle di più della povera gente che del delitto di aver spiato la sua riunione privata, ma la morale a volte fa questi scherzi col doppio fondo, per questo preferisco lasciarla da parte. Cos'è la morale se non una costruzione dell'uomo immorale? È lei che si appassiona alle opere, a me interessa di più l'architetto».

Mi tranquillizzava ricordare – dopo un faticoso sforzo di memoria – che non avevo mai parlato male di lui in una riunione. Almeno io. Le altre sì, lo avevano fatto, ma erano le altre.

Tuttavia, continuai a sentirmi offesa. Lo lasciai lì e non tornai finché non venne Doyle.

La scusa era un controllo dell'occhio, però insomma, che si trattasse di una scusa fu chiaro da quando chiuse la porta.

Era così esultante che non finse nemmeno di interessarsi del problema all'occhio. Col ginocchio a terra – come se stesse dichiarando il suo amore a una giovinetta – accanto alla poltrona, col cappello ancora in testa, disse:

«Amico mio, ah, amico mio...! Le notizie che le porto saranno nettare e ambrosia per le sue orecchie...!».

«Mi brucia» disse il signor X, sottolineandolo.

Doyle sembrava confuso finché mi guardò e comprese.

«Ah, no, no, questa volta la signorina McCarey resta! Le novità meritano diverse orecchie e non pochi cervelli. Se a lei fa piacere, si intende, signorina...».

«Certo» dissi. «Adoro *impicciarmi* di quello di cui parlate voi due, sa?».

Nella poltrona ci fu silenzio. Doyle sorrise confuso. Ma quando uno è così desideroso di condividere una sorpresa come lo era il giovane medico, non fa caso all'ironia.

«Preparatevi all'incredibile!».

Io dubitavo che ci fosse qualcosa di più incredibile di quei due uomini, però mi divertì restare in scena accanto alla poltrona, come per accompagnare il signor X, di certo contrariato dalla mia presenza a causa della nostra discussione della mattina. Vediamo se gli piace che io ficchi il naso nelle sue cose, pensavo.

Doyle, consapevole di avere l'attenzione del pubblico, incrociò le braccia e si mise di spalle alla finestra – a tende chiuse, il signor X aspettava con ansia che tornasse il suo piccolo trio. Sembrava elegante per l'occasione: una lunga giacca marrone con i bottoni grandi, panciotto scuro, cravatta e fermacravatta sotto le punte di un colletto che sembrava fatto di neve. Aveva lasciato cappello, guanti e valigetta sul comodino e sorrideva sotto ai baffi impomatati. I suoi occhi da gatto principesco saltavano dall'uno all'altra, come a giudicare l'effetto che produceva la sua storia. L'immagine di un uomo che può – e desidera – ammaliare.

«Amici, se avessi sospettato che il destino ci avrebbe offerto un simile mistero, se avessi anche solo pensato a tale possibilità, sarei venuto a Portsmouth un mese prima soltanto per conoscere voi due per tempo. E no, non si sbagliava su nulla, signor X, ma deve prepararsi ad aprire un'altra porta in questo oscuro passaggio...».

«Dottor Doyle, in quanto scrittore saprà che l'introduzione deve essere breve».

Questo fece ridere il medico, che si scrollò dalla manica quello che poteva essere un granello di polvere.

«Mio caro amico, non tolga le parole a noi scrittori o ci lascerà indifesi. Mi permetta almeno una spiegazione. Come credo di aver detto, sono arrivato a Portsmouth un mese fa e ho aperto un ambulatorio a Southsea. Sarò nuovo della città, ma non della vita. So che se resto a Elm Grove ad aspettare che piovano pazienti dall'alto è molto più probabile che inizino a piovere debiti. Così non ho tardato ad andare di qua e di là, viaggiando con il biglietto da visita in mano, per conoscere gente. Devo riconoscere che non gioco male a scacchi e mi considero un conoscitore decente del teatro, due passatempi ideali per approcciare degli sconosciuti... Poi tutto sta nell'aggiungere nomi a una lista in cui, inoltre, ho l'accortezza di annotare i loro impieghi, così come i favori che ci dobbiamo a vicenda. Non mi è stato difficile, in questo modo, rintracciare il collega di cui vi ho parlato l'altro giorno, quello che fa perizie per la polizia... È venuto fuori che aveva letto la dichiarazione del signor Spencer. Ometterò il suo nome, se me lo permettete, e quello di tutti quelli collegati in questo affare disonesto, e mi concentrerò sulle informazioni».

«Naturalmente, dottore».

«Facciamo prima una precisazione, signor X: i suoi amichetti sono straordinari, e l'idea di fare affidamento su di loro per indagare per conto suo mi sembra stimolante. Ma per quanto riguarda i loro risultati... Sarebbe troppo duro definirli come... diciamo, *irregolari*? È naturale, d'altra parte. Sono bambini e vedono quello che vedono. Per cominciare, il nome del nostro testimone non è Howard, ma Quentin: Howard è il nome del poliziotto che lo sorvegliava e che, a sua volta, raccontò tutto a quest'altro poliziotto che è amico di Willy. È vero che Quentin Spencer è il fratello maggiore di Sally, l'attrice bambina che lavorava nell'ultimo musical in cui appariva Elmer Hutchins. Quentin si guadagna da vivere come copista al porto, ed è anche vero che si trovava sulla spiaggia quattro notti fa, vicino a dove hanno ucciso Hutchins. Ma... prima di poter dubitare della veridicità del suo racconto, dirò che c'era un *altro* testimone. Un testimone del testimone. Come le bambole russe. E ora vi invito a immaginare il giovane Quentin Spencer».

Doyle fece un gesto verso un lato della stanza e lì vidi Quentin Spencer.

Chi ha così poca immaginazione da non immaginare qualcuno? Privi come siamo del teatro nell'orario lavorativo, cos'altro ci offre conforto? Io mi lascio trasportare facilmente dalle mie fantasie. E lì c'era Quentin, sì, somigliante a mio padre – anche lui copista al porto – baffi, occhiali, mezze maniche e sguardo sognante. Come disse il dottor Doyle:

«Un lavoro che gli permetteva di guadagnarsi da vivere a patto di non godersela troppo. E, in mezzo a questa tela grigia, inserite, per favore, la figura colorita di una dama, abbastanza grande da essere sposata a un alto ufficiale della Marina, di quelli che abbondano a Portsmouth, ma abbastanza giovane da risultare desiderabile agli occhi di un copista di ventidue anni. Un giorno di pioggia. Uno dei tanti dello scorso inverno...».

E allora entrò lei, insieme a suo marito, nell'ufficio del copista. Gli sguardi si incrociarono, scoccò la scintilla. Era facile immaginarlo. Era un dramma appassionante, anche se immaginario... solo finché non sentii la vocina dalla poltrona.

«Se mi permette una richiesta, dottore, vorrei arrivare subito al crimine...».

Qui Doyle si oppose. E quanto mi piacque allora! Alzò il dito indice e con voce altisonante disse:

«Non prima di aver creato l'ambiente opportuno, mio signore! So già che lei cammina chilometri avanti a noi, ma permetta a noi comuni mortali di comprendere le cose passo per passo». Annuii con tanta forza che mi scrocchiarono le vertebre.

La storia di quell'amore bruciante e disperato mi commuoveva: non si rividero fino a una festa nel club degli ufficiali del porto, di quelle aperte a cui si invitano anche subalterni e personale civile. E sì: immaginatela entrare sottobraccio all'ignaro marito! La musica dovrebbe rispecchiarlo... Quentin la guarda e lei si sente osservata. Parole di fuoco dette con prudenza quando il marito si allontana per parlare con i suoi colleghi lasciando da sola sua moglie. "Non ho potuto dimenticarla dall'altro giorno". E forse lei: "Nemmeno io". "Come una freccia scagliata contro l'arco che la lanciò", disse Doyle testualmente – dopo me lo ero appuntato. Oh, per favore! Oh, Dio santo! Come non capirla e, al tempo stesso, biasimarla e compatirla? E alla fine... un labbro tremante si avvicina a un orecchio di madreperla: un appuntamento segreto. Santo cielo! L'orecchio si arrossa come se il rosa delle labbra lo tingesse. Un appuntamento di nascosto, sulla spiaggia, di notte!

«Riassumendo» brontolò il signor X, «Spencer si trovava sulla spiaggia alla mezzanotte di quella sera per vedersi con la moglie di un ufficiale della Marina, questo torna».

Mi sembrò incredibile che quella pietra priva di sentimenti svilisse così una storia tanto appassionante. Persino Doyle arrossì e scosse la testa.

«Se mai dovesse decidere di raccontare la sua vita, signor X, lasci che sia io a scriverla. Però sì, in effetti si può riassumere così».

«Questo spiega luogo e ora, saranno stati nascosti sebbene non molto addentrati nella spiaggia, non solo per non sporcare gli abiti della dama, ma anche per darle una scappatoia facile verso la strada dove, senza dubbio, la attendeva un carro anonimo, il che significa che né l'assassino né la vittima li avrebbero visti facilmente dalla spiaggia. Ma la spiaggia, a differenza del boschetto, non gode di altrettanta protezione».

nuovo non si sbaglia, signore. Posso continuare? Grazie. Immaginate la scena! Entrambi tra gli alberi, a sperimentare un peccato per loro del tutto nuovo, ma vecchio quanto l'umanità! La luna tremolava sul...!».

«E cosa videro?» chiese il signor X.

«Tutto» rispose Doyle bruscamente.

«Tutto? L'omicidio di Hutchins? Il suo assassino?».

«Questo era il riassunto, signore. Non è quello che piace a lei? Erano lì, hanno visto tutto. Se vuole sapere di più, mi permetta di raccontarlo a modo mio».

Doyle mi fece l'occhiolino. Fu delizioso, ma ancor di più vedere il despota del trono abbassare la testa – quella fronte enorme – e sospirare umiliato. Uno a zero, dottor Doyle!

«La luna tremolava sul mare, sì! Ed era importante! Perché sotto la sua mezza luce – era crescente – lei sempre più accorta di lui, com'è ovvio – poté vedere un movimento con la coda dell'occhio. "Non siamo soli", avrà detto afferrando il braccio di Quentin e – ahi, mio Dio – affondandoci le unghie. Allarmato, anche Quentin avrà guardato verso la spiaggia, riconoscendo subito la figura barcollante e cenciosa: infatti Sally, sua sorella, lavorava con lui al Carità, lei faceva la piccola pirata, con gli abiti rotti e *scandalosi* di una bambina in un musical; lui il grande pirata, con la benda sull'occhio e gli stivali... "È Elmer, il buon vecchio ubriacone Elmer Hutchins!". E il suo barcollare suggerì a Spencer che aveva appena finito di dedicarsi al suo passatempo preferito, aveva persino la bottiglia in mano. Di certo, questo tranquillizzò l'amico Quentin! "È solo quel vecchio ubriacone, non temere". Lei, più calma, e anche lui. Si calmarono quanto basta per distendere i nervi. E all'improvviso... quando? Quando fu questo quando? In quale istante di un eterno quando di passioni si può affermare che sia successo qualcosa, che si percepì qualcosa?». Un altro sospiro del signor X.

In ogni caso: Quentin e la ragazza sentono un freddo improvviso, così diverso dal calore di prima! E qualcos'altro.

Lui disse: "Un'ombra". Lei: "Una risata". Il cuore stretto. Mi strinsi il petto perché morivo di paura. Ho sempre avuto paura di tutto quello che ha a che fare con gli spiriti. Guardano verso la spiaggia e non vedono più Hutchins, ma... cos'è quel mucchio tra le ombre sulla sabbia? Se ne vanno in quel momento. Non è prudente accompagnarla al ritorno. Lei se ne va e lui si avvicina. All'inizio crede che Hutchins si trovi tra le braccia di Morfeo, o di Bacco, ma poi vede sangue, occhi aperti e spaventati, l'intestino di fuori, teso, intorno al suo collo. Si terrorizza. Non ha visto niente, ha visto *tutto*! Qualcosa che non può essere umano, qualcosa di *invisibile*, ha commesso un'atrocità! Corre al commissariato da bravo cittadino.

E qui, il finale.

L'orrore si trasforma grazie al dottor Doyle. L'amore trionfa. Quentin denuncia l'orribile crimine, ma si *rifiuta*... dobbiamo ripeterlo! Si *rifiuta* di compromettere la sua amante. Con la polizia – Merton dai baffi appuntiti – possiamo solo immaginare che brutto momento passò. A salvarlo è la sottile fortuna che, nel caso di Edwin Noggs, aveva un alibi, perché quella notte giocava a carte con gli amici, visto che non avevano soldi per andare a teatro. In questo caso, o qualcuno uccise Noggs e qualcun altro Hutchins, o Quentin dice la verità. Sono proprio i suoi amici a tradire la dama e Quentin, nel tentativo di salvare lui! Quando Doyle concluse, le lacrime mi colmarono gli occhi.

Inutile dire che lo *scandalo* aveva preso forma ed era grottesco e reale.

«Mi dispiace per la dama» disse Doyle afflitto. «In che garbuglio si sono messi questi inquieti Romeo e Giulietta. Ovviamente, la coppia ha già fatto le valigie e se ne andrà da Portsmouth appena possibile. Il divorzio verrà dopo».

«E il signor Quentin Spencer?» chiese il signor X.

«È ancora sotto custodia, ma lei gli ha dato un buon alibi. È questione di giorni prima che lo rilascino. Il che forse è un errore». Doyle accese la sua pipa.

iamo, per il suo bene, che non lo rilascino prima di ni».

«Tre...? Cosa...?».

Il signor X gonfiò il petto sotto alla vestaglia.

«Non ho alcun dubbio: entro tre giorni ci sarà un altro mendicante morto».

«Simmetria, sempre. Giusto, signor X?». Doyle sorrideva facendo copiose boccate. «È quello che piace a lei».

«Non è che mi piaccia, è il modo in cui sono fatte le cose: sette giorni, sei ferite in totale, due mendicanti, e ora quattordici giorni, nove ferite, tre mendicanti...».

Doyle, inspirando, intonò una voce baritonale espellendo un fumo aromatico.

«"*Tiger, tiger, burning bright... Quale mano o occhio immortale poté tracciare la tua spaventosa simmetria?*". Ma a Hutchins hanno tirato fuori l'intestino... e quella risata ultraterrena, il freddo...».

«Distrazioni».

«Cosa?».

«La nostra tigre, per usare la sua metafora, dottore, è un gatto giocherellone. Vuole distrarre, e indica un punto affinché guardiamo in quella direzione, ma le cose devono essere ripulite prima di essere messe in relazione. Sette giorni, tre ferite, due mendicanti. Questi sono i fatti».

Doyle si lisciava i baffi.

«Il vantaggio della sua teoria, signor X, è che per dimostrarla dobbiamo solo aspettare».

9

Aspettare.

Agli esseri umani normali e comuni non costa certo fatica.

Immaginate una creatura come il signor X che *aspetta*.

La signora Murray aveva detto: "Aspetta qualcosa". Ma ora era *impaziente*.

Da quello che vi ho raccontato di lui forse vi piace o forse no, tuttavia non avete idea di cosa significasse avere a che fare con quell'individuo quando era impaziente. Iniziai a capire – un po' – gli esseri privi di sentimenti che lo avevano cacciato in malo modo a soli quattro anni. Lo so che sono crudele ma cosa ci guadagno se anche qui, in questa presunta cronaca degli avvenimenti di quella straordinaria e terribile estate del 1882 a Portsmouth, in tutta la sua tragedia, nascondo i fatti? E il fatto principale di quei giorni era questo: il signor X era insopportabile quando aspettava.

Passò due giorni a rispondere con monosillabi – e non con il tono migliore – e a suonare il suo assurdo violino. Gli servivano più laudano, più solitudine, meno tende aperte.

Mi concedeva una sola possibilità al giorno per chiedergli come stesse. Se mi succedeva di ripetere la domanda nel giro di poche ore, mi rifilava un "Bene, grazie!" come un latrato. In parte capivo cosa gli stesse succedendo: era così solo! Dio solo sa che tipo di rifugio gli offrisse il suo cervello, per quanto fosse prodigioso. La sua pazzia, come un valore della Borsa, saliva o scendeva davanti ai miei occhi con ogni comportamento.

Forse era pazzo, forse era un genio, forse era solo un tipo strano.

Doyle sembrava capirlo, ma Doyle era sparito di nuovo.

E con non poco disagio, una di quelle sere tornai a riunirmi con le infermiere del tè. Con tutto quello che sapevo, mi guardavo bene dal parlare.

La capa Braddock, che mi indirizzava sguardi sospettosi, tirò fuori l'argomento dei bambini di strada.

«Ce ne sono più che mai, giocano ogni mattina vicino al muro... Mi chiedo cosa li attragga».

«Bisognerebbe chiamare... Be'...». Susie Trench – che viveva in un mondo sorretto da ordine e autorità – lasciava, come sempre, un vuoto insinuante.

«La polizia, sì» assentì la Braddock. «L'ho pensato anche io. Parlerò con il dottore».

«A me fanno pena» disse Nellie Worrington.

«A me, in generale, i mendicanti fanno compassione, che siano grandi o piccoli» dichiarò Jane Wimpole rifugiata nella sua visiera della *decenza*.

«Per questo è tanto ammirevole quello che fanno al Carità» convenne Nellie Worrington. «Gli spettacoli di beneficenza sono una grande idea».

«Il Carità è solo un modo per lavarci il viso senza guardarci allo specchio!» borbottò la signora Murray, rannicchiata nel suo angolo buio. «Passatemi i pasticcini».

«Io penso che siano una grande idea, nonostante tutto. Non posso comprare i biglietti per nessuna delle rappresentazioni, chiaro, però il denaro di quelli che possono viene distribuito ai poveri...».

«Certo, Nellie. *"Siamo felici perché mangiamo Merryweather"*» citò Susie Trench e fece la sua risatina. «È la ditta finanziatrice!».

«È stata una grande idea» disse Nellie.

«Soprattutto per la ditta» sussurrò la Braddock.

«Perdono soldi, signorina Braddock».

«Che ingenua che sei, Nellie».

«A me i mendicanti non danno fastidio quanto a lei» protestò l'interessata.

«C'è qualcuno a cui ne danno ancora di più» disse la signora Murray mentre spazzolava il suo piatto di pasticcini. «E temo che presto ne avremo un altro sulla spiaggia...».

«Che Dio ci scampi!». Quel poco che vedevo di Jane Wimpole sembrò impallidire.

«Continuo a pensare che siano risse tra ubriachi» insistette la Braddock e contrasse con disprezzo i suoi lineamenti contrariati. «Mio padre li odiava. Lo spaventava diventare uno di loro... ci insegnò a temerli, a me e ai miei fratelli. "Dai disperati puoi aspettarti qualunque cosa", diceva. Odiava la povertà. La odiava come una malattia. Ma era l'unica malattia con un colpevole, diceva sempre».

Ci lasciò in silenzio. I suoi lineamenti contratti si addolcivano nella luce a gas della lampada. Susie ci liberò da quel momento di amarezza.

«Credete davvero che qualcuno... lo sapete... stia... i... mendicanti?».

«È evidente, Susie Trench» disse la signora Murray.

«Si dice che il signor X sia molto nervoso per queste morti» buttò lì la capa.

«A proposito, Annie». Susie mi sorrise. «Come va... con lui?».

Arrivò il mio turno e alzai la voce all'improvviso.

«Con il signor X, dici? È la persona più *fastidiosa, capricciosa e arrogante* che abbia mai conosciuto, per non parlare del fatto che si impiccia sempre di ciò che non lo riguarda!».

Subito mi guardarono in silenzio. Perfino la signora Murray interruppe il suo pasto e lasciò la bocca aperta sopra la ciotola. Poi ci furono risate sconcertate.

«Non serve gridare per dirlo, Anne» mi rimproverò la capa.

«Ti ha già stufata, eh?» diceva Jane Wimpole.

«Ma Annie è di ferro!» si rallegrava Nellie Worrington. «Si vede che resiste!».

Parlammo ancora un po'. Nellie era triste: aveva dei biglietti gratuiti per lo spettacolo della compagnia Coppelius al teatro Carità, vinti grazie a un'estrazione per aver comprato varie scatole di biscotti Merryweather, ma con chi ci sarebbe andata? Era la mezza giornata di riposo di Jane Wimpole e glieli lasciò. Lo spettacolo, però, non era molto morale. Le avrebbero dato il permesso? La capa Braddock fece un sorriso enigmatico: "Come dirà il dottore".

Quella notte, soddisfatta, mentre preparavo il letto del signor X, aspettavo qualche reazione. Si trattenne, ma alla fine sentii la sua vocina.

«Com'è andata la riunione delle infermiere del tè, questa sera, signorina McCarey? Mi sentivo stanco e ho deciso di non mandare Jimmy...».

Gli rifilai un "Bene, grazie!", come un latrato.

Poteva anche essere pazzo, ma era diabolicamente astuto.

PROGRAMMA

Compagnia Coppelius

Teatro Carità del St. Mary's

La compagnia italiana Coppelius
arrivò nella nostra Portsmouth quattro
anni fa grazie al maestro Salvatore Pettirosso
e decise di restare... Senza dubbio con beneficio nostro e
dei tanti bisognosi della nostra città! Perché, con i nuovi
spettacoli di beneficenza che realizzano, il denaro ricavato
viene devoluto all'ospizio St. Mary's... E tutto grazie al patrocinio
di personalità come sir George Erpinghal, senza il cui sforzo
tutto questo non sarebbe possibile!
Grazie sir George! I biscottini Merryweather
presentano questo spettacolo!

"SIAMO FELICI PERCHÉ MANGIAMO
MERRYWEATHER!"

Intervallo pubblicitario:
"Siamo felici perché mangiamo Merryweather!"

Sir George Erpinghal si è chiuso a chiave nel suo ufficio e guarda obliquamente l'orologio da tavolo.

Sorride della sua assurda preoccupazione. La notte precedente ha sognato che oggi, a mezzanotte, sarebbe morto. Che stupidaggine.

L'orologio è un autentico Henri Marc in guscio di tartaruga con una campanella musicale, regalo delle sue tre figlie per il suo cinquantacinquesimo compleanno. La sfera centrale si apre in foglioline dorate, in vera filigrana. Secondo le lancette, mancano sei minuti alla mezzanotte.

Sir George ignora il motivo per cui quel sogno assurdo lo preoccupi tanto e, andando contro alle sue normali abitudini, ha ordinato alla servitù di andare via e ha sbarrato la porta del suo lussuoso ufficio nella tenuta di famiglia vicino a Cavendish Square, a Londra. Lo troviamo lì, nel suo ufficio lussuoso, con la sua lussuosa paura irrazionale, aspettando assurdamente che le lussuose lancette segnino l'ora fatale.

Che stupido sono. Mi sono agitato. E si sa: ti dici che non vuoi guardare qualcosa ed è allora che lo guardi di più. Ti dici che non ti succederà niente ed è allora che inizi a sentire un sudore freddo che ti ricopre la pelle. Vuoi pensare a qualcos'altro e il pensiero è un pallone a elio che vola da solo verso la terra di ciò a cui non vuoi pensare.

Perché non ammetterlo, George? Sei superstizioso. Questo gli direbbe sua moglie se fosse nell'ufficio, e se lui le avesse raccontato cosa gli stava succedendo. Però lady Suzanne dorme al piano di sopra, ignara e tranquilla, mentre sir George è seduto al suo scrittoio in vestaglia e ciabatte, con le basette bianche che incorniciano un volto indurito da frustrazioni e calvizie, gli occhiali sulla punta del naso come se stesse controllando un bilancio o firmando un pagherò. Invece si limita ad aspettare, un po' sorpreso di se stesso.

Sì, lo sono. Però ditemi, angioletti, quale imprenditore in questo Paese non è un po' superstizioso? A cosa crediamo, oltre che a Dio, a sua graziosa maestà e all'indubitabile destino glorioso di questo trono, di questa isola degli scettri? Chi più, chi meno, abbiamo bisogno di una direzione, delle righe sulla mano, un futuro, le carte di una zingara, un oracolo. Lasciando da parte il teatro, dove andiamo tutti. Ditemi se non è così, angioletti.

Ti restano solo cinque minuti, George.

Si concentra a guardare il grande cartello incorniciato alla parete, sopra al camino: la pubblicità più conosciuta dei biscottini Merryweather, una ghirlanda stesa da un estremo all'altro che sostiene al centro un biscottino affiancato dai volti rubicondi di due bambini. E sotto la ghirlanda, parole allungate in spirali armoniche:

SIAMO FELICI PERCHÉ MANGIAMO MERRYWEATHER!

I bambini lo guardano con i loro grandi occhi azzurri, sopra le guance paffute. Superstizioso? Per favore, certo che sì. Sir George è arrivato, a volte, a immaginare che gli "angioletti" – come li chiama lui – approvino le sue decisioni commerciali. Li guarda e, anche se non li sente mai, può immaginarlo. George. Ti stiamo. Per dare. Una notizia.

Fino a poco meno di un anno fa, lui e gli angioletti se ne stavano felici a mangiare Merryweather. George frequen-

tava gli scommettitori di Ascot e assisteva a costosissimi spettacoli clandestini che, molte volte, non potevano ripetersi con la stessa attrice. Però qualche cambiamento sfortunato nella Borsa e la concorrenza spietata di altre pasticcerie hanno sgretolato il Gran Biscotto su cui si appoggia il negozio che comprò due lustri fa dalla famiglia Merryweather di Portsmouth.

Non parliamo di quella parola spaventosa.

No, ancora no.

Non diciamo "rovina". No, George. Siamo ancora lontani da questo. Buon Dio.

Due minuti.

Potrebbe succedere, non è impossibile. Non sarebbe la prima volta. Il nome conosciuto di una famiglia come la tua che, all'improvviso, leggi nella lista dei pignorati sulla "London Gazette". La bancarotta in Inghilterra è un delitto. È proibito essere sfortunati – superstizioso? – è proibito fallire. Molti caduti in rovina finiscono in carcere. Diventi un delinquente lebbroso. Farà di tutto per evitare che questo succeda!

Tutto, mi sentite, angioletti? Tutto.

Tic tac.

Le perdite iniziano a essere preoccupanti – sir George raccoglie una goccia di sudore col suo fazzoletto – ma niente che non possa migliorare con un brusco colpo di timone. Gli investimenti erano stati disastrosi, e a questo non si poteva più rimediare – ora vengo consigliato meglio, angioletti. Eppure restano ancora altre possibilità prima di sprofondare nell'abisso: vendere l'impresa, vendere questa villa in Cavendish Square e andare a vivere nella più modesta e antica casa di famiglia fuori da Portsmouth – il che significherà, ovviamente, rovinarsi di nascosto, lentamente, smettere di comparire tra gli invitati alle feste, smettere di essere sir George per diventare "quell'Erpinghal che dovette vendere tutto", e anche se non finirà in carcere per morosità, il suo nome verrà cancellato dalla dorata lista degli illustri, e George Erpinghal, fattosi da solo, un passo alla volta dalle sue origini di poverello, tornerà nell'oblio negli anni peggiori, gli ultimi, l'inverno del suo malcontento – e, infine, vendere... vendere persino...

Un minuto. Un minuto prima che suonino i maledetti rintocchi e possa andarsene a dormire tranquillamente. E se muore, che sarà mai? Al diavolo.

Non succederà nulla.

È stato solo un sogno. L'incubo di un ubriaco in una carrozza.

E crede di sapere il motivo: quella notte aveva cenato in un club molto esclusivo di Bishopgate con degli impresari clandestini. Sir George è un famoso mecenate di compagnie artistiche – chi ne dubita? Guardate come ha contribuito affinché la compagnia Coppelius del Carità di Portsmouth faccia spettacoli di beneficenza – e questo gli ha aperto le porte degli spettacoli clandestini. In particolare, di chi compra e vende attori.

E quella notte a Bishopgate volle scoprire, per curiosità, quanto gli avrebbero dato per vendere una delle sue figlie.

Farà di TUTTO, *angioletti. Venderà anche voi, se necessario.*

Tutto pur di non trascinare il suo nome e quello della sua famiglia nel fango.

Era un argomento molto, molto sgradevole. Gli impresari si litigavano i figli giovani delle famiglie in rovina. C'era domanda, gli dissero, stranieri che pagavano a peso d'oro per vedere le figlie di un'antica famiglia aristocratica inglese ora in rovina che ora recitavano in spettacoli di burattini, arene, burlesque, *vaudeville o vergogne. O cose peggiori. Spettacoli "One Day Only" – li chiamavano* ODO. *Sir George si pentì di aver chiesto la ragione del nome. Uno degli impresari gli spiegò che, dopo un* ODO, *l'attrice non poteva essere usata di nuovo. Però solo con quel giorno sarebbe diventato ricco se avesse venduto, per esempio, la minore – Wendy Erpinghal, dodici anni – mol-*

to simile a colei che in quel momento si mostrava sul palco del ristorante clandestino in cui era andato sir George. L'impresario fece i conti. Un ODO *con sua figlia Wendy gli avrebbe permesso di affrontare la tempesta senza bisogno di quasi nient'altro. Non l'avrebbe più vista, però... le tragedie succedono sempre, e questa, in più, ti avrebbe reso ricco, George. Victoria, di ventidue anni, avrebbe risolto i suoi problemi per meno tempo – anche se sarebbe stato più facile con lei: aveva sempre voluto diventare un'attrice. L'ultima opzione, Harriet, è la più complicata: è sposata e gli ha dato due splendidi nipoti. Uno degli impresari aveva insinuato che una buona giocata con Harriet – nipoti compresi – sarebbe stata persino più fortunata che con Wendy. Avrebbe colpito la pentolaccia. Sarebbe tornato a essere ricco. La cifra che sentì restò sospesa nell'aria nera della sala privata. Una mela di Tantalo, desiderabile ma impossibile – sì, impossibile, angioletti – da afferrare.*

Almeno per il momento.

Non era affatto strano che, dopo quella conversazione – solo informativa – fosse tornato a casa ubriaco a un'ora insolita, dopo essersi addormentato nella carrozza. Fu allora che sognò – comprensibilmente – un palco col sipario nero dove una bella sconosciuta si muoveva... come in una danza. E la voce che – da dove veniva? Dal palco? – gli annunciava: "George, ti stiamo per dare una notizia: domani notte, a mezzanotte, con l'ultimo rintocco...". L'ultimo o il primo? Che gli aveva detto?

Dang.

Iniziano.

Non era il primo, ah, ah, angioletti.

L'Henri Marc sul suo scrittoio di mogano fa suonare le sue campanelle musicali. La prima o l'ultima? Non lo ricorda. Era solo un sogno. Anche gli angioletti sembrano aspettare, con i loro occhi grandi. George. Ti stiamo. Per. Dare. Una notizia. Ti. Stiamo. George. Ti. Stiamo. Per.

... Undici... L'ultimo.

DANG.

Il tempo sembra fermarsi. I battiti. La respirazione.

Finché, alla fine, George tossisce.

E gli scappa una risata.

Ride per un bel po', con gli occhi appannati. Superstizioso? Ma certo! E credulone. La risata gli migliora l'umore. Respira profondamente. Si calma.

L'ora fatidica è passata. Oggi no. Oggi non tocca a lui. Tutti i dubbi svaniscono. Certo, rimane la questione della rovina, ma perfino quella avrà una soluzione, vero, angioletti? Non dovrà arrivare a quegli estremi. Non venderebbe mai una delle sue amate – figlie – pasticcerie. Non varcherebbe mai quel limite.

Sir George, ora puoi andare a letto. L'ora è passata e non è successo nulla.

Con un sorriso soddisfatto per essere ancora vivo, sir George Erpinghal si alza dalla sedia. Lo sguardo grande e fisso dei bambini del cartello è ancora inchiodato su di lui, come in attesa. Le loro boccucce rosate – mai ne venderà nessuna – sembrano piene di denti. Come se gli strillassero, impazziti: ti stiamo per dare una notizia, George:

SIAMO FELICI PERCHÉ SEI GIÀ MORTO E ANCORA NON LO SAI!

Robert

1

Giorno nuvoloso. Per il resto, niente di diverso dagli altri. Be', sì: lui. Perché il signor X quel giorno stava ancora peggio dei giorni precedenti. La mattina, entrando nella sua stanza, la luce mi abbagliò.

Tende aperte. Il primo dettaglio strano.

Il secondo: lui stesso. Era aggrappato ai braccioli consunti della poltrona, davanti ai rettangoli della finestra, che lo incorniciavano tra le caselle bianche di una scacchiera. La fronte molto aggrottata, gli occhi sommersi dalle ombre. Non rispose al mio saluto né alle mie domande di cortesia sul suo stato. In risposta, me ne fece lui una.

«Ancora niente?».

«Mi perdoni, signore?».

«Un cadavere».

E ricordai. Erano passati tre giorni dall'ultima visita di Doyle: era la mattina in cui il signor X aveva predetto che sarebbe apparsa una nuova vittima. Per questo aveva aperto le tende. Aspettava che i suoi monelli gli portassero qualche morto.

Gli risposi che non c'era niente di nuovo, né nessun morto, nello specifico. Tornò al silenzio, ma il suo umore peggiorò col passare delle ore. Lo trovavo come a sonnecchiare, con il mento affondato nel petto. A volte riprendeva la respirazione con immensi sospiri che gli scuotevano tutto il corpo. Mi faceva pena, ma cosa si dice a un uomo così? "Non si preoccupi, presto apparirà un altro vagabondo sventrato?".

Le poche parole che mi diresse furono per chiedere – implorare – di far venire Jimmy Piggot. Jimmy venne, Jimmy se ne andò. Più tardi seppi, proprio dal signor X, che gli aveva ordinato di setacciare i giornali della sera. Il signor X mi chiedeva sempre di lasciarlo da solo con Jimmy, ma non serviva essere molto perspicaci per capire se le notizie fossero buone, o non ci fossero, quando il giovane impiegato usciva dalla stanza.

«Niente». Questo disse il signor X quando entrai io. «Nessuno, o meglio, un morto di tubercolosi, un incidente. Nemmeno un mendicante».

Gli feci notare che poteva venir fuori il giorno dopo. Mi interruppe con quel suo modo di parlare anche se, per la prima volta, era leggermente velato di esitazione:

«Signorina McCarey...». Sembrava raccogliere la pazienza quando usava quel tono. «Sette giorni, tre ferite, un mendicante... Quattordici giorni, sei ferite... È ovvio che l'assassino vuole che lo sappiamo, è il suo modo di parlarci, il suo messaggio, il suo codice. È impossibile che stia sbagliando. Le cose possiedono una simmetria, sebbene non sappiamo quale né perché...».

«Questo, mi perdoni, è assurdo. La vita non funziona così».

Affrontavo per la prima volta sua signoria l'Intelligenza della Poltrona? Bene, allora. Lo vidi girare la testa come un burattino.

«Chiedo scusa?».

«In questa vita non tutto si riduce a due più due. Noi persone, per esempio, facciamo cose imprevedibili».

«O ignoriamo la causa di alcune cose inaspettate».

Fermò la veloce corsa verso la sua meta, cioè lasciarmi in silenzio, come faceva sempre.

«Dico solo che potrebbe non essere come dice lei».
«No, non è questo che dice lei, lei dice che è assurdo e che le cose non funzionano così. Sono io a dire che potrebbe non essere come dice lei, signorina McCarey. Se mi permette di farle un esempio: è come quando ci pizzichiamo e ritiriamo il braccio. Causa ed effetto. E se ognuno dei nostri comportamenti fosse la nostra risposta specifica a determinati pizzichi?».
Questo era troppo profondo per me.
«Mi sembra che lei sia dedito a complicare tutto».
«Magari questa è la mia risposta al pizzico».
«No, è quello che le piace. Potrebbe piacerle un'altra cosa, signore, come guardare il mare di notte».
«Ma alla fine mi piace questa, e immagino che a lei ne piacciano molte altre senza sapere perché...».
Mi aveva teso una trappola sottile nella quale non mi importava di essere caduta.
«Sì, però posso cambiare opinione». E lì feci una pausa, perché la mente mi era andata a chi sapete voi, il mio vecchio marinaio. «Di certo a volte... A volte desideriamo qualcosa, o *qualcuno*, senza motivo e... Però possiamo smettere di desiderarlo».
«Lei crede?».
D'un tratto mi arrabbiai. Stavo raccogliendo il contagocce del collirio e i vasi da notte e lasciai tutto sul tavolino.
«Non so nemmeno perché discuto con lei! Io so chi sono e cosa sono, so cosa mi piace e perché, e so che posso cambiare le cose da sola quando voglio. Lei cerca solo di confondermi».
Mi interruppe riprendendo quel rapido sussurro:
«Cerco solo di risolvere un mistero che forse non ha niente a che fare coi mendicanti, ma con tutti noi, ognuno e ciascuno di noi. Però una cosa è certa...».
«Mi farà un esempio» proclamai. Non apprezzo la mia piccola battuta.
«Sì, posso? Grazie. Una cosa è certa: tutto quello che in apparenza è disordine possiede un ordine sottostante. Nel-

la storia delle tribù dell'Ovest americano, quello che per un cowboy potrebbe essere un incendio, per un indiano sono segnali di fumo. C'è un linguaggio nascosto in tutto ciò che facciamo, glielo assicuro».

Avevo le vertigini. Se c'era un linguaggio nascosto in tutto ciò che facevamo, il mio usava la parola "stupida" con enorme frequenza, pensai. E per il signor X, la parola più probabile era "follia".

Doyle si affacciò col suo sorriso smagliante in quel momento, col cappello in mano.

«Disturbo?».

Fu come vedere uscire il sole tra dei nuvoloni. Si inchinò in modo molto reverenziale verso di me – arrossii! – e strinse con affetto la spalla del signor X. Però portava le stesse "cattive" notizie che a qualsiasi persona normale sarebbero sembrate buone. Le snocciolava mentre controllava a occhio nudo l'occhio del suo paziente.

«Niente da nessuna parte. Ho setacciato "L'Occhio di Portsmouth", il "Portsmouth Journal", il "Southsea Day"...». L'occhio di Doyle davanti a quello del signor X. «Visite di sua maestà, un incidente con una carrozza al porto, morti naturali, il suicidio di un imprenditore di Londra, un furto nella taverna di... Quest'occhio sta decisamente meglio».

«Grazie, dottore».

«Non deprimiamoci, signor X, magari verrà fuori domani».

«Magari».

Ah, quindi... se lo diceva il suo amato dottor Doyle era "magari". Tra di loro c'erano segretucci, confidenze, confessioni. Io servivo solo a servire. E a discutere.

Cercai, senza sforzarmi troppo, di fare in modo che non si notasse la mia rabbia.

«Non preoccupatevi, sono certa che presto verrà fuori questo mendicante accoltellato che tanto desiderate. Mentre aspettate, posso portarle del tè, dottore?».

Doyle si mise a ridere mentre lisciava le maniche della sua impeccabile redingote.

«Di certo noi appassionati di misteri criminali sembriamo uccelli del malaugurio, signorina McCarey. Grazie per il tè, ma devo vedere altri pazienti. Per adesso, una buona notizia è che l'occhio del signor X non è peggiorato, e io direi che è persino un po' migliorato».

A me sembrava uguale, ma non volevo contraddirlo. Tra l'altro, all'interessato non sembrava importare del proprio occhio. Ora li aveva entrambi chiusi mentre parlava.

«Dottor Doyle, dobbiamo trovare un "comunque sia"».

«Un "comunque sia"?».

«Che abbiamo sbagliato o meno, "comunque sia", cosa ci resta, dottore?».

«Due morti in due settimane. Due mendicanti».

«Esattamente. Quindi è necessario separarli, identificarli, isolarli, verificare come e perché Noggs e Hutchins sono stati scelti dal nostro criminale, cosa li rendeva uguali e cosa diversi, cosa generava la simmetria tra loro, a parte la loro condizione di mendicanti, perché se questa settimana l'Assassino di Mendicanti ha interrotto il suo ritmo, non sarà certo per mancanza di materia prima in questa triste città portuale...».

«Certo che no, mio caro amico».

«Pertanto, proviamo a scoprire di più su questi uomini».

Sempre contento davanti alle novità, Doyle parlò lisciandosi i baffi.

«Be', la mia clientela non è costituita esattamente da diseredati, ma ci sono persone che hanno vissuto a Portsmouth tutta la vita e potrebbero sapere qualcosa su Hutchins. Inoltre, mi hanno invitato allo spettacolo di beneficenza al Carità del St. Mary's questo venerdì. Lì lo conoscevano bene. Di sicuro potrò raccogliere informazioni».

«Sarebbe straordinario, dottore. E adesso, se volete scusarmi, ho bisogno di stare da solo per suonare il violino e pensare. Chiuda la tenda, signorina McCarey, oggi non arriveranno notizie».

Sebbene Doyle si fosse congedato con il solito garbo – "È stato un piacere vederla, a presto" – uscendo dalla stanza si voltò verso di me in modo amabilmente preoccupato...

«Cos'ha detto che vuole suonare?».

«Il violino». Glielo mimai: «Si mette a muovere le braccia così».

«Oh».

«Sì».

Il giovane medico sembrò soppesare la notizia con l'espressione di chi scopre una macchia in un dipinto classico che, per il resto, gli è sempre piaciuto.

«Non sapevo che... Lo fa spesso?».

«È una mania». E aggiunsi: «Si tratta di un uomo malato, lo sa».

«Sì, è chiaro che la sua mente possiede... alcuni buchi».

«Sì, alcuni». E pensai, anche se non lo dissi: è per questo che è ricoverato a Clarendon, dottore. Lord Alfred crede di vivere ancora ai tempi dei moti indiani, il signor Harper sospetta di tutti, sir Leslie è affetto da sifilide... e il signor X crede di suonare un violino inesistente e si arrabbia se non appaiono cadaveri di mendicanti ogni fine settimana, come chi cerca i tartufi dopo la pioggia. Buchi? Il suo cervello è un gruviera. Ma non dissi nulla, perché l'animo di Doyle sembrava incrollabile.

«Nonostante tutto, è una mente molto speciale... Io continuo a fidarmi di lui, e lei?».

Stavo per rispondere... non so cosa. Ma mentre scendevamo le scale incrociammo Jimmy Piggot, che saliva.

«Non bisogna disturbarlo, Jimmy» lo avvertii.

«Lo so, non cerco il signor X, signorina McCarey». Mi guardò dal suo rossore titubante e portò la mano alla tasca della giacca. «È per lei».

«Per me?».

La lettera l'aveva portata un ragazzo. C'era scritto il mio nome. Divenni molto nervosa. Doyle e Jimmy si congedarono immediatamente dicendo che avevano degli impegni, per lasciarmi in un'intimità di cui chiaramente avevo bisogno, sebbene mi facesse quasi tremare. Misi la lettera nella tasca del grembiule e la aprii con dita tremanti nella mia stanza, seduta sul letto, davanti allo specchio offuscato. Chiudo gli occhi e ancora mi vedo riflessa in quello specchio dopo aver letto ciò che diceva la breve missiva.

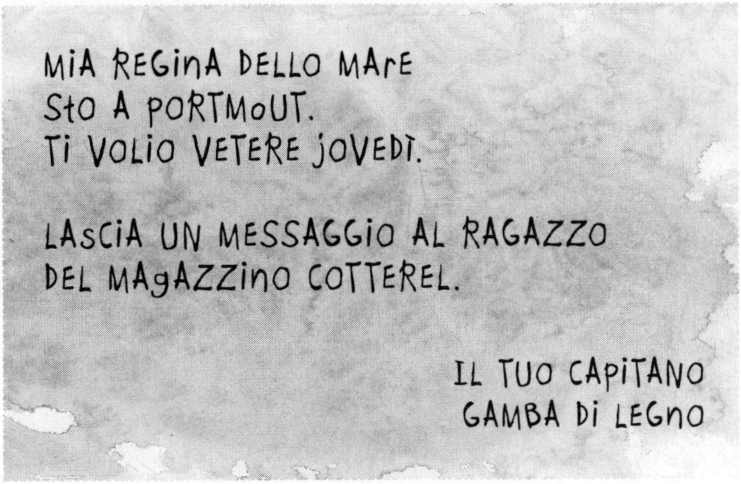
MIA REGINA DELLO MARE
STO A PORTMOUT.
TI VOLIO VETERE JOVEDÌ.

LASCIA UN MESSAGGIO AL RAGAZZO
DEL MAGAZZINO COTTEREL.

IL TUO CAPITANO
GAMBA DI LEGNO

2

Non era la sua scrittura, non lo era mai – già l'ho detto – ma il mittente era lui, perché Robert aveva un modo particolare di fare in modo che gli altri scrivessero come mi avrebbe scritto lui se lo avesse saputo fare. Mi chiesi subito come ci fosse riuscito: l'Ingrata era attraccata a Londra, e lui era venuto da lì? O a Portsmouth? La cosa certa era che si trovava lì. Ma ancora non mi spettava la mia mezza giornata di riposo e, anche se fossi riuscita a ottenere un permesso, non sapevo se desiderassi vedere Robert.

Be', *credevo* di saperlo: non lo desideravo.

E qui arriva il bello della questione. Perché stavo per fare a pezzi la lettera, macchiata di grasso da qualcuno – il ragazzo del magazzino Cotterel? Robert? – quando la riposi di nuovo nel grembiule. Non volevo chiedere favori a nessuno, però uscii dalla mia stanza e chiesi a Susie Trench di cambiare il suo riposo del giovedì con il mio del sabato al costo di compiti extra, come lavare lord Alfred o medicare le sue ulcere. E quando arrivò la notte mi dissi: "Non gli risponderò". Eppure mi sedetti sul letto con carta e inchiostro e confermai l'appuntamento, aggiungendo ora e luogo.

E tutto questo, lo feci come se avessi ricevuto un pizzico?

Non lo so. Decisi solo che entrambi meritavamo un'altra opportunità.

Robert mi aveva regalato felicità, la poca o molta che avevo avuto a questo mondo. Anche amarezza, sì, ma derivava quasi esclusivamente dall'alcol. Già l'ho detto in questo racconto, e quella notte lo dissi di nuovo: se fossi riuscita a vivere con lui, lo avrei staccato dalla bottiglia. Lo avrei aiutato a essere il Robert Milgrew pieno di ideali che si era arruolato in Marina in gioventù. E, per riuscirci, mi servivano una casa in cui accudirlo e alcuni risparmi.

Me lo immaginavo nella nostra nuova casa, sobrio, io che vigilavo perennemente sulla sua vita. Saremmo andati a teatro, avremmo fatto passeggiate, forse avremmo potuto fare qualche viaggio insieme. Saremmo stati molto felici, ne ero sicura. Era il mio desiderio più segreto.

Il giorno seguente consegnai a Jimmy la mia risposta da dare al ragazzo del magazzino Cotterel. Ricorsi nuovamente a Susie, che mi raccomandò dei posti discreti per cenare al porto e, tra sussurri adolescenziali, pretese qualcosa in cambio: "Chi è? Oh, Annie, chi? Annie, Annie, dimmelo". "Una vecchia conoscenza" dissi. A giudicare dalla mia espressione poteva essere un notaio che mi doveva leggere un testamento. Be', nemmeno lei mi diceva con chi usciva! Non volevo pensarci troppo – ma lo feci – e nemmeno riflettere su cosa indossare – ma lo feci fino a farmi venire il mal di testa, essendo le opzioni: 1) chiedere abiti in prestito a Susie o forse a Jane (meno bassa); 2) indossare ciò che avevo portato dalla mia partenza impulsiva da Londra. Alla fine, optai per il vestito malva con cui ero venuta, che Robert già conosceva e aveva apprezzato molto. Perché proprio questo vestito, oh, signorina "so-chi-sono" McCarey? Qualcosa mi attirava, evidentemente, qualcosa mi chiamava a lui, con o senza pizzico, qualcosa mi faceva desiderare di piacergli, fosse anche solo per dirgli che le cose si potevano fare in un altro modo, che potevamo trovare una soluzione tra noi, perché lo amavo e sognavo di vivere insieme.

I giorni trascorsero tra queste sciocchezze. In quel lasso di tempo Doyle non tornò né il mio ospite sollevò la testa dal torpore in cui si trovava, col mento affondato nel petto, né alcun mendicante ebbe la delicatezza di lasciarsi ammazzare da un fantasma notturno dalla risata agghiacciante. Arrivò il giovedì, il signor Weedon fu così gentile da anticiparmi metà della paga mensile e all'ora di pranzo feci visita al signor X per dirgli che quel pomeriggio mi sarei assentata e passavo il testimone a Susie Trench.

Ma non gli dissi nulla.

Aprii la porta senza bussare, nel caso stesse suonando il suo violino d'aria, e la mia ombra, di nuovo, come la prima volta, si distese come un tappeto verso lo schienale della poltrona nella stanza buia. Giuro che stavo per dirgli qualcosa. Le mie labbra si separarono. Avevo le parole sulla punta della lingua – "Ci vediamo domani, signor X, oggi ho il pomeriggio libero". Però desistetti al cospetto di quella poltrona. Che gli avrei detto? Quello che dicevo a mia madre a Londra: "Mamma, devo uscire"?

Mentre ci pensavo sentii la voce. Incorporea, fluttuante come fumo.

«Stia attenta a lui, signorina McCarey. Non è un tipo raccomandabile».

Né io risposi né lui parlò di nuovo.

3

Forse capirete o forse no, ma già pronta, con cappellino, guanti e quel vestito viola, uno scialle discreto sopra e il viso più o meno incipriato, la prima cosa che feci – dopo i "Ciao, divertiti, Annie" delle colleghe – fu girare intorno a Clarendon fino ad arrivare alla facciata posteriore, con gli stivaletti puliti che mi affondavano nella sabbia. Da quel punto potevo vedere le finestre degli ospiti.

Tutte spalancate, con le tende aperte. Tranne una.

Mi fermai a osservare quell'eccezione.

E mi piacque.

Mi sentii rincuorata, in qualche modo. È vero, a volte lo odiavo, come quando offendeva Robert o mi "consigliava" di lasciarlo. Ma vedere quella sola finestra come una palpebra chiusa tra tanti occhi aperti e comuni mi piaceva. Un'eccezione per un'altra eccezione. Forse siamo tutti eccezionali, sebbene pochi abbiano il coraggio di mostrarlo, o forse in ogni luogo c'è solo una tenda chiusa tra una ventina di tende aperte.

"Comunque sia", mi piace, pensai.

Tornai sui miei passi e presi viale Clarence pronta ad affrontare qualunque cosa. Con coraggio. Pensando che potevo sempre tornare alla mia tenda chiusa.

4

«Guarda un po' chi c'è. La mia regina delle Isole Vergini. La mia regina dei mari».

Robert si piegò e mi baciò le mani inguantate.

Be', era uguale. Anche se non mi aspettavo nessun cambiamento, era passato pochissimo tempo. Lo vidi all'angolo di Fratton Street in cui avevamo concordato. Era una bella serata, c'era una brezza marina che disperdeva le nuvole in un cielo, perlopiù, noiosamente azzurro. E lì c'era lui, all'ombra, all'angolo. Riusciva sempre ad arrivare prima di me agli appuntamenti – "Non è educato far aspettare una signora, regina" – e quando mi vedeva, non si muoveva. Ero io a dovermi avvicinare. La maggior parte delle volte potevo vederlo sorridere quando mi avvicinavo abbastanza. Solo una volta, ricordo, era serio. Ma questo si poteva accertare solo da vicino, perché da lontano, con il logoro berretto dalla lunga visiera e la barba lunga, la sua espressione non diceva nulla.

Questa volta sorrideva. Aprì le grandi mani, arrossate, come se si aspettasse un abbraccio, ma io gli tesi le mie – eravamo in pubblico. Le baciò, le allontanai.

«Robert» dissi.

«Sono molto felice di vederti».

«Non parliamo qui. Conosco un posto, possiamo andare a cena».

«Sono al verde, piccola».

Mi limitai a sorridere. Sapeva già che avrei offerto io.

«Eh, mi permette di accompagnarla, milady?». La sua risata era come un insieme di tante altre. A volte la confondevo con la tosse. O forse iniziava a ridere e poi tossiva. Però mi sfiorò un braccio e sentii un brivido. Poi disse: «Bene, bene, bene, se non vuoi parlare, almeno naviga, mozzo... sei tu al timone».

Quel brivido mi aveva fatto pensare – sentire – che la mia decisione era quella giusta. Non dissi nulla. Mi aggrappai a una speranza: lavorerò a più non posso, farò qualsiasi turno, risparmierò. Vivremo insieme. E cammineremo. A Londra era quello che facevamo di più. Lui con le gambe larghe, da marinaio abituato a trovare l'equilibrio in coperta. Arrivava lavato, non propriamente pulito, il *gansey* "buono" sistemato al collo – conoscevo quel *gansey*, glielo aveva fatto a maglia una donna "che amai prima di te", diceva – giacca rammendata e pantaloni larghi e sporchi con stivali bassi. Uno di quegli uomini che, vedendoli di profilo, non sembrano gli stessi che da davanti. Vederlo di profilo rompeva l'incantesimo, e mi chiedevo cosa me lo facesse amare, desiderare, quel volto rugoso come uva passa, quasi malevolo, il rossore che gli scaldava le guance. Non era bello di profilo, no. Neanche da davanti. Il suo naso bulboso da ubriacone, la barba che nascondeva le labbra, gli occhi piccoli e allegri tra le rughe. Certo, non era come il dottor Doyle, né era così meravigliosamente giovane. Ma, per donne come me, uomini come Doyle erano stelle fugaci da guardare sdraiate sull'erba. Robert Milgrew non era bello e non aveva classe né cultura, ma poi si girava e mi guardava.

Mi guardava, come ora, e io lo vedevo impotente.

Aveva bisogno di me, come io di lui, per ragioni sconosciute.

Io non ero nulla, ma lui... pover'uomo. Quanto desideravo accudirlo!

«Mi porti in un posto da ricchi?» mi chiese quando attraversammo a piedi la stazione.

«No, non è un posto da ricchi, Robert».

«Eh». Volevo guardarlo prima che la sua manona mi toccasse il mento, ma arrivai tardi. Mi fece girare la testa con una strana delicatezza. «Che ti succede?».

«Andiamo a sederci, a cenare, e a parlare».

«*Sssh.* Che. Ti. Succede». Mi lasciò il mento, ma ora era serio.

Al timone, in realtà, c'era lui.

«Questa città mi fa venire in mente dei ricordi».

«Ti avevo detto di non tornarci».

«Sì, me lo avevi detto».

Il nuvolone passò. Nei luoghi pubblici, il più timido era lui. Io riuscivo ad avere la meglio finché non fossimo stati in intimità – una stradina, una camera. Circondato dalle persone, Robert si sentiva inquieto, come colpevole di qualcosa. Non codardo. Se lo aggredivano, dava subito un pugno. Avrebbe lottato con un orso, se fosse stato necessario. Ma le persone, le persone normali, gli sguardi innocenti, quelli no, non poteva affrontarli.

Scelsi strade trafficate per arrivare al South Star, nella parte vecchia di Portsmouth, vicino al porto reale, che per fortuna era aperto e per fortuna aveva tavoli – grazie, Susie. Ce ne diedero uno vicino alla finestra ma ce n'erano altri intorno. Robert ne voleva uno sotto la scala, come nascosto, ma acconsentì a sedersi lì. Di fianco a esso c'erano delle tende rosse e sopra aveva una candela – come un "albero", disse Robert – che riversava la sua cera in una bottiglia. Un cameriere panciuto ci consigliò le costolette. Robert aggiunse una bottiglia di vino – ti pareva, però qui non me l'avrebbe tirata in testa, mi dissi. Rimanemmo a guardarci da sopra la fiamma dritta della candela. Il cuore mi batteva fortissimo. Valutava la mia felicità. Sapevo che quando mi vedeva contenta si faceva serio, e viceversa, dimostrandomi che mi dava sempre ciò che non avevo.

Questa volta non sapeva di che umore essere.

«Come ti sei arrangiato per venire?» gli dissi.

«Ho preso alcuni giorni». Distolse lo sguardo.

«Puoi farlo?».

«L'ho fatto, no? Ti ho portato una cosa».

Non vidi nemmeno da dove la prendeva, vegliavo sul suo volto, sulle sue espressioni. Una manona arrossata si allungò sulla tovaglia. Quando si spostò, c'era una specie di... qualcosa. Un medaglione, una pietra nera con sopra incisa grezzamente un'àncora. La presi, pesava. "Bellissima", gli dissi. Era bruttissima. Stranamente, tanto brutta da iniziare a sembrarmi bella. E la seconda volta che la apprezzai fui sincera.

«È carina, grazie, Robert». Era l'unica cosa che potessi dire al riguardo. Quell'àncora bruttissima mi faceva pena. Dissi qualcos'altro mentre la tenevo nel palmo della mano: «È un'àncora».

«No, è una pietra con un'àncora incisa. Non prendermi in giro».

«Da dove viene?».

«Da Calais».

«Ora attraversi solo il canale?». A volte mi parlava di posti esotici. «Non vai più lontano?».

Le sue spalle si contrassero.

«Ma guarda. Sei mai stata in Francia tu, saputella?».

«No, mai». Feci uno sguardo sognante, sapendo che mi aveva fraintesa. Era pericoloso camminare su quel ghiaccio. «Dev'essere... meravigliosa. La Francia, dico».

«È come l'Inghilterra. Tutto è come l'Inghilterra».

Robert mi parlava dei mari del Sud quando lo conobbi. Mi lasciava a bocca aperta. Io sapevo che esistevano da qualche parte – senza dubbio, al Sud – eppure faticavo a credere che ci fosse un posto così sulla Terra. Simile all'India, ma più bella e piccola. Isole che brillavano, illusioni che erano reali. Io avevo visto cose del genere solo a teatro. Neanche Robert le aveva più viste. Anche lui, solo a teatro. Mi raccontava la sua vita in frammenti, un giorno un pezzo, un giorno un altro, e io la ricostruivo. A quindici anni era stato accettato nella Marina Reale, HMS Gabbiano dell'alba. Secondo Robert, avevano navigato fino all'Eden, dove non c'erano più Adamo ed Eva, ma il serpente sì. Dopo quattro anni di lavoro come mozzo, venne espulso a causa di una lotta sanguinosa dovuta all'alcol. Da allora, sebbene avesse lavorato sulle navi, non era più tornato a calcare una coperta di una nave della Marina. Lavorava sull'Ingrata, una nave mercantile malmessa, da quando ci conoscevamo.

«Comunque, non mi trovo bene sulla nave». Avevano portato il vino e bevette il primo bicchiere prima di brindare, come se fosse acquavite. «Hanno messo a comandare un testone che grida come una cicciona la prima notte di nozze. *Clark*. *Clark!* Al timoniere di seconda».

«Abbassa la voce, per favore». Il secondo "Clark" aveva attirato l'attenzione dei presenti. E la cosa peggiore è che mi sembrava di ricordare quella storia. «Non me lo hai già raccontato?».

«*Clark*» ripeté, ignorandomi. «Marinaio semplice, ora timoniere di seconda. Ma, come diciamo in mare: "Anche io ho il mio libro di preghiere"».

«Non preoccuparti di questo. Prima o poi capiranno quanto vali sull'Ingrata».

«Non mi preoccupo». E mi guardò. «Stai molto bene. Bell'aspetto. Aria di mare».

Sorrisi mentre mettevo quella pietra in borsa. Proprio allora mi ricordai quello che mi aveva fatto l'ultima volta. Non c'erano più segni sul mio collo. Lì non più.

«Non dovresti bere tanto...».

«Ai suoi ordini, infermiera». Svuotò il bicchiere; poi lo allontanò da sé con fare ampolloso. «Posso smettere di bere se voglio, posso bere se voglio. Lo sai».

«Per questo te lo dico».

«E per questo non voglio che tu me lo dica. Bevo o no. Solo io posso ballare il mio ballo. E il mio tempo per ballare sta per finire».

«Perché lo dici?».

«Non ho gli anni di un tempo».

Sorrise, ma mi sembrava abbattuto. Accarezzai delicatamente la sua mano ruvida.

«Nessuno ha gli anni di un tempo. Stai benissimo. Devi solo... devi cercare di non bere tanto. E poco a poco ci riuscirai. Quando vivremo insieme, io...».

Si era tolto il berretto, che ora pendeva dalla sedia, e mostrava sulla fronte il solco con l'orma esatta della banda interna del cappello. Lì mise la mano, a mo' di visiera.

«Cosa vedo? Rimproveri a babordo».

«No, non sono rimproveri... So che sei capace di molte cose. Di tutte quelle che vuoi».

«Certo che lo sono, regina dei mari. Sono capace di tenermi te». E allontanandosi: «Ascolta, ma è vero che c'è un pazzo a piede libero che ammazza i mendicanti?».

«Puoi abbassare la voce, per favore?».

«L'ho letto sui giornali» disse, come se questo spiegasse il suo tono di voce. «Li sventra sulla spiaggia come maiali. E tu che volevi lasciare Londra per vivere nel tuo paesino tranquillo!». Rise senza emettere suoni.

«No, non è così. Io non volevo...».

Ci portarono le costolette fumanti. Robert iniziò a mangiare con fare sospettoso, come d'abitudine. Era come un bambino che sapeva di non potersi mostrare troppo affamato, perché se avesse mostrato la fame che aveva gli avrebbero tolto il piatto. Tuttavia, io lo avevo visto mangiare da solo e sapevo ciò che quel pasto caldo significava per lui. Gli si dedicava tanto da ammutolirsi. Smetteva persino momentaneamente di bere.

Era il momento giusto per dirglielo, perché capisse.

Per questo motivo, assaggiai appena un boccone, anche se fingevo di mangiare. Mi misi a giocare con un pezzo. Lo dividevo in due. Muovevo la bocca. Bevevo un sorso. Perché mi sentivo così emozionata? Dio mio, non volevo lasciarlo. E dissi:

«Sai? Mi sento molto bene qui. Con te». Feci un altro passo: «E a Clarendon ho trovato il lavoro che volevo».

Guardava la carne e poi me, anche se alla carne dedicava molto più tempo. A me lanciava occhiate fugaci. Gli parlai delle mie meravigliose colleghe, il mio meraviglioso direttore medico – era *uomo*, attenzione – del mio adorabile paziente – altro *uomo*. Tornai subito alle mie meravigliose colleghe. E al meraviglioso *stipendio*. Robert aveva ripulito gli ossi di tre costolette, e borbottò:

«Hai già guadagnato così altre volte».

«Ma questo è uno stipendio *fisso*, ti immagini? Potremmo...».

«Finché non ti cacceranno».

«No, non lo faranno, ho firmato un contratto...».

Stava bevendo un sorso. Per poco non sputò.

«Hai... firmato... cosa?».

La terra sotto ai miei piedi si aprì. Era quello che succedeva sempre. Mi lasciava parlare, mi cedeva terreno, si tratteneva, finché all'improvviso dicevo: "Ho conosciuto un uomo molto simpatico" o "Ho deciso di andarmene da Londra". Ed ecco la trappola.

«Cosa. Hai. Firmato».

In quel momento, la porta del locale tintinnò.

I profumi arrivarono per primi.

Un aroma attraente di cose sconosciute. Perfino Robert smise di guardarmi e girò la testa.

Fu proprio uno spettacolo: apriva la parata un uomo corpulento, basette nere, una lunga casacca rossa e un panciotto con i brillantini. Dietro c'era uno spilungone allampanato dal volto emaciato, un cappello a punta con la fascia viola e un'assurda casacca nera. A chiudere la straordinaria compagnia, una ragazza che riuscivo a stento a guardare. Non era inglese, non lo sembrava, e non apparteneva al mondo comune, al mondo della *decenza*, dei buoni costumi, dei marciapiedi e degli scialli. Non posso descrivere quello che indossava – una cosa rossa – ma sapevo che nessuna donna normale veste a quel modo. Non camminava: ballava senza musica. E i suoi capelli erano corti come non dovrebbero essere quelli di nessuna donna.

Ci fu silenzio. Uscì il proprietario, reverenziale, li salutò in italiano e aprì la porta di una sala privata. Pensai alla compagnia Coppelius, quella del Carità. Quando tornai a guardare, la sagoma ondeggiante sprofondava nell'oscurità e la porta si chiudeva. Come un fuoco d'artificio. Luce, colore, odori. Non erano inglesi.

Gli avventori, come paralizzati in un dagherrotipo, ripresero a vivere.

«Gente di teatro» disse Robert, senza che ce ne fosse bisogno.

Avevo lo sguardo fisso sul piatto. La gente di teatro non mi disturbava, a Londra giravano da tutte le parti, così e anche più strani, però mi creavano una parentesi, mi lasciavano sola nel mio posto. Erano di un altro mondo, e a esso tornavano. Mio fratello aveva desiderato di essere come loro, ma alla fine ci aveva ripensato. Quando vedevo la gente di teatro mi affioravano in testa dei ricordi: Andy adolescente, il teatro mentale del dottor Corridge. Tutto ciò che non eravamo noi che sedevamo davanti al palco. Era una vista al contempo amara e dolce. Mi faceva pensare che, nonostante tutto, ero, eravamo, io e Robert, fortunati e sfortunati. Essere un attore era terribile, *scandaloso*, era mostrarti alla vista del mondo, fingendo o meno. Però essere nel pubblico ti faceva desiderare di essere un attore.

«Potremmo andare a vederli» suggerì Robert. «Sai dove vanno in scena?».

«Credo al Carità del St. Mary's. Spettacoli di beneficenza. Ce n'è uno domani».

Per fortuna, Robert si era dimenticato del fatto del contratto. Disgraziatamente, non aveva dimenticato le sue idee.

«Oh, quindi non potremo andare. Saremo già in viaggio verso Londra». Rimasi a guardarlo, pallida. «Hai già trovato qualche ricco londinese da accudire, infermiera? Se lo curi bene magari ti lascerà qualcosa quando morirà».

Cercai di sorridere. Ero ancora sbalordita dalla vista dei teatranti.

«Quello a Clarendon è un ottimo impiego, Robert. Ti ho già detto che...».

«Lascerai questo lavoro domani stesso».

Basta. Tutto qui. Impallidii.

5

I teatranti avevano lasciato cadere al loro passaggio una porporina brillante.

O così mi sembrava d'un tratto.

Si era posata sulle spalle grigie degli uomini. Adornava i riccioli elaborati delle signore e i cappellini e i veli della *decenza* delle signorine attraenti.

Brillava, rossiccia e sgargiante, su tutto quel mondo di avventori e conversazioni con voci educate e rispettabili.

Si era persino attaccata a me e a Robert. Luccicava sulla nostra povera miseria, la nostra piccola miseria di esseri infelici e ordinari.

«Piccola, mi sei mancata tanto... Ho tanto bisogno di te... Ho scoperto che non sono nulla senza di te. Solo un vecchio navigante senza nave». Mi trattenni dal dirgli che lui una nave ce l'aveva. Sapevo che odiava l'Ingrata. «Sono vuoto senza di te» continuò.

La porporina spariva come braci di un fuoco in inverno. Ci aveva illuminato un po' con la sua aria di festa. E ora eravamo lì, tutti e due, e io mi chiedevo quanto dovessero pagare le persone come noi, gli "spettatori", il pubblico in piccionaia, per essere felici.

Strofinai le mie dita con le sue, ma non seppi rispondere in altro modo.

«Torneremo a Londra e tutto sarà come prima, regina dei mari. Meglio di prima, perché ora sei sola». Poi il suo volto solcato si sciolse come fango. «Sei la mia ultima opportunità, piccola. Non me ne restano altre. Sei la cosa migliore, e l'ultima, che abbia avuto nella mia vita».

Lasciò un silenzio.

Era come un invito.

Io non sapevo come riempirlo.

Vedevo in quel silenzio una stanza buia, una poltrona e delle tende chiuse.

«Robert... lascia che ci pensi. Ho appena iniziato» dissi.

Ritirò la mano. Come se avesse ricevuto un *pizzico*.

«Non capisci? Sono venuto per te. Questo non mi piace per te, regina. Tu meriti qualcosa di meglio. Ascolta: so bene che ti ho fatto male a Londra». I suoi occhi erano brumosi e umidi, come se avesse conservato in essi la nebbia della capitale. «Mi sono sentito molto male dopo... ma il fatto è che... mi ha fatto arrabbiare il fatto che volessi andartene da lì proprio quando, finalmente, come sai, eri sola... A me risulta più facile vederti lì». Io ascoltavo senza guardarlo, senza mangiare. «E cos'è questo postaccio? Mezza giornata di riposo ogni due settimane non è niente. Quando dovremmo vederci? Non potremmo nemmeno andare a teatro!».

«Potremmo...». Esitai. "Potremmo provare a non vederci per un po'" volevo dirgli. Invece dissi: «Potrei risparmiare, Robert, per comprare una casa...».

«La maledetta casa!» sbottò. Si contenne. «No, regina, in questa merdosa città di pescatori non c'è niente da fare. Londra. Lì c'è tuo fratello, il banchiere, no? Che ti aiuti. Conosce ricchi gottosi grassi come rospi. Infermiera privata di ricchi gottosi. Tempo libero. Ti affitti un posto. E quando verrò, saprò dove attraccare la mia nave...».

«Per favore, Robert... per l'amor di Dio...».

Passavano persone davanti alla finestra. Ci guardavano incorniciati dalle tende rosse, la stella di South Star sotto la volta col nome. Come in un teatro di marionette.

«Londra è molto cara». Lo guardai negli occhi e lui rispose qualcosa. Nonostante tutto guardarlo negli occhi – e tornare a sentire le sue mani che mi stringevano il collo – mi diede una certa forza. Continuai senza ascoltarlo: «Qui guadagno di più e credo, veramente, credo di dover...».

«Che ti succede, regina. Un medico ti ha rubato il cuore? O un pazzo?».

Nel sentire ciò, persi il controllo. Esplosi di rabbia.

«Non possiamo vivere con quindici scellini a settimana, che è quanto guadagni tu. Non abbiamo mai potuto, lo sai tu e lo so io. Vivi alle mie spalle». Che sto dicendo, mi dissi, preoccupata, che sto, Dio mio, ma ormai era tardi. «Voglio dire che non mi importa, davvero, non mi importa, Robert, voglio lavorare... Insomma, voglio che viviamo... che siamo... felici... Per favore, ti chiedo solo...».

Non sapevo più dove stavo andando né dove volevo arrivare. Nella pausa si inserì comodamente il baccano della sala privata. Da lì venivano il colore, rosso da attore, l'odore, la porporina. Robert era completamente cupo.

«Molto bene. Allora paga, visto che sei ricca». Non lo avevo mai visto con una rabbia così contenuta. Mi correggo: sì, lo avevo visto. «Andiamo, paga».

«Robert, lasciami qualche giorno...». Si mise il berretto e si alzò. «Robert...!».

«Ti aspetto fuori».

Mentre poggiavo le monete sul conto desideravo una sola cosa: desideravo essere quell'attrice, quella ragazza coi capelli corti, in modo indecente, bambina o donna, non lo sapevo, ma volevo essere lei. Avere potere su chi mi guardava. Un potere rosso. Ma quando uscii e vidi Robert all'angolo, figura cupa sotto al lampione già acceso, mi sentii sola e disprezzabile. Sapevo di dover pagare ancora di più. Fece quello che faceva sempre: camminava affinché io lo seguissi. Senza aspettarmi. Aspettarmi era una ricompensa. Ora non la meritavo. Accelerai il passo, ma non riuscivo a eguagliare le sue lunghe falcate. Procedeva senza meta. L'orlo del mio vestito si infangò in una pozzanghera. Quando lo chiamai, "Robert, Robert, Robert!" – la terza volta angosciata – si fermò. Era un'ombra.

Ansimavo quando alla fine mi avvicinai abbastanza da vedere la sua faccia.

Sorrideva. Questa fu la cosa peggiore.

Con uno spintone mi lanciò contro il muro. Sentii la sua forza eccezionale, non meno del muro contro cui sbattei. Niente dolore, no. Solo paura. Però non paura di qualche danno fisico, bensì della solitudine. Era questo: paura che se ne andasse lasciandomi lì da sola.

«Domani». Mi toccò il petto con un dito. «Hai fino a domani per chiudere i conti con quella clinica. Dopo verrai via con me. Mi hai capito?».

«Sì, Robert».

«Non parlarmi mai più così. Mai. Tu non sei migliore di me. Siamo una cosa sola». Emise alcuni lamenti. Gemiti. Singhiozzò. «Io ti amo, capisci?».

«Sì, Robert».
Sembrò calmarsi.
«Torneremo a Londra insieme. C'è tuo fratello. Ti aiuterà». Quel dito si trasformò in cinque dita, in una mano, in un sussurro nell'orecchio. «Nessuno ti conosce come me, regina dei mari. Io so cosa darti. Io so cosa dare a questo corpo. Io so cosa vuoi».
Quando mi liberò ci fu un rumore come di una bottiglia che si stappava. Respirai con la bocca aperta, e dentro vi caddero le lacrime. Dopo le avrei ingoiate, le mie stesse lacrime. Il suo viso era grande come la luna in un'eclissi. Puzzava di vino.
«Io so quello che ti piace».
Mi baciò di nuovo e non capivo, davvero, se mi piacesse o no. Non sapevo niente. Condotta decorosa. Irreprensibile. Questo avevo firmato.
Alla fine, si allontanò.
«Sei una giornata limpida col vento in poppa. Vieni, regina, facciamo due passi. Magari potremo vedere uno spettacolo clandestino».

6

Il Point era il luogo più a ovest della parte vecchia di Portsmouth: stradine squallide, nebbiose in inverno, puzzolenti in estate – e in inverno. Postriboli, camere per gli spettacoli clandestini, circondato dai moli, dagli attracchi più antichi di tutta la città, da cui Portsmouth prendeva il suo carattere, la sua importanza. A passeggiare tra gli immensi scafi di quelle navi, il fasciame impeciato, con l'odore di un misto di fumo, vecchio pescato e olio, ti veniva la sensazione che lì la città ti dicesse: "Sei giunto, finalmente, a quella che sono". E tutta la gente che andava e veniva lo sapeva. La ragion d'essere di Portsmouth. Il posto da marinai per eccellenza, il che significava che era il posto per le donne dei marinai. Ma non per quelle che, come me, aspettavano il navigatore nelle loro case del porto, bensì per quelle che potevano camminare sottobraccio al loro uomo, o ad altre donne come loro. Le uniche visite che ricordavo di aver fatto al Point in tutta la mia vita somigliavano a quelle di uno gnomo nel paese dei giganti. Una bambina che teneva la mano di suo padre, che a volte doveva andare agli attracchi per il suo lavoro di copista e altre voleva solo farle vedere le navi. Però erano alla luce del giorno e anche così erano impresse nella mia memoria con scampoli di orrore: volti rovinati, arti amputati, Uomini Dolci che io non potevo provare, gente di teatro che offriva a mio padre uno spettacolo clandestino. Mi piaceva il mare, non il porto, che era il modo in cui l'uomo tendeva la mano al primo, che non l'allungava mai, si lasciava solo toccare.

Io non volevo andare al Point di notte, ma cos'altro potevo fare con Robert? Camminammo lungo gli attracchi mentre lui osservava quei mostri che barcollavano in acqua con lo sguardo affascinato, come se non fosse mai salito su uno di essi. Dopo, attraverso la porta di St. James, ci infilammo nei vicoli. Era un posto pericoloso, ma a Robert piacevano i posti così, perché lì poteva vedere faccia a faccia altri uomini come lui. In effetti, notai che iniziava a rilassarsi davanti a quei volti cupi, sagome appena visibili. Intanto blaterava. Quando sarebbe stato vecchio – molto *più* vecchio – avrebbe lasciato l'Ingrata e avrebbe vissuto con me. E io non avrei dovuto prendermi cura di lui perché, negli anni, aveva imparato a fare di tutto. Grande vantaggio. Sapeva cucire, usava l'ago da quando era ragazzino, era la prima cosa che ti insegnavano in Marina. "Riesci a crederci, regina? Riesci a crederci?".

E nelle stradine più buie e solitarie mi baciava di nuovo.

Pensai che mi avrebbero cacciato da Clarendon se avessero saputo che ero lì, ma che cambiava? Non mi ero già arresa? Robert si lasciò sedurre dalle offerte, di casa in casa, di camera in camera, e scelse *Alice e la Regina Spac-*

cacuori, visto che la protagonista era adulta e gli piaceva di più. All'ingresso mi offrirono un velo, come a ognuna delle poche donne che assistevano a un clandestino. La protagonista ballava e raccontava la sua storia in una scenografia piccolissima che imitava un regno medievale con un castello in fondo. Io non lo capii molto. C'era una fanfara finale. Sipario. L'opera era *scandalosa*, non tanto per la nudità, quanto per il testo, molto piccante, con parole sconce che uscivano come il sudore o la saliva dal corpo dell'adolescente. Ma questo servì affinché Robert non volesse fare niente di più quella notte, pensando ugualmente di aver fatto di *tutto*.

Il ritorno fu stancante, quando alla fine raggiungemmo il lungomare Clarence, dove Robert valutò che poteva lasciarmi sola.

«Mi servirà del denaro. Ho pagato il viaggio per vederti e ho altre spese».

«Sì, chiaro». Aprii la borsa per prendere ciò che mi restava della paga di Clarendon dopo aver pagato la cena e il teatro, ma lo trovò lui e si prese tutto. Non ci salutammo: mi disse che sarebbe passato da me verso il pomeriggio e se ne andò in silenzio, alla deriva, colmo di alcol e dello spettacolo clandestino. Io feci mezzo giro e seguii il mio cammino lungo la strada accanto al mare fino ad avvistare Clarendon.

Mi sembrò di respirare per la prima volta.

Ma respirare faceva male.

CLANDESTINI
DI PORTSMOUTH

Alice e la Regina Spaccacuori.

Burlesque.

Camera clandestina di South Point

Che dire di questa Alice, una bambola (Joan Silvestri, vent'anni) gettata a terra da una bambina con cui nessuno vuole giocare? Il che, è chiaro, suscita di conseguenza le risa dei signori, perché mentre canta accompagnata da una fisarmonica, lancia pezzo per pezzo le sue vesti seducenti al pubblico, e l'invito a *giocare* diventa sempre più evidente! La morale, infine, è che solo la Regina Spaccacuori (personaggio che non appare mai) mantiene vivo l'interesse dei bambini. Nemmeno con tutte le sue attrattive la bambola Alice (colletto, guanti, acconciatura straordinaria, stivaletti) può competere con l'amore. Così che la bambola impara a spaccare cuori e, ormai svestita, canta una triste canzone d'amore...

R. Warchaski

Un piano pericoloso

1

Quando tornai nella mia camera a Clarendon nelle prime ore del mattino, non riuscivo a dormire.

Tremavo. Non sapevo se di freddo, di paura o d'amore.

Be', esclusi l'amore. Amare, ciò che si definisce amare, non poteva essere. Forse era passione: una cosa che senti in tutto il corpo e che provi raramente, quasi sempre a teatro. Qualcosa che ti spinge e ti trascina. Il clandestino mi si era incollato agli occhi e ai nervi, e sentivo tutto il mio corpo tremare come se delle mani invisibili mi accarezzassero – so che quel che dico è *scandaloso*. Alla fine, crollai esausta e ricordo che sognai un tunnel lungo e buio, così stretto che potevo solo avanzare, ma era impossibile voltarsi. Mi sentivo soffocare. E la cosa peggiore era che non ero sola, anche se non sapevo se chi mi accompagnava si trovasse davanti o dietro. L'unica soluzione, l'unica possibile per me, era avanzare.

Un sogno, in fin dei conti. Eppure quando mi svegliai, ancora senza luce, lo ricordavo chiaramente. "Chi ti ha desiderata come Robert? Chi? Chi ti ha fatto conoscere il mondo, regina? I mari del Sud, dell'Est e dell'Ovest?".

Mentre mi sistemavo l'uniforme venni colta da un amaro senso di colpa, del tipo che senti quando non sai cos'hai fatto per provarlo. Non c'è perdono per quella colpa. Puoi solo arrenderti ed espiarla. Mi arrendo, mi arrendo, pensavo mentre camminavo per i corridoi silenziosi di Clarendon, silenziosi e pieni di tappeti.

Me ne sarei andata. Avrei parlato con Weedon e il dottor Ponsonby. Avrei rinunciato, sarei tornata a Londra, con Robert. Sarei stata felice, dopotutto. Non avrei avuto problemi, perché anche altre infermiere del signor X avevano desistito. Potevo perfino dare la colpa a...

Però no. Il signor X non era il responsabile e non dovevo usarlo come scusa. In effetti, quel curioso individuo che avevo assistito per quasi due settimane era l'unica cosa che mi dispiaceva perdere. Lui, i suoi omicidi di mendicanti, il suo violino. Decisi di salutare lui per primo.

La stanza era al buio, come sempre.

Chiusi la porta e parlai guardando verso lo schienale della poltrona.

«Buongiorno, signor X, sono di nuovo io. Sono sicura di non esserle mancata ieri. Devo dirle, però, che il sentimento è reciproco. Ho passato dodici ore senza parlare di cadaveri accoltellati, il che è apprezzabile...». Ma la battuta mi andò di traverso. Il momento era serio. Solenne. Il suo ostinato silenzio sembrava richiederlo. «Anche se non capisco che le parlo a fare... Lei, con i suoi poteri, sa già tutto, no? Quindi, perché... Potremmo stare qui ore e ore, con lei che mi dice che sono il tipo di donna che... aspetta che qualcuno le dica "vieni" perché non può dire "vado"... aveva ragione. Ora mi è stato detto di nuovo e... No, lei non capirebbe. Lei si limita a scoprire le cose, però non le capisce. E non le importa di non capire. Il pizzico, diciamo così. Me ne vado, signore. Lascio Clarendon. Però devo dirle che... averla conosciuta...». Mi stavo emozionando. Non avevo intenzione di farlo. Ma quello che stavo dicendo era la verità, e continuai: «Averla conosciuta è stato per me... lei è strano, sì, tuttavia... degno di...». Mi bruciavano gola, occhi, e anima. Cose che non si possono grattare. «Mi scusi... perché non mi parla?».

Di colpo trasalii.

Tutto quel silenzio. Gli è successo qualcosa, pensai spaventata.

«Signor X?» chiesi, angosciata, asciugandomi le lacrime mentre mi avvicinavo.

Doveva essere lì, con la vestaglia, le pantofole e una mano sull'altra.

Ma non c'era nessuno. Un monumento all'Infermiera Sconcertata.

Me lo immaginai in posti assurdi: infilato nell'armadio, appeso al soffitto, nascosto sotto al letto. Nel bagno dei pazienti in fondo al corridoio? Forse, anche se sarebbe stato contrario alle sue abitudini, perché ci andava molto presto ogni mattina. Gli è successo qualcosa...

Non so perché mi venne in mente di aprire le tende e guardare verso la spiaggia.

2

Quest'uomo è pazzo, pensai.

Ovviamente, era di questo che si trattava.

Lo capii mentre uscivo da Clarendon in tutta fretta e giravo intorno all'edificio. Lui era pazzo e io ero la sua infermiera. Era su questo che si basava la questione, questo era il mio mondo – mentre affondavo, felice, i miei stivaletti nella sabbia – lo era stato dai tempi di Asherton – mentre salutavo con il braccio – io mi prendevo cura dei pazzi perché avevano bisogno delle mie cure. Pazzi che chiudevano le tende di mattina e uscivano in orari insoliti accompagnati da altri un po' meno pazzi, seppur pazzi anche loro.

Doyle rispose al mio saluto e il signor X aspettò che mi avvicinassi per lanciare le sue sillabe veloci, che non rinunciavano alla delicatezza neanche davanti al rumore del mare.

«Signorina McCarey, benvenuta. La prego di scusare il dottor Doyle per aver preso in prestito parte delle sue funzioni ma, in fondo, la colpa di tutto questo è sua, signorina» aggiunse l'omino, facendo sorridere Doyle.

«Mia?».

«Sì, perché l'avermi fatto camminare scalzo sulla sabbia l'altro giorno mi ha svelato un mondo di sensazioni straordinarie. E, quando questa mattina il dottore mi ha fatto visita molto presto con notizie estremamente succose, gli ho chiesto di sperimentarlo di nuovo... Nonostante tutto, ci siamo attenuti al regolamento, poiché il dottore ha chiesto il permesso alla signorina Susan Trench, prima di uscire a passeggiare con me. Non mi rimproveri, per favore».

«Va bene» dissi, fingendo di pensarci. «Lei lo vizia, dottor Doyle».

«Non mi è costato nulla». Per togliersi il cappello davanti a me, Doyle quasi si colpì il volto con le scarpe.

Mi venne da sorridere. Erano in piedi sulla sabbia, vicino alla riva. Come padre e figlio. Doyle offriva un braccio al signor X, e con l'altro teneva i suoi stivaletti. Il signor X, scalzo, teneva il cappellino. Due pellegrini in balia dell'andirivieni del vento, con sorrisi da scolaretti. Che sia benedetto il dottor Doyle. Tuttavia, finsi rigidità.

«Signor X, mi rallegro del fatto che l'esperienza selvaggia di camminare scalzo sulla sabbia le sia piaciuta tanto, però per oggi ne ha avuto abbastanza. Sicuro che non le abbia creato troppo disturbo con i suoi capricci, dottore?».

«Al contrario, la compagnia del signor X è sempre un piacere...».

«Non paragonabile alle sue notizie, dottore» replicò l'interessato.

«Oh, per favore... Le mie umili notizie, per quanto le sembrino interessanti, non sono state, disgraziatamente, neanche la metà di quello che...».

E così li lasciai per un istante. Come due professori che si scambino cortesie. Io, nemmeno un'alunna, ascoltavo senza ascoltare. La spiaggia mi riempiva tutta, mi dava forza, volontà. Le onde, poderose ma non minacciose, mi cercavano, facevano un passo affinché io ne facessi un altro, come se giocassero, come se mi tentassero. I gabbiani celebravano il momento con i loro gridi. Tutto era allegro e luminoso quanto era stata oscura e triste la notte precedente. O era perché ero tornata a vedere il mio ospite e avevo visto che stava bene? Alla fine dissi:

«Non voglio interrompervi, signori, ma presumo sia giunto il momento di rientrare...».

«Signorina McCarey, lei è come un dolore al coccige: non importa cosa facciamo né come, continua a dare fastidio».

«Signor X!» protestò Doyle. Io minimizzai, quasi divertita.

«Sono abituata alle sue scortesie, dottore, non si preoccupi».

Il signor X tirava il braccio di Doyle, che a sua volta sembrava tirare invisibilmente me. Quando mi guardò, le ciglia inarcate di Doyle sembravano dire: "Che carattere".

Ed ero di nuovo lì – riuscite a crederci? – di ritorno alla stanza – le tende aperte – avviluppata nella matassa del mistero, Doyle col taccuino in mano. Aggiungerei che era molto attraente, perché no? La carta è uno specchio che permette di arrossire interiormente. Lo era sempre, ma ogni giorno aggiungeva un tocco personale, un'altra piuma in quell'ala variopinta: un vestito marrone con l'orologio con la catena dorata, i baffi a manubrio così impomatati che pensavo mi avrebbero punto... Io, spettatrice assorta della storia, non ricordavo che un'ora prima avevo desiderato andarmene. Sono così, lo sono sempre stata, una banderuola in balia di qualsiasi vento.

«Nel corso di questi giorni mi sono sentito come se stessi inseguendo una preda. Ci sono Noggs e Hutchins... Il signor X voleva sapere cosa avessero in comune. Una domanda con molte sfaccettature, come un buon diamante. La miseria e l'alcol, d'accordo, ma niente di più».

«E le sue conclusioni...» disse l'uomo dalla poltrona, di nuovo in vestaglia e pantofole.

«Mi permetta, signor X, di mettere la signorina McCarey sul sentiero corretto per poterla poi guidare. Sono stato all'ospizio St. Mary's e ho parlato con il direttore e con alcuni conoscenti delle vittime. Noggs, giovane, attaccabrighe, falegname di professione, era un attore di terz'ordine e noto trafficante di attori bambini per i teatri clandestini. Aveva soldi, dunque, a differenza di Hutchins, e passava le notti tra risse, bottiglie e donne nelle strade del porto. In molti lo odiavano, non solo Gary Hiscock: Edith Kendall, l'attrice del melodramma del Victory, *Lucy, la devota*, si lamentava del fatto che Noggs in una scena le desse delle cinghiate per davvero... Era un tipo crudele, insomma: aveva rivelato il passato da carcerato di Hiscock per prendersi i suoi ruoli e costringerlo a lavorare come Uomo Dolce. È chiaro che quando Noggs venne assassinato incarcerarono subito Hiscock e interrogarono perfino l'attrice che lo odiava!».

«Logicamente» disse il signor X, «ma immagino che la morte di Hutchins li avrà liberati dai sospetti... almeno il signor Hiscock».

Doyle annuì e gesticolò indicando dei punti nella stanza.

«Certo. Però mettiamo qui Noggs. E da questa parte mettiamo Hutchins».

Li vidi. Io non avevo mai visto Hutchins, eppure era lì, e con molta più intensità di tutti gli spettacoli clandestini notturni, che non lasciavano nulla all'immaginazione: barba folta, sguardo buono sebbene ebbro, gli stracci penzolanti.

«Un animo candido» continuò Doyle, maestro di cerimonie di quel teatro. «Niente di più lontano da Noggs! Quel tipo di pover'uomo con scarsa intelligenza, ma con un gran corpo e un gran cuore. Faceva lo scaricatore al porto; poi perse il lavoro a causa del suo vizio. Al St. Mary's lo adottarono. Disfaceva la corda per venderla come stoppa. Lui diceva che questo lo aveva allontanato dall'alcol. Purtroppo, qualche anno fa ci è ricascato. Si allontanò di nuovo da quel demonio, ancora una volta grazie a un lavoro: attore negli spettacoli per bambini al Carità. I bambini lo adoravano. Era imbranato, ma lo divertiva esserlo. Cantava bene. Ovviamente, il demonio ebbe l'ultima parola: continuava a bere di nascosto, perché la notte in cui Spencer lo vide era ubriaco, come già...».

«Cosa beveva?» chiese delicatamente il signor X.

«Chiedo scusa?».

Era evidente che a Doyle non piacessero le interruzioni. Questa però lo sconcertò. Fu molto divertente vederlo guardare il tipo sulla poltrona con la fronte aggrottata.

«Le ho chiesto cosa beveva Hutchins, dottore».

«Cosa beveva?».

«Sì, caro dottore, cosa beveva il signor Hutchins?».

«È importante?».

«È fondamentale».

«Immagino... gin, rum...». Doyle mi lanciò uno sguardo perplesso. «Che importanza può avere questo, signor X?».

«L'ho già detto».

«Cercherò... di verificarlo».

«Lo faccia, per favore».

Era così incantevole vedere Doyle confuso! Tuttavia, egli era un uomo di mondo che poteva permettersi quel fastidio senza che la sua essenza ne venisse ferita in modo significativo. Il suo rossore non era quello di Jimmy Piggot: in lui tutto era un messaggio, una posa. Doyle non era spaventato dal proprio imbarazzo, ma a differenza del signor X, la cui pelle d'alabastro, quasi traslucida, non sembrava contenere sangue, mostrava tutti i segni del disagio, per la gioia delle persone – donne – come me. Di nuovo, mi strizzò un occhio con fare complice: "Se lo dice il genio, sarà così".

Girò una pagina del taccuino.

«Ho parlato delle differenze. Noggs e Hutchins, Hutchins e Noggs. Si è fatta un'idea, signorina McCarey?».

«Non potevano esserci due persone più diverse» riconobbi.

«Molto bene, però ora procederemo a cancellare le differenze e ci soffermeremo sulle somiglianze. Condividevano l'ospizio? No». Fece un gesto e la parola restò sbarrata nell'aria. «Hutchins era più in contatto con loro di Noggs. Avevano gli stessi amici? Nemici? No e no! Età? Aspetto fisico? No! L'alcol? Sì!».

«Tuttavia, dobbiamo sapere cosa beveva Hutchins» insistette la voce dalla poltrona.

«D'accordo. Lasciamo da parte l'alcol. Cosa ci resta?». La domanda sembrava diretta a me. D'un tratto lo seppi.

«Noggs era *attore*... Hutchins *recitava* al Carità...».

«*Voilà*». Doyle aprì le braccia. «Lei dovrebbe essere a capo delle suffragiste».

«Ma Noggs non aveva recitato al Carità» replicai.

«Era falegname. Aiutava con le scenografie. E una volta apparve in un'opera della compagnia Coppelius, come comparsa».

Taccuino degli appunti. Doyle girò un'altra pagina e lì c'era sulla sinistra una colonna di nomi e sulla destra una di numeri in ordine rigoroso.

«Il Carità non appartiene all'ospizio, sebbene realizzino quasi tutti gli spettacoli con gente bisognosa. Li pagano qualche penny e il ricavato viene destinato a opere benefiche. È diretto da anni da un italiano stabilitosi in città, Salvatore Pettirosso». E qui giunse il mio turno: «Oh, sì, credo di averlo visto» dissi, e raccontai l'entrata di quel trio di stravaganti attori nel ristorante senza dare dettagli sulla mia serata. Quando descrissi il tipo con la casacca rossa, Doyle annuì.

«Quello è Pettirosso. Gli altri dovrebbero essere il suo aiutante, ungherese, credo, e una ballerina della compagnia. Le sue produzioni piacciono. Ma qui c'è il fatto più curioso. Ho controllato il calendario delle rappresentazioni del Carità. Fanno spettacoli di beneficenza da due mesi. E due di questi coincidono con la vigilia dei giorni in cui vennero trovati i cadaveri di Noggs e Hutchins. Ed entrambi recitarono in quegli spettacoli!».

«Tutto si incastra!» applaudii.

Rimasi ad applaudire da sola.

«Moderatamente interessante» disse il signor X, «l'insieme risulta seducente, eppure i dettagli restano al margine».

Doyle sembrava abbattuto, ma io – sua fedele ammiratrice – lo animai con delle domande.

«Crede possibile che qualcuno del teatro sia...?».

«In qualunque caso, riterrei interessante assistere a uno spettacolo domani e dare uno sguardo. Si riunisce tutta la società nobile di Portsmouth da una parte e quella più bisognosa dall'altra. È un buon luogo per riunire le persone. Mi presenterò a Pettirosso e ai suoi attori...». Si tirò i lunghi baffi. «Però... l'invito è per due persone. Conosco delle dame che accetterebbero, sebbene...» non dimenticherò mai quando diresse i suoi occhi verso di me, «... soltanto una conosca la vera ragione per cui vado».

«Verrò con lei» dissi senza pensarci. «Sarà un onore, dottore».

«L'onore sarà tutto mio, signorina».

In quella nuvola di felicità, la voce del signor X, nonostante la delicatezza, fu come un tuono.

«No, no, questo è completamente fuori discussione. La signorina McCarey non verrà. Non abbiamo nessuna prova, dottore, nessuna, persino la sua presenza domani è inutile...».

«Posso sapere perché, signore?» domandò Doyle, piuttosto infastidito.

«Ora si deve verificare cosa bevesse il signor Hutchins, il che è fondamentale. Andare a teatro non servirà a nulla. Per non parlare del fatto che, se lei ha ragione e qualcuno della compagnia è coinvolto, il piano potrebbe essere pericoloso per la signorina McCarey...».

«Accidenti, devo riconoscere che ha ragione» disse Doyle. Non ebbi il tempo di intervenire.

«Oh! Apprezzo molto la vostra preoccupazione, signori, ma devo dire che, dopo quasi due settimane a Clarendon a prendermi cura di lei, signor X, la prospettiva di correre il rischio di essere assassinata non mi sembra più tanto atroce».

Doyle si sforzava di non ridere. Il mio ospite, invece, era serio.

«Per favore, signorina McCarey...».

«Ci andrò, ci andrò. Ma mi servirà il permesso del dottor Ponsonby...».

«Per questo posso dare una mano» disse Doyle.

Mi sentivo sempre più felice. Quell'avventura era tutto ciò di cui avevo bisogno. E la serietà del signor X era così *eccitante*! Sarà geloso?, si chiese una parte, la peggiore, di me. Rettificai immediatamente: no, è la sua ossessione patologica.

«Farò in modo che una collega mi sostituisca... Credo di poterlo chiedere...».

Iniziai a fare piani! E il fatto di essere vista con uno come Doyle in un teatro pubblico? Come l'avrebbero preso a Clarendon? Che avrebbero detto di me le infermiere del tè? Ma d'altra parte, non avevo appena passeggiato nel basso inferno rosso e nero del Point, quella notte? Mi sembrava di avere ancora sulla pelle l'aria appiccicosa del porto, e negli occhi le ombre minacciose. La soluzione era semplice: lo avrei dichiarato io stessa! Il dottor Arthur Doyle era appena arrivato a Portsmouth, lo avevano invitato a teatro e portava me per pura cortesia. Il pettegolezzo perde forza se non è tanto originale! Ero così contenta che feci quasi un sorriso malvagio quando la voce del signor X si fece supplichevole.

«Signorina McCarey, sembrerà vile che cerchi di corromperla con questo...».

Quel nuovo tono mi fece avvicinare alla poltrona. Pallido e rigido come una scultura di marmo, la mano che frugava nella tasca della vestaglia.

«Per lei».

Mi tese un foglio piegato. Guardai Doyle, che senza dubbio era al corrente della questione, perché ora sorrideva in modo strano. Mi piacevano le sorprese, ma quella, quale che fosse, superava qualsiasi possibilità di immaginazione. Forse era il *segretuccio* che condividevano? Aprii il foglio e lo lessi, sconcertata.

«È... È la ricetta del collirio del dottor Doyle...» dissi senza capire.

«Legga il nome del paziente» chiese il signor X.

Aggrottai la fronte. In alto, Doyle aveva scritto "*somministrare al signor X*", ma qualcuno aveva sbarrato la ics e messo un altro nome con una bella grafia – la scrittura sembrava di Doyle – come se la decisione fosse stata presa con una certa timidezza. Un nome con il relativo cognome. Suonavano strani.

«Chi è "Sher... Sherlock Holmes"?» domandai senza capirci niente.

«È il... nome del detective che ho inventato» disse Doyle. «Quello che, come le ho detto, somiglia al signor X. Gliel'ho detto questa mattina e... be', gli è piaciuto. Mi ha chiesto il permesso di usarlo in privato solo con lei. Di certo l'idea mi aggrada...». Si grattò la testa. «In questi giorni pensavo anche che Holmes potrebbe lavorare con un medico...». Indicò se stesso. «E avere... non so... una governante». E indicò me, come se fosse un gioco. Sorridemmo.

Il signor X continuava a essere serio, ad ogni modo. Io mi voltai verso di lui, anche io seria.

«Cosa significa tutto questo, signor X?».

«È quello che desiderava lei, signorina McCarey».

«Quello che desideravo io?».

«La sera in spiaggia, ricorda? Quando le promisi di darle quanto mi avrebbe chiesto. Mi chiese che io avessi un nome. Eccolo».

Restai assorta con il foglio in mano.

Il suo nome, pensai.

Nessuno mi aveva mai fatto un regalo così. Facevo fatica a respirare. Guardai la figura ferma nella poltrona, una mano sull'altra, in vestaglia e pantofole. Un bambolotto, questo mi era sembrato la prima volta. Ma ora lo vedevo distintamente. Fui pervasa da uno strano calore.

«Grazie» dissi. «Grazie, signor X».

«Signor *Sherlock Holmes*» mi corresse con un certo orgoglio.

«Oh, non la chiamerò mai con questo nome così ridicolo!» e, percependo l'effetto che avevo involontariamente provocato in Doyle, aggiunsi: «Oh, mi scusi...».

«No, non si preoccupi» disse Doyle. «Neanche a me piace molto. Forse potrei chiamarlo... Heribert LeCoq? I nomi francesi vanno di moda...».

Misi via il foglio cercando di non far trapelare dalla voce quanto mi sentissi felice.

«Quindi, domani, dottore... a che ora?».

3

Sherlock Holmes.

Quello stesso giorno, dopo la visita di Doyle e durante l'ora del pranzo dei pazienti, mi chiusi nella mia camera a pensarci.

Il nome continuava a non piacermi, ma non era un nome, era il suo *regalo*. Nella borsetta avevo l'altro. In quel momento lo cercai e lo presi. Solido, robusto, scuro, pesante. L'àncora incisa. La tenevo in mano mentre pensavo: *Sherlock Holmes*.

Un regalo mi affondava, l'altro mi faceva fluttuare.

Avevo chiesto a Jimmy carta e penna. Mi sedetti sul letto con entrambe le cose, lasciai la pietra da una parte e mi misi a scrivere.

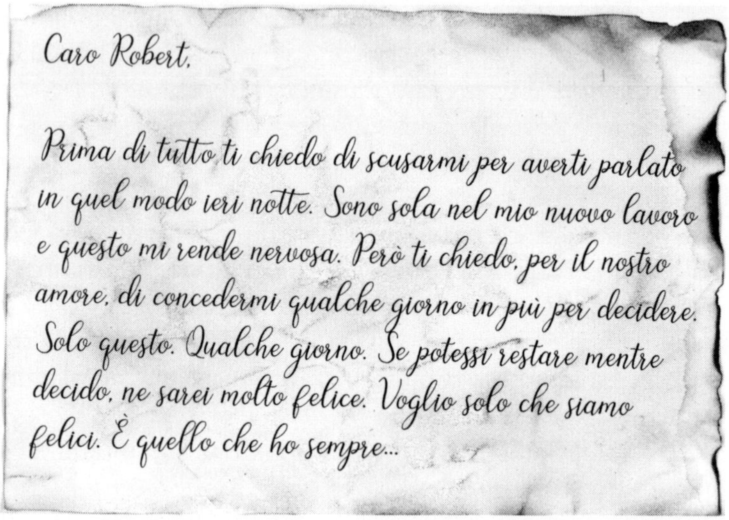

Caro Robert,

Prima di tutto ti chiedo di scusarmi per averti parlato in quel modo ieri notte. Sono sola nel mio nuovo lavoro e questo mi rende nervosa. Però ti chiedo, per il nostro amore, di concedermi qualche giorno in più per decidere. Solo questo. Qualche giorno. Se potessi restare mentre decido, ne sarei molto felice. Voglio solo che siamo felici. È quello che ho sempre...

Arrivata a questo punto, non sapevo cosa aggiungere. Mi tremava il polso.

Presi la pietra nel palmo della mano e la contemplai. Pesava, sì, ma era un'àncora. Le ancore ti fermano quando tutto intorno a te trema.

4

Dal letto riuscivo a scorgere il mio volto nello specchio offuscato. Il mio volto nonché la mano che teneva la lettera appena scritta a quello che era stato il mio compagno negli ultimi quattro anni.

Mi chiesi se i miei lineamenti rivelassero il cambiamento. Ero più felice? Avevo più rughe? Quattro anni da quando lo vidi per la prima volta. Un anno prima era morto mio padre, e io e mio fratello venimmo a Portsmouth per seppellirlo e portare mia madre a Londra dopo aver venduto la casa di famiglia, come avremmo fatto in seguito con nostra madre. La vita con mia madre, devo dirlo, era una specie di stazione in cui aspettare l'arrivo del treno della tragedia. Ogni giorno mi svegliavo pensando: oggi, sarà oggi. L'assenza di mio padre l'aveva resa arrabbiata col mondo, tirannica. Però non potevo chiedere a mio fratello, sposato e con figli, che si facesse carico di lei, né tantomeno un aiuto economico. Così accettai qualsiasi lavoro. La cosa più facile era prendersi cura di anziani ricchi. A quell'epoca lavoravo per un tale signor Grossborough. Era piccolino e giallognolo, e quando sorrideva sfoderava dei denti affilati. Non era del tutto calvo e aveva delle strisce di capelli che spuntavano qua e là, come su un *calavera*. Sebbene avesse fatto una certa fortuna mettendo in affitto magazzini al porto, viveva molto al di sotto delle sue possibilità nell'East End. Usciva poco, era vedovo, diabetico, aveva le ulcere ai piedi e gli piaceva essere accudito in casa. A volte gli si infiammava un testicolo fino all'inverosimile e gli piaceva molto che io mi mettessi devotamente in ginocchio accanto a lui per applicarci sopra delle compresse calde. Intanto, mi parlava. Ricordo ancora il suo alito pestilenziale.

«Fallo meglio, racchia, perché temo che sarà l'unica volta nella tua vita in cui toccherai da vicino le cose di un uomo».

Mi diceva questo genere di carinerie. Però devo riconoscere che non mi ha mai ingannata. Nell'assumermi mi disse che lo faceva, "racchia", né per adularmi né per trattarmi come una persona, bensì come una cosa. Mi avrebbe pagato quanto concordato più qualche mancia, ma si sarebbe permesso qualsiasi commento su di me. Non mi avrebbe mai toccata, disse anche questo. Io accettai. A volte si metteva a guardarmi e veniva colto da accessi di risa. Era divertito dal mio volto col naso "da strega", il mento sfuggente e gli occhi piccoli. Devo dire che aveva la risata contagiosa: vedendolo sbellicarsi fino a diventare rosso come un pomodoro anche a me uscivano dei risolini stupidi, inevitabili.

Però non mi sentivo sempre dell'umore giusto e un giorno che mi offese in modo particolare gli dissi che non glielo avrei più permesso. Gonfiò le sue labbra azzurrognole con disprezzo mentre frugava nella tasca.

«Vuoi andartene? Be', la porta è lì, racchia. E qui...» e mi lanciò una sovrana d'oro – una sovrana! – per terra, «... qui ci sono io. Se te ne vai, non tornare. Se prendi questa moneta, resisti. È giusto, non credi?».

Scelsi di andarmene!

Come lo scrivo bene, ma quanto è FALSO.

Forse l'eroina di un romanzo d'amore, povera ma dignitosa, avrebbe fatto questo. Io non ero così. Io ero di carne e ossa e vivevo a Londra e mi prendevo cura di mia madre e pagavo un affitto e mi chinai mentre il signor Grossborough rideva a crepapelle. Il pianto mi rese più brutta. Non piansi per le offese, bensì perché mi sembrava che la bassezza di quel vecchio consistesse solo nel dire ciò che molti altri pensavano di me.

Un giorno, uscendo da casa del signor Grossborough, mi fermai davanti a uno spettacolo circense. Era una di quelle piccole compagnie itineranti che si esibiscono vicino al Tamigi per ricevere le poche monete del pubblico, ma questi erano sorprendenti. Be', oggi lo sono tutti, però questi lo erano in modo particolare: suonavano trombette ricurve che producevano come dei muggiti, mentre un uomo col cappotto zuppo – il *"Signor Tormenta"*, come recitava il cartello appeso al suo collo – percuoteva un grande cubo trasparente pieno di acqua quasi fino al bordo montato su un carro. Dentro al cubo, nuotava a bracciate una ragazza pallida vestita solo della parola *"Fiducia"* dipinta lungo la coscia sinistra – ricordai la recente notizia dell'affondamento di una nave con quel nome in America – e non aveva nemmeno peli lì dove noi donne li abbiamo. Dei bambini dipinti di bianco facevano da fulmini: quando saltavano, dei tamburi imitavano i tuoni. Il Signor Tempesta diresse verso di me le sue palpebre rosse come doppi occhi e soffiò gonfiando le guance.

«La Fiducia è affondata! Di chi ci fideremo ora?» cantava.

E colpiva il cubo e i bambini d'argento saltavano in modo *indecente* e tutte le teste guardavano la ragazza nel cubo come magnetizzate. Tutte tranne una.

«Ho vissuto delle tempeste in alto mare» ricordo che mi disse molto dopo, «e nessuna era così stupida, credimi».

Robert Milgrew mi piacque dal preciso istante in cui mi guardò. La *troupe* si allontanò e lui si tolse il berretto per presentarsi. A onor del vero, aveva bevuto qualche bicchiere di troppo, ma era galante e il suo corpo sembrava scolpito nella roccia. Iniziammo col parlare di teatro di strada, poi di teatro in generale e infine di noi. Una cosa mi fece piacere: non mentì mai lodando le mie ipotetiche attrattive. Mi aveva visto nella vetrina delle persone e gli ero piaciuta, non era necessario che mi adulasse per questo. Non c'era altro. La sua ultima donna lo aveva appena lasciato e questo lo faceva, mi disse, bere troppo. Robert Milgrew, chiaro che mi piacesti. Eri il primo uomo a volermi possedere per quello che potevo valere ai tuoi occhi.

Iniziammo a vederci prima o dopo i miei turni. Lui sembrava avere tutto il tempo del mondo: l'Ingrata ancora non partiva. E, diceva: "Noi marinai, piccola, non serviamo a niente a terra". Quando gli parlai del mio lavoro fu solo questione di tempo prima che venisse fuori Grossborough. Robert cercò invano di convincermi a lasciarlo. Si arrabbiava quando gli dicevo che sì, lo odiavo, ma no, non lo avrei lasciato. No, non volevo, sì, volevo. Mi sembrava odioso, tuttavia era il mio lavoro. Non facevo l'infermiera per essere felice. Io accudivo. E se avessi potuto accudire solo quelli che lo meritavano, tanto valeva che mi chiudessi in casa a cucire. Dicevo tutto questo, ma Robert gesticolava, furioso: "Devi lasciarlo".

Un giorno mi toccava il pomeriggio e faticai così tanto a separarmi da lui – mi accompagnò alla casa del vecchio – che mentre ci salutavamo, il signor Grossborough apparve alla porta col suo bastone, i suoi piedi bendati e la vestaglia. Mi guardava fumante di rabbia.

«Sei ancora qui, idiota? Che c'è, oltre che brutta sei anche scema? È per questo che ti pago? Per arrivare tardi! Entra subito!».

Mentre mi scusavo ed entravo in casa, sentii che Robert tornava sui suoi passi e lo affrontava. Parlò con attenzione, quasi come se la faccenda non gli interessasse; tuttavia sapevo che si comportava così quando era molto arrabbiato. Tremavo.

«Non credo che la signorina meriti queste parole. Anzi, credo che debba ritirarle e chiederle scusa».

«E io credo che tu debba andartene, schifoso! Puzzi di alcol che appesti da dieci metri! Vattene o chiamo la polizia!».

Robert, quindi, si calmò del tutto. Questo mi fece capire, lasciandomi terrorizzata, che la sua furia era smisurata. "Come gli uragani, regina" – mi aveva spiegato un giorno – "al centro sono calmi, ma fuori è un inferno". Gli bastò drizzare le spalle e serrare i pugni.

«Sa una cosa, signore? La signorina mi ha parlato molto di lei e ora riconosco che è quasi uguale a come me la immaginavo, però ha dimenticato un dettaglio. Ha le orecchie da ratto olandese... Sa come puniamo, sulle navi, quelli come lei? Niente frustate, né ceppi ai piedi o tavole per gettarli in pasto agli squali. Li appendiamo per le orecchie. Ho visto dei tipi appesi per le orecchie implorare di essere uccisi. Non malaticci come lei, gente di mare. Ho visto ciò che gli succede. All'inizio hanno paura di perderle; poi il tempo passa e... be', li spaventa di più che quegli stracci quasi lacerati continuino a tenere. Impazziscono e si agitano per liberarsi, sissignore, e più si muovono, più ululano, o ridono, completamente pazzi per il dolore. A giudicare da quanto vedo, lei durerebbe un paio d'ore... questo se non gliele taglio prima».

«Signore...!» mormorò il signor Grossborough con le sue labbra azzurrognole.

«Non lo sono» disse Robert. «Ma lei invece è una signora. Le paghi quanto le deve e aggiunga una bella mancia per averla offesa». E si voltò verso di me, ignorando i miei tentativi di rappacificarli. «Tu non lavori più qui».

Grossborough salvò la sua dignità – e forse le sue orecchie – aggiungendo dispettosamente, mentre mi pagava: "Ne troverò subito una migliore!". Però pagò. Per tutto.

L'àncora.

Per qualche tempo mi era bastato. Quella forza, quella sicurezza. Ora non mi sentivo più così sicura. La sua collera costante, il suo modo di venire e andarsene velocemente dopo avermi chiesto dei soldi, le mille volte che mi aveva giurato di smettere di bere... A volte mi dava l'impressione che mi mentisse, che serbasse qualche segreto che non aveva voluto raccontarmi al momento giusto. Non mi sentivo più tanto sicura di lui. Ma non potevo nemmeno abbandonarlo. Semplicemente, non potevo fargli del male. Lui aveva bisogno di me quasi più di quanto io ne avessi di lui.

Smisi di guardarmi allo specchio e i ricordi restarono lì. Non sapevo più che altro scrivere nella lettera, quindi la piegai senza terminarla e la misi nel grembiule.

Avevo bisogno di vedere l'uomo che mi aveva fatto l'altro regalo.

5

Quando bussai alla sua porta sentii un rumore. Sorpresa, armeggiai con la maniglia. La stanza buia e la poltrona come un muro alto e logoro.

Eppure, c'era dell'altro. Non sapevo definirlo. Un odore nuovo. Forse un movimento rapido delle ombre. La sua voce, nonostante tutto, era uguale a sempre.

«Signorina McCarey, avanti». Non aveva bisogno di vedermi per sapere chi fossi. «Come si sente in questa meravigliosa serata?».

«Meravigliosamente bene» dissi sorridendo e chiusi la porta. «E lei, signor X?».

«Signor Holmes» mi ammonì. «Mi chiamo Sherlock Holmes».

«Come vuole, ma mi dica come si sente, chiunque lei sia».

«Sono lo stesso di prima e mi sento nello stesso modo, nel bene e nel male, di questi ultimi giorni deludenti. L'unica cosa a essere cambiata è il mio nome, signorina».

«Lo vedo». Scrollai le spalle. «In ogni caso, ho apprezzato il dettaglio».

«Lo ha chiesto lei».

«Per questo lo apprezzo».

«Molto gentile da parte sua».

Era vero. E che importava che volesse chiamarsi Holmes, Amleto o chissà come? Ad Asherton avevo conosciuto tre Napoleone, cinque Cesare, dodici Gladstone e un Charles Dickens – ci sono molti meno pazzi tra i lettori. Era il suo riguardo a emozionarmi.

«Ma se crede di comprarmi con questo per continuare a stare al buio... L'ho interrotta col suo violino?». Mi incamminai verso le tende.

«No».

La risposta secca mi bloccò.

«Oh, quindi starà pensando agli omicidi».

«Quello che è certo, signorina McCarey, è che non stavo parlando».

Lo guardai, accigliata. La sua solita postura, una mano sull'altra, gli occhi bicolore aperti. Un altro gradino nella discesa verso la follia, pensai.

«Oh, per favore, signor X...».

«Holmes, la prego».

«Come desidera. Stava parlando con qualcuno di *invisibile*?».

Subito sorrise.

«Tutti parliamo con qualcuno di invisibile, signorina McCarey, credo che lei mi stia chiedendo se parlavo con qualcuno di *irreale*, e sebbene anche questa risposta potrebbe dipendere dalle circostanze e dalle definizioni, ovviamente, in questo caso, persino gli alienisti più devoti converranno sul fatto che il mio interlocutore riunisce tutte le caratteristiche che esige il mondo dei sani di mente per sigillare con il suo timbro l'esistenza delle cose...». Stavo per dirgli che non ci capivo niente quando aggiunse: «Oh, andiamo. Esci».

Sentii un rumore alle mie spalle. Mi voltai. La tenda si gonfiava.

6

Fu un altro di quei momenti della vita resi folli dal signor X. Un altro di quelli.

Esistono, l'ho verificato, nodi nel cervello, come nello stomaco. A volte ci risulta difficile deglutire e a volte pensare, per motivi simili: alcune cose si annodano alle altre e il risultato è un blocco. Io vidi quella tenda che si gonfiava e non so cosa immaginai.

L'Assassino.

Il Chiavistello prende vita.

Ma la mia bilancia tornò subito in equilibrio. Anche prima che finisse il suo saluto.

«Sa-sa-salve, si-si-sign...».

7

Danny Waters aveva un sorriso da un orecchio all'altro. Nonostante ciò i suoi occhi mostravano timore. Lo ricordo così, ora, mentre scrivo.

Sorrideva, e con quel sorriso ci annunciava l'esistenza di un mondo migliore per ciascuno di noi, persino per i bambini come lui. Ma per ora ci saremmo dovuti accontentare di vivere in quella valle delle ombre che era il suo sguardo, lasciando che il sole di certi sorrisi restasse nascosto. Dicemmo entrambi "mi dispiace". Fu, ora che lo ricordo, una scena un po' comica, sebbene io l'abbia descritta in modo inquietante. Danny e i suoi stracci, i suoi capelli dorati sotto la sporcizia, le sbucciature sulle gambe, le occhiaie dovute alla fame e alla stanchezza ma, soprattutto, quel sorriso che diceva: "Sono io, signorina McCarey, non ha di che spaventarsi".

Capii che era lui che avevo sentito nascondersi mentre bussavo.

«Dove... dove sono i tuoi amici?». Mi portai una mano al petto – lo facciamo sempre, come se temessimo che il cuore scappi di lì – e cercavo ancora di calmarmi. La cosa peggiore era vedere che anche Danny era spaventato dal mio spavento.

«Non sono venuti, ho chiamato solo Danny» disse il signor X.

«Chiamato? Ora li chiama lei?».

«In casi eccezionali so come trovarli. Jimmy Piggot non deve allontanarsi molto per parlare coi ragazzini che combattono nelle arene e dargli appuntamento».

«Ha rischiato molto venendo a quest'ora». In effetti la serata portava con sé ancora un po' di luce. Mi resi conto che la sedia non era stata messa dietro alla porta.

«È venuto a quest'ora proprio perché questa notte ha uno spettacolo e... sì, grazie, signorina McCarey, fa bene a montare il nostro piccolo allarme con la sedia, e ora ascoltiamo Danny, che mi raccontava della sua amicizia con Elmer Hutchins. Puoi fare un riassunto per la signorina, Danny?».

Io proposi altre cose.

«Vuoi bere un bicchiere d'acqua prima, Danny? Mangiare qualcosa?».

«Signorina McCarey, non abbiamo il tempo di...».

«Per favore, signore». Mentre abbracciavo il povero ragazzino e lo conducevo al tavolino con il vassoio del tè della sera e i pasticcini, fulminai il signor X con lo sguardo.

Era così sveglio e non si accorgeva di come gli occhi del suo povero informatore andavano da lui al vassoio e da questo a me, in balia di tre tentazioni il cui ordine di priorità l'interessato non ci avrebbe mai confessato? «Mangia quello che vuoi, Danny. E qui ci sono acqua e tè».

Il signor X piombò nel suo silenzio colpevolizzatore. Era un silenzio molto efficace: Danny mangiava, povero piccolo, beveva, però sempre più di fretta, sentendosi solo e fastidioso nella stanza silenziosa. Io feci in modo, comunque, di fare da contrappeso, offrendogli altre cose e lasciando spazio per delle risposte sincere.

Finalmente era pronto. E quando si mise davanti a noi e iniziò a raccontare la sua storia, compresi qualcosa su Danny Waters.

Ho già parlato della sua bellezza, ma c'era un'altra cosa, qualcosa che passava inosservato quando Mosca e Ragnatela ronzavano intorno a lui ergendosi involontariamente a protagonisti. Adesso che era solo capii che Danny era un ragazzo diverso da loro. I suoi amici potevano essere ragazzini di strada, e non voglio dire che la vita di Danny fosse migliore, però quando prendeva le redini, come ora, sebbene balbettasse, si trasformava in un centro dell'attenzione unico e molto esclusivo.

Danny era un bambino da teatro.

Il suo fisico, il suo portamento. Come spiegarlo? Se vedete degli attori – e li avrete visti qualche volta, immagino, non importa di dove siate o in che epoca stiate leggendo questa triste storia – riuscirete a capirmi. Danny non era molto alto, ma era proporzionato. E perfino la sua sporcizia non sembrava altro che un travestimento, come tanti altri usati dagli attori, non solo sul palco. Sembrava essere di volta in volta fragile e forte, debole e in salute, emotivo e freddo. Volenteroso, soprattutto. Se gli lasciavi il suo spazio, più o meno, ti rendevi conto che quella volontà si faceva strada sotto ogni sillaba spezzata, e la sua figura, l'armonia delle sue braccia, gambe, gesti, restavano negli occhi. Quando lo vidi la prima volta, mi sembrò di capire che lottava nelle arene dalle "sbucciature sulle gambe" ma, oh! Che impressione stupida e affrettata! Quale ragazzino di strada non ne ha! Quello che avevo percepito, in realtà, era proprio il contrario: la sua superiorità a qualunque ferita fisica, la sua immensa armatura di bellezza sotto a quei capelli biondi tagliati alla bell'e meglio. La sua arte.

Danny era un attore. Non poteva evitarlo. Sanno mostrarsi. Sanno piacere. E, nonostante tutto, il dramma che narrava risultava pesante.

La storia si materializzava, la vidi sfilare barcollante davanti ai miei occhi come chi aspetta con calma il passaggio di un gruppo di vecchi cavalli.

Aveva conosciuto Hutchins al Carità, ma lì faceva solo ruoli da comparsa. Pertanto, dovette guadagnarsi da vivere come tanti altri nei clandestini, quasi sempre arene. Di certo non era un lavoro deplorevole come si credeva. Le lotte nell'arena non sono vere, sono coreografate, sono "artistiche", molte sembrano danze misteriose in cui il corpo, coperto da pochi indumenti o, più spesso, nudo di ragazzi e ragazze adolescenti si mostra in posizioni e gesti che, in definitiva, risultano eccitanti da ammirare per un certo tipo di pubblico, per lo *scandalo* che suscitano quelle prese, quel balletto di pelle intrecciata in cui, a volte, ci si faceva davvero male, per sbaglio... o per più soldi.

Danny era un attore delle arene. Un mondo che, dietro le quinte, era tanti altri mondi diversi e ancora più oscuri. Perché, quale attore bambino delle arene non ha fatto di tutto? Tuttavia, il suo sogno – Dio mio, il sogno di quel povero bambino, che lotta strenuamente come il sole in inverno, mi ricordò tanto mio fratello! – era di diventare attore. "Di quelli che fanno commedie e tragedie", disse, e qui accadde una sorta di miracolo: perché questa frase gli uscì senza balbettare, su una sola riga, e mentre la diceva fece entrambe le facce. Sorrise da un orecchio all'altro nel dire "commedia", storse verso il basso gli angoli della bocca con "tragedia" e pensai che, forse, fosse un trucco per distrarre la sua povera lingua e parlare normalmente. Non mi sbagliavo. Subito, dopo aver detto entrambe le parole, pronunciò una lunga frase senza interrompersi:

«IlsignorHutchinsmidissechepotevoparlarebenesenonpensavomolto!».

Glielo aveva insegnato Hutchins, sì.

Fu il peggior giorno della sua vita, e il migliore. Accadde durante una prova a cui partecipavano entrambi. L'insistenza del ragazzo aveva fatto in modo che Pettirosso gli aggiudicasse un breve ruolo da cameriera in un'operetta per bambini. Doveva solo aspettare la chiamata da una porta, aprire e dire: "La signora è uscita". Solo questo. Niente più. Poteva farcela. Una frase. La ripeté tanto nei giorni precedenti allo spettacolo che addirittura si addormentava pronunciandola. "Lasignoraèuscita... Lasignoraèuscita...".

Giunse il temuto – e tuttavia tanto atteso – momento. Pettirosso gli disse di andare in scena. Ed ecco Danny: lo immaginai così dritto, così nervoso che percorreva il palcoscenico verso la porta finta, osservato da cento occhi avidi che senza dubbio desideravano che si sbagliasse e solo un paio di questi erano benevoli ché non si erano mai accorti di lui fino a quel momento e lo incoraggiavano in silenzio...

Danny parlò. Ma non terminò la frase.

"La-la s-s-s-si-sign-signo-signo-o-o...".

A quest'ora starebbe ancora pronunciando qualche sillaba di quell'unica, eterna frase, se non fosse che Constantine, l'aiutante di Pettirosso – il quale, in base alla descrizione che sentii, poteva essere benissimo il tipo emaciato col cappello a punta del ristorante – interruppe la sequela con uno schiaffone tremendo. Danny, più dolorante dentro che sulla guancia, arrossato più dalla vergogna che dal colpo, fuggì di scena inseguito dalle risate degli altri ragazzi e dalle maledizioni di Pettirosso, e non avrebbe smesso di correre fino al centro della Terra, se avesse trovato la strada, ma lo fermò una manona enorme, un braccio gigante e un omone con la barba dalla punta innevata che lo guardava bonariamente.

Elmer Hutchins gli aveva detto che non doveva preoccuparsi di nulla. Che parlava bene, solo che doveva desiderare di farlo. Cercare i suoi trucchi.

«Ti ho visto lì sopra, ragazzo, hai la stoffa dell'attore, credimi».

Elmer Hutchins gli disse che Giulio Cesare era balbuziente.

Elmer Hutchins gli disse che Napoleone era balbuziente.

Quando Danny disse di non conoscere quei nomi, Elmer Hutchins gli disse che sua maestà era balbuziente. Questo interessò già un po' di più a Danny, sebbene non avesse mai sentito parlare la regina, oltre a non aver neanche mai sentito qualcuno dire che fosse balbuziente. E come era riuscita a superare il difetto? Con la forza di volontà, secondo Elmer. Pensando ad altro.

«Se non pensi a quanto male fai qualcosa, lo farai bene». Danny non ne era convinto, così Elmer gli rivelò il suo segreto: «Io prima ero stupido, Danny. Mi dicevano: "Bevi, Elmer" e bevevo. Mi dicevano: "Prendi, Elmer" e prendevo quello che mi davano. Poi arrivai all'ospizio. Lì mi misero a lavorare la corda. Ed è un lavoro così noioso, ma così noioso, che dopo mezza giornata a farlo non ricordi più nemmeno il tuo nome... È come vivere, Danny, il tempo passa finché un giorno dici: "Accidenti, questa è la vita. Questo è vivere". Io non dimenticai il mio nome, però dimenticai di pensare che sono stupido. Da quando non penso che sono stupido, sono diventato intelligente, Danny».

A Danny Waters quella sembrò magia. Elmer gli insegnò questo e a fare smorfie per dimenticare che era balbuziente. Commedia. Tragedia. A rispettare se stesso e a non accettare mai, mai qualcosa a cui fosse completamente contrario. Le arene non erano la sua meta, non c'era nulla di reale in esse, eppure mostrare i suoi movimenti, sebbene fingendo di affrontare un altro ragazzo di undici anni come lui, afferrandolo e girando in gesti armonici, finì per piacergli, soprattutto per le tecniche che imparava. Ciò detto, non accettava mai cose come, per esempio, gli imbarazzi realisti.

Ci disse che ce n'era uno in una camera di Landport con un'intera famiglia in rovina, i Wesley, intitolato *Resti familiari*, che era più di un clandestino: era uno spettacolo proibito realizzato alle spalle della legge – ma tutti sappiamo che gli spettacoli proibiti si fanno e che, fintanto che restano segreti, alla legge non importa. A Danny avevano proposto di fare cose con il signore o la signora della famiglia, pochi minuti, solo pochi minuti grazie ai quali avrebbe potuto mangiare per mesi, ma non accettò. Il signor Hutchins sarebbe stato orgoglioso di lui, e il pianto, ora, lo bloccava più della balbuzie. Non che non avesse fatto prima quelle *cose*, o di peggio, ma ogni volta che si negava a una di queste, si sentiva come se avesse superato un altro tratto della lunga corsa verso la dignità che Hutchins gli aveva proposto.

«Diventerai un grande attore, Danny, te lo assicuro» gli disse. «Prima o poi. Io non lo vedrò...».

«Commedia! Tragedia!» saltò su Danny, all'improvviso. «SìlovedràsignorHutchins!».

«Be', forse sì» diceva Hutchins, ridendo con lui, «perché neanche per tutto l'oro del tesoro della corona mi perderei quel giorno... Ovunque sarò, sarò lì, Danny, ad applaudirti in prima fila».

«E io la vedrò, signor Hutchins...».

Quest'ultima cosa la disse senza balbettare e senza trucchi preparatori, con una repentina trasformazione che, senza dubbio, intenerì Hutchins come fece con me. Ma allora tutto crollò dentro di lui, e il ricordo del suo amico gli contrasse il volto.

«E... e... e... o... ora...!».

«Lasci che vada!» dissi angosciata al signor X mentre abbracciavo il bambino. «Ha raccontato tutto ciò che lei voleva!».

«Al contrario, non ha raccontato nulla, signorina McCarey. Questo era solo un preambolo emotivo, inutile per me, perché l'unica cosa che mi interessa è sapere cosa bevesse il signor Hutch...».

8

Fu quello il momento.

Sì, fu quello.

Il grido ci lasciò paralizzati in un istante.

Risuonò in tutta la stanza, assordante:

«Stia zitto ora!».

Avevo gridato io.

Io non sono un'attrice, come voi già sapete, e per questo non grido mai, e le poche volte che lo faccio mi viene male. Danny, per esempio, singhiozzava e si spaventava con una bellezza scioccante. Ma quello che uscì da me somigliava a un gracchiare. Una cosa irripetibile e inimitabile che ruppe tutto, l'armonia, la letteratura, la bellezza della scena. E fu – dirlo mi fa arrossire, ma al tempo stesso me ne compiaccio – *indecente e scandaloso.*

Ancor peggio giacché, quando grido – in quelle poche occasioni, fino ad allora mai a un uomo, quasi sempre a mia madre – ho la disgraziata abitudine di spiegarmi. È come strappare un quadro e staccarne un pezzo.

«Non la sopporto! Lei e le sue ossessioni! Non ce la faccio! Non ce la faccio...!».

Mi spostai tremando. Dopo un breve silenzio, tornò la voce dalla poltrona.

«Molto bene, Danny, mi ascolti...? Danny, non preoccuparti della signorina McCarey, è una donna, imparerai a conoscerle... Dimmi, mi stai ascoltando?».

«S-s-ì, si-signore».

«Metti tutta la tua attenzione nel rispondere a questa domanda: quando hai visto l'ultima volta Elmer Hutchins vivo?».

«D-due se-se-settimane fa, si-signore».

«E cosa beveva, allora? Cosa beveva Elmer Hutchins?».

La domanda trasformò i begli occhi di Danny in due cerchi perfetti quanto la sua bocca stupita.

«Cosa... be...?».

«Sì. Cosa beveva. Gin? Rum? Vino? Birra?».

Il ragazzino cercava di controllarsi per rispondere a una domanda così assurda e inconcepibile. Come spiegargli che quell'individuo era fuori di senno? La balbuzie tornò ad assediarlo e le sillabe catturate non si mossero.

«Commedia, tragedia, Danny» disse quel tiranno prima che io potessi intervenire. «Commedia, tragedia, per favore, Danny, andiamo».

Danny accordò la smorfia alle parole.

«Commedia! Tragedia! Nientesignorenonbevevaavevasmessodibere!».

«Niente?».

«Niente!». E Danny evitò di balbettare alimentando di spavento quel "niente".

«È molto *importante*, Danny» insistette quel maniaco ossessivo. «Niente?».

«Ni... ni... niente!».

Danny lo aveva conosciuto quando era già sobrio. Non era mai tornato a bere. Lo giurava.

Io in quell'istante ero appoggiata a un lato della poltrona e riuscii a sentire il cambiamento quasi impercettibile che quell'affermazione produsse nel signor X: fu una leggera tossetta. Ma mi prendevo cura di lui da due settimane e, che ci crediate o no, non lo avevo mai sentito tossire né, per quanto ne sapevo, starnutire, raschiarsi la gola o produrre alcun altro rumore con il suo corpo che non fossero le sue parole di seta. Quasi mi spaventai.

«Danny, grazie, sei stato di grande aiuto... *ehm*... La signorina McCarey sarà così gentile da svuotare il contenuto del vaso e dartelo. Ci sono biscotti e soldi... *ehm*... Vi voglio qui entro due giorni se ci sarà un nuovo cadavere».

Quando chiusi la finestra stava già facendo buio. Forse fu perché avevo acceso la lampada sulla mensola, ma di certo il volto del signor X sembrava una maschera di cera.

9

Chiesi scusa per l'urlo. Fece un gesto con la mano.

«Non si preoccupi, signorina McCarey. È stato comprensibile, considerata la sua grande emotività». E tossì di nuovo.

«Si sente male?».

«No. *Ehm*. Di solito mi succede quando risolvo un problema difficile...».

«Le viene il raffreddore quando pensa?».

«No, al contrario. Lei capisce sempre le cose alla rovescia. Mi viene il raffreddore, quando smetto di pensare per un poco per via del fatto che ho risolto un problema confuso al quale ho pensato giorni e notti interi. La tensione del mio corpo sparisce e questo mi lascia debole e indifeso davanti a qualsiasi attacco».

«E ha risolto qualcosa?».

«Come vede, è così. E ora, mi permetterebbe di continuare a tossire un po'? Grazie».

Mi sentii in colpa per il mio inutile sfogo. Gli avevo urlato come a un essere umano, ma questo era, in un certo modo, ingiusto e crudele quanto la sua presunta colpa. Migliore o peggiore che fosse, ciò che era certo, era che quell'individuo nell'eterna poltrona era fatto di fibre che non erano quelle comunemente usate nella costruzione dei suoi congeneri. Non era quello che aveva detto la signora Murray subito dopo averlo visto? Quanto aveva ragione!

Era speciale. Piccolo. Testone. Speciale.

«Mi dispiace di averle urlato contro» ripetei.

«Già lo so. *Ehm*, *ehm*».

La risposta mi lasciò sola. Mi misi a osservare la finestra che avevo appena chiuso, attraverso la quale era svanito il nostro piccolo attore. In lontananza il mare, già scuro. Alcune barche come a serrare l'orizzonte. Tutto era bello e brutto.

Tanti anni, pensai, tanti anni di vita per arrivare a capire che, in effetti, il mio saggio fratello minore aveva ragione e le opportunità erano già passate e ci restava solo di rallegrarci dei buoni o cattivi raccolti che ci fossero toccati, perché non avremmo più potuto seminare di nuovo. Quella sicurezza, quella certezza forte come il mare. Robert era la mia vita, buona o cattiva, d'un tratto lo capivo: la sua àncora, non quell'altro regalo, quel nome fittizio, l'illusione del signore della poltrona. E niente ci permette di sfuggire alla vita né di scambiarla con un'altra. Io avevo lasciato che vi entrasse – questo era l'errore: scegliere – nello stesso modo in cui mio fratello Andrew aveva sbattuto la porta in faccia all'idea di diventare attore. E ora tiravamo le somme. E con esse – così era stabilito nei secoli dei secoli – con *esse* dovevamo convivere. Perché non avevamo niente di meglio, anche se avremmo sempre, sempre potuto avere qualcosa di peggio.

«E, comunque, lei può cambiare».

«Non credo» dissi.

Solo allora mi resi conto che non stavo parlando da sola.

Mi voltai quando il signor X disse:

«Se non ci crede, non potrà».

E sprofondò nella tosse.

Non gli chiesi come lo aveva saputo. Non glielo chiedevo più. Tuttavia, quella tosse improvvisa mi preoccupava.

«Mi permetta. Forse ha la febbre». Gli misi una mano sulla fronte ampissima; non mi sembrò molto caldo. Presi il mio orologio da infermiera legato con una catenina con gli attrezzi nel grembiule e cercai il suo piccolo polso sinistro. Per un momento il mio dito indice esplorò invano, come un invitato appena arrivato che percorra cautamente la casa sconosciuta. Infine sentii sotto al polpastrello qualcosa che sembrava pulsare. Il battito della dolce ala della giovinezza. Appena sotto la punta del dito. Dovevo solo aspettare quindici secondi e moltiplicare per quattro per calcolare le sue pulsazioni. Erano forti.

«Ha sete?» chiesi.

«Farà la scelta giusta».

«Mi scusi?».

I suoi occhi di due colori non mi guardavano. *Sessantotto.*

«Il problema è che si è lasciata condizionare per tutta la vita dall'opinione altrui, signorina McCarey».

Settantadue.

«Però... lasci che le dica questo... non vedo nulla di sconveniente nel fatto che lei possa incontrare qualcuno che la ami davvero e come merita, perché lei è bella...».

Settantacinque. Ottanta.

«... bella e coraggiosa, sebbene infelice...». Ora sì, mi stava guardando, rosso e azzurro. «... ma solo perché non ha voluto essere felice, signorina McCarey».

Ottanta... Fu allora che mi resi conto, inebetita, che il polso che sentivo con la punta dell'indice era il mio. Sotto quell'impetuoso martello il suo risuonava appena, come un fiume sotterraneo, lentissimo, quasi assente.

Quell'uomo sembrava non avere vita, forse perché l'aveva ceduta a chi stava con lui.

Lasciai la sua manina appesa nell'aria, senza sapere che dire.

«Non si preoccupi di nulla» disse il signor X e smise di guardarmi. «Il mio non è un vero raffreddore, è solo l'effetto fisico dell'aver trovato la verità, cosa che ha sempre un prezzo, e che vale bene un po' di malessere; quanto a ciò che le ho detto, fa parte di quella verità, perché credo di averle detto che questo mistero dei mendicanti ci tocca tutti, compresa lei. Quindi non tragga conclusioni affrettate, signorina McCarey, giacché, senza dubbio, come donna, immaginando di trovarsi in una scena romantica, starà reclamando una qualche conclusione... Ma dire che lei è bella e coraggiosa è solo constatare delle evidenze oggettive».

Infine, si zittì, dopo varie minacce di attacco da parte della sua trachea. Io non mi ero accorta di niente, ancora immersa nella confusione, con l'orologio ancora stupidamente in mano che funzionava inutilmente perché, senza che l'orologio lo sapesse, il tempo non esisteva più. Però, come sempre, gli ultimi ad accorgersi di queste cose sono sempre gli orologi.

Bella.

«Io... le... le porto un infuso balsamico, signor X» dissi.

«Holmes... *ehm*» mi corresse.

Prima di uscire lo sentii di nuovo.

«Attenzione al teatro... *ehm*... Sarà in pericolo».

Non parlò più. Quando tornai con l'infuso, suonava il violino.

PROGRAMMA

RESTI FAMILIARI IMBARAZZO REALISTA.
TEATRO CLANDESTINO DA CAMERA DI
LANDPORT, PORTSMOUTH

(Questo programma dovrà essere restituito all'uscita dal teatro)

La famiglia W.: tre figlie, un bambino, la madre, il padre. Balli! Giochi! Scherzi! Tre damine, un signorino e i signori della casa! I genitori, come fossero maggiordomo e cameriera, saranno mascherati e risponderanno alle richieste di bibite del pubblico. I figli più piccoli li aiuteranno, con uniformi da Adamo ed Eva. Le due figlie più grandi faranno giochi circensi, acrobazie, prove di resistenza, lotta e prove equestri, vestite con body da ballerina all'inizio, anche se possiamo assicurare che molto prima della fine il loro abbigliamento non sarà affatto differente da quello dei loro fratellini o da quello della nostra madre originale in paradiso. Otto ore e due intervalli con la famiglia W.! Chi resterà in piedi dopo il gioco della sedia? Chi prenderà il tè con la signora della casa o trasformerà la Figlia Maggiore in cavallino? Famiglia vera! Pedigree verificato! Credete di conoscervi bene? Non vi conoscerete finché non vi sarete guardati nel nostro specchio!

Resti familiari, l'imbarazzo realista dell'anno!

SIGNORE: biondo, alto... Quarantadue anni.
SIGNORA: rossa, occhi verdi... Trentanove anni.
FIGLIA MAGGIORE: bionda, magra... Vent'anni.
FIGLIA DI MEZZO: rossa, occhi verdi... Quindici anni.
FIGLIA MINORE: bionda, magra... Dieci anni.
FIGLIO: biondo, occhi azzurri... Cinque anni.
CARNEFICI, SEGRETARI, AIUTANTI.

Crimine imminente

1

La mattina seguente cercai Nellie Worrington. Era la più adatta a sostituirmi per la serata e aveva abbondante esperienza nel combattere con i capricci del signor X. Nellie, credo di averlo detto, era alta, spigolosa, molto seria. Per me rappresentava un ponte tra il muro della capa Braddock e la giovialità di Susie e Jane. Era una donna equilibrata, esperta con i malati sia a livello fisico che mentale, formata nel nostro grande Royal Portsmouth Hospital. Nellie reagì come mi aspettavo: non aveva alcun problema a sostituirmi, però riguardo all'opera e alla compagnia del dottore, estraneo a Clarendon, avrei dovuto parlarne con la capa. La Braddock in quel momento era occupata, così le lasciai un avviso e tornai nella mia stanza prima di iniziare del tutto la giornata. Lì presi la lettera per Robert dal grembiule e la feci a pezzetti. Presi la carta.

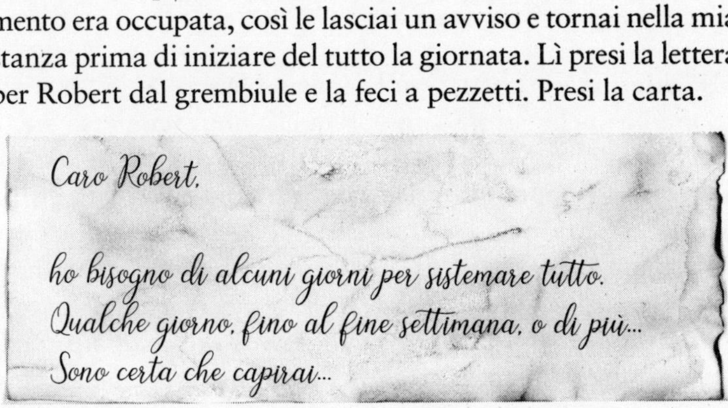
Caro Robert,

ho bisogno di alcuni giorni per sistemare tutto.
Qualche giorno, fino al fine settimana, o di più...
Sono certa che capirai...

Mi fermai. La rilessi, la strappai e aggiunsi i suoi pezzi al gruppo precedente, come fiocchi di neve sporca. Formarono una piramide sullo sgabello che faceva le veci del comodino, accanto alla pietra con l'àncora. Ho il mento piccolo, l'ho già detto, ma lo sollevai quanto potevo, stringendo i denti. Terzo foglio:

Robert,

Mi servono dei giorni per pensare. È una decisione molto importante per me e voglio essere sicura.
Se non puoi aspettarmi, torna a Londra.

Questa era meglio. Più decisa. La ricontrollai e aggiunsi:

E se credi che la mia decisione debba essere per forza di obbedirti, allora devo dirti, con grande dispiacere, che la nostra storia . Conserverò nella memoria i ricordi felici. Grazie di tutto.

Annie

Mi soffermai, titubante, sullo spazio bianco dopo "storia". La punta inchiostrata sopra a quel vuoto, come se stessi per firmare una sentenza. Un contratto definitivo con un nuovo futuro. Quindi feci calare la piuma e scrissi l'ultima parola. Sì. Era quella. Tutto sarebbe finito. Perché le cose finiscono? Finiscono tutte. Nasciamo credendoci immortali, e guarda. Ogni cosa, grande o piccola, ha la parola "fine" scritta sopra. Robert Milgrew mi aveva dato qualcosa – botte, felicità, dipendeva dal momento – ma, ad ogni modo, il suo pozzo si era prosciugato. Fu quando mi aveva lanciato quella bottiglia a Londra? O quando voleva strangolarmi? O a Portsmouth, due giorni prima, quando insistette affinché abbandonassi il mio lavoro? Non lo sapevo, non importava. Le cose succedono e, nel farlo, cadono nella borsa dei sogni. Lì restano, ed è meglio che, quando guardiamo in quella borsa, vediamo solo felicità.

La stavo riponendo quando bussarono alla porta. Erano gli occhi azzurri e spalancati di Susie Trench. La sua voce era più acuta del solito:

«Annnieee! Non mi avevi detto nienteeee! È lui? È lui?».

Sapevo a cosa si riferisse. Susie era una che non diceva niente. Aveva una rara capacità per fare in modo che tutte le raccontassimo tutto senza che lei aprisse bocca. Il suo trucco erano frasi incomplete: "Allora stai per...? Mi sembra già... di capire... Credo che... già lo sai...". Tutte ci cadevamo, almeno una volta, e riempivamo gli spazi.

In quell'occasione non volli cadere in quella trappola innocente.

«Ti riferisci a...?» dissi.

La sua stessa medicina non le piacque.

«A... lui».

«Lui...».

«Il dottor Doyle!» disse in un sussurro rumoroso, cedendo infine terreno.

Le tolsi l'idea dalla testa: Doyle aveva due biglietti per quella sera al Carità e mi aveva chiesto di accompagnarlo in via eccezionale. Chiaro che, per via delle visite che faceva al signor X, aveva finito col darmi una certa fiducia. Che c'era di male? Niente! Si affrettò a dire Susie mentre mi accompagnava scendendo le scale. Quello che succedeva era che... già sapevo...

Quello che "già sapevo" mi stava aspettando con le braccia paffute incrociate ai piedi della scala di servizio.

«Mi hanno raccontato il tuo piano, Anne. Niente da obiettare sul cambio di turno prima del tuo prossimo riposo. In quanto all'opera e alla compagnia maschile, non so come ti sia venuto in mente che ti avrei dato il permesso».

Era difficile stabilire dal volto se la capa Braddock sorridesse o fosse indignata. Ho già detto che i suoi lineamenti erano stretti al centro di un volto carnoso in cui felicità, amarezza, scherzo e irritazione convivevano senza problemi. Non succedeva lo stesso con le sue intenzioni quando ci ordinava o proibiva qualcosa. E, in questo caso, era sinceramente *scandalizzata*. Mi chiesi se il suo rifiuto fosse dovuto più al tipo di opera o al tipo di compagnia maschile. E in quest'ultimo caso... era gelosia?

Non voglio parlare male di Mary Braddock, ma già l'avevo sorpresa a lanciare sguardi devoti al giovane Doyle.

Tuttavia, c'era un dettaglio che lei stessa ignorava.

«Per favore, signorina Braddock, mi permette di parlarne con il dottor Ponsonby? Le chiedo solo questo».

Mi guardò strizzando gli occhi – il che per lei era uno sguardo crudele – e aggiunse che non aveva nulla da obiettare in merito a quella richiesta. Il suo tono era di sufficienza, come se una bambina chiedesse il permesso a una compagna di scuola di raccontare una cosa proibita al professore più temibile.

La accompagnai lungo il corridoio degli uffici e mi fermai solo per consegnare la busta per Robert a Jimmy Piggot, indirizzata al ragazzo del magazzino Cotterel. Giuro che fu un sollievo: come se quella lettera portasse con sé i miei ultimi ricordi, dubbi, esitazioni. Ponsonby, grazie a Dio, era già stato opportunamente informato da Doyle, come mi aveva detto che avrebbe fatto, cosa che, come immaginavo, la capa ignorava del tutto.

«Ah, è uno spettacolo di beneficenza» disse Ponsonby dalla sua scrivania. «Non ci sono problemi nel fatto che lei assista, signorina. Non dico che questo sia sempre il caso, tuttavia il dottor Doyle è una buona compagnia. Certo, ah, vanno d'accordo lui e il signor X... Così ho sentito».

«Sì, lo penso anch'io, dottore» confermai con tono allegro, sebbene cauto.

La Braddock mi guardava – o io intuivo che lo facesse – seria, silenziosa.

«Che passioni hanno in comune?».

Ponsonby attese la risposta aggrottando tutto il volto, come era solito fare, soprattutto quando da quella risposta dipendeva la stabilità del pilastro che sorreggeva Clarendon. Non pensai nemmeno per un momento alla possibilità di dire la verità – che indagavano sugli omicidi di mendicanti. «Di tutto», dissi. «Curiosità scientifica», dissi. Questo gli piacque.

«Auguro un gran futuro a quell'uomo, Doyle... Ah, non voglio dire che ne sia sicuro, però ha molte probabilità... È un uomo educato, rigoroso, molto professionale. Questo mi piace». Dal suo sguardo capii che lo associava molto a me, il che gli fece aggiungere: «Si goda il teatro, signorina».

All'uscita, la Braddock mi si avvicinò.

«Dopo ti voglio qui, Annie» disse. «Ricorda che non è il tuo giorno di riposo».

Non era una donna cattiva, già l'ho detto: era sola, avvolta nel suo mondo isolato, ed era una buona guardiana di Clarendon.

Tutto perfetto!

Tranne *lui*. Come la spina nella zampa del leone.

Io speravo che mi avrebbe di nuovo consigliato di non andare. Non lo fece. Quantomeno speravo che avrebbe parlato di quello che mi aveva detto la sera prima.

Bella.

Ma niente. Rimase immerso nella malinconia della sua stanza buia e del suo violino immaginario. Non tossiva più, almeno.

Eppure, mi sentivo felice. Tutto andava nel miglior modo possibile. Salii nella mia camera con la certezza che avrei avuto qualcosa da raccontare a... be', ai miei nipoti, quando sarei stata una vecchia zia. O chissà, magari una nonna.

Ormai era tardi per dei figli miei, però forse dei figliastri? Certo! E perché lo specchio della mia stanza non era offuscato? Brillava tutto, come per magia... Va bene, ammetto che non brillava. Ma di certo mi vedevo con maggior nitore, vedevo meglio quegli angoli del mio volto che non volevo mai guardare, ora belli. Chiesi in prestito un cappellino a Susie Trench: stava bene col mio modesto vestito. E tutto questo lo facevi, Annie, perché stavi per andare a teatro accompagnata da un uomo elegante, sebbene fosse per una missione investigativa? No: lo facevi, Annie, ammettilo, perché un pazzo bassino e testone, ma con l'innegabile capacità di capire le persone, ti aveva detto con sincerità che ti vedeva – che eri – "bella e coraggiosa".

Mi trovai – sì, diciamolo – abbastanza bene.

Bella.

«È arrivato...! Annie! È già...! È venuto! Di sotto...!».

I gridolini trattenuti di Susie mi precedettero. Come mi sentivo piena di me, come se stessi per sposarmi! Ancor più piena che la stessa Hettie Walters, che spiava – uuuuh! – dalla scala degli ospiti mentre io, tenendomi la gonna e con Nellie, Susie e Jane dietro come seguito, scendevo da quella di servizio. Hettie rideva e piangeva, come quando vide il cadavere di Hutchins. Credetti di scorgere, con la coda dell'occhio, il volto rotondo, pallido e rugoso della capa Braddock dal corridoio degli uffici. Provai pena per lei.

L'atrio di Clarendon era reso più luminoso – questo sì, è vero – da Doyle, che era arrivato puntuale come sempre. Aveva in mano un cilindro e indossava un tight blu, da principe azzurro e persino il bastone. Mi fece una riverenza e, come se le emozioni non fossero già abbastanza, elogiò anche il mio aspetto.

«Mi permetta di dirle che è bellissima».

Gentile, più che profondo, a differenza del signor X. Un altro tipo di dolcezza.

Ci incamminammo, ma io non completamente. La mia mente era ancora lì, in quella stanza in penombra, a guardare i suoi occhi grandi, diversi, uguali, che mi guardavano e mi vedevano.

Bella.

2

«È stata molte volte a teatro?» chiese Doyle.

Risposi qualcosa come "non molto, quanto basta". Camminavamo lungo Fratton Road, in una confusione di polvere e carri, coppie lente, ragazze con abiti decorosi e veli della *decenza*, operai ubriachi, bambini scalzi e commercianti dai lunghi grembiuli che si affacciavano per vedere tutto quello che succedeva. La ricordo come una serata magnifica, ventosa e nuvolosa. Io cingevo il braccio del giovane medico, che si lasciava trasportare dall'impeto del suo discorso.

«Il teatro un altro mondo, mia cara signorina. E nella nostra Gran Bretagna ne abbiamo tanto bisogno quanto dei sogni. Si guardi intorno. Osservi questo andirivieni di persone, lavoratori operosi, ufficiali della Marina, venditori ambulanti, piccole parti di un tutto, api operaie nell'alveare della società. Pudibondi di giorno e sognatori di notte. Cosa desideriamo? Cosa c'è dietro questi volti apparentemente sinceri? E una domanda ancor più interessante: dove stiamo andando?».

«A teatro» risposi, per scherzo.

Fu bene accolto. Il dottore non era il signor X!

«Certo». La sua risata cristallina. «Ma io chiedevo in generale».

«Lo so, era una battuta stupida, chiedo scusa».

«Le battute stupide sono tipiche delle persone intelligenti». Arrossii. I miei ringraziamenti di cortesia vennero respinti con un gesto. Mi chiesi se una fata mi avesse fatto un incantesimo per la serata. Così tante lusinghe negli ultimi giorni! «Io parlavo del futuro, signorina McCarey. Lei è ottimista?».

«Sì. Credo che viviamo meglio di quanto non abbiamo mai fatto... Sappiamo molte cose... È tutto così bello, città, campagne... Il futuro sarà luminoso...».

«È possibile. Ma io, sfortunatamente, ho un po' meno fiducia in quello che abbiamo raggiunto».

«È curioso, dottore, essendo lei uno scienziato».

«Esatto. Guardi a quest'epoca con i miei occhi, signorina McCarey. Che stiamo facendo? Ci vestiamo dalla testa ai piedi persino per lavarci, però a teatro ci togliamo tutto...».

«Noi no» lo corressi *scandalizzata*. «Gli attori».

«Ah, ma cosa sono gli "attori"? Li chiamiamo così, ma cosa sono?».

«Persone che... si dedicano al teatro» dissi, però il dottore dissentiva.

«No, signorina McCarey. Siamo noi stessi usati dagli altri!». E si mise a elencare: «Dramma, commedia, musical, *burlesque*, melodrammi, operette, arlecchinate, magie, *tableaux vivants*, gli scacchi e la dama viventi, circensi, cacce al tesoro, arene, imbarazzi realisti... Non capisce?».

Io, che pensavo a Danny Waters, lo guardai.

«Abbiamo confinato la brutalità, l'orrore, il desiderio, l'*indecenza* e lo *scandalo*, in definitiva, nei teatri, dove i meno abbienti si umiliano affinché noi sopportiamo la vita... Ma un giorno... Ah, signorina McCarey...! Un giorno il teatro uscirà dalla sua gabbia. Un giorno questo Behemoth antico, pieno di vizi e lascivia che abbiamo creato, uscirà sbuffando fuoco dalle narici in cerca di vittime...».

«Dio, lei mi spaventa» mormorai con sincerità. Ma il suo sorriso magico riprese a brillare.

«Mia cara signorina, lungi da me volerla preoccupare... Al contrario, è una buona notizia. Perché, quando questo accadrà, conosceremo i nostri limiti. È quello che ci resta da conoscere! Copernico disse che non siamo il centro dell'universo. Il professor Darwin ha detto che siamo solo un altro animale... Cosa ci resta? Conoscere la nostra interiorità. Mi creda se le dico, signorina McCarey: nel secolo che si avvicina, il teatro uscirà in strada con tutta la sua violenza. Sarà spettacolare. Sarà terribile. Eppure estremamente rivelatore».

«Non so se sono d'accordo, dottore... Il teatro dovrebbe restare dov'è».

«Oh, certo. Parlavo dal punto di vista scientifico. In ogni caso, il teatro continua a essere dov'è, compreso quello clandestino. E non faccia quell'espressione. Vorrebbe dirmi che non è mai andata a un clandestino? Oh... perdoni la domanda».

«Non si preoccupi». Sorrisi. «Ci sono andata, però non mi sono piaciuti».

Anche se non era vero, nessuna donna educata avrebbe mai ammesso il contrario davanti a un uomo.

«Se non le sono piaciuti, lei è un'eccezione».

«Ne conosco un'altra» dissi dopo averci pensato.

Doyle, sempre pronto, sempre osservatore, rise subito.

«Il nostro amico comune, sì! Ma è un'eccezione, come dice lei. Unico nel suo genere». E dopo una pausa aggiunse: «E lo farò più umano».

«Mi scusi?».

«Il mio detective. Sherlock Holmes. Anche se a lei non piaceva il nome...».

«Sì, mi piace» mi affrettai a dire. «È bello, musicale...».

«Grazie. A me, il signor X è servito da ispirazione. Le confesso che avevo già costruito il mio personaggio, dall'aria simile a quella di un professore che ebbi durante i miei studi di medicina. Grande osservatore, il dottor John Bell. Ma il signor X è proprio il tipo di personaggio che mi serve. La cosa del violino è straordinaria. I ragazzini di strada che lo aiutano... A chi sarebbe mai venuto in mente! Devo solo renderlo più umano. Più... Tutto bene? Le sto dando fastidio?».

«No, in alcun modo, dottore!».

«Oh, andiamo, signorina McCarey. Io non percepisco tanto quanto il nostro "detective", eppure sono in grado di vedere come ha reagito alle mie parole un istante fa».

Mi sentivo male a nasconderglielo, ma non volevo nemmeno ferirlo. Meditai su cosa rispondere.

«Credo... credo che il signor X sia *umano*, dottore».

«Che il cielo mi scampi dal dire il contrario! Volevo solo...».

«So quello che vuole dire, ma penso sinceramente che abbia un cuore, come me e lei, solo che la sua vita è stata molto spiacevole, isolato da tutto, senza amore, senza comprensione... Ha dovuto costruirsi una fortezza per resistere».

Doyle mi diede una pacca sul braccio mentre sorrideva.

«Mia cara signorina, ascolti: nel dire "più umano" intendevo dire che il mio personaggio non sarà così passivo. Le farò un esempio: il teatro».

Si tornava sul teatro. Era una cosa che non mancava in quasi nessuna conversazione. Doyle però parlava così bene che lo ascoltai con soddisfazione.

«Signorina, siamo spettatori o attori. Nella vita non ci sono altre opzioni. Gli spettatori guardano, gli attori fanno. Gli uni restano fermi mentre gli altri si muovono. Il signor X sembra rientrare tra i primi, ma cos'è che guarda, lì, nel buio? È per questo che dico che il mio personaggio sarà un po' più... attivo. Più attore».

Era tutto troppo profondo per me. In generale, non avrei replicato, sennonché improvvisamente mi venne in mente una cosa.

«È noi che guarda».

Doyle si fermò nel mezzo di una parola.

«Mi scusi?».

«Il signor X un giorno mi disse che lui non si sedeva a vedere un'opera, bensì... a vedere gli altri. La sua opera siamo tutti noi».

Questo lasciò Doyle ammirato e pensieroso. Fu allora che lo percepii...

Mi era sembrato... Era solo una sensazione, in realtà non avevo visto nulla. O non direttamente. Ma con la coda dell'occhio, in un angolo davanti al marciapiede lungo il quale camminavamo, mi era sembrato di vedere un'ombra che si ritirava.

3

Fu come se qualcuno non volesse essere scoperto quando mossi la testa in quella direzione. Guardai.

Carrozze. Passanti sparsi. Bambini che correvano.

Chiaro che ci guardavano. Chi è che non guarda gli altri a Portsmouth e, a sua volta, non viene guardato? Me ne andavo a spasso sottobraccio a quel giovane così elegante, avvolti entrambi dalla nostra aura di intimità. C'erano sguardi, e quanti più ne restituivi, tanti più ne ottenevi. Come direbbe Doyle: spettatori o attori.

Ma non era questo ciò che mi era sembrato di percepire.

«Che succede?» chiese Doyle, sempre attento.

Tornai a controllare, senza risultati. Forse era stata solo la mia immaginazione!

«No, non è niente...» dissi. «Di certo sono solo un po' nervosa».

«Anche io, un po'. Forse perché domani si conclude».

«Cosa si conclude?».

«Un'altra settimana».

«Oh». Capii a cosa si riferisse e rabbrividii. «Però in quella passata non...».

«Certo, non c'è stata la vittima, ma domani, chi lo sa? Magari niente. Nonostante tutto, sebbene questa teoria della simmetria del nostro amico non mi piaccia, forse l'assassino non ha potuto commettere il crimine precedente per qualche ragione, il che non impedisce che commetta il prossimo».

«Quindi lei pensa che il crimine sia imminente».

«Io le dico che mi fido del signor X».

«E cosa ne pensa riguardo al... "fantasma"?».

Mi guardò in modo quasi canzonatorio.

«Sono un medico del XIX secolo, signorina McCarey. I fantasmi vanno bene per i racconti. O per il teatro. E, a proposito, stiamo per arrivare al Carità. Dobbiamo stare attenti a tutto. Noggs e Hutchins lavorarono con la compagnia Coppelius, questo è indiscutibile. Nell'intervallo ci presenteremo al signor Pettirosso. Dobbiamo stare attenti a qualsiasi dettaglio sospetto...».

Per esempio, al fatto che ci stanno seguendo?, pensai. Tornai a guardare indietro, allarmata.

4

Perché l'architettura degli edifici di carità è sempre triste? Come se venisse costruita per emulare la disgrazia dei suoi occupanti. O magari affinché non si sentano invitati a invidiare ciò che non possono possedere. "Ti invitiamo" – gli dicono – "ti accogliamo, ti diamo un tetto, acqua e cibo, non ti aspettare che ti rallegriamo anche la vista. Perché questo non è tuo, è un prestito, e per te sarà sempre un palazzo a confronto con la tua vita senza dimora". L'edificio dell'ospizio non faceva eccezione: grigio, con le finestre piccole e il patio lastricato. Invece, il teatro Carità era stato ristrutturato e non sembrava relazionato con la beneficenza. Si trovava a due portoni dall'ospizio e la sua facciata a punta era decorata con uno zodiaco. Ci unimmo alla fila di brave persone di Portsmouth, formata soprattutto da uniformi della Marina. Le signore, secondo me, cercavano di imitare la moda londinese. Le più giovani e belle indossavano i classici abiti della *decenza* tipici della capitale. La polizia controllava i vagabondi, le fioraie, le donne con neonati e bambini che allungavano le mani, mani aperte di tutte le dimensioni, alcune senza le normali cinque dita, altre ne avevano addirittura sei e alcune erano solo monconi. Carità nel Carità. L'autorità mediava nel trambusto tra chi chiedeva e chi donava. Doyle prese alcune monete. Le mani si serrarono, qualche bocca si aprì per la gratitudine.

Il cartellone dell'opera, enorme, sopra un leggio di un metro e venti, impediva quasi il passaggio. Rimasi a guardarlo mentre avanzavamo.

Il teatro

CARITÀ DEL ST. MARY

Presenta la Compagnia

COPPELIUS

in

IL TERRORE DEL TEATRO

Burlesque storico e rituale dell'arte del teatro
(Mimo, ballo, musica, canzoni)

SEGUITO DALLA GRANDE TRAGEDIA

GIULIO CESARE

Di W. Shakespeare
Versione del signor S. PETTIROSSO

Sotto, una menzione in un altro piccolo cartello, come attaccato all'ultimo minuto: *"In memoria di George Erpinghal (1820-1882)"*.

«È chiaro che non ci annoieremo» disse Doyle.

Fu l'ultima cosa che poté dirmi in privato.

C'era un tavolo nell'atrio dove una donna di mezza età e un uomo – di sicuro dei volontari – scambiavano biglietti con denaro dopo aver convalidato l'invito. E qui potei verificare la fama di cui già godeva il giovane dottore. I responsabili delle entrate lo conoscevano, e con loro almeno un terzo del pubblico radunato alla porta. "Dottor Doyle" o "Dottore", o "Ehi, Doyle", da tutte le parti e, sebbene non capii mai come fece, il giovane medico riuscì a restituire ogni saluto come un politico famoso. All'inizio – gli va riconosciuto il merito – fece il tentativo di presentarmi. "La mia infermiera e aiutante". Ma presto le mani, i sorrisi e le cerimonie oltrepassarono la sua capacità di prendermi in considerazione. Meglio così.

Niente come i convenevoli in società per far passare inosservate noi persone comuni.

Tornai a dare uno sguardo alle mie spalle. Entrava altro pubblico, ma non mi sentivo più osservata. Nonostante tutto, Doyle non si dimenticò completamente di me. La sua mano mi afferrò il braccio. Attraversammo come Mosè un mare diviso dalle cortesie.

«Lei è famoso» gli sussurrai.

«Sono costretto».

La sala a cui accedemmo era più piccola di quanto facesse pensare tutta quella moltitudine. Pubblico stretto davanti al telone rosso di un palco curvo. Odore di legno e tabacco rancido e gente di mare con basette lunghe e pipe ricurve. Credo che facemmo alzare mezza Portsmouth per arrivare ai nostri posti e Doyle non poté evitare nuovi saluti – "signor Hammersmith, capitano Trelawney" – che non somigliavano a degli scontri. Il più vistoso fu con un prete cattolico dai capelli di un bianco immacolato e la sottana nerissima, il quale spostò il suo corpo tozzo sorridendo con tutto il suo volto paonazzo.

«Padre Philipotts, che piacevole sorpresa!» disse Doyle.

«Be', anche per me...». Risero, ma subito il prete si mostrò serio. «Doveva venire padre Evans, ma non migliora. E quando ho declinato l'invito a suo nome, il Carità mi ha risposto invitando me. Non potevo dire di no!». Tornò alla giovialità, passato il momento di tristezza. «Continua a cercare di battermi?».

«Sempre, padre!».

«Le darò la rivincita con un paio di partite. Questo martedì verso le quattro?».

«Sarà un piacere». Sorrisi, stretta tra i due uomini. Doyle non ebbe altra opzione che presentarmi. «Lui è padre Charles Philipotts, una minaccia con i bianchi. Non tanto se prende i neri». Risero. Quando si inarcavano, le grosse sopracciglia di padre Philipotts erano come tamponi di cotone.

«Siamo avversari spietati, ma solo negli scacchi. Dopo possiamo prenderci un tè insieme e parlare da amici». Si udivano rumori dietro al sipario. Doyle si congedò:

«Sono felice che sia venuto. Verrò martedì e darò un'occhiata a padre Evans. Se vuole scusarci...».

Il prete ci lasciò passare, due poltrone ci aspettavano con la bocca aperta. Ci lasciammo cadere lì e quasi subito iniziò la prima opera.

5

Dico questo perché si alzò il sipario, all'improvviso. In quel luogo c'era l'abitudine di restare con la sala illuminata. Le luci, d'altra parte, erano a gas, non ad arco voltaico, come andava già di moda al Savoy o all'Haymarket di Londra. Tali innovazioni non erano arrivate a Portsmouth, o almeno al Carità. A questo si sommava il fatto che il pubblico non smetteva di parlare a voce alta, sebbene questo accadesse anche in molte sale della capitale. Entrarono due tipi – mendicanti, Doyle mi diede un colpetto col gomito – che suonavano il tamburo – *pum, pum, purumpùm*. Poi c'erano altri mendicanti con corni e trombe – *buuu, buuuu, buuuuuu*.

La scenografia era l'interno del vagone di un treno. Fatto molto bene! Dal finestrino il paesaggio si muoveva! Il pubblico l'accolse con entusiasmo – "ooooh, aaaah". Scompartimenti da un lato e dall'altro, il centro illuminato. Sedili in cui gli attori erano adagiati come pupazzi. Tra di loro, un uomo rotondo. Lo riconobbi subito, sebbene avesse barba nera, cappello e la redingote viola. Era quello del ristorante, il signor Pettirosso. Era accomodato accanto a due tipi vestiti di grigio. A un lato della valigia poggiata a terra, molto grande, si leggeva: *"COMPAGNIA COPPELIUS"*.

Il signor Pettirosso era un bravo mimo: si stiracchiava a pancia in su, dava a intendere "ho sonno", "mi addormento". Tutto si riempiva di fumo. Il sogno di Pettirosso, il direttore della compagnia? Un ottavino sostituì i tamburi e allora...

Non so se voi lettori siate abituati alle sorprese del teatro. Qui ne arrivò una bella! La valigia si aprì e da essa uscirono delle *persone*. Incredibile, perché al suo interno, nonostante fosse grande, ci sarebbe entrato solo un bambino, o un nano! All'inizio era un color rosso sangue. Poi piume e veli dello stesso colore. Dietro, figure circondate in modo spettrale dal fumo che ora pervadeva tutto. Mi aggrappai, spaventata, al braccio del dottore. Un uomo e una donna molto giovane. Lui, vestito come uno strano sacerdote con la tunica rossa, truccato e con la barba, mi sembrò, dal suo incarnato, che potesse essere il cadaverico accompagnatore dal cappello a punta che era con Pettirosso. E lei... immagino che abbiate indovinato. Era difficile capire di cosa fosse vestita, se lo era. Esigui pezzi di garza su un corpo bianco dai movimenti serpentini. Dietro di loro, dei giullari mi fecero pensare a un circo. Altre esclamazioni, altre braccia di uomini strette da mani di donne.

La ragazza non ballava. Si contorceva in mezzo al fumo come se lo spazio fosse molto stretto per lei. Era una visione ipnotica. I tamburi e i flauti non sembravano seguire il ballo, avevano un loro ritmo. Non so se fosse un errore, ma contribuiva al caos.

Io ero spaventata. Il dottor Doyle si divertiva.

«Il teatro...». Aveva acceso una pipa e, con le gambe incrociate, faceva copiose boccate. «Vede? Nacque come rito religioso e orgiastico... Dopo i misteri medievali ritorna nel Rinascimento... Diventa grande nel nostro Paese. Quella dev'essere la regina Isabella...». Incoronavano la ragazza con una parrucca. I ballerini circondarono l'uomo emaciato, che ora indossava farsetto e calze nere e aveva un teschio in mano. Questo fece ridere il pubblico, che finalmente capiva qualcosa. «Shakespeare avrebbe scritto opere basate su quelle danze e su quei rituali antichissimi...».

Ma persino Doyle dovette restare in silenzio quando i tamburi accelerarono il ritmo e mi persi nella baraonda di colori. Il treno non c'era più. La scenografia ora era di fantasia, con il pavimento a mattonelle bianche e rosse! La ragazza aveva un boa di piume rosse in tinta e girava mentre, trasformatesi in uomini contemporanei, le comparse della compagnia saltavano sui sedili. Dai finestrini scorreva di nuovo il paesaggio, ora freneticamente, demoniaco. Ottavini e tamburi ci davano dentro. Iniziò un coro:

Il mondo è un palcoscenico,
uomini, donne: attori,
va e viene tra i riflettori,
è IL TERRORE DEL TEATRO!

Il gruppo nascose la ballerina: volavano piume rosse come se il cerchio di uomini gliele strappasse. Ma quando alla fine si fermarono e si spostarono, in mezzo al cerchio c'era l'uomo nascosto dietro a una maschera diabolica: il suo magro collega. Il coro si ripeté, fragoroso. Intanto, il presunto vagone sembrò fermarsi. Il paesaggio terminò il suo giro senza fine. Un botto assordante durante il quale qualche ballerino scivolò e qualche mendicante col tamburo fece un salto per lo spavento, provocando risate nervose. Dal finestrino, il cartello di "*PORTSMOUTH*". Restano gli attori dell'inizio, Pettirosso si sveglia. Come se il treno fosse arrivato, con la sua barbara follia, in città, come avevano fatto anni prima Pettirosso e la compagnia Coppelius.

Calò il sipario.

«Curioso» giudicò Doyle. «È la storia della compagnia, delle sue traversie fino all'arrivo a Portsmouth ma, al tempo stesso, è la storia del teatro fino ai giorni nostri... Molto strano. Le è piaciuto?» mi chiese mentre applaudivamo.

«Non saprei dirglielo».

Ero spaventata, sì, ma cosa pensare di tutto quello? Non ero brava a giudicare l'arte. Doyle, invece, sembrava felice. Mi invitò ad accompagnarlo. Anche padre Philipotts camminava scuotendo la testa.

«Incredibile. Fantastico. Grandioso. Ma non ci ho capito nulla».

Doyle offrì a lui la sua risata cristallina, e a me il braccio.

«Venga con me. Esploreremo le viscere del mostro».

Mi condusse verso una piccola porta laterale che dava sulle quinte. Non ero mai stata lì! Era un grande spazio scuro che odorava di legno e di ferro, popolato di pulegge, impalcature, argani e telai. Si sentivano i rumori tipici di questi oggetti e anche altri più strani. Per esempio, il pianto di un neonato. Una donna grossa lo allattava seduta in un angolo scuro. C'erano dei mendicanti, alcuni mutilati, che si affannavano a cambiare il nastro del paesaggio del vagone con un altro scenario. Strinsi il braccio di Doyle, che sembrava divertito. Io non mi divertivo affatto. La magia può essere terribile, ma anche meravigliosa. Il trucco, invece, è solo terribile. Per me era come scoprire che le poche felicità della tua vita, viste da dietro, hanno corde, pulegge e tavole che sorreggono una parete finta.

Vedemmo subito Pettirosso. Non aveva più la barba e si era messo la sua casacca cremisi. Con lui c'era una delle ballerine, che si allontanò quando arrivammo noi. «Congratulazioni, maestro» disse Doyle, presentandoci. Pettirosso gonfiò il petto. Aveva gli occhi incastonati in grandi borse di carne, sebbene dietro a quelle doppie palpebre il suo sguardo fosse penetrante. Senza barba, sembrava estraneo al mondo e alle cose ma, al tempo stesso, più reale. Mi resi conto che la sensazione inquietante che provavo nell'osservare la scenografia da dietro si estendeva anche alle persone. Gli tesi una mano tremolante. Fece una cosa inaspettata: posò la sua mano sulla mia avvolgendola completamente e con l'altra chiuse gli spazi. Aveva le mani grandi, quasi spugnose.

«Quindi, infermiera...» sussurrava, eppure il tono di voce era grave, come quello di un trombone. Il suo inglese era strano ma disinvolto. «Meraviglioso. Il dolore umano. La compassione. Le è piaciuta la nostra prima opera?».

«Sì» mi affrettai a dire con la mano destra ancora prigioniera. Finché la teneva in ostaggio, avrei risposto di sì a qualsiasi cosa mi avesse chiesto.

Infine, la liberò. Non smetteva di guardarmi. Non avevo mai visto così da vicino un attore esperto! Mio fratello, che aveva chiesto autografi a Macready e a Henry Irving, mi assicurava che erano un altro tipo di persone. Avevano camminato nel mondo dell'ignoto, mi diceva, e non somigliavano a nessun altro essere umano.

In quel momento mi sembrò che avesse sempre esagerato. Pettirosso era, semplicemente, un uomo robusto.

«Siamo una piccola compagnia» spiegava. «Qui abbiamo trovato il nostro nido. All'inizio eravamo da treno».

«Da treno?» chiesi.

«Vuol dire itinerante» aiutò Doyle.

Si riferiva a questo. Il treno: da lì la scenografia dello spettacolo che avevamo visto. Una storia, disse Pettirosso, che era sia quella della sua compagnia vagabonda che quella "dell'arte sacra" – così la chiamava – sempre da un posto all'altro. Questo era quello che gli era piaciuto di più dell'Inghilterra: il treno. "Ci piace questo Paese perché è molti Paesi", credo che abbia detto. E al Carità davano lavoro ai bisognosi. Tutti ci guadagnavano!

«Come quei poveri Hutchins e Noggs?» puntualizzò Doyle, inarcando un sopracciglio.

Il ventaglio della grande espressività di Pettirosso, dispiegato in infinite armonie di ricordo e tristezza.

«Sì, poverini. Chi avrà potuto essere tanto crudele con loro?».

«È ciò che si chiede tutta Portsmouth» disse Doyle.

«Speriamo lo prendano il maledetto che gli ha fatto questo». Non era un inglese perfetto, ma era carico di espressività, e le sue mani si chiusero in due pugni.

Ci guidò attraverso il trambusto, io alla sinistra, Doyle alla destra e scendemmo nel sottosuolo, dove ci mostrò come facevano uscire le persone dalla valigia attraverso una piattaforma con una leva che saliva e scendeva. Affascinante! Ciononostante, in quel luogo l'aria era irrespirabile e mi fece piacere tornare al primo piano. A quel punto qualcosa attirò la mia attenzione: una piccola camera di legno che sporgeva dalla parete. Dalla sua porta uscì qualcuno che sembrò prendersi uno spavento non inferiore al mio. Si trattava dell'aiutante e attore dall'aspetto cadaverico con il cappello a punta. L'ungherese, mi dissi. La sua rigidità, il suo sguardo come carboni ardenti e la sua smorfia mi dissero: "Che ci fa qui, questa?". Chiuse rapidamente la porta dalla quale era uscito. Poco dopo uscì la ragazza. L'uomo le disse qualcosa, lei mi guardò e chiuse bruscamente la porta. Le era successo qualcosa. E, quando osservai meglio l'uomo magro, anche a lui, sebbene in misura minore.

Pettirosso li chiamò. «Constantine» disse. Si avvicinarono entrambi.

«Il dottor Arthur Doyle e la sua infermiera e aiutante, la signorina Anne McCarey. Loro sono Constantine e Abigail». Menzionò i cognomi, ma non riuscii a memorizzarli, e dubito che avrei potuto pronunciarli in quel momento. «Vengono dal Centro Europa».

Ero così sbalordita che riuscii appena ad annuire con la testa.

Sul palcoscenico erano un principe della morte e una danzatrice di rituali proibiti. Anche al ristorante erano risultati magnetici, tentatori.

Ma ora, lì, davanti a me, così vicini da poterli toccare...

... c'erano un ragazzo magro e...

... una ragazzina così giovane e magra, con i capelli corti, che avrebbe potuto essere una lavoratrice tisica in uno stabilimento tessile e non l'avrei notata due volte. Lui era un ragazzo giovane con la pelle piuttosto pallida, ma con l'acne. Dov'erano "l'uomo col cappello a punta" e "la ballerina in rosso"?

Non era possibile.

«Qualcosa non va, signorina McCarey...?». Pettirosso inarcò un sopracciglio.

«Io... non me li immaginavo così».

Ci fu una risata generale alla quale, con mia vergogna, Doyle partecipò.

«È la prima volta che vede degli attori fuori dal palcoscenico» disse Doyle a mo' di scusa.

«Oh, capisco». Pettirosso tradusse, in un linguaggio incomprensibile, le parole di Doyle ai due giovani, che si rimisero a ridere. «Il teatro ci trasforma, *madamina*».

In lei la trasformazione andava oltre ogni mia comprensione. Quei capelli corti ora non sembravano così... strani. Le sue curve sinuose si notavano appena sul corpicino cinto da un semplice vestito bianco, senza dettagli anatomici evidenti, che faceva pensare che non avesse più di tredici anni. E, tuttavia, ancora più mi chiedevo – ci pensai dopo – cosa fosse stato a farmi capire, senza ombra di dubbio, che *quel-*

la era la ragazza del ristorante e dei balli? Lo sguardo che, come quello di Pettirosso o di Constantine, restava fisso, brillante sul fondo?

«Scusatemi» mormorai, «mi sento come se avessi visto dei fantasmi».

«In effetti ha visto dei fantasmi» disse Doyle. «Sul palcoscenico c'erano degli spettri creati da lei». Pettirosso e i suoi compagni ascoltavano e annuivano. «La gente pensa, e si sbaglia, che vedere i trucchi, o incontrare l'attore senza il maquillage plachi la coscienza, ma è tutto il contrario. Sapere che il mistero dipende da doppi fondi o da persone comuni ci turba più di quanto sia sopportabile, perché ci dimostra che tutti gli oggetti e tutte le persone hanno dentro di sé il teatro. Che serve solo del legno dipinto o un gesto affinché... affinché si realizzi il miracolo».

Nel mezzo dei consensi e dei commenti sull'opinione di Doyle, indicai la porticina da cui erano usciti Constantine e Abigail.

«Cosa c'è lì dentro?» chiesi distrattamente.

«Lo spettacolo ricomincia, mi dispiace» disse Pettirosso frettolosamente, senza dare segno di avermi sentito. Prese di nuovo la mia mano. «Mani da infermiera. Ostetrica?».

«Infermiera in una casa di cura» risposi.

«Oh». E mi liberò.

Mentre uscivamo guardai indietro: l'aiutante magro ci osservava. L'opera successiva fu più lunga, più febbrile, ma più comprensibile. Cesare aveva la barba, e in effetti non vidi alcuna ragione per cui non dovesse averla. A un certo punto il coro degli attori lo circondò impugnando dei coltelli. Ogni coltellata, un colpo di tamburo. Istintivamente, dovetti offrire le mie mani tremanti al braccio saldo di Doyle. Sette giorni, sei ferite, due mendicanti: questo era quanto mi ripeteva la mia mente quando la figura barbuta cadde con la toga piena di ferite.

Conoscevo il finale. Cesare muore, anche Bruto e Cassio muoiono, quel saputello di Antonio, no.

Tornando alla clinica inspirai profondamente la notte marina. Mi sentivo stordita e avevo voglia di camminare. I nostri passi risuonavano nella strada deserta. E anche il *clic clac* del bastone di Doyle, che continuava a essere preoccupato nel vedermi preoccupata.

«Noi che conosciamo il vero terrore del teatro della vita, l'ospedale, perché dovremmo inquietarci minimamente in quel mondo di luci a gas e maschere?» disse.

«Cosa ci sarà dietro a quella porta?» chiesi come tra me e me.

«Quale porta?».

Raccontai a Doyle dell'apparizione dell'uomo magro e della ragazzina, e della loro strana fretta di chiudere quella porta quando mi videro.

«Il bagno degli uomini!». Doyle rise da solo della sua battuta. «Perdoni il mio umorismo inappropriato: di sicuro, un teatro clandestino».

«Fanno spettacoli clandestini al Carità?».

«Li fanno ovunque. Noialtri, noi inglesi, ne abbiamo più bisogno di tutti. Però, se crede, indagherò più a fondo. Di certo, grazie a esso, realizzano i guadagni che non gli offre il Carità. In ogni caso, non mi è parso che Pettirosso abbia mostrato inquietudine quando ho menzionato i nomi di Noggs e Hutchins...».

Ascoltavo a metà le disquisizioni del dottore, perché tornai a guardare i vicoli solitari. La sensazione che qualcuno ci stesse seguendo tornò con intensità.

Un'ombra. Un rumore. Incolpai lo spettacolo che avevamo visto... La sensazione sfumò quando arrivammo alla zona illuminata del lungomare Clarence: da una parte, la cupa fortezza, dall'altra il porto e, nel mezzo, i tetti all'olandese di Clarendon. Doyle fu così gentile da accompagnarmi fin lì. Ci separammo al cancello, ci salutammo – "Una serata indimenticabile. Lei è molto gentile, dottore" – e lo vidi attraversare la strada e perdersi in Victory Road.

La notte era fresca e umida, il mare ruggiva come se stesse concentrando le forze per qualche attacco. Ma ora non potevo andare a letto. Tutte quelle emozioni insieme e come conclusione il teatro...

Perché voi ricorderete che quello era il giorno in cui mi ero separata per sempre da Robert Milgrew – a quell'ora doveva aver già letto la mia lettera – e, come se non bastasse, avevo assistito a uno spettacolo della compagnia Coppelius, avevo scoperto una porta nascosta e misteriosa e conosciuto degli attori liberi dagli spettri del palcoscenico. Tutte quelle emozioni insieme!

E, come ultima cosa, ma non meno importante...

Bella.

Mi aveva detto così? Volevo ricordare le parole esatte, come quando da bambina assaporavo la bocca vuota dopo aver mangiato un biscottino Merryweather per cercare di catturare quell'ultima nota, l'ultima briciola del dolcetto perduto.

6

Feci quello che facevo di solito. Era già una mia abitudine. Girai intorno alle mura di Clarendon, arrivai sulla spiaggia, affondai le scarpe nella sabbia. Il mare, di notte, era come una bestia oscura orlata di bianco. Faceva quasi freddo, ma la natura compensava l'atmosfera fosca e sussurrante del teatro. Guardai la facciata posteriore.

Finestre aperte non ce n'erano, eppure le uniche tende tirate erano quelle. L'unica palpebra chiusa.

Pura cortesia, Annie.

No, non era un uomo abituato alle cortesie. Lui mi *vedeva* così. La Donnola era sorpresa: i suoi occhi piccoli non dovevano essere tanto piccoli, dopotutto. Il suo mento sfuggente era un mento sfuggente, sì, ma il complesso poteva risultare piacevole. E il pianto non mi rendeva più brutta: il pianto intristiva chi mi voleva bene.

Io non ero quello che mi avevano insegnato a essere, quello che gli altri mi avevano sempre detto che fossi. Non lo siamo mai.

In due settimane a Clarendon, la mia vita era cambiata. Avevo accompagnato un giovane molto attraente ed elegante a teatro, e un altro uomo molto intelligente – pazzo – con problemi mentali, sì, ma il *più* intelligente di tutti – pazzo – aveva lodato il mio aspetto. E stavo collaborando a delle indagini su dei crimini, non dimentichiamolo.

Quella era la notte. Si supponeva che, seguendo lo schema, quella notte ci sarebbe stata un'altra morte.

Mi voltai e scorsi il luogo da cui si pensava che Quentin Spencer e il suo amore peccaminoso, nascosti, videro Hutchins ubriaco, udirono e sentirono cose strane. Era oscurato dagli alberi e una luna quasi piena orlava d'argento le chiome. A terra, un sentiero come di specchio conduceva in quella direzione.

Tutto ciò mi intrigava. Chi – o cosa – l'aveva assassinato senza lasciare altre tracce che una risata e un lieve freddo per poi lanciare il coltello vicino al corpo? Com'era possibile che né Spencer né la sua dama avessero visto nulla?

Sembrava una cosa soprannaturale, in effetti.

Mi avvicinai sollevando l'orlo della gonna. Ricordai la posizione del cadavere, così come lo avevo intravisto da Clarendon: doveva essere lì. Un angolo solitario a quell'ora. Come avrebbe potuto immaginare l'assassino che ci sarebbero stati due testimoni nelle vicinanze, tra gli alberi? Ma neppure loro avevano visto nulla: Hutchins vivo, Hutchins morto. Perché? Com'era possibile? Era un trucco, un doppio fondo. E il povero signor X – che ormai era ossessionato solo dal farsi chiamare Sherlock Holmes e dal verificare "cosa beveva Hutchins" – mio Dio! – non menzionava nemmeno una tale possibilità. Come se credesse davvero ai fantasmi. Ma doveva essere un trucco.

Qualcosa che, visto da vicino, risulterebbe incomprensibile quanto Constantine e Abigail. Il segreto doveva essere qualcosa di comune e ordinario, ma cosa?

Le ansie investigative del signor X – o di Sherlock Holmes – mi possedevano!

Mi infilai nel piccolo gruppo di alberi vicini alla strada. Un buon punto per nascondersi. Da dove mi trovavo vedevo la spiaggia intervallata dai tronchi. Forse l'assassino si nascondeva in...

Uno dei tronchi alla mia sinistra si mosse.

Ebbi un tuffo al cuore.

Non c'era nulla, solo alberi immobili e aghi di pino. Tra di essi, in lontananza, la mole dell'edificio di Clarendon.

Tuttavia, non mi tranquillizzai. Provate a stare in un luogo buio e apparentemente disabitato e vi accorgerete che anche solo il *pensiero* della semplice possibilità che ci sia qualcuno può trasformarsi in puro terrore. All'improvviso, gli alberi cessano di essere alberi. Come Constantine e Abigail: cose che, da lontano, sembravano altre. Gli alberi erano solo attori sul palco. Ora se ne andavano. Si muovevano. Si toglievano il costume tra i crepitii. Non erano più alberi ma qualcos'altro...

Tornai sui miei passi dicendomi: sono nervosa.

Solo questo.

Clarendon si trovava a circa duecento metri. Era facile arrivare fin lì.

Avrei tagliato per la strada, invece di passare sulla sabbia. Sulla strada c'era più luce. Quando cambiai direzione, qualcosa si scagliò su di me e, con la forza terribile di una spinta, mi fece cadere di schiena. Dio evitò che ci fosse un albero in mezzo a colpirmi la nuca. Così trovai solo morbida sabbia e cespugli, ma quando capii cosa stesse succedendo era già tardi.

7

In alto, a una distanza infinita, con le gambe aperte, aspettò che mi alzassi.

«Ora basta» disse la voce ruvida. «Prendi la tua valigia. Ce ne andiamo».

Ansimava molto più del solito, anche più di quando eravamo in intimità, ma sospettai che fosse il calore ardente dell'alcol a bruciarlo da dentro. Sembrava avesse la laringe in fiamme.

Mi guardai intorno mentre mi alzavo, tenendo il cappellino di Susie. Eravamo soli. Nessuno ci avrebbe visti, nessuno sarebbe intervenuto, nessuno mi avrebbe sentita urlare. Robert e il suo vecchio *gansey*, il suo volto acceso dalla gloria infernale del gin. Il Lucifero degli ubriachi. Faceva smorfie, le faceva quando era posseduto dall'alcol e mi guardava con gli occhi strizzati mostrando le labbra attraverso la barba. Come se mi dicesse: "Guarda quanto posso arrivare a essere orribile".

Mi afferrò dal davanti del vestito e stavolta gridai. Un *BROOOOOJJJSCCH* del mare si portò via il mio urlo mentre lui mi spingeva contro un tronco.

«Non potevo crederci... Il tuo messaggio... Tu, mia... mia regina dei mari». Singhiozzò. «Non potevo credere... quello che... E avevo indovinato. Non eri tu. Non eri tu. È il signooooor cavaliereeeeeeee. Tutto elegante. Giovane. È lui. Per questo vuoi restare. Per questo mi prendi a calci».

Pensai: la sensazione che ci seguissero. Si era appostato a Clarendon – lo conoscevo bene – e mi aveva vista uscire con Doyle. Avrà passato tutta la sera a seguirci e a radunare carbone per il gran calderone. I suoi singhiozzi quasi lo sollevavano da terra e, legata a lui per via della sua mano sul mio petto, sollevavano anche me.

«E guarda come sono io, invece, regina... *hic*... Ti perdono. Per tutto. Ora vai a prendere le tue cose».

«Mi... mi stavi seguendo?» feci la domanda ovvia per una risposta ovvia. E mi nauseò col suo alito.

«Chiaro che ti ho seguita, puttana! Vengo a Clarendon per vederti e chi mi trovo all'uscita? Te, sottobraccio a quel coso! Hai fatto il *salto*! Il salto! E non è male, eh? Da marinaio semplice a timoniere di seconda. Il povero vecchio Robert Milgrew non ha niente a che fare con il giovane Arthur *Con-*

nor Doyle!». Non gli importava di essersi sbagliato, e io non lo corressi. «Ah... Sei sorpresa? Credevi che non mi sarei informato su chi si portava sottobraccio il mio amore? In mare diciamo: "Anche io ho il mio libro di preghiere", regina. È stato facile! Tutta Portsmouth conosce quel coso!».

«È solo un amico...».

«Un amico con cui sei andata a teatro dopo avermi detto: "Robert, vattene!"».

«Non gridare».

«Che?».

«Non gridare». Ma questo, pensai, era stupido. «O fallo. Grida. Oh, buon Dio...».

«Non griderò. Vai a riprendere le tue cose. Se non esci tra...».

«No».

Una grande calma – l'occhio del ciclone – lo prese. Le sue spalle sembrarono ammainare le vele.

«Mi scusi, infermiera, può ripetere ciò che ha detto?».

Si avvicinò. Il suo odore mi inebriava. Mi faceva paura, certo. L'unica cosa che era cambiata era il risultato dell'equazione tra questa paura e le mie decisioni. Paura più Robert non dava più obbedienza.

«Per favore...».

«Così va meglio, regina. "Per favore". Continua».

«Non voglio lasciare questo lavoro... Possiamo parlarne un altro giorno...».

«Ecco, il giovanotto ti è arrivato al cuore».

«No, no, non è...!».

Mi fermai a metà percorso. La paura che potesse scoprire, magari in modo indiretto, dell'esistenza del signor X mi impedì di continuare. Così improvvisai. Diventano tutti grandi attori, quando la situazione lo richiede! Lo guardai negli occhi.

«Sì, lui è *migliore* di te!».

Non volevo coinvolgere Doyle, che non aveva nessuna colpa, ma il mio gelido terrore faceva scivolare tutto pericolosamente verso il signor X. E non potevo pronunciare quel nome – no, NO – davanti a Robert. Se Robert avesse scoperto qualcosa su quel povero essere magro e immobile nella sua poltrona, lo avrebbe ucciso solo con le urla. Non potevo.

Lasciai che la sua gelosia ardesse. Da quella distanza sentivo quasi il crepitio delle fiamme.

Calma. Sguardo fisso. Un sorrisino.

«Il belloccio, eh? Un dottorino appena arrivato a Portsmouth. Credi che senta qualcosa per te, regina? Un tipo con quella posizione, così giovane e attraente? Credi che gli possa importare un fico secco di una vecchia infermiera con un muso come il tuo? Ti sta usando per conoscere la città! Scendi dalle nuvole, infermiera McCarey, ti sto facendo un favore, per giunta!».

Piangere – che mi rendesse più brutta o no – piangevo. Ma non per gli insulti. Forse li meritavo! Con la sua verità non mi insultava. Ma io insultavo lui con la mia bugia. Certamente, mettendo l'una e l'altra cosa sul piatto, io ero la più colpevole. E lui non mi aveva mai fatto più compassione di allora. Mi sentii, veramente, una puttana. E conoscevo il mio modo di espiare.

C'era appena un po' di spazio tra lui e l'albero, però mi misi in ginocchio come potevo. Afferrai le gambe dei suoi pantaloni. La mia fronte colpiva i suoi sporchi stivali a metà polpaccio.

«Robert! Robert, lasciami restare! Starò con te! Strappa la lettera! Mi dispiace! Lasciami restare e vieni a trovarmi quando vuoi! Però... no... non me ne andrò... no... no... NO!». Il dolore, quel grande monologo. Parlavo ai suoi stivali. Cercavo di compiacere la sua dignità in modo indegno. Un modo come un altro di essere codarda e proteggermi. «Questo no! Ma se mi lasci restare...!».

Avrebbe potuto darmi un calcio, non sarebbe stata la prima volta. La mia speranza era che il mio pianto, in qualche modo, penetrasse nella sua nebbia.

Si prese il suo tempo per rispondere. Quando parlò – io non potevo vederlo, avevo ancora la testa appoggiata ai suoi stivali – si mostrò impacciato, come se alla fine, spogliato dalla rabbia, l'ubriachezza si palesasse con le sue orecchie d'asino.

«Quindi... v-vuoi restare... E a-allora bene, resta! In fin dei...». Non arrivò a dire "conti". Si allontanò da me, barcollando. «Resta qui, nella tua topaia di merda... Ma quando verrò, quando io verrò, regina... dedicherai il tempo a me...». Ruttò. «Mi servono i soldi pe-per il ritorno... Sono al verde...».

Alzai la testa. Lo guardai.

Inginocchiata, sporca di sabbia, tra gli alberi, sotto l'ombra del vecchio pirata.

Gamba di legno.

Lo guardavo come se fosse qualcosa di sconosciuto. Una specie di scena biblica, una rivelazione, un regalo da osservare con attenzione.

«Forza, stupida, alzati». Si appoggiava a un tronco. «E resta col tuo... belloccio».

La grande consapevolezza che di colpo mi assalì, quella lingua di fuoco, mi fece drizzare come fossi un altro albero. A guardarlo.

«Non mi hai mai amata...».

Come se lo vedessi per la prima volta.

«Che ti succede ora?».

«Per te è uguale che io resti o che vada. Non è questo che ti importa. Quello che vuoi, quello che hai sempre voluto, è che ti *mantenga*».

Mi guardò con un po' di disgusto e un po' di interesse. Non aveva la mente lucida per inventare scuse, quindi non le inventò.

«Andiamo... Che dici ora? Non volevi restare? Te lo permetto! Resta!».

«Tutti questi anni...».

«Resta pure! Te lo sto *permettendo*!».

«Esci dalla mia vita, Robert».

Il mare, per un attimo, fu il nostro respiro. Lui si agitò come per rispondere, ma non gli diedi il tempo.

«Esci dalla mia vita e non tornare».

Alla fine, la nebbia che lo intorpidiva si disperse quanto bastava a fargli capire che la mia serietà era un sentiero angusto e a senso unico.

«Sei pazza... sei completamente suona...».

Si avvicinò.

«Esci dalla mia vita!» urlai. Ma non fu un urlo, furono le parole che riporto. *ORA.*

ESCI

E lo spinsi.

DALLA

Proprio io.

MIA

Non avevo mai messo le mani addosso a un uomo, se non per accudirli o compiacerli.

VITA.

Mai, che Dio mi perdoni.

Compiacerli. Accudirli.

Pensavo che non avrei mai potuto battere la forza di Robert. Era una roccia. Pensavo fosse come cercare di spostare una statua a dimensioni naturali.

Ma mi sbagliavo.

Venne fuori che il mio spintone lo fece arretrare di alcuni passi e lo fece quasi cadere.

Venne fuori che non era questione di forza, o almeno non di forza fisica, quella su cui poteva contare lui. Era questione di volontà.

E su quella potevo contare anch'io.

8

Chiaramente la risposta arrivò subito. Ci vuole coraggio a parlare, ma... le conseguenze mi colpirono con forza. Il colpo della mia schiena contro l'albero mi fece vibrare, e lui con me, in modo quasi comico, e pensai che mi avesse rotto le vertebre. Il cappellino di Susie volò via. Ancora non provavo paura né dolore. Non ancora. Restammo faccia a faccia. Mi soffiava addosso un'ondata di birra acida e io la incendiavo col fuoco.

«Mi hai spinto? A me? Chi diavolo... credi di essere?» grugniva, sorrideva. «Eh...?».

«Lasciami...!». Cercai di afferrarlo. Era come colpire una mosca in volo.

Mi sottomise con facilità. Con tutto il suo peso appoggiato su di me. La sua lingua, come quella di un cane gigante, scivolò sul mio viso. Cancellandomi. Staccando la mia bellezza. Io ero "bella e coraggiosa", eppure la lingua di Robert cancellava tutto.

«Guardate la gatta furiosa! Io lo so cosa ti piace, regina dei mari...! Te lo do? Posso darti quello che ti piace...». Armeggiò con la mia gonna, mi schiacciò la barba in bocca. «Te lo do io, sono l'unico che ti...!».

La botta lo spinse di lato come una palla. Rotolò persino sulla sabbia.

«Lasci la signorina o la prossima volta non la colpirò con tanto riguardo».

Robert si toccava ancora la testa, come se fosse sorpreso di averla. Il berretto gli era volato via. Si mise a cercarlo. Io raccolsi il cappellino.

«Sta bene?». Doyle, che continuava a brandire il suo bastone, mi tese la mano e la accettai, lasciai che mi proteggesse e mi abbracciasse solo affinché Robert lo vedesse. Volevo che lo vedesse. Alzò di nuovo il suo bastone, minacciosamente. «Ehi, ubriacone, non so chi lei sia né mi importa, ma se si avvicina di nuovo alla signorina, se ne pentirà».

«Lo lasci, dottore» gli chiesi.

Robert Milgrew, marinaio semplice, lo affrontò.

«Il dottorino della grande città con il suo bastone! Avanti, lascia il bastone! O sei uomo solo con quello?».

Con l'impeto di chi viene sfidato davanti a una donna, Doyle si preparava ad accettare quando lo abbracciai.

«Per favore, dottor Doyle, se mi vuole un po' di bene, lo lasci!».

Cambiammo direzione, io ero abbracciata a lui. Alle nostre spalle Robert, fomentato dalla ritirata, ma sorvegliato da Doyle, sollevava il pugno.

«Scappa, codardo! So dove vivi, Arthur Doyle! Verrò nel tuo ambulatorio! Parleremo da pari, allora, dottore! Quella donna è mia! Mi senti?».

Era impossibile non sentirlo. Probabilmente si sentiva ovunque a Southsea. Qualche finestra si accese a Clarendon, ma non quella della palpebra chiusa.

Robert e il mare, in competizione.

«Io ti amo, Annie!».

BUUJJJJJR, il mare.

«... amooo!!».

BEUUUUUJJJJJJS.

«Annie!! Annie!!».

Vinse il mare. Il mio nome si dissolse tra le onde come il sale.

Quando guardai nuovamente, restava solo la notte.

«Per fortuna, per tornare ho fatto un'altra strada» spiegò Doyle davanti al cancello di Clarendon. «Questo mi ha permesso di vedere quel tipo che usciva da un angolo e la seguiva furtivamente verso la spiaggia. Mi sono spaventato. Come sa, oggi, in teoria... è la notte del...».

«Sì, lo so».

«Mi sono avvicinato con prudenza. Vi ho sentiti discutere. Mi sembrava che lo conoscesse. Non volevo intromettermi, però poi ho visto che l'aggrediva e... Chi era quel tipo, per l'amore del cielo? Che vuole?».

Un amico. Gli dissi. Ora non più. Lo era stato. Un marinaio. Era venuto da Londra, ma non sarebbe tornato a disturbare. Di questo ero certa.

«Con amici così...» disse Doyle da perfetto cavaliere, «questa volta non me ne andrò finché non l'avrò lasciata dentro alla clinica».

Mi fece sorridere.
Il mare ripeteva il mio nome nell'oscurità della mia stanza mentre piangevo.
Ma alla fine non lo sentii più e mi addormentai. In pace.
Ignara dell'orrore che si stava avvicinando.

L'OCCHIO DI PORTSMOUTH

RECENSIONI TEATRALI

Il terrore del teatro e Giulio Cesare

Burlesque e grande tragedia
Compagnia Coppelius, direttore S. Pettirosso.
Teatro Carità del St. Mary's, Portsmouth

La prima opera è una favola misteriosa e terribile! La scenografia è il vagone di un treno: la compagnia viaggia per arrivare nella nostra città e durante il tragitto il suo direttore (il vero signor Pettirosso) fa un sogno in cui si mescola la storia del rituale orfico e musicale del teatro... Balli tentatori, visioni magiche...! Anche il *Giulio Cesare* è risultato innovativo. Cesare sembra reclamare la propria immolazione...! Grande la compagnia Coppelius! Grazie al compianto sir George Erpinghal, il suo principale patrocinatore...! Il suicidio di quel grand'uomo ha lasciato un buco profondo nella nostra città... I bambini bisognosi gli saranno grati...!

Edmund Hammersmith

Burlesque per Danny Waters

"I burlesque *sono come illusioni dei sentimenti: credi che ci sarà da ridere, e scopri il dolore...".*
(T. Robertson, *Teatro di varietà in Gran Bretagna*, 1856)

Il bambino bisognoso Danny Waters è felice.

Alla fine, è giunta l'ora.

Potrà finalmente dimostrare al mondo di essere un bravo attore. Non importa in cosa si è carenti, si può sempre compensare con energia e volontà.

Il sipario è ancora chiuso, oltre c'è il silenzio, ma Danny sa che lo aspetta un pubblico attento e ricettivo. Si sta preparando a quell'istante.

Perché tutte le cose più importanti e decisive delle nostre vite dipendono da pochi fortuiti secondi? Si chiederebbe Danny se fosse in grado di porre in questi termini ciò che proprio ora si sta domandando. Successo o fallimento, linee diverse che partono da un solo punto. Lui, ora, si trova in quel punto. A mordersi le unghie.

Cioè, mentalmente. Non vuole mordersele davvero, non si addice a un attore, nemmeno a un lottatore artistico di un'arena.

Resta in piedi davanti al sipario scuro. Dall'altra parte c'è il pubblico.

È giunta l'ora, Danny Waters!

Sente freddo. Un formicolio che si estende dai piedi scalzi fino allo stomaco, come una paralisi. Il suo caro amico Elmer, Elmer Hutchins, gli diceva che i nervi non sono nulla se smetti di pensare a loro. Per Elmer era così sempli-

ce smettere di pensare! Magari il suo amico potesse essere lì con lui, e consigliargli come controllarsi.

Ha paura, sì.

Gli hanno detto che è la prova DEFINITIVA, *Danny, non puoi sbagliare.*

Inizia proprio a mezzanotte, con le campane.

Non puoi sbagliare, gli hanno detto, perché non avrai un'altra opportunità. Il pubblico non ha molta pazienza. Si tratterà di fare quello che sia e farlo velocemente. Dopo, dietro le quinte, piangerà un po' per il suo amico Elmer, che gli aveva promesso di stare in prima fila nella notte del suo trionfo, ma che, per disgrazia, non potrà mantenere la sua promessa.

Perché è morto.

Ora Danny non vuole pensare a questo.

Al suo immenso corpo gettato sulla sabbia. Dei dettagli a cui dovette fare caso per raccontarli a quello strano "signor X". Non pensiamoci.

Elmer lo aveva aiutato tanto! Prima di conoscerlo, Danny era il Tartaglia e saliva solo sui palchi clandestini per "lottare" con altri che a loro volta non parlavano. E le lotte, lui lo sapeva bene, non sono così inoffensive come pensano alcuni. Prendi dei colpi, per quanto siano coreografati come se si trattasse di una danza. Non che questo gli importi. Magari si trattasse solo di farsi qualche livido o andare in scena senza vestiti. Il fatto è che questo non è essere un attore. Elmer glielo aveva detto. Poteva dominare i suoi difetti ed essere un attore da commedia – smorfia del riso – o da tragedia –smorfia di dolore. Non aveva genitori a cui mostrare i suoi trionfi, ma li avrebbe mostrati ai suoi amici. I suoi veri amici credevano in lui, certo che sì!

Rumori dal sipario. Ecco! Danny si prepara. Non sente il mormorio del pubblico. Gli spettatori sono concentrati, o forse pochi. Le campane. Tre... Due... Uno.

Il sipario sparisce. Non si alza. È come se non esistesse.

La sala è più grande di quanto Danny avesse pensato – NON PUOI SBAGLIARE *– grande e scura come la notte al mare.*

Silenzio assoluto.

Danny Waters è spaventato. Non può muoversi. Non ce la farà.

Ed è allora che vede qualcosa di inaspettato.

In prima fila, come aveva promesso. La barba un po' sporca, il corpo pieno di macchie rosse, gli occhi bianchi, ma con un sorriso paralizzato e un gesto di approvazione. Avanti, ragazzo.

Il suo caro amico Elmer, a fargli coraggio, fedele alla promessa. Danny può vedere il suo collo, aperto come un altro sorriso, dove brulicano i vermi.

«SE NON PENSI DI ESSERE MORTO, DANNY, NON LO SEI» gli dice Elmer, e dalla sua bocca nera esce un coagulo di cose orribili.

Che gioia, il signor Hutchins è lì! Danny, è il tuo momento! Danny, lo farai bene! Commedia! Tragedia!

E Danny ride e inizia lo spettacolo.

Sherlock Holmes nel Palazzo di Cristallo

1

Quel giorno non lo dimenticherò finché vivo.

Mi svegliai con tutto il corpo dolorante, specialmente la schiena, dove mi aveva sbattuta contro i tronchi. E qualcosa di molto peggio, una sensazione di vuoto quasi nauseante. Mi guardai allo specchio e fu come se questo mi dicesse: "Che ti aspettavi, Annie?".

Mi ero forse mai aspettata qualcosa da Robert? Decisi di pensare di averlo attratto, qualche volta, di averlo fatto felice, come lui a me. Ci fu un momento, un giorno, nel primo periodo. E poi? Immaginai fosse per colpa mia. Quante volte mi era successo? Gli uomini non avevano bisogno di dirmi: ti amo, regina dei mari, ma solo "vieni", era così. E io andavo.

Ma questa volta non aveva funzionato.

Sentivo ancora il suo "Annie!" straziante mischiato alle onde.

Mi sorprendevo da sola di quanto poco mi importasse ricordarlo.

Nel bene o nel male, col mio corpo malconcio e dolorante, ero un'altra.

2

Mi preoccupavano di più le parole che mi aveva detto un'altra persona.

Entrai quando avevano già servito la colazione, ma il suo vassoio, sul tavolino davanti alla poltrona, era intatto. Sentii la sua voce ancor prima di salutarlo.

«Ha fatto molto bene a rompere con lui, non era un individuo raccomandabile».

«Buongiorno. Non ha appetito?» dissi, invece di dargli seguito.

«Potrebbe aprire le tende, signorina McCarey?».

Lo feci, ma non volevo abbandonare il discorso assurdo che avevamo avuto.

«Non c'era alcun pericolo a teatro» dissi, mentre sbattevo gli occhi a causa della luce.

«Sì, il teatro. Potrebbe farmi un riassunto?».

Era ovvio che fosse nervoso. Aspettava i suoi ragazzi, senza dubbio, eppure sul suo volto, ora illuminato, c'era qualcosa di nuovo, una sfumatura diversa di ansia.

Gli parlai di Pettirosso, dei suoi aiutanti, i giovani Constantine e Abigail, e mi soffermai, cupamente, sulla porta chiusa. Quella era, in qualche modo, la meta che volevo raggiungere. "C'era una porta chiusa, sa?". Insistetti sul fatto che Constantine si fece inquieto quando guardai in quella direzione, verso la porta chiusa. Mi ascoltò in silenzio. La colazione continuava a restare intatta. Quando feci una pausa per vedere cosa pensasse, disse:

«Non si preoccupi più di quella porta, ciò che mi interessa sono gli invitati».

«Gli invitati?».

«Sì, immagino che il dottore conoscesse molte persone e gliene avrà presentate alcune. Mi racconti quanto ricorda».

Non ricordavo molto, e solo un nome non gli suonò nuovo: il signor Edmund Hammersmith, a quanto pareva, era il direttore del giornale "L'Occhio di Portsmouth". A volte faceva recensioni teatrali. Anche l'aneddoto del prete cattolico giocatore di scacchi, padre Philipotts, lo divertì. Soprattutto il fatto che il prete invitato all'inizio non fosse lui, ma padre Evans, che era malato. Questo, Dio solo sa perché, lo fece persino sorridere!

«Questo mistero è così incredibile... Ogni giorno appaiono nuove serrature, e sono sempre più sicuro che si aprano con una chiave sola».

«Non me ne intendo» dichiarai, «ma a proposito di serrature, direi che ha scartato troppo in fretta il fatto della... porta chiusa».

«Non si preoccupi più di quella porta né di quei giovani stranieri, mi serve solo un altro crimine, è ingiusto che l'assassino non me lo offra, gli costerebbe davvero poco, un altro mendicante, il mio regno per un mendicante, un mendicante e avrò qualcosa, qualcosa di solido, perché per ora la realtà è acqua, e noi siamo mani aperte...».

«Faccia colazione, una buona volta. Mi sta facendo sentire male. Mi sembra un avvoltoio».

E, in effetti, mentre parlava, il suo grande naso aquilino planava come un becco sopra il vassoio con uova, bacon e tè forte. Bevette un sorso di quest'ultimo.

«Non ho appetito, prima deve venire qualcuno con una notizia, tutto è corretto se non ci sono errori, perdoni l'ovvietà. Le ha fatto molto male alla schiena il tronco?».

Smisi di strofinarmi la schiena, ma giuro che mi trovavo dietro alla poltrona. Le sue abilità non smettevano di stupirmi.

«Me lo dica lei, che sa tante cose» replicai sgarbatamente. Me ne pentii subito. «Mi dispiace. Ancora mi fa male, ma passerà. Come l'altra cosa».

«L'altra cosa?».

Pensai che ci fosse bisogno di specificare.

«Ha ragione: l'ho lasciato».

«Che?».

«Quel... quell'uomo».

«Oh. Ah, sì, di questo ero certo».
«Lo era?».
«Sì, lei è una donna intelligente, questo è un terreno seminato. Per lo più si tratta di aspettare. La pazienza è tutto».
«Applichi a sé questa massima».
«La mia non è impazienza, è vivere nel futuro dei fatti».
«Il mio terreno non è abbastanza seminato da capirla...».
Sentimmo dei passi.
«Ecco che arriva il futuro dei fatti» annunciò il signor X.
Dei colpetti alla porta.
«Avanti» disse il signor X.
Era Jimmy Piggot, questa volta non rosso in volto, bensì pallido come un morto.
«È comparso un altro mendicante. Ai piedi della fortezza... Un uomo giovane».
«Molto bene». Il signor X si sfregò le mani.
Poi la frase seguente di Jimmy Piggot lo sorprese:
«E un *altro* nelle baracche dell'incendio...». Dopo una pausa, la sua voce si fece un sussurro: «Questo non le piacerà molto, signore...».

3

Le baracche dell'incendio. Si chiamavano così. Gli diedero questo nome perché un incendio le fece ardere dieci anni prima. A Portsmouth non ci siamo mai distinti per una grande fantasia con i nomi. Si trattava di vecchi capanni militari, perché tutto ciò che è degno di nota nella mia città è così, o navale o militare, tutto è difensivo, fortificato. Erano state abbandonate da anni e, visto che non servivano a niente, quelle che bruciarono restarono lì, tutte nere e sole. Il legno non si era consumato del tutto per via dell'umidità e ora erano diventate un luogo per cacce al tesoro o giochi da bambini. Una casa degli spettri.
Questa volta con un fantasma dentro.

Furono dei bambini come lui a trovare Danny Waters.

E lo trovarono per puro caso, perché era buttato come uno scarto nel fondo di una botte usata dai vagabondi per appoggiarci pezzi di candela o lampade a petrolio. Me lo immaginavo... No, non potevo immaginarlo. Non potevo pensare a lui: pensavo, più che altro, ai bambini che si erano affacciati a quella botte. Forse giocavano a essere i signori di un castello misterioso. Qualcuno avrà visto la botte e avrà voluto usarla come tavolo. Vedo le loro teste che guardano verso quella bocca nera senza denti, le loro teste dritte e ferme. Che guardano.

Arrivò la polizia, arrivò il pubblico – sempre avido di atrocità – e in serata, la carrozza che trasportava un irascibile Merton e il tranquillo sergente Jameson.

Quello che non erano riusciti a fare due diseredati dalla fortuna, accusati di essere ubriaconi, riuscì a farlo, da solo, il povero Danny.

Infine, è famoso – mi scorrono le lacrime mentre lo scrivo – infine ha il suo pubblico, come sognava.

4

L'intera Portsmouth si mise sul piede di guerra.

Le baracche dell'incendio tornarono a incendiarsi. Lì si era raccolta la rabbia della città. Non riuscii a evitare di pensare che gli occhi che ora piangevano e le bocche che ora si spalancavano in grida, reclamando giustizia, appartenevano alle stesse persone che probabilmente avevano ignorato Danny quando allungava la mano in cerca di cibo o di applausi. Era come se l'assassino avesse ucciso una parte di tutti noi.

La polizia proibì gli spettacoli all'aria aperta. Una caccia al tesoro con una giovane attrice di pochi anni – che si era tolta il suo vestito rosso per fare da tesoro, ma lo aveva lasciato per errore vicino al suo nascondiglio tra le rocce della fortezza – dovette essere cancellata. Diversi ambulanti che inscenavano finti crimini vennero arrestati. La storia di Danny fu così scioccante che quella di David Taylor passò quasi inosservata. Taylor aveva venticinque anni e una gamba più corta dell'altra; le sue braccia, però, erano molto forti e lavorava come macchinista al Carità. Lo avevano trovato proprio i più mattinieri tra i partecipanti alla caccia della bambina. Avevano visto qualcosa di rosso tra le rocce, in effetti, ma non era il vestito della novellina. Non venne vietato tutto il teatro, e alcune compagnie non tardarono ad approfittarsene. Il Terrance ebbe un successo enorme quando ripropose, quella stessa notte, il gotico *Assassinato all'inferno*.

Sebbene non fosse ancora stato confermato, l'opinione generale di quella sera – Nellie e Hettie, nel mio caso – era che si trattasse dello stesso assassino. Due in una sola notte. La miccia della notizia prese così bene che il dottor Ponsonby dovette fare un giro speciale tra le stanze dei suoi ospiti per cercare di calmarli. Dedicò anche alcune parole al personale. Ricordo le lacrime di Susie Trench e Hettie Walters, la signora Gillespie perse i sensi più di una volta, Jane Wimpole e Nellie Worrington abbracciate, Jimmy Piggot con la testa bassa. Persino il signor Weedon era serio e silenzioso e la capa Braddock sollevava le sopracciglia.

Curiosamente, non ricordo il discorso del dottor Ponsonby.

Ma, soprattutto, ricordo il signor X.

5

Avevano già servito la cena quando mi avvicinai alla sua stanza.

Dalla porta veniva un gemito agghiacciante. Una specie di pianto acuto, quasi affilato.

Non avevo mai sentito piangere il signor X. In realtà non lo avevo mai sentito – né visto – esprimere emozioni di alcun tipo, a meno che i colpetti di tosse, le esclamazioni appena un tono più alte del solito o l'inclinazione degli angoli della bocca non possano definirsi tali. Provai orrore. Di più: panico, addirittura. Sapevo che, in fondo al suo cuore, quella scultura dipinta aveva dei sentimenti, ma non mi aspettavo quello che sentii.

Aprii senza bussare. O ci provai. Un ostacolo me lo impediva.

«È la signorina McCarey, ragazzi» disse con freddezza la voce dalla poltrona. «Può entrare».

Ragnatela scansò la sedia. L'aria del mare mi colpì il volto. La finestra era aperta. I due bambini erano accanto, vicini a una delle lampade accese. Misi di nuovo la sedia contro la porta e chiusi le tende. Mi fa ancora male ricordare quei volti tremanti, appena lavati dal pianto. Mosca era quello che piangeva di più: i gemiti provenivano da lui. Mi rimproverai silenziosamente di essere arrivata a pensare per un momento che venissero dal mio ospite. Quanto a lui, li consolava in qualche modo? Non vi biasimo se credete che la risposta sia affermativa. Voi ci avreste provato, e anche io, qualsiasi persona normale, e anche anormale… ma non *lui*.

«Le ferite di Taylor…?» diceva, come continuando l'esame interrotto.

«Solo una al ventre, signore…» disse Ragnatela, «e… quella al collo. Il coltello a venti passi…».

«Una sola» mormorò il nostro uomo. «Molto bene, e in quanto a Danny…».

Ragnatela abbassò la testa. Mosca continuava a piangere a dirotto.

«Non… abbiamo… voluto vederlo… il Tarta» disse. Lo abbracciai.

«Non importa, "L'Occhio di Portsmouth" dà tutti i dettagli» disse il signor X. «Danny ne aveva due al ventre, oltre alla sgozzatura. Variazioni curiose…».

«Per favore, la supplico, vuole stare zitto?» dissi mentre abbracciavo il bambino.

Il mio ospite mi ignorò.

«Quando avevate visto Danny per l'ultima volta?».

«Quella notte, poco prima di mezzanotte». Ragnatela, ovviamente, era l'unico a poter rispondere. Il povero Mosca tremava tra le mie braccia.

«Come sai che era "poco prima di mezzanotte"?».

«Perché ci chiese l'ora. Eravamo vicini alla stazione dove dormiamo e la chiedemmo all'Innocente».

«All'Innocente?».

«È una guardia della stazione che ci difende sempre quando i suoi colleghi vogliono picchiarci perché dormiamo lì. Dice: "Sono solo bambini innocenti". Lo chiamiamo così».

«Capisco. Cosa ha fatto Danny quando ha saputo l'ora?».

«Disse che doveva fare una cosa e se ne andò in tutta fretta».

«Cosa aveva con sé quando se ne andò?».

«Il sacco con le sue cose. Come... come se avesse un appuntamento con qualcuno».

Il signor X annuì lentamente, quasi con severità.

«Non potete restare in città, dovete andarvene». Mosca si liberò subito dalle mie braccia.

«Ma... ma...! Non possiamo lasciare solo il... Tart...! È nostro amico!».

«Danny è morto, idiota» disse Ragnatela dando una gomitata al suo amico.

Erano tre voci inclassificabili. Tre toni diversi, dalla gravità del signor X all'angoscia di Mosca. Ragnatela mostrava una calma sofferente, umana.

«Dovete andarvene, vi darò dei soldi...».

«Non possiamo!».

«Zitto, ci sentiranno!».

«Mosca». Il bambino restò a guardare il mio ospite. «Danny non c'è più e, di fatto, ti assicuro che non c'era già più quando gli hanno fatto *questo*».

«E perché glielo hanno fatto... se non c'era più?» ragionò Mosca.

«Perché il suo corpo c'era, ma la sua mente se n'era andata in un altro posto».

«Come lo sa?» domandò il bambino strofinandosi il naso sporco.

«Perché lo so, smetti di preoccuparti per Danny, non ha sofferto».

«Se fosse da qualche parte, ritornerebbe» disse Mosca poco convinto.

«Non può. Hanno ucciso il suo corpo, non può tornare».

Dopo averci pensato, il bambino più basso parlò come tra sé e sé.

«Posso prestargli il mio corpo... possiamo viverci dentro tutti e due».

Ragnatela prese la parola ignorando l'idea strampalata del suo amico.

«Perché crede che... dobbiamo andarcene, signore?».

«Ci sarà un bel putiferio, la polizia vorrà interrogare tutti gli amici di Danny e non sarà piacevole. Da Londra pretenderanno dei risultati, la macchina della legge si è messa in moto e di solito schiaccia tutto ciò che incontra sul suo cammino».

«Potremmo andare anche noi nel posto dov'è il Tart... Danny» suggerì Mosca.

«Sta' zitto e andiamocene».

Ma Mosca non si mosse. Ora non piangeva, comunque. Gli offrii inutilmente acqua e cibo. Aveva un'espressione inerme e stava appena lasciando che la mano di Ragnatela lo spingesse quando la voce dalla poltrona disse:

«Ehi, Mosca, suonerò il violino per te».

Mosca guardò il suo amico ed entrambi attesero trepidanti.

"L'interpretazione" non fu quella di sempre. La mimica era altrettanto brutta, con tutti i tremori che sarebbero risultati divertenti se non si fosse dato il caso che si trattava di un malato mentale. Tuttavia, questa volta accadde qualcosa di nuovo, perché, senza alterare il volto, il signor X sembrava sforzarsi. La sua fronte alta si imperlò di sudore, la vena sulla tempia era più gonfia che mai. Per i bambini dovette essere uno spettacolo terribile.

«Ti è piaciuto?» disse quando abbassò le braccia.

Il bambino annuì, come ipnotizzato.

Io stessa rovesciai il vaso con il denaro che il mio ospite aveva nascosto. Mosca era ancora in un silenzio meravigliato. Il suo amico dovette trascinarlo, ma si fermò prima di uscire dalla finestra, quando il signor X lo chiamò.

«Distruggerò chi ha fatto questo, ve lo giuro» disse.

Sembrava una pazzia, eppure Ragnatela annuì molto seriamente, come se ci credesse.

«Come ha potuto dire una cosa simile a quei ragazzi?» chiesi quando se ne furono andati, mentre chiudevo le tende. «"Distruggerlo"?». Non rispose. Sprofondò nella poltrona come se il "violino" avesse esaurito tutte le sue forze. «In primo luogo, è sicuro che sia lo stesso assassino?» chiesi.

«È lo stesso, non so se sia apparsa l'arma anche nel caso di Danny, ma scommetto di sì».

«E come ha fatto a commettere due omicidi in due posti così lontani?».

«È molto abile».

Per un momento non seppi cosa dire. Chi poteva essere capace di una cosa simile? Un vero fantasma? La cosa, per quanto ne capivo, non era collegata a un odio irrazionale per i mendicanti o a vendette personali. Io avevo conosciuto qualche assassino disturbato in celle speciali nel manicomio di Asherton e, sebbene non me ne fossi occupata personalmente – se ne occupavano le guardie – avevo visto le loro mani come artigli che graffiavano gli spioncini delle loro celle e i loro occhi fuori dalle orbite, e avevo conosciuto le loro storie: atti selvaggi, inimmaginabili, per le cause più assurde. Ma i loro crimini erano maldestri, lasciavano tracce ovunque, qualcuno li sentiva o vedeva, si denunciavano da soli. L'assassino di Portsmouth non sembrava terreno. Provai vera paura.

Stavo per dirglielo quando iniziò a parlare. La sua voce era come una colonna di fumo di pipa che si levava dalla poltrona.

«Nella pensione di Oxford...» mormorò con voce atona, come se si stesse addormentando. «Ricorda che un giorno le dissi che le avrei fornito i dettagli? Bene. A Oxford non feci tanto quanto si pensa, signorina McCarey, ma ottenni diverse cose, tra cui l'amicizia con una certa persona, che era nei guai, un altro scrittore... Provo simpatia per loro, vede. Però, in quel caso, il problema lo sollevò lui. Non fu necessario dell'alcol: era così riservato che quando decise di darmi fiducia traboccò. Quanto mi diceva era quasi tutto piombo, eppure a volte cadevano delle perle, e io mi divertivo a creare una collana. Fu così che scoprii dell'esistenza di qualcosa che lei non deve ripetere se vuole restare viva, integra e sana di mente: venni a conoscenza dei Dieci».

«I Dieci?».

«Non lo ripeta» mi ammonì seriamente.

«D'accordo».

Cos'era? Un'altra pazzia? Sembrava così. Ad ogni modo, ascoltai.

«Era un uomo di grande fantasia, ma solo sulla carta. Non mi venne in mente nemmeno per un momento di credere che quella fosse una sua invenzione. Di fatto, egli stesso ignorava le loro identità, seppur sapesse che nessuna autorità di questo mondo poteva fermarli. Perché il loro potere era fuori dalla portata di qualsiasi legge o governo».

«Che potere è mai?».

«Il teatro».

Ora sì che ero certa che il signor X stesse delirando.

«Oh, per favore» dissi.

«Lo scrittore di cui le parlo aveva visto alcune cose che facevano, collegate al teatro».

«Il teatro non è magia né stregoneria, signor X. Tutto il teatro è un trucco».

«Non parlo di magia né di stregoneria, signorina McCarey, parlo di un potere specifico davanti al quale non ci sono difese: il piacere. È ovvio che il teatro produce piacere, per questo è l'intrattenimento preferito di questo mondo. Però... immagini per un momento un teatro che produca un piacere *infinito*. Cosa non potrebbe raggiungere?».

Pensai a quella possibilità, senza arrivare a nessuna conclusione. Mi sembrò un'idea tipica di un pazzo.

«Non posso immaginarlo, signor X...».

«Signor Holmes».

«Signor Holmes, il piacere è più del diavolo che di Dio. E non è mai infinito. Lei... be', forse lei non lo sa, però mi creda. Dura pochissimo».

«Non serve che sia infinito. Il piacere è nella nostra mente, signorina McCarey, e chi lo controlla può manipolare quest'ultima».

«Lei parla dei mesmeristi, degli ipnotizzatori...».

«No, no, tutto il contrario. Il *quid* della questione giace in questo: i signori di questo gruppo non manipolano la mente per controllare le emozioni... Manipolano le emozioni per controllare la mente. È proprio la direzione inversa. Ed è proprio in questa direzione che si nasconde l'orrore. Il mio amico non lo sapeva con certezza, eppure sono sicuro che certi teatri producono tanto piacere da obbligare le persone che vi assistono a fare delle cose».

All'improvviso ricordai una cosa.

«Aspetti un momento. Il dottor Corridge, con cui lavorai nel manicomio di Asherton...».

«Sir Owen Corridge. Si riferisce a lui?».

«Sì, ho lavorato per lui».

«Era l'alienista che curava il mio amico, lo scrittore di Oxford... curioso e curiosissimo. Ma continui, per favore».

Dopo quella "curiosa" espressione, unì gli indici al mento, in ascolto.

«Il dottor Corridge ci diceva che nessun teatro mentale può... "manipolare la volontà di qualcuno al punto di obbligarlo a fare cose contrarie ai suoi principi"». Lo ripetei a memoria: era una cosa che Corridge ci diceva spesso.

«È possibile. Tuttavia, il teatro mentale è un tipo di ipnotismo, signorina McCarey. Come le ho già detto, ciò che fanno questi individui è un'altra cosa. In ogni caso, lo scrittore che aiutai aveva sentito per caso una conversazione su un progetto dei Dieci: e sottolineo di nuovo che non deve mai ripetere questa cosa. Avevano deciso di mandare qualcuno ad "agire a Portsmouth" quest'estate. Lo chiamavano "signor Y". Il mio amico scrittore non sapeva niente di lui né di quello che pensava di fare, comunque io immaginai che, trattandosi dei Dieci, non fosse niente di buono, e non potevo pensare ad altro che a rapine o omicidi... Fu questo che mi fece chiedere il trasferimento qui. Mi sono servito del buon Jimmy e dei ragazzi... Ho però commesso l'errore di sottovalutare il nemico».

Ricordai la frase della signora Murray: "Sta aspettando qualcosa". Era vero. Aspettava dal principio.

Dovevo credergli? La faccenda continuava a puzzare di follia.

«Se sapeva tutto questo, perché non ha allertato la polizia?».

«Non è una cosa che può risolvere la polizia, signorina McCarey. Non credo che l'ispettore Merton darebbe molto credito alla dichiarazione di uno scrittore con problemi di nervi...».

«E come sta ora il suo amico?».

«Fino a questo punto, bene. Ma se faccio fallire i piani del signor Y...».

"Il signor Y". Sembrava persino divertente. Signor X, signor Y. Tipico del delirante. Come al solito, il mio ospite sembrò leggermi nel pensiero.

«Signorina McCarey, prima di giudicare, si ricordi del teatro mentale... L'ha provato?».

«Ho assistito a qualche sessione».

«Può raccontarmela?».

«Non posso darle i nomi né alcun dettaglio specifico».

«Va bene, mi racconti ciò che può, la prego».

In realtà ricordavo molto bene quelle esperienze, sebbene non capissi su cosa si basassero. Raccontai brevemente – e con grande riluttanza, perché non volevo ricordarla – la sessione con un vedovo melanconico grave dopo la morte di sua moglie. C'era una scenografia nera e una bara su un podio con un lato aperto, in modo che si potesse vedere chi giaceva al suo interno, che altri non era che un'attrice coperta da un lenzuolo. Erano sempre donne molto giovani o bambini. Corpi non definiti, agili, quasi sempre nudi, i cui gesti e le cui voci potevano modellarsi, secondo Corridge, da lì l'età prescelta. L'attrice di quella sessione fingeva di "resuscitare". Usciva dalla cassa e faceva una danza mentre recitava un pezzo scritto appositamente da un drammaturgo del teatro mentale – ricordo che, in quella sessione, era il signor Peter Harville – basato su paragrafi scelti dalle lettere d'amore che la defunta inviava al paziente quando si conobbero. La danza era scioccante, a mio parere persino aberrante e, se non si fosse trattato di una terapia medica, persino oscena. Ma era teatro mentale, non artistico. Il teatro mentale era considerato una terapia medica, *indecente* o *scandalosa* quanto spogliare un paziente per operarlo.

«E il paziente?» chiese il signor X quando terminai il mio racconto.

«Migliorò. Si riconciliò col ricordo della sua perdita».

«Quindi è vero che esiste un tipo di teatro che manipola la nostra mente...».

«Ma non può mai essere usato per obbligarci a...».

«Questo è discutibile, gliel'ho già detto, e dipende dal grado di piacere. Non ha mai sentito dire "ogni uomo ha il suo prezzo"? Le assicuro che anche ogni volontà ne ha uno, oltre il quale persino l'anacoreta più ferreo finisce col cedere alla tentazione».

«Ma l'Assassino di Mendicanti non ha niente a che vedere con uno spettacolo» dissi. «I cadaveri appaiono in luoghi diversi, sempre solitari, e quel testimone, Spencer... disse che non c'era nessun altro oltre Hutchins e quella presenza che rideva...».

«Come le ho già detto, tutto in questo mistero è straordinario, ma mi manca un pezzo per risolverlo».

«A cosa si riferisce?».

«Al fatto che ci siano queste due settimane di intervallo tra gli ultimi omicidi. È la chiave finale». Quindi aggiunse una cosa assurda: «Già la *conosco*, però devo recuperarla, quindi andrò subito al Palazzo di Cristallo».

6

Pensai di non aver sentito bene, mi allarmai.

«Lei non può uscire da Clarendon senza l'autorizzazione di...».

«Non voglio uscire da Clarendon. Neanche da questa stanza».

«Ma... ha detto che va...».

«Sì, vado. Ci vorrà un momento. Resti o se ne vada».

Non avevo mai provato così tanta compassione per quegli occhi di due colori. Mi avvicinai e parlai davanti a loro come davanti a finestre chiuse, nella speranza che chi ci viveva dentro mi sentisse.

«Che vuole dire, signor X? Cos'è questa storia che va al...?».

«Sono Sherlock Holm...».

«Si chiami pure come vuole! Giochi a fare il poliziotto, se lo desidera... Ma la prego, non mescoli le sue fantasie con... con questo...! Non potrei sopportarlo!».

Incurvò le labbra in uno dei suoi leggerissimi sorrisi.

«Perché ha tanta paura che io possa essere pazzo, signorina McCarey? Lei è stata assunta per occuparsi di un pazzo».

«Io... non ho paura...».

«Si calmi. Il Palazzo di Cristallo non è un'allucinazione. È il luogo in cui conservo tutto: ciò che percepisco, che intuisco, i resti che l'oceano porta alla mia modesta riva. Non posso lavorare con tutto quanto, per cui lo conservo, e quando voglio recuperare qualcosa devo solo entrare e cercarlo».

«Entrare... dove?».

«Nel Palazzo di Cristallo, dove lo troverò» ripeté con pazienza ostinata. «Sono un rigattiere della realtà, signorina McCarey: raccolgo ciò che attraversa il mio cammino, perché tutto può servire. Nel palazzo nessuna porta è così opaca da non permettere il passaggio di qualcosa, e la vita di un uomo si prolunga abbastanza da poter creare una collezione che farebbe invidia al British Museum».

«Da quando... lo fa?».

«Da quando ero bambino, ovviamente. Quando decisi che sapevo troppe cose, e che la maggior parte desideravo non saperle, perché mi davano fastidio. Fu allora che usai il violino per la prima volta, e la sua musica mi permise di entrare nel palazzo...».

«Un momento...». Mi faceva male dirglielo, ma credetti di doverlo fare. «La sua musica... non esiste, signor... signor Holmes. Il suo violino non esiste». Restò in silenzio. Le lacrime mi scorrevano lungo le guance mentre parlavo. «Non esiste quel violino, e lei non suona nulla... Forse nessuno le ha detto niente prima, perché... lei è stato lasciato *solo*! La sua famiglia paga per le sue cliniche e questo per loro è sufficiente! I suoi dottori e le infermiere la sopportano per lo stesso motivo, ma a *nessuno* è mai importato di lei! Cioè, tranne a me». Mi asciugai le lacrime. «Mi dispiace».

«Perché piange?» chiese dolcemente.

«Mi perdoni. Dopo pulisco il tappeto».

«Non le ho chiesto *sopra a cosa*, ma *perché*».

«Mi... mi sono emozionata».

«E perché si è emozionata?».

Tirai su col naso, chiedendomi a cosa volesse arrivare ora quel povero essere.

«Perché non volevo ferirla, signor Holmes, però sentivo... Dovevo dirglielo».

«Non voleva *ferirmi*?».

«Esatto, perché lei... è l'unica cosa che ho, l'unica che mi resta!». Mi sedetti sulla sedia, mortificata. *L'àncora*, pensai. Non ce l'ho più. «Non posso sopportare che mi racconti queste cose sui violini e sui... "signor Y"...! Lei non può...! Deve vedere la realtà!».

«Ha capito di nuovo male, signorina McCarey. Faccia un respiro profondo, si calmi e mi risponda: dice che non voleva ferirmi. Con cosa? Ha un coltello?».

Lo guardai sconcertata.

«E questo ora che significa?».

«Glielo chiedo di nuovo: aveva intenzione di farmi male con qualcosa?».

«No. Intendevo che non volevo ferirla con... le mie parole» risposi titubante.

«Le sue parole! Oh!». Sembrò sorpreso. «Per caso le sue parole sono appuntite o affilate? Possono toccare o essere toccate?».

«Ovviamente no, ma...».

«Ma con esse si può ferire, profondamente».

«Sì, chiaro. Però non sono ferite reali».

«Però provocano dolore».

«Molto» riconobbi.

«E, in qualche caso, la morte».

«Sì».

«Quindi devono essere reali, sebbene siano invisibili. Si possono provocare ferite con cose che non possiamo vedere né toccare, o produrre musica con un violino che nessuno vede. Possiamo emozionarci senza parole, ammazzare senza assassini, viaggiare senza muoverci dalla nostra sedia... Lei, stanotte, ha sofferto per qualcosa che non poteva vedere, né toccare o percepire con nessun altro senso, eppure le ha fatto più male della botta contro i tronchi. La realtà racconta sempre la stessa storia, anche in mille modi diversi: io leggo solo più realtà di lei, tutto qui». Rimasi a guardarlo. Non sapevo che dire. Continuò: «Non ho molto tempo. Io vado, le chiedo di restare. A volte per me è doloroso, ma devo andare in cerca di qualcosa di molto concreto».

«Resterò» dissi senza pensarci. «Resterò, qualsiasi cosa lei dica».

Sorrise e alzò le braccia.

Eravamo lì, nella penombra della lampada accesa e delle tende chiuse. Le sue piccole mani con le dita sottili suonavano il suo assurdo violino.

«La sente?» chiese a un certo punto.

«No» confessai.

«La sentirà. Mosca l'ha sentita subito».

Io ne dubitavo, ma non passò molto prima che i suoi occhi si sollevassero.

«Il Palazzo di Cristallo...» mormorò. «Oh, signorina McCarey... Se lei potesse vederlo! Godere di tutto il suo splendore...!». La sua mimica non era quella di un violinista, bensì quella di un direttore d'orchestra. Muoveva entrambe le braccia con lentezza, come se segnasse un tempo. Era una vera pazzia. Guardava il soffitto con i suoi occhi di due colori. «È così grande... così... vasto... Ha le vertigini?».

«Un po'» dissi in tutta sincerità.

«Non si preoccupi se non lo vede. È di cristallo, e il cristallo si vede solo quando sopra ha delle cose che *non sono* di cristallo... Ma il palazzo è *solo* di cristallo».

Assentii tra i singhiozzi, senza riuscire a parlare.

Passò un tempo imprecisato a muovere le braccia e guardare il soffitto. Quindi lo vidi tremare come colto da un accesso di febbre. Mormorò:

«Questa scala... Perché qui? No, non voglio salire da qui... Dio mio, devo trovarlo... per Danny...».

Il suo tono si era fatto basso e angosciato come quello di un bambino abbandonato. Capii che era questo che era sempre stato, quello che nascondeva sotto quel muro di ghiaccio e genialità. Il signor X non aveva nome perché era a malapena nato. Era una creatura senza amore, condannata dall'umanità a una solitudine infinita. Mi sedetti a terra e poggiai la testa sulla poltrona e le mani su di lui. Cercavo di tranquillizzarlo maldestramente, gli dicevo che ero lì, che non lo avrei mai lasciato. Non riprese a parlarmi, restò come addormentato, ma ogni tanto trasaliva.

Non sapevo cosa pregare. Quindi, alla fine, mi decisi a chiedere: Dio mio, cura lui o cura tutti noialtri!

Così, abbracciata alla sua poltrona, mi sorpresero il dottor Ponsonby e Mary Braddock.

TEATRO mentale

Un uomo di cinquant'anni. Lo chiameremo G. Non trovava motivazioni per vivere, era affondato nel fango della melancolia. Per G. la morte era una liberazione. Con il nostro teatro mentale gliela rappresentammo come il contrario: una minaccia e la fine della sua felicità. La finestrella chiusa dello scantinato della sua vita si aprì e la luce entrò nella sua oscurità, purificandolo. Nonostante questo, per disgrazia, la parca riscosse il suo debito soltanto un anno dopo: quando la sua padrona di casa fece in modo che la polizia buttasse giù la porta, videro il corpo che dondolava da una corda... Ripetiamo: allo stesso modo in cui il teatro mentale non può sempre impedire un destino tragico, non può nemmeno forzarlo. Pensare che il teatro mentale possa obbligare un essere umano a fare qualcosa contro la sua volontà è assurdo.

Sir Owen Corridge
Alcune precisazioni sul teatro mentale (1870)

La famiglia del signor X

1

«Da quanto il signor X è in questo stato?».

«Mi scusi, dottore?».

Ci trovavamo faccia a faccia, nel mezzo la scrivania con sopra il cranio suddiviso in sezioni numerate, ma restavamo in piedi. La Braddock era il terzo vertice del triangolo.

O dovrei dire quadrilatero, perché non mancava la signora Murray nel suo angolo accanto alla finestra che sferruzzava, sferruzzava e ascoltava.

E mangiava: allungava la mano verso un piatto di pasticcini della signora Gillespie. Il che non le impediva di seguire attentamente la conversazione.

«Mi ha sentito. Parlo chiaramente. Ah, non dico che lo faccia sempre, ma ora sto parlando chiaramente».

«Sì, dottore».

«Quindi risponda. Da quanto è in questo stato? Non faccia finta di non sapere cosa le sto chiedendo, signorina. L'altro giorno, alcuni ragazzini di strada hanno eluso la nostra sicurezza e sono penetrati nel recinto. E sir Leslie oggi ha sentito il pianto di un bambino dalla stanza del signor X. Sir Leslie avrà tanti problemi, ma di solito non sente pianti di bambini senza una buona ragione. Infine, la qui presente signorina Braddock, afferma che quando i bambini entrarono a Clarendon, lei e il dottor Doyle eravate... nervosi».

«Lei più di lui, dottore» precisò la Braddock.

«Già ti ho avvisato, Ponsonby: quell'uomo è speciale» disse la signora Murray, e *zac*, altro pasticcino.

«Per favore» chiese il dottore. Solo la Braddock si scusò.

Io mi sentivo stranamente in pace. Testa e cuore freddi. Se volevano licenziarmi, che lo facessero. Sapevo di aver commesso un errore e sapevo di non aver commesso nessun errore. Forse non mi capirete, ma va bene. Non so spiegarmi meglio.

Ponsonby mi guardava con severità.

«Le ho chiesto da quando è in questo stato: che parla con gli uni e con gli altri, forse persino con bambini di strada, con la complicità di quel dottore e, ancor peggio, la sua».

«Io non l'ho visto parlare con nessun bambino di strada, dottore» mentii con spigliatezza. «Ignoro cosa faccia quando non ci sono. E il dottor Doyle non è complice di nulla, per quanto ne so». Mi sorpresi da sola della naturalezza con cui raccontavo balle. Ero cambiata così tanto? *Lui* mi aveva fatta cambiare così?

«E oggi? Dopo la lamentela di sir Leslie, la Braddock mi ha avvertito che lei si era chiusa nella stanza con il signor X. Arrivo, e che trovo? Che ci faceva lei accanto alla poltrona con...?». Lì i suoi pensieri si offuscarono. Cercava inutilmente le parole. «Non dico in una posizione inappropriata, però...».

«Mi dispiace, dottore...». Non sapevo che dire. «Mi sembrava che l'ospite fosse nervoso. Cercavo di tranquillizzarlo».

«Non ho finito». Nel raddrizzarsi, Ponsonby realizzò il miracolo di dirigere la punta del pizzetto verso di me. «Il signor Weedon continua a lamentarsi del fatto che il suo aiutante, Jimmy, svolga continuamente commissioni per il nostro ospite. E, ultima cosa, ma non meno importante, in coincidenza di questi due orrendi crimini, il nostro ospite si rifiuta di mangiare. Lei lo sapeva?».

«Il fatto del mangiare sì. Immagino che le notizie lo abbiano colpito...».

«Colpito? Tutti siamo stati colpiti, l'intera Portsmouth è stata colpita! Il signor X ha forse l'esclusiva di essere stato colpito? O forse... Ah... Forse si tratta della sua ossessione per i delitti?». Se lo studio del dottor Ponsonby fosse stato una caverna, quella frase avrebbe provocato un'eco. Non dissi nulla. Colpevole! Il mio silenzio mi additava come tale, ma io stessa riconoscevo di esserlo. «Continua ancora con quell'argomento?».

Non potei rispondere. La Braddock e la signora Murray lo fecero per me: "Certo", "Per caso aveva dubbi?".

Il mio direttore medico prese fiato e disse:

«Lasciatemi un momento da solo con la signorina McCarey».

La Braddock si mosse senza fare rumore, come era solita, come se il suo corpo da boa fluttuasse in un mare invisibile. Aveva un tic. Solo alla palpebra destra, che però le faceva tremare tutto il volto contratto. Lo diresse verso di me in quel momento, mentre sfilava sotto all'enorme cuffia. Mi fece compassione. Povera donna, pensai. Almeno io avevo avuto Robert. Lei chi poteva aver avuto? Di certo le piaceva il dottor Doyle, per questo aveva fatto in modo che Ponsonby si presentasse nella stanza. Avrei voluto dirle che il giovane dottore era solo cortese con me, e che le sue intenzioni nell'accompagnarmi a teatro erano ben diverse da ciò che immaginava lei. Tuttavia non la biasimavo per la sua gelosia. Era sola quanto me, rinchiusa in un carcere di carne sofferente.

La signora Murray uscì dopo di lei, abbracciata al piatto di pasticcini come a un salvagente, e ci lanciava sguardi di disapprovazione.

Ponsonby aspettò a lungo prima di tornare a parlare. Pensai che persino la porta si fosse dimenticata di essersi chiusa quando sentii nuovamente la sua voce.

La cosa curiosa fu che io mi aspettavo un tono duro, invece iniziò con dolcezza.

«Ascolti. Come lei sa, o dovrebbe sapere, la sua esperienza in un manicomio ha fatto pendere di molto la bilancia in suo favore quando si è trattato di assumerla, signorina». Si aggiustò il cravattino e giocherellò con i bottoni del panciotto. «Con altri ospiti non abbiamo questi problemi, ma il signor X è... insomma, è un ospite difficile. E devo riconoscere che con lei ha manifestato un cambiamento... Ah... Non voglio dire un cambiamento profondo né del tutto desiderabile, ma comunque un cambiamento, per piccolo che sia, e certamente più desiderabile del contrario. È più attivo, più felice. Esce in spiaggia. Tutto questo mi sembra positivo. Nonostante ciò, restano ancora dei dettagli. E devo avvertirla, signorina...».

«McCarey» suggerii.

«McCarey. Devo avvertirla».

E lo vidi portare la mano a un cassetto della scrivania. Pensavo che fosse arrivato il grande MOMENTO. Quello che costituiva la meta, l'obiettivo di tutti i suoi giri di parole. Mi aveva portata lì affinché vedessi questa *cosa* – la mia lettera di licenziamento, forse – e la *cosa* era un foglio rettangolare perfettamente liscio e perfettamente bianco. Sembrava allo stesso tempo – e nella misura in cui un oggetto può sembrare una cosa del genere – del tutto innocente e del tutto pericoloso. Mentre parlava, lo lasciò sulla scrivania, alla mia portata, come farebbe un giocatore di carte con la carta vincente.

«La famiglia del signor X non lo ha dimenticato completamente» disse. Io guardai la busta e guardai lui, senza capire. «Sì, lo so» ammise, «le avevo detto che lo avevano fatto entrare nelle pensioni da quando era bambino e non si erano più preoccupati di lui, e invece si preoccupano. Soprattutto perché lo conoscono. E ora desiderano che stia qui, sotto la nostra cura. E io desidero che continuino a desiderarlo. Ah... la famiglia del signor X contribuisce in modo molto generoso al sostenimento di Clarendon, sebbene, allo stesso tempo, esigano alcune condizioni. Mi erano chiare quando il signor X fece il suo ingresso qui, ma la visita dell'ispettore l'altro giorno e le notizie che ho ricevuto da parte della signorina Braddock hanno ravvivato i miei timori... L'ispettore ha persino deciso di fare delle domande direttamente alla famiglia del signor X, senza informarmi, e questo, ovviamente, non è piaciuto molto a quei personaggi illustri. Ho ricevuto questa lettera. Ah, non contiene nulla di compromettente... Non voglio dire assolutamente nulla, voglio dire che non contiene alcun nome, quanto delle informazioni utili. Le chiedo di leggerla qui adesso, a voce alta, con grande attenzione».

Tirai fuori dalla busta – con dita tremanti – un foglio piegato a metà. Passandoci sopra il dito si notavano delle strane rugosità. Quando lo aprii compresi il perché: era stato scritto con una di quelle macchine americane che si iniziano a utilizzare nel nostro Paese per i documenti ufficiali, ma per le quali io non vedo proprio un futuro. Solo a un americano poteva venire in mente di scrivere con una macchina, dove la bella calligrafia, la personalità delle parole, i disegni delle idee evaporano del tutto. Com'era possibile che qualcuno scrivesse una lettera per parlare di una persona amata con una macchina così spaventosa? Questo diceva molto, e niente di buono, su quei "personaggi illustri".

Ma il contenuto era ancora più incredibile.

La lessi come mi era stato chiesto, a voce alta, guardando Ponsonby di tanto in tanto per assicurarmi che non si trattasse di un grande scherzo.

ISTRUZIONI SUL COMPORTAMENTO DA TENERE CON IL SIG. X

(A USO ESCLUSIVO DI PERSONALE SPECIALIZZATO)

Consapevole com'è questa famiglia (d'ora in avanti chiamata "signori F") dei fastidi che la condotta del signor X, antico membro dei signori F, sta provocando nella sua attuale pensione (d'ora in avanti chiamata "P"), i signori F ritengono opportuno inviare al personale di P queste norme, che funzioneranno da istruzioni (d'ora in avanti chiamate "I") circa il modo in cui trattare il signor X rispetto a tali fastidi. Le suddette I verranno eseguite puntualmente dalla P dal momento della loro ricezione. E constano dei seguenti paragrafi:

1°) Il signor X soffre di una malattia mentale (d'ora in avanti chiamata "MM"). Non spetta ai signori F determinare di che tipo di MM soffra il signor X, tuttavia i suddetti signori considerano opportuno che il personale della P direttamente coinvolto con il signor X sia d'accordo con questo punto delle I, altrimenti le seguenti I non avranno effetto;

2°) Una delle ossessioni (d'ora in avanti chiamate "O") della MM del signor X consiste nel voler esprimere un'opinione su ogni caso legale misterioso e irrisolto o su avvenimenti criminali (d'ora in avanti chiamati "AC") che giungano alle sue orecchie o che appaiano per caso sui giornali;

3°) Non si deve, in nessuna circostanza, incoraggiare, stimolare o lodare il signor X per qualsiasi tipo di ragionamento, conclusione, suggerimento o apparente scoperta che il suddetto signore possa realizzare riguardo agli AC, in quanto parte di, o dovute a, la sua MM;

4°) Il violino del signor X…

Qui dovetti interrompermi e guardare il dottor Ponsonby, che restava dritto, come se ascoltasse un inno.

«Il... violino del signor X?» ripetei, confusa.

«Prosegua» disse Ponsonby.

4°) Il violino del signor X (d'ora in avanti chiamato "V") verrà trattato con cura, dolcezza, gentilezza e delicatezza, come un oggetto fragile e di grande valore. Sebbene i signori F sappiano bene che il V sia un'altra O della MM del signor X, non ignorano l'effetto benefico e calmante che il suo uso immaginario provoca nel suddetto signore;

5° e ultimo) Consapevoli delle O della MM del signor X, i signori F vogliono che nella P si seguano queste I. In caso contrario, le O derivanti da un AC (a eccezione del V) saranno causa di trasferimento immediato del signor X in un'altra P, a danno di tutti.

(Senza firma) MFDPD Signor X

Cercai gli occhi del dottor Ponsonby ed entrambi sbattemmo le palpebre.

«Quest'ultima cosa non l'ho capita» dissi.

«"Mantenere Fuori Dalla Portata del Signor X"» tradusse Ponsonby. «Me l'hanno già scritto in altre occasioni. Che ne pensa?».

«Non so che dirle... Io... Io gli darei un ottimo. È come un esame».

Ponsonby non sorrise. Strofinò le dita facendo un gesto come a indicare i "soldi".

«Ammetto che manca... Ah... Certo, manca una nota d'affetto, non dico del tutto, però un po' sì. Comunque, bisogna tener presente che la famiglia del signor X è molto occupata. Molto. Qualcuno potrebbe dire che questa non è una scusa, tuttavia io credo che lo sia, sufficiente almeno a scusarli del fatto che non entrano pienamente nella sfera emotiva. Immagini che sofferenza dev'essere per loro avere un familiare con queste caratteristiche».

«Me ne rendo conto, dottore».

Ponsonby continuò a guardarmi mentre mi prendeva di mano il foglio e lo piegava senza difficoltà, perché si piegò quasi da solo e tornò con la stessa educazione nella busta perfetta. Non so cosa vide nei miei occhi, ma sono sicura che non fu neanche la metà di quello che stavo sentendo. Si diresse con passi calmi verso la porta.

«Signorina, quando la assunsi pensai di aver preso una delle migliori decisioni degli ultimi anni per Clarendon. Non me ne faccia pentire. Da questo momento, non alimenti le ossessioni investigative del signor X». Assentii umilmente e mentre me ne stavo andando, mi fermò. «Né nessun'altra ossessione di qualsiasi tipo».

«Sì, dottore».

Dovetti trattenere la collera, mentre mi allontanavo lungo il corridoio. Quella lettera mi aveva fatto cambiare, anche se non nel modo che avevano in mente il suo redattore o redattori, chiunque essi fossero. Com'era possibile concepire una famiglia così? Come si poteva scrivere un documento così freddo su una persona amata, malata, rinchiusa in delle pensioni da quando era piccolo? Chi era o chi erano i "signori F", oltre che degli spietati, assurdi, gelidi calcolatori? Mi venne voglia di piangere. Povero signor X. Tutti i difetti del suo carattere mi sembravano comprensibili, e quasi logici, dopo aver letto quella cosa. Quali che fossero gli obiettivi di quel clan così privo di emozioni, i cui ricordi il signor X teneva sottochiave nel Palazzo di Cristallo, con me erano riusciti a fare esattamente il contrario.

Ora ero determinata ad aiutarlo a catturare l'Assassino di Mendicanti.

2

Ma la mattina seguente arrivò qualcosa di insolito a rovinare i miei piani: proprio il signor X. La domestica che era andata a servirgli la colazione mi aveva già avvertito: era caduto in uno di quei periodi di disinteresse e solitudine, con le tende chiuse e il divieto di fargli visita. Quando entrai, aveva il mento affondato nel petto e non mi parlò. Ponsonby preferì rispettare la sua decisione, come faceva sempre con i desideri più o meno accettabili di tutti i suoi pazienti.

Nonostante questo, mi accorsi che c'era un'eccezione: Jimmy Piggot lo visitava. Più volte al giorno.

Il dottor Doyle, che venne quella stessa mattina, non poté vederlo.

«Non parla neanche a me, dottore» gli dissi nell'atrio. «E ha perso l'appetito».

«Il nostro caro Sherlock...» sorrise sospirando tristemente. «Deve sentirsi responsabile di quello che è successo a quel povero ragazzo...».

«L'ultima volta che ci ho parlato, ieri, aveva ancora l'illusione di riuscire ad acciuffare il criminale...».

«Ma continua a indagare?».

«Non fa più nulla. Resta nella sua poltrona, non vuole vedere nessuno».

L'eccezione era Jimmy, chiaro, ma io non sapevo a cosa fossero dovute le sue visite. Forse gli portava giornali o lettere, o magari i soldi della famiglia. Volevo verificarlo. E volevo fare anche un'altra cosa e per farla avrei avuto bisogno di Doyle.

«Ha qualche teoria?» domandò Doyle.

Avrei voluto raccontargli tutto quello che mi aveva detto il signor X, ma non sapevo neppure da dove iniziare. E mi vergognavo, persino, a parlare di quella storia sul teatro del piacere infinito che mi ricordava i taumaturghi, i "teatranti stregoni", una favola creata per spaventare i bambini, e che tuttavia il mio povero ospite, a quanto pareva, prendeva sul serio. Mi sarebbe dispiaciuto se Doyle avesse constatato quanto fosse malato.

«Ne ha troppe. Ha parlato di un altro malato, a Oxford, che gli raccontò alcune cose su una specie di... di gruppo, o di setta. Una pazzia. E continua a essere ossessionato dal teatro».

Doyle si massaggiava la faccia.

«Capisco. È possibile che alcune cose siano un prodotto della sua follia, tuttavia non ci sono dubbi che il Carità sia in qualche modo collegato alle vittime...».

Improvvisamente ricordai una cosa.

«Taylor lavorava come macchinista e Danny aveva fatto delle prove al Carità!».

«Di nuovo la Coppelius e Pettirosso...». Doyle assentì e i suoi occhi azzurri brillarono.

«Tutte le vittime sono passate di lì... Questo è un fatto, dottore!».

«Un assassino pazzo nella compagnia Coppelius. Dio, sembra il titolo di un giornale... Ma senza prove non possiamo andare dalla polizia. E restano quattro giorni per il... o *i* prossimi».

Alla fine, osai. Abbassai la voce.

«Dottore, ricorda la porta chiusa dietro al palcoscenico?».

Si ricordava. Fu incredibile quanto mi rispose velocemente.

«Sì! Lei me la indicò! Probabilmente è un clandestino, signorina McCarey, non credo che abbia nulla a che vedere con gli omicidi. Molti teatri hanno delle camere dietro le quinte dove fanno piccoli spettacoli per un pubblico selezionato. Vivono di questo, più che delle opere normali. In realtà finanziano così le loro grandi produzioni. Ma non credo che abbiano una relazione...». Restò a guardarmi. «Anche se forse, uno dei suoi clienti...».

Io conoscevo bene i clandestini, ero andata all'ultimo qualche giorno prima con Robert. Erano *indecenti*, usciti dal calderone infernale dell'immaginazione, ma niente di grave quanto un omicidio. Suscitavano *piacere*. Il che mi fece ricordare le idee fantasiose del signor X: esisterà un teatro capace di suscitare un piacere tale da obbligare qualcuno a fare qualcosa contro la sua volontà?

«Perdoni la domanda, dottore...». Arrossii. «Lei potrebbe fare in modo che io...?».

Doyle mi scrutò e finì annuendo. Questo mi fece arrossire di più.

«So quello che cerca di propormi, signorina McCarey. Potrei organizzarlo, sì. Però devo avvertirla: non sono spettacoli adatti a una signora...».

Non mi importava dell'*indecenza*. Volevo sapere cosa nascondeva la compagnia Coppelius.

«Voglio andare» affermai. «Ma dovrò dirlo al dottor Ponsonby».

«La cosa più facile è che ci parli io. Ho una certa influenza su di lui perché alcuni dei miei pazienti sono futuri candidati per Clarendon».

Mentre congedavo Doyle, vidi Jimmy Piggot che scendeva dalla scala. Entrò nell'ufficio e uscì infilandosi il cappello. Passando ci salutò. Dove andava? Che macchinazioni portava avanti col mio ospite? Dopo faremo i conti, pensai.

Qualcosa mi fece quasi ridere: in qualche modo avevo preso il ruolo dell'investigatrice, quello che il signor X sembrava aver abbandonato.

3

Il giorno seguente affrontai Jimmy Piggot. Mi ero alzata molto presto appositamente e lo vidi di nuovo scendere in tutta fretta. Entrò nell'ufficio del suo capo – a quell'ora Weedon non era ancora arrivato – senza notare la mia presenza. La mia teoria era corretta: quasi tutti i compiti del signor X li portava a termine il più presto possibile, così che Weedon non fosse presente. Mi avvicinai e mi affacciai con la testa. Prima di uscire, riprese il cappello. Gli venne quasi un infarto.

«Santo il cielo e tutti gli angeli, signorina McCarey! Che paura che mi ha fatto...!».

«Un'altra commissione per l'uomo della poltrona?».

Prese in mano un foglio e lo mise in tasca.

«Non so a cosa si riferisca, signorina».

«Mi riferisco al fatto che ultimamente lavori solo per lui. Immagino che ti paghi più di Clarendon. A chi scrive?».

«Per favore, sa che il signor X non vuole...».

«E tu sai che sono la sua infermiera, Jimmy. Il signor X è pazzo».

«No, lui non...».

«Non so quale demonio ti abbia infilato in quella testa, ma per quanto sia intelligente, ha bisogno di aiuto. E non di qualcuno che gli regga il gioco! Dimmi a chi scrive».

Mi faceva quasi pena. Jimmy, disperato, guardava a terra.

«Non posso parlarne...».

«Io invece sì» replicai. «Posso parlare con il dottor Ponsonby, per esempio. Riguardo alle scatole di biscotti e i messaggi. Perderei il lavoro, ma non sarei la sola».

«Signorina McCarey, per favore...! Non mi faccia questo!».

«Se mi dici ciò che voglio sapere, dimenticherò tutto».

Sul volto di Jimmy Piggot sembrava esserci uno scontro tra il bene e il male, o l'astuzia e la goffaggine, o forse tra il buon senso e la stupidità. Ad ogni modo, optò per la soluzione più pratica. Desiderava liberarsi, dopotutto.

«È pazzo, sì!» proruppe. «Ma mi paga molto per cose facili! Mi chiede di leggergli i giornali... numeri vecchi de "L'Occhio di Portsmouth"... E ora si scrive con un prete cattolico del distretto di Gosport! Messaggi segreti in una specie di codice... Non ci capisco niente! Per favore, non gli faccia capire che gliel'ho raccontato...!».

Questo non me lo aspettavo. Quale prete...? Quindi mi sembrò di ricordare.

«Padre Philipotts?».

«Proprio lui. Lei lo conosce? Un prete cattolico della parrocchia di Gosport. Ora, con l'inaugurazione di quella cattedrale, siamo pieni di cattolici...».

Si riferiva alla cattedrale papista di Portsmouth. Era un edificio molto bello, e in agosto ci sarebbe stata una grande cerimonia per la sua inaugurazione.

«Credo di averlo conosciuto» dissi. «Che messaggi sono?».

«Li capisce solo il diavolo! Gli leggo le risposte e mi detta le sue».

«Ma cosa dicono?».

«Le giuro che non lo so. C'è il suo nome... e altre lettere e numeri».

«Il suo nome?».

«Ics. In alcuni messaggi c'è una ics. Sarà il suo nome, credo».

«C'è anche una "Y"?» chiesi. Jimmy disse di no.

Era evidente che il signor X aveva perso del tutto il senno, ma padre Philipotts? Perché lo seguiva in quella follia?

«La supplico, signorina McCarey» pregava Jimmy. «Mi ha fatto giurare che non lo avrei detto...».

«Non preoccuparti, Jimmy, manterrò il segreto... se tu farai lo stesso riguardo a questa conversazione».

Jimmy era come ero sempre stata io: apparteneva a quel tipo di persone che ancora credevano nelle parole, che il mondo tendesse oggettivamente verso il bene, che l'unica cosa a impedirci di essere tutti amici era che non parlavamo abbastanza tra di noi. Si accontentò del mio assenso e della mia promessa e tornò a essere il Jimmy tranquillo e felice di sempre. Io comunque ero preoccupata. Scrivere quei messaggi a un prete che non conosceva significava portare le sue assurdità fuori dalle pareti di Clarendon. E c'era la lettera della sua influente famiglia. Una cosa erano i suoi deliri privati – i "Dieci", i "taumaturghi", il "signor Y", il violino – e un'altra cosa ben diversa era la realtà che poteva crollare su tutti noi, Jimmy compreso, e forse anche sul povero dottor Doyle, nel caso in cui avesse combinato qualcosa di grave con i suoi intrallazzi.

Non mi importava ciò che sarebbe successo a me, ma non volevo compromettere nessuno.

4

Quella mattina entrai nella stanza aspettandomi di trovare lo stesso clima malinconico del giorno precedente. Invece aveva in serbo per me una nuova sorpresa: era di buon umore. Allegro, persino. Le tende aperte, la voce delicata di sempre.

«Oh, signorina McCarey, il cielo è limpido, *ahem*, che visita provvidenziale, stanno tardando a servirmi la colazione, *ahem*, *ahem*... Sarebbe meglio se sollecitasse un po' la signora Gillespie, ho una fame da lupi. Farebbe questo per me? So che lo farà, lei è la migliore infermiera che abbia mai avuto, *ahem*...».

«Lei ha la tosse» dissi. «Ha scoperto qualcosa?».

Sorrise senza rispondere e tossì delicatamente. Aveva in mano il suo bastone e continuava a girarlo guardando verso la finestra. Cosa stava succedendo? Decisi di abbassare un po' il suo umore.

«Il dottor Ponsonby ha ricevuto una lettera dalla sua famiglia» dissi. Dalla poltrona non giunse un fiato. Proseguii: «L'ispettore Merton si è lamentato con loro, a quanto pare. E incolpano Ponsonby che lei si dedichi a investigare sugli omicidi dei mendicanti».

«E lei che ne pensa, signorina McCarey?» disse alla fine.

«Sarò sincera, anche se non voglio offenderla. Penso che quella lettera non sia normale. Se la sua famiglia è così, io... be', la capisco più di prima».

«Ah, l'ho già detto, lei è meravigliosa...». E tossì.

«Ma questo non significa...».

«... che mi creda» mi interruppe il signor X, «certo che no. E non li giudichi neanche troppo male, non hanno avuto tempo per l'affetto, né hanno saputo come crearlo, il che, in un certo modo, mi piace, perché lasciano da parte le emozioni e riducono tutto a ragionamenti e conseguenze logiche».

«Come lei».

«No, nel modo più assoluto. Io mi dedico a intuire, già l'ho detto: solo con il ragionamento e la logica non si può capire nulla, bisogna aggiungere un poco di follia...».

«Il dottor Ponsonby crede che ne stia aggiungendo troppa» replicai.

«Il dottor Ponsonby si preoccupa solo per il buon nome di Clarendon, è questo a procurargli i clienti di cui ha bisogno. Mi sopporta perché la mia famiglia paga, e bene».

«E in un certo senso la aiutano».

«Per loro non richiede alcuno sforzo... I loro assegni mensili mi permettono di vivere senza lavorare, che è tutto ciò di cui ho bisogno. Oltre a lei, chiaro». Fece una pausa, tossì altre due volte e lasciò il bastone da una parte. «Questo mondo è un'oscurità completa; lei è una delle poche e fortunate luci».

Finsi di minimizzare il complimento. Evitando, con grande sforzo, di emozionarmi pensai che avrei potuto dire altrettanto di quel soggetto. Pazzo, ma stranamente perspicace. Freddo, ma stranamente tenero. Una misteriosa mescola di ingredienti unici. Ebbi la certezza che se un giorno qualcuno – il dottor Doyle, per esempio – avesse scritto di lui e lo avesse chiamato Sherlock Holmes o chissà come, avrebbe realizzato una prodezza straordinaria, degna di uno Shakespeare o di un Dickens. Cos'era, davvero, il signor X? Pazzo o sano? Freddo o sentimentale?

«Entrambe le cose» disse all'improvviso.

Rabbrividii.

«No, non un'altra volta...» mormorai incredula. «Lei non può sapere ciò che *penso*...».

«E non lo so, mi creda, però lei è rimasta a lungo in silenzio, signorina McCarey, e quando pensiamo a lungo a qualcosa stiamo sempre valutando due opzioni. La soluzione, in quasi tutti i casi, è un misto delle due cose. Le opinioni opposte sono solo ingredienti per fabbricare la verità: può chiamarla la legge di Holmes. La verità è sempre un misto, e questo vale anche per questo grande mistero».

«Ha fatto qualche progresso con l'Assassino di Mendicanti?» domandai.

«Certo che sì, signorina McCarey, certo che sì. Questo mistero è prodigioso e il nostro assassino è un giocatore astuto e molto abile, ma lo scacco matto è vicino».

«Mi perdoni se le dico che non capisco niente».

«Se la ragione non le serve, la metta da parte. Ora ho bisogno di rilassarmi. Mi darebbe il mio violino, per favore, signorina McCarey?».

Tendeva in aria le piccole mani con le dita fini.

Non me lo aveva mai chiesto, e non so perché mi venne da pensare che proprio per questo me lo chiedeva ora: era un ulteriore progresso. Una specie di prova che esigeva dei risultati, come quella che mi aveva sottoposto quando i bambini stavano per entrare nella stanza la prima volta.

Mi vennero le vertigini nel rispondere.

«Dove... dov'è?».

«Sul tavolino».

Aveva il tono di chi dichiarasse un fatto ovvio.

Sul tavolino c'era solo un bicchiere d'acqua, ovviamente. Comunque, mentre mi avvicinavo pensai una cosa: la mimica sarebbe stata necessaria – se lo era – solo quando mi fossi voltata verso di lui, perché in quel momento gli davo le spalle. Tuttavia stabilii che sarebbe stato come mentirgli. Quindi manipolai l'aria cercando di immaginare il legno lucido, le corde tese, le decorazioni artigianali. Questo mi fece ricordare un punto dell'odiosa lettera della sua famiglia: trattare il violino con cura. Fragile. Facendo finta di tenere in mano qualcosa, mi girai verso di lui.

«Pesa molto poco» dissi.

«Perché è di buona qualità, grazie, signorina McCarey».

Le mie mani si avvicinarono alle sue e fu come se passassi a lui la mia pazzia.

«Suonerò qualcosa per lei».

Rimase per un po' a muovere le braccia come sempre, in quella ridicola parodia. Però, guardandolo, mi venne da pensare che nessuno aveva mai suonato per me qualcosa di così bello. Mai in tutta la mia vita. Il che era allo stesso tempo verità e menzogna.

Dirò che, quando abbassò le mani, ci fu *silenzio*. Mi crederete pazza, eppure giuro che sentii la differenza con il silenzio di prima. "Se la ragione non le serve, la metta da parte". E nel pieno dell'accesso di spiritualità – o di pazzia – in cui mi trovavo, sentii di nuovo la sua vocina.

«Non si dimentichi di chiedere la colazione, *ahem*».

Chissà, forse il signor X aveva ragione, dopo tutto, e la perfezione si trovava in quel miscuglio confuso di cose. La legge di Holmes.

5

Non gli dissi nulla, ovviamente. Era il mio piano. Immaginai, ad ogni modo, che lui lo sapesse già, o lo intuisse, grazie alla sua capacità soprannaturale di scoprire cose negli altri. E, se era così, non cercò di scoraggiarmi, la qual cosa interpretai come un segno del suo desiderio: desiderava che fossi io a indagare, ora che i suoi bambini-spia non potevano più farlo. Doyle, dal canto suo, aveva parlato con Ponsonby e, come aveva predetto, non tardò a ottenere il permesso. Il problema giunse da una direzione inaspettata: le mie colleghe. Nellie Worrington e Jane Wimpole avevano molto da fare e non volevano occuparsi del signor X.

La mia speranza era, di nuovo, Susie Trench, ma si dava il caso che fosse la mezza giornata di riposo della capa, e questo significava che Susie da sola avrebbe dovuto occuparsi di tutta la pensione. Era impossibile chiederlo a lei. Nonostante ciò lo feci e ottenni la risposta che mi aspettavo.

Dispiaceva a entrambe – Susie era sincera, lo sapevo – anche così la mia compagna non rinunciò al pettegolezzo.

«Ti ha chiesto di nuovo di uscire...?». E quando assentii: «La cosa si fa *seria*...».

«Non è come pensi, te lo giuro».

Fece la sua risatina incredula proprio mentre la Braddock usciva dall'appartamento di lord Alfred con un vassoio di garze usate, spaventandoci come piccioni su un davanzale.

«Che succede qui? Tramate qualcosa?».

Il mio cuore fece un tuffo e non riuscivo neanche a muovermi. Neanche Susie. Pensai che Susie restasse non solo per la capa ma anche per me, per appoggiarmi, anche se la cosa certa è che ottenne esattamente l'opposto, povera Susie, perché con lei presente non avevo alcuna voglia di mentire. Finii facilmente col confessare che il dottor Doyle mi aveva chiesto di accompagnarlo di nuovo a teatro quella sera.

Dopo un breve silenzio, la guardai. La Braddock aveva il disprezzo stampato sulla faccia con cui sembrava essere nata. Il tic lo annullava. Addio al mio permesso, pensai.

«Ci scusi un momento, Susie?» disse. Non avevamo alcun posto "privato" in cui parlare, così ci appartammo sul pianerottolo. «Credi che sia contro di te da quella volta da Ponsonby, Annie».

Non era una domanda, tuttavia le risposi con una cortese bugia.

«No, no, nel modo più assoluto, signorina Braddock».

«Hai le tue ragioni per pensarla così» disse, come ignorandomi. «Ma che tu mi creda o no, prendo Clarendon House e il mio lavoro molto seriamente. E, sebbene da una parte credo che tu abbia fatto del bene al signor X, dall'altra non ne sono tanto sicura. Sei troppo coinvolta... Lasciami finire. È un uomo molto astuto, ottiene ciò che vuole dagli altri, lì, seduto nella sua poltrona... Quando pensi che ti sia venuto in mente qualcosa di nuovo per aiutarlo, è perché lo desiderava lui. Ti fa pensare che siano idee tue; invece sono le sue. È un demonio».

«Però è pazzo, signorina Braddock» replicai dolcemente, pensando: ha ragione, e se non riconosco che ce l'ha è per orgoglio.

«Credi che non lo sappia? Tu avrai esperienza nei manicomi, ma io faccio questo lavoro da molti più anni di te. È pazzo. E per questo penso che tu sia troppo coinvolta». Sono troppo coinvolta?, pensavo. Da cosa? Da Doyle o dal mio ospite? Ora mi duole ammettere che le sue parole suonavano sensate, ma io, nel mio offuscamento, ci sentivo dietro della gelosia. «Vi sta usando, a te e a Doyle. Usa chi vuole». La guardai con un'espressione tale che aggiunse: «Dimmi se la visita al teatro di questa sera con Doyle non ha nulla a che fare con gli omicidi. Giuramelo».

Mossi la testa, balbettai. Il mio "potere" di dire bugie sembrava essere svanito. Optai per delle mezze verità.

«Il signor X sa delle cose, signorina Braddock. Pazzo o no, le... intuisce».

«Lo so».

«E il dottor Doyle si fida delle sue intuizioni...».

Annuì lentamente e in silenzio, con i suoi lineamenti ammassati sul volto grassoccio. Però la vidi in modo diverso: iniziai a pensare che il suo lavoro era la sua vita, come per me. Se c'era della gelosia, era come un fuoco sottoterra. Forse ancora ardeva, ma nessuno poteva saperlo. Lei stessa lo nascondeva da molto.

«Il dottore e il signor X indagano sull'omicidio di quel ragazzino, no?». Socchiuse gli occhi scoraggiando la mia voglia di mentire. Annuii. «E tu cosa c'entri con tutto questo, Annie?».

«Hanno bisogno di me... Stanno seguendo una pista e mi hanno chiesto aiuto».

In realtà, non era del tutto così. Ero io ad aver chiesto aiuto a Doyle. Era una cosa mia, nemmeno del signor X, una cosa che volevo fare per conto mio.

«Non correrai dei pericoli?».

La domanda mi sorprese, riuscii appena a negare con la testa.

La Braddock rimase a guardare verso la finestra del pianerottolo. I suoi lineamenti contratti mostravano una rara emozione.

«I vagabondi sono una cosa, un bambino è un'altra, ben diversa» disse. «A mio padre non piacevano i mendicanti, neanche i bambini, però, secondo me, un bambino povero è, prima di tutto, un bambino. Chiunque lo abbia fatto deve pagare. Se pensi che la tua presenza possa aiutare in qualche modo, resterò io».

Quell'offerta inaspettata mi lasciò sbalordita.

«No! Il suo riposo... Doveva andare a teatro, signorina Braddock...».

«Bah, era un melodramma di burattini. *Il marinaio Pintopp se ne va per sempre*, al Royal, ma tanto non ne ho nemmeno voglia. Non mi è mai piaciuto il teatro con le persone, e nemmeno a mio padre. Oggi però non mi aiuterebbero nemmeno le marionette. Sarei andata con un'amica molto pesante, questo mi eviterà due ore di noia...». Sorridemmo. «Aiuta Doyle, ma non cadere nelle trame del signor X. Mi sono lamentata col dottor Ponsonby, è vero, e lo farò di nuovo se vedo che ti influenza troppo. Non voglio che ti caccino, Anne, voglio che ti cambino paziente. Quel tipo è pericoloso. Fai attenzione».

Mi lasciò così sorpresa che il suo abbraccio, poi, mi sembrò quasi naturale. La vidi allontanarsi col suo passo lento, una figura solitaria e rotonda, con un sigaro in cima.

"Quel tipo è pericoloso". Pensavo a questo quando giunse l'ora di incamminarmi.

Salii nella sua stanza e dalla porta gli comunicai che era la mia serata libera. Non rispose. Lo presi per semplice disinteresse. Avrebbe dovuto farmi piacere che non si immischiasse nei miei affari, però, ecco come sei fatta, Annie! Avrei voluto che mi dicesse la stessa cosa della signorina Braddock: “Fai attenzione”.

Da quando Robert era uscito dalla mia vita, avevo bisogno degli altri, questo era certo.

A proposito, dove sarà?, mi chiesi vagamente mentre uscivo da Clarendon. Sarà già tornato sull’Ingrata? Si affaccerà dal suo parapetto in alto mare maledicendo un’infermiera di Portsmouth?

Gli augurai tutto il bene possibile, ovunque si trovasse.

rivista

BURATTINO

PORTSMOUTH, SOUTHSEA E GOSPORT

Il marinaio Pintopp se ne va per sempre.
Melodramma per burattini (1882). Compagnia Harlequin.
Teatro dei burattini Royal. Portsmouth.

Ispirato alla leggenda dell'Olandese Volante, lo spirito errante del marinaio Pintopp non smette di cercare un amore che lo redima. In tutti i porti in cui approda trova solo paura e odio. La gente fugge impaurita o lo caccia con bastoni e fucili (qui i bambini ridono davanti alla lotta tra le marionette). Infine, una ragazza dagli occhi languidi e i capelli di stoppa ha pietà di lui. Pintoppida è molto brutta, seppur divertente. Pintopp si innamora. Ma all'ultimo momento, quando la ragazza aspetta in chiesa, Pintopp decide qualcosa di inaspettato: ciò che ha amato di più durante la sua ricerca è stato il cammino lungo il quale cercava! Il suo vero amore è il mare. E il mare lo ama a sua volta. Pintopp abbandona Pintoppida. Il mare lo riceve a onde aperte. Finale... lieto?

G.H. Morrison

Melodramma per marionette

"Una marionetta è un pupazzo che pensa di essere umano".
(B.V. Morris, *Il teatro britannico delle marionette*, 1873)

Robert pensa che non potrà dimenticarla. E perché no? Oh, andiamo, ce ne sono state altre prima della maledetta infermiera, ce ne saranno altre dopo!

Attraversa la strada verso la locanda buia in cui pernotta. Dovrà andarsene. Dove? Si vedrà. Un marinaio come lui ha tutto il mondo a disposizione per vivere. Ma prima deve portare a termine un compito. Facile. Sarà persino divertente.

Ormai è vecchio. Pensa questo mentre ansima lungo le scale scricchiolanti e strette fino alla sua stanza. E non è più quello di un tempo. E la colpa di questo è sua, ovviamente. Robert, vecchio zoticone, hai consegnato a quella puttana i tuoi anni migliori. Be', forse non tanto. Quello che lo irrita di più è che ora lei sembra pensare per conto suo. Lo avvertì già quando litigarono per la sua decisione di venire a Portsmouth, ma ora era un fatto chiaro come l'orizzonte in bonaccia. Che le è successo? Chi o cosa l'ha cambiata a tal punto? Quel dottorino da quattro soldi?

Non sapere cosa l'abbia potuta cambiare tanto lo tormenta. Lui è lo stesso di sempre, Robert Milgrew! Ha sopportato tempeste in mare e in terra, e ora guardatelo, è ancora qui! Ma adesso... quella donna maledetta – sì, maledetta, per cui ha perso tutta la sua libertà – quella creatura egoista che lo ha usato a suo vantaggio... Ora de-

cide che può fare a meno del vecchio e inutile Robert! Ora ha il suo stipendio, la schifosa, te ne puoi anche andare, Robert. Non è forse vero che ha perso e può solo issare le vele e lasciarsi trasportare dal vento?

Per fortuna, la nave lo aspetta.

La stanza è al buio. Si muove alla cieca. L'oscurità vasta e assoluta degli oceani in questa minuscola stanza della nave.

Quando viaggiava, che sia maledetta, quando viaggiava, quando era davvero un marinaio, molto prima di conoscere quella donna neanche attraente ma di buon cuore, questo sì – o almeno questo aveva creduto all'inizio – quando era un marinaio e i suoi piedi poggiavano sul mare, qualcuno gli disse: "Chi ha conosciuto il suolo del mare, non può più essere felice calpestando la terra, ricordatelo sempre, mozzo". Il suolo del mare. Come fluttuare nell'aria, con le gambe che cercano l'equilibrio. Robert, odierai la terraferma.

Sai qual è l'unica cosa paragonabile al suolo del mare, Robert?

Due cose: una è bere fino a scoppiare. Allora camminerai sul mare anche a terra. Allora tutto il suolo sarà il tuo oceano.

Non vuoi bere? Ti resta ancora un'altra possibilità.

Pensando questo, inciampa su delle scarpe.

«Sì, che sia maledetta, Robert».

Riconosce la voce prima di accendere la lampada. L'infermiera Anne McCarey è lì ad aspettarlo. I suoi occhi sorridono, le sue labbra lo guardano. È un essere strano. Si potrebbe dire che è cambiata, ma questo Robert lo sapeva già, ha potuto verificarlo da quando è a Portsmouth: è cambiata. Completamente.

«Che ci fai qui?» chiede lui, incerto.

«Ho scoperto il tuo piccolo segreto, lo sai». Aveva la voce di una sirena.

In realtà, ora che arriva la tappa finale della sua lunga traversata in questa nave oscura, non è male confessar-

glielo: "D'accordo" – le dice – "voglio essere sincero con te finché la morte non ci separi. Ti amo, Anne, ma non sono un uomo adatto a legarsi" – che buffo, proprio ora che vuole sciogliere gli ormeggi – "a una sola donna. Sono libero. Noi marinai siamo liberi. Altrimenti saresti tu la prescelta, te lo giuro, credimi, però ora...".

Musica melodrammatica al pianoforte. Come quelle del teatro dei burattini, sai, Robert, con gravi silenzi nel mezzo e note angoscianti come i rintocchi di una campana.

«Ormai posso scegliere solo la libertà...». Accordi gravi. Rintocchi funebri. «Avanti, dimmi... Quale altro modo esiste di fluttuare senza stare su una nave e senza bere... Dimmelo, Annie...».

Anne, quindi, si toglie la maschera. Lì, nell'oscurità della sua stanza.

Ovviamente È CAMBIATA. *Vederla lo atterrisce. Ma prova piacere.*

«Ti dirò qual è l'altro modo di fluttuare, Robert» mormora quella cosa che sembra Annie, ma che non è né lei né nulla che Robert possa concepire. «Puoi fluttuare come i burattini, appeso a un filo...».

Mentre la sente, Robert Milgrew sa che ha ragione. Sale sul galeone, spinge la scaletta di legno col piede e scioglie gli ormeggi, colmo di felicità.

E, in effetti, i suoi piedi ondeggiano come se fluttuasse.

Dietro la porta chiusa

1

Ricordo la tristezza che avvolgeva tutta Portsmouth quando uscii. Il vento era freddo, come un biglietto da visita dell'inverno. E, sebbene i teatri continuassero a essere pieni, le strade erano come morte e le uniche figure che si scorgevano qua e là erano quelle dei poliziotti, in piedi sotto ai lampioni che iniziavano a venire accesi con le aste, o a fare la ronda davanti alle entrate dei pub e dei teatri. La città intera era un carcere e tutti noi guardavamo attraverso le sbarre con diffidenza, senza sapere dove si nascondesse il criminale, a chi avrebbe dato il prossimo colpo. Non voglio neanche immaginare come si sentissero i vagabondi, l'apparente bersaglio di quell'individuo spietato. Salvo qualche disperato, il panico li aveva strappati dalle strade e preferivano ammassarsi in luoghi angusti prima di trasformarsi nella prossima notizia sull'Assassino di Mendicanti.

Con il dottore avevamo concordato che sarebbe venuto a prendermi a Clarendon, invece uscii presto e decisi di incontrarlo lungo il percorso, o persino a casa sua. Ero nervosa. Sapevo in cosa mi stavo cacciando? Quella porta chiusa poteva nascondere una pista sugli omicidi, ma poteva anche essere mortale! Mi dava coraggio solo il fatto di sapere che si trattava della mia indagine. Lo facevo per dovere, non per piacere. O, almeno, questo raccontavo a me stessa.

Oh, be', e perché i clandestini sono sempre un'esperienza *scandalosa*.

E a chi non piace ciò che è *scandaloso*? Non negatelo. Il piacere, come direbbe il signor X.

Presto trovai l'ambulatorio della tranquilla e nobile Elm Grove.

Bush Villas era un edificio modesto, due piani, niente di stravagante. La targa sul cancello diceva: *"Arthur C. Doyle, MD"*. Il campanello richiamò velocemente il dottore, che stava mettendo la giacca.

«Che sorpresa, signorina McCarey!».

«Ho deciso di venire io a prenderla. Avevo tempo».

«E ha fatto molto bene. Mi perdoni se non la faccio entrare, è tutto sottosopra».

«Ancora non ha finito il trasloco?».

«Sì, ma...» fece un sorriso sornione mentre chiudeva la porta. «Le confesso che passo poco tempo a studio. Il mio rapporto con i pazienti è, più o meno, a domicilio, e non ho ancora la clientela sufficiente affinché questo funzioni. Bene, andiamo?».

Iniziamo a camminare per le stradine quasi deserte. Parlavamo di banalità, quasi a fingere una naturalezza che eravamo lontani dal sentire.

«Portsmouth sembra un cimitero» commentai.

«È comprensibile. La notizia è apparsa sui giornali di Londra. L'Assassino di Mendicanti, il nuovo argomento di cui si parla a voce bassa nei circoli della società. Tutti si chiedono perché un bambino. La coscienza sociale si è smossa con questa crudele novità. I mendicanti passavano inosservati, ma un bambino...».

Pensai all'effetto provocato nella capa Braddock.

«È come se quel demonio volesse essere preso».

«Forse» valutò Doyle, «e la cosa più triste è che a nessuno importava di quello stesso bambino quando entrava nell'arena a lottare contro altri bambini, che sono ancora vivi senza che a noi interessi. Ma lei già sa che sul palco si accettano molte cose che dopo, fuori da esso, si condannano come *scandalose*. A proposito, mi permette una domanda personale, signorina McCarey?». Gliela permisi. Sono poche le cose che non gli avrei permesso in quel momento. «Perché vuole andare a un clandestino?».

«Già ne ho visto qualcuno». Sorrisi, senza menzionare Robert.

«Oh, senza dubbio, molte donne ci vanno. Ma perché proprio a questo?».

«Voglio aiutarvi a indagare. Forse la Coppelius c'entra qualcosa».

«Non ci ha mai veramente ascoltati. Cosa è cambiato?».

Ci pensai. Sapevo davvero perché lo facevo? Mi venne in mente subito una risposta e non volevo nasconderla al dottore.

«Credo di farlo per il signor X». Lo guardai di traverso. «È solo. Nessuno dovrebbe essere solo a questo mondo, pazzo o no».

«Non conosco nessuno come lui, forse per questo è solo» concordò Doyle.

«È malato» conclusi, anche se mi faceva male ammetterlo.

Non dissi nulla sulle strane lettere a Philipotts né sul suo Palazzo di Cristallo né tornai a parlare delle sue teorie su gruppi segreti e malvagi, eppure Doyle sembrò capirmi.

«È un buon caso per un alienista, e allo stesso tempo, una mente brillante, un genio. Il mio Sherlock Holmes è cambiato grazie al nostro amico comune, e senza dubbio in meglio. Sono sicuro che quando lo pubblicherò sarà un grande successo. Mi piacerebbe parlare con la sua famiglia... È sicuro che abbiano rotto qualsiasi legame con lui?».

«La sua famiglia è orrenda, mi perdoni il termine». Feci una smorfia ricordando quella lettera inconcepibile. «Io non capisco come qualcuno possa abbandonare un bambino alla sua sorte, per pazzo che sia. Non li conosco, anche se da quanto ho potuto sapere su di loro, non importa quanto credano di essere nobili o aristocratici, non hanno sentimenti».

«Lei è una brava donna» giudicò il giovane Doyle.

«Grazie, ma ho fatto del male ad altri. Come tutti, immagino».

«Certamente. Nessuno può scagliare la prima pietra. A proposito...».

«Mi dica».

Doyle titubava.

«Quel... signore dell'altra notte... l'ha molestata di nuovo?».

Sorrisi in modo rassicurante al dottore, che nel frattempo era arrossito.

«No. Non ho più avuto sue notizie. Confido che a quest'ora sia già a Londra. Grazie per il suo aiuto, dottore».

«Ho fatto ciò che avrebbe fatto qualsiasi uomo al mio posto. E non voglio ferire i suoi sentimenti, signorina McCarey, però quell'individuo... non faceva per lei».

«In un certo senso, anche lui è malato e solo. Non gli auguro alcun male».

«L'ho già detto, lei è una donna virtuosa. Ma eccoci qui».

In effetti, quella era St. Mary's Road, con la chiesa in fondo e l'ospizio chiuso. Che differenza rispetto alla sera dello spettacolo della Coppelius! Non c'era nessuno per strada, solo un cane che abbaiava in lontananza, di quelli che abbaiano sempre in lontananza per far notare agli umani quanto tutto sia solitario. Il vapore del mio alito usciva al ritmo del mio cuore mentre attraversavamo l'entrata ora deserta del Carità, che pensavo essere chiusa finché Doyle non la aprì senza problemi. C'erano dei cartelloni che annunciavano altre produzioni della Coppelius, ma il giovane medico mi fece attraversare direttamente l'atrio fino alla sala col palcoscenico. Tutte quelle file di poltrone dal pubblico invisibile mi impressionarono. Come se ci aspettassero. Come se fossimo gli attori.

«Non si preoccupi di nulla» mi sussurrò Doyle. «Ho già parlato con la compagnia. Sanno che sono con lei».

Intravidi la porticina laterale socchiusa dietro le quinte. Vi erano accanto due uomini. Due sconosciuti, per quanto mi riguardava, e strinsi con forza il braccio di Doyle. Ci guardarono, Doyle parlò con uno di loro. Mentre lo faceva, schivai lo sguardo dall'altro, che mi scrutava con un bagliore cinico negli occhi.

L'uomo si scansò e il suo compagno lo imitò. Ci salutarono con cortesia.

Entrammo nel ridotto di prima: macchine, corde, carrucole, impalcature sopra e sotto. E la porta chiusa, che ora era aperta, da dove proveniva una luce. Eppure, non affacciava su una saletta sinistra, bensì su delle scale strette che scendevano illuminate dalle lanterne. Doyle mi precedette. Le nostre scarpe producevano uno strepitio sui gradini di legno. Ai piedi della scala c'era un'altra porta aperta. Oltre di essa un antro che, all'inizio, mi deluse. Puzza di umidità, una decina di sedie scomode, un palcoscenico piccolo, senza sipario e senza scenografia, come l'interno di una scatola di scarpe. Alla mia destra, in seconda fila, un uomo; alla mia sinistra, in prima, un altro. Quello di destra era calvo, quello a sinistra era canuto.

Questo era tutto.

Non si voltarono né parlarono tra di loro mentre ci accomodavamo in due sedie all'ultima fila, proposte da Doyle. Sembravano due pupazzi.

Ricordo il silenzio. Un silenzio assoluto, interrotto solo dallo scricchiolio delle sedie. "Non temere il teatro che romba come un tuono e abbaglia come un fulmine", diceva mio fratello, "temi quello buio e silenzioso".

Illuminato in modo particolare dalle luci tipiche dei clandestini – lampade a carburo che permettevano di colorare lo sfondo – c'era il piccolo rettangolo, trepidante, del palco. Niente più. I clandestini a cui ero andata io avevano, almeno, una scenografia come scusa. Qui c'era solo uno sfondo di cartone senza disegni. "Si sente bene?" sussurrò Doyle. "Sì", dissi. L'uomo in prima fila si mosse. Aspettammo un po', senza che arrivassero altri clienti e immaginai che lo spettacolo non fosse tanto buono. Non so perché – forse perché ero molto nervosa – eppure continuavo a pensare a Robert. Me lo immaginai che appariva sul palco, insospettabilmente, davanti a me.

Poi le luci della ribalta vennero coperte con degli schermi dipinti di turchese e avvolsero l'intero palco con uno splendore surreale.

Da un lato uscì la ragazza.

2

Abigail, ricordai il suo nome. Portava un vestito a pieghe di colore rosato e indossava delle scarpe argentate. Sembrava una bambina a una festa. In realtà, era molto più bambina di quanto io credessi. I capelli raccolti in uno chignon la facevano sembrare ancora più piccola.

Si sedette a terra. Il suo modo di guardare, con quei grandi occhi azzurri nella luce azzurra, sembrava abbracciarci tutti contemporaneamente.

Suonò un pianoforte.

Doveva provenire da qualcuno che suonava in un'altra stanza. I tasti non rispondevano del tutto alle dita, ma la melodia era semplice, come una ninnananna. Intanto, la ragazzina iniziò a togliersi le scarpe. Così come veniva, senza cercare gesti belli, stendendo prima una gamba magra e poi l'altra. Poi si mise in piedi e ci diede le spalle. Il vestito si muoveva. Sapevo che se lo sarebbe tolto e che sotto – lo intravidi dai gesti – non portava nulla.

Fece mezzo giro, stringendo ancora il vestito al suo corpo. Era, chiaramente, una bambina. Non aveva più di dodici anni. E ballava male. Se ciò che faceva si poteva definire "ballare".

I suoi movimenti non seguivano mai il ritmo della musica. Erano come capitoli, non mi viene un altro paragone: un gesto, una pausa, un altro. Faceva tutto con grande calma. Ma non c'era calma sul suo volto teso, come sotto sforzo. Era come se tutto ciò che faceva, ogni minimo gesto o pausa, fosse importantissimo.

Vedendola, sentii che mi ardevano le guance.

Fu subito così da subito.

Iniziavo a essere irritata, verso di lei, verso il dottor Doyle – che non osavo guardare – contro la Coppelius. Era una presa in giro. Uno spettacolo? Quale? Una sciocchezza senza senso per il diletto di quelli a cui piacciono i corpi giovani!

Le luci, ora, erano cambiate e avevano un colore rosso intenso. Il piano suonava due o tre tasti – gli stessi – con insistenza.

La bambina, ormai nuda, infilava dei guanti sulle sue braccia magre. Alzò gli occhi e mi guardò. Che razza di scherzo era quello? Non aveva alcun senso. Volevo andarmene. Volevo dirle: non lo fai male, ma non rappresenti nulla per me. Solo una bambina senza vestiti coi capelli biondi raccolti in uno chignon approssimativo. Una bambina che mi guarda.

Infilati i guanti si girò fino a darci le spalle.

Non mi sembrò nemmeno *scandaloso*. Non c'era da pagare l'ingresso a un teatro clandestino per vedere una bambina così.

Fu quando si abbracciò da sola e allargò le gambe magre di spalle.

Fu allora che mi sembrò che tutto quello mi piacesse. La mia irritazione era dovuta al fatto che ero impaziente che iniziasse a fare qualsiasi cosa volesse fare col suo corpo su quel palcoscenico vuoto quanto lei, anche se ora mi accorgevo che quello stato di impazienza era ciò che mi piaceva.

Capii, con estrema certezza, qualcosa su me stessa. Capii che, da bambina, a tre anni, avrei dovuto fare una cosa che non feci. Il ricordo fu preciso.

Avevo un pupazzo di stoffa che mio padre chiamava "orso". Non era un orso, né gli somigliava. Mio padre lo aveva confezionato riempiendolo con qualcosa e mettendogli dei bottoni neri come occhi. Io odiavo quel pupazzo. Ora lo sapevo. Lo odiavo. Tuttavia, quando giocavo con lui, soprattutto se c'era mio padre vicino, cercavo di superare quell'odio – o meglio, quella repulsione – e di volergli bene. Però, senza che potessi evitarlo, i miei giochi col pupazzo si facevano violenti. Invece di cullarlo o proteggerlo, lo sbattevo a terra. Mi accorsi che era indistruttibile, o quasi. Questo mi sembrò una provocazione, scatenò la mia furia e iniziò a piacermi sempre di più. L'orso divenne il mio gioco preferito. C'era qualcosa nella sua assoluta bruttezza, nella sua spaventosità di cosa fatta di stracci con bottoni come occhi, nella sua resistenza ai miei attacchi frenetici, che mi sfidava. Mi piaceva la mia impazienza di distruggerlo, mi sembrava *scandalosa*.

Lo conservai per tutta la vita, me ne presi cura, finché, con i nostri continui trasferimenti da un posto all'altro e la vendita della casa, lo persi per sempre.

Ora lo ricordavo, dopo tanti anni.

Ma ora sapevo cosa dovevo fare.

Le mie mani si strinsero come artigli.

3

Non posso vantarmi di aver conosciuto molti piaceri, ma niente che avessi sperimentato prima – col corpo, col sangue, con la mente – era lontanamente vicino a quello che provai nello "strozzare" immaginariamente quel maledetto orso. Sognare di farlo. Sotto le mie unghiette di bimba di tre anni, ma non da sola: lo facevo scoppiare davanti a mio padre. Un occhio, e mio padre mi guardava; l'altro, e continuava a guardarmi; uno straccio e poi un altro, e mio padre aggrottava la fronte; lo spogliavo di tutto il suo essere, nudo, fino alla consunzione, fino alla deformità, fino alla profanazione di tutto ciò che io credevo sacro.

Addio, addio, addio. Esci dalla mia vita.

Sebbene mi vergogni ad ammetterlo, mi venne l'acquolina in bocca. Era quel tipo di piacere che non associamo a nulla di concreto, e di cui sperimentiamo forse piccole gocce quando ci stiracchiamo dopo aver dormito tutta la notte nella stessa posizione, o quando beviamo dell'acqua dopo averla desiderata a lungo. Solo leggere similitudini. Un piacere dato dalla soddisfazione.

La musica cessò.

La bambina, ora vestita con un completo azzurro, mi guardava seduta sul palco.

Ansimava, era evidente, ma teneva la bocca chiusa. Dopodiché si alzò con agilità. Uscì da un lato. Vidi la curva armoniosa della sua schiena in una scollatura profonda. Poi niente.

Fu allora che sentii il coro.

4

Non dicevano nulla di comprensibile, ma erano voci umane. Le nostre.

Respiri. Quattro respiri, quelli di tre uomini e una donna: io.

Passò un tempo indefinito senza che facessimo altro che respirare. Quando guardai di nuovo, non c'erano più gli uomini delle file davanti. Guardai un'altra volta e io e Doyle uscimmo dalla porta. Ebbi una vista fugace di Pettirosso nell'oscurità, sorridente e, un po' più vicino, la figura fiacca ed emaciata del suo giovanissimo collaboratore, il signor Constantine. Uscii nell'aria della notte, guardai l'orologio nella mia borsa e compresi, con una prima e improvvisa scintilla di raziocinio, che eravamo stati in quella piccola stanza più di tre ore.

Più di tre ore.

Camminai con passi corti lungo la strada vuota. Guardavo le stelle, puntini diffusi nel cielo come se qualcuno avesse schizzato di vernice bianca un foglio nero. Doyle era al mio fianco come fosse la mia, equivoca, ombra. In un silenzio totale.

Mi sentivo bene, mi sentivo isolata.

La consapevolezza di sentirmi così isolata e così bene mi sembrò notevole. Del tutto abbandonata e sola e felice di essere tale.

Dopo poco la sensazione passò. Tramontò delicatamente, senza violenza, si consumò come le lampade a carburo di quel palco e se ne andò prima ancora che sapessi darle un nome o definirla in alcun modo.

Quando avvistammo Clarendon House, buia di fronte al mare, io ero di nuovo io, o quella che avevo sempre creduto di essere. Avevo l'impressione – certa, d'altra parte – di essere stata seduta per ore in una stanza che puzzava di sudore e legno vecchio a guardare una bambina bionda di bell'aspetto, anche se non propriamente bella, senza vederla fare altro che spogliarsi del tutto. E non ricordavo nemmeno quando si fosse tolta i vestiti o cosa ci avesse fatto né quando si fosse rivestita con altri indumenti. Senza balli, senza parole. Abigail vestita, Abigail nuda. Era stato così volgare che non potevo nemmeno innalzarlo al rango di "indecente".

Mi restò solo il ricordo di quel semplice atto. La sensazione era sparita. Persisteva una strana risacca, leggermente sgradevole.

Di una cosa ero sicura. O meglio, di due. Però al dottore ne dissi solo una.

«Credo che questo non abbia niente a che vedere con l'Assassino di Mendicanti».

«Lo credo anch'io» disse. «Posso chiederle, comunque, perché?».

«Perché… perché questo è teatro. Come direbbe lei: un altro mondo. Uno spettacolo. Strano, sì, però uno spettacolo, in fin dei conti. Una menzogna».

Doyle rimase un momento ad annuire e sorridere, come se avessi detto, con poche parole, quello che pensava da sempre.

«Mi ha fatto piacere andarci con lei» confessò.

«E a me fa piacere che lei sia stato con me».

L'ultimo pensiero prima di cadere in un sonno profondo, fu l'altra cosa che non avevo voluto dire al dottor Conan Doyle.

Ed era questa: non sarei mai più tornata a un clandestino.

Non era stata un'esperienza infelice e neanche molto felice, semplicemente non faceva per me. Come l'alcol. Andava bene avventurarmi per un po' in una notte folle in compagnia di un bel cavaliere, ma il teatro clandestino era troppo strano. I miei gusti erano più mediocri.

5

A un certo punto devo essermi addormentata, perché sognai la melodia di un violino. Non era particolarmente bella, però era complessa e strana, esotica come quella di uno zingaro, dissonante come quella di un principiante. La cosa strana era che era tutto invisibile: non c'era il violino, non c'era il signor X, non c'ero io. Esisteva solo la melodia. Quindi una testa si affacciava da dietro un sipario: "Tutto è teatro, madame", diceva.

Era Pettirosso.

E, da dietro al sipario, che era rosso, si sentirono le grida di un bambino.

"Teatro!" ripeté Pettirosso, ma ora era Robert a dirlo. Le grida da dietro al sipario, assordanti, erano interrotte da gorgoglii, come se delle bolle enormi esplodessero, come della carne che viene tagliata... "TEATRO!" esclamava Robert, e le sue sopracciglia si alzavano fino a un livello impossibile: gli sollevavano i capelli ricci e la fronte, come due corni, e si attorcigliavano su se stesse come vermi neri. Ma la cosa peggiore gli usciva dalla bocca. Una lingua lunga e molle, di un colore bianco rivoltante – la vedo ancora davanti a me, e ancora mi tremano i polsi a raccontarlo – che, comunque, mi spingeva a fissarla attentamente. Detestandola. Adorandola.

Mi risvegliai sudata e tremante e sentivo forti colpi e voci alla porta.

«Anne? Anne? Apri!». Era Mary Braddock. «È...!».

Aprii in camicia da notte e mi trovai, di colpo, davanti a un uomo, in piedi accanto alla mia collega. Lo riconobbi prima che parlasse.

«Signorina McCarey? Ispettore Merton, di Scotland Yard, ci conosciamo già. Si vesta e venga con me. Lei è in arresto».

6

I miei antenati scozzesi erano arrivati a Portsmouth con l'intenzione di emigrare in America, mi raccontava mio padre, ma noi venivamo dal ramo dei McCarey che decisero di restare in una terra intermedia, sul punto di andarcene definitivamente, seppur senza rimanere del tutto. Io e mio fratello, in qualche modo, eravamo a nostra volta emigrati senza andarcene del tutto. A quanto pare, i McCarey non finivano bene le cose. Continuiamo ad appartenere a quella piccola società di lavoratori minuziosi del mare, di chiese dai tetti appuntiti, casette in fila e lunghe ciminiere, porti e fortezze. Io e Andy eravamo di Portsmouth. O, almeno, io lo ero stata fino a quel giorno. Emigranti da ogni luogo, appartenenti a un posto che era una zona di passaggio, ma che almeno si era trasformato in qualcosa di nostro.

Tuttavia, mentre camminavo lungo il sentiero di Clarendon House scortata dall'ispettore Merton e da due poliziotti in quell'indimenticabile mattina, capii improvvisamente – ancora troppo terrorizzata per piangere, troppo stordita per capire – che ero stata espulsa per sempre dalla città. Qualunque cosa sarebbe accaduta.

Tutto il personale si era radunato per condannarmi, fiancheggiando lo stretto sentiero. C'era Weedon, nervoso e pallido, come se il suo lavoro lo avesse trasformato in un altro foglio, che mi guardava con gli occhi socchiusi. Non aveva voluto perdersi lo spettacolo, anche se dovette lasciare per un istante i suoi documenti. Dietro di lui, la tristezza sorpresa di Jimmy Piggot. Mi fece molto male la sua espressione che diceva: "Ma come... lei?". Un gruppo di colleghe si agitava alla fine di quel cammino angusto – che mi ricordò tanto il sogno del tunnel in cui potevo solo avanzare – e in loro onore devo dire che Mary Braddock, Susie Trench e Nellie Worrington mi guardavano con gradi diversi di dolore e persino di pietà. Forse eccitazione – ora io ero il loro teatro – tuttavia in loro non avvertii il disprezzo dei passanti che contemplavano la mia sfilata della vergogna, alcuni dopo essersi fermati dalla loro passeggiata o con le loro biciclette. Non mancava la signora Murray, con il suo sguardo acquoso da pesce, l'unica che non sembrava sorpresa. E, ultimo, ma non meno importante, il dottor Ponsonby alla fine, al cancello. Solitario, penso alquanto confuso, con un bagliore tagliente nei suoi occhi neri, e il pizzetto rivolto come un pugnale verso di me.

Che tipo di espressione dovevo fare io per sistemare tutto? Esisteva un'espressione così, da usare quando, in un paese spaventato e vendicativo, la polizia ti preleva da casa tua e ti porta in commissariato? Avevo voglia di piangere, ma pensai che così avrei scatenato la crudeltà. E, se mi fossi mostrata molto tranquilla, non sarebbe stato indizio di colpevolezza? Che io guardassi o meno negli occhi degli altri, avrei potuto liberarmi dal venir scrutata e giudicata dai loro sguardi?

Ricordo che, alla fine, mi restò solo un luogo in cui rifugiarmi.

Quando mi fecero salire sulla carrozza che aspettava alla porta, prima il sergente, poi io, sollevando l'orlo della gonna, e l'ispettore per ultimo, ebbi il ricordo improvviso della palpebra chiusa di Clarendon.

Da quel lato non si vedeva, tuttavia sapevo che era ancora lì dietro, e conteneva la visione più bella di tutte, quella che mi dava più sicurezza.

«Brutta strega!» gridarono dei ragazzi quando furono ormai certi che mi trovassi dentro alla carrozza. Questo incoraggiò altri ragazzini e subito si alzò un chiasso più stridulo di quello dei gabbiani. «Strega nasona! Assassina! Brutta strega!».

Io non sorridevo, ma pensavo a lui. Non potevo spiegare l'incredibile fiducia che mi davano i suoi occhi, il ricordo della sua piccola mano quando gli presi il polso e, soprattutto, le sue parole. "Bella e coraggiosa Anne". Forse già non appartenevo più a Portsmouth, in ogni caso avevo un altro posto in cui risiedere.

Lì dov'era lui, sarei vissuta io, nel suo Palazzo di Cristallo. Perché non apparteniamo ai luoghi, ma alle persone. I nostri luoghi si muovono, si estendono fino ad arrivare dove vogliono che noi andiamo.

Il mio carro partì portando il mio luogo dentro di me.

7

Il commissariato di Victoria Road era assediato da giornalisti col taccuino in mano. Gridavano alzando la testa e chiamando l'ispettore, mentre gli uomini in uniforme li spingevano per aprirci il passaggio. Il veicolo si fermò e quando uscii, sentii qualcosa che non potevo spiegare. Provai compassione per tutti. Quanta fatica, pensai, quanta sofferenza in tutti noi. Sui volti c'erano domande, preoccupazioni, oltre a paura e, in generale, stanchezza. Non sapevo di cosa fossi accusata, e mi trattavano senza riguardo: mi afferravano per le braccia e mi tiravano dentro all'edificio, ignorando le grida. «Sono de "L'Occhio di Portsmouth", ispettore!». Io pensavo solo a me stessa e al mio destino. Perché, dentro al commissariato affollato, per me cambiò tutto. Io non avevo fatto niente di male, o almeno credevo, eppure in quel posto pieno di documenti, che puzzava di vernice, faldoni ammuffiti, tabacco forte e sudore, dominato da un ritratto di sua maestà, mi sentii colpevole.

Il senso di colpa, come una scenografia, permeava tutto.

In un attimo mi trasferirono in un piccolo ufficio.

La porta si chiuse, lasciandosi dietro la confusione, e Merton e il sergente mi circondarono. Percepii che erano a capo di tutto o di niente. La faccenda stava per finire e avevano solo bisogno della mia collaborazione per chiuderla. Erano cittadini in un paese di pescatori e rozzi marinai, e volevano solo tornare nelle loro case londinesi e informare i loro capi che tutto era stato risolto. Non ci furono introduzioni né pause. Nessuno mi offrì nulla da bere. Avevano fretta.

Merton mise un foglio sul tavolo, davanti a me.

«Riconosce questa lettera?».

Era accartocciata, sporca di qualcosa, ma capii cosa fosse prima ancora di leggerla.

> *Robert,*
>
> *Mi servono dei giorni per pensare. È una decisione molto importante per me e voglio essere sicura.*
> *Se non puoi aspettarmi, torna a Londra.*
> *E se credi che la mia decisione debba essere per forza di obbedirti, allora devo dirti, con grande dispiacere, che la nostra storia è finita. Conserverò nella memoria i ricordi felici. Grazie di tutto.*
>
> *Annie*

«Riconosce questa lettera?» mi chiese di nuovo Merton.

La bocca non mi obbediva. Era secca, inerme. Ero tutta umida, tranne quel centro, quella grotta angusta. Il resto era sudore.

«Ripeto, riconosce questa lettera?». Merton colpì il foglio davanti ai miei occhi e io saltai.

sì.

La risposta che diedi non merita né virgolette né maiuscole.

«Allora dica di chi è, demonio!». Risate da dietro.

mia.

Ora c'erano più persone alle mie spalle. Io non riuscivo più a pensare con chiarezza.

«A chi era destinata?».

«Ro... Robert Milgrew» rispose un'altra voce attraverso le mie labbra secche.

«Che relazione aveva con il signor Robert Milgrew?».

Era una buona domanda. Che relazione avevo? Era il mio orso di stracci con gli occhi neri, volevo dire, ma lo avevo distrutto. Pensai che me la sarei fatta sotto.

«È... era... mio... amico».

«"Era"». Merton soppesò la parola guardando i suoi baffi a punta, come se fosse infilzata lì. «Non lo è più?». Feci no con la testa. «Molto bene. Ma...».

«C'è sempre un "ma"!» esclamò il sergente Jameson da dietro, prendendo appunti.

«Ma questo... cosa significa, signorina McCarey? Eravate amanti?».

Le domande di Merton erano come spari a un cervo in fuga. Solo dopo aver abbassato le canne, lasciavano spazio a pause di valutazione: se c'era sangue o meno, se l'animale zoppicava o scappava illeso.

«Abbiamo rotto due settimane fa» dissi. «È successo qualcosa a Robert...?».

Merton si inclinò così tanto verso di me che pensai che mi avrebbe colpita.

«Signorina McCarey, ci lascia fare il nostro lavoro?».
«Chiedo scusa».
«Quando ha visto il signor Milgrew per l'ultima volta?».
«Quasi una settimana fa, su... sulla spiaggia».
«La notte in cui furono assassinati David Taylor e il piccolo Danny Waters?».
Annuii.
«Perché si trovava a quell'ora sulla spiaggia? Lei fa l'infermiera a Clarendon House...».
«Ero uscita a rinfrescarmi un po'... Mi faceva male la testa».
«Le faceva male la testa dopo essere stata con il dottor...». Controllò un documento. «... Doyle al teatro, quella sera?».
Era inutile nascondere qualcosa. Annuii di nuovo.
«E prima della volta in spiaggia? Quando vi eravate visti?».
Mi sembrò che lo sapessero già e aspettassero solo che cadessi nella trappola delle menzogne. Menzionare il ristorante mi fece pensare ad Abigail. La bambina abbracciata a se stessa. Il suo corpo come una linea centrale e un volume simmetrico di carne su ogni lato. Io non volevo ricordarla, eppure la sua immagina era incisa dentro di me.
«Mi dica, se non voleva rivederlo, perché poi lo ha incontrato sulla spiaggia?».
Raccontai che Robert mi aveva seguita quando ero andata a teatro quella sera.
«Avete discusso?».
«Sì».
«Per cosa?».
«Voleva che io lasciassi il lavoro a Clarendon».
«Perché?».
«Perché tornassi a Londra con lui».
«Vivevate insieme?».
«No. Ma... lui... disse che preferiva Londra».
«Sarebbe venuto a vivere con lei?».

«No».

Merton aveva un'espressione derisoria. Incrociò le braccia.

«Quindi lei avrebbe lasciato il suo lavoro qui per vivere *da sola* a Londra perché glielo diceva lui...».

«No. Gli ho detto che non me ne sarei andata».

«Per questo gli ha inviato questo biglietto?». Annuii. «Ma qual era il piano? Vi amavate, a quanto pare. E lui le diceva di andare a Londra...».

«Voleva che io vivessi lì per stare più tranquillo quando... sarebbe venuto a trovarmi».

«Quando sarebbe venuto a trovarla». Merton annuì. «Che lavoro faceva il signor Milgrew?».

«Fa il marinaio su una nave mercantile, l'Ingrata».

Merton si era tolto la giacca e si stava sedendo sul tavolo, scegliendo un bordo, per non dare l'impressione di voler stare vicino a me. Le mani sempre in tasca. Con la mia ultima risposta, guardò il sergente. Il suo volto affilato e rosso da funzionario sovraccarico di lavoro non era quello del Merton trionfante che un mese prima era arrivato a Clarendon da Londra a fare domande sull'omicidio di Hutchins il vagabondo. Era diventato più duro. La responsabilità aveva pietrificato i suoi lineamenti.

Jameson fece un gesto ambiguo. Merton tornò a guardarmi.

«Come lo sa?».

«Lui... me lo ha detto».

«E che altro le ha detto?».

«Che era venuto a Portsmouth per vedermi».

«Per vederla» ripeté Merton, come se le mie risposte fossero incredibili.

«Sì».

«Sa in quale locanda alloggiava?».

«No».

«Le ha mai raccontato della sua vita da vagabondo per le strade di Londra?».

Lo guardai confusa.

«Robert...? No, lui...».
«Lei gli rimproverava di non avere i soldi per vivere insieme, è così?».
«Io...».
I baffi di Merton divennero diabolicamente enormi mentre si inclinava.
«È così, signorina McCarey? Forse lei non lo disprezzava perché era un miserabile? Di solito le donne odiano gli uomini incapaci di mantenerle...».
«Io... non... non lo disprezzavo».
«Ma quando lui veniva le chiedeva dei soldi».
Percepii qualcosa. Come quando hai la pelle sensibile e qualcuno ti sfiora. Un lampo improvviso. Lo capii guardando Jameson, che gonfiava le guance mentre prendeva appunti, osservando il suo adorato ispettore. Tutto colorato. Come un preambolo nell'aria carica di tensione.
«Sì» risposi, sentendo che stavo per piangere.
«Si arrabbiò molto a Londra quando capì che lei voleva venire qui. Lui disprezzava questa città, piena di vecchi marinai vagabondi che gli ricordavano la sua vita indegna... Ma lei, col senso pratico tipico del suo sesso, lo disprezzava perché viveva in miseria...». Io piangevo, incapace di dire qualsiasi cosa. Merton continuò a guardarmi per un istante e poi alzò lo sguardo. Fu come un segnale concordato.
Le risate alle mie spalle avrebbero dovuto tranquillizzarmi, perché nessuno può essere accusato di qualcosa di grave davanti a tali risa, ma in realtà mi inquietarono di più.
«Posso avere un bicchiere... d'acqua?» dissi tra lo strepitio. Merton mi ignorò.
«Le puttane, almeno, si fanno pagare per ricevere i clienti» aggiunse verso il suo pubblico. «Questa signorina pagava lui. Il che la rende, oltretutto, stupida».
Le grottesche risate deviarono in applausi. Sembrava un teatro pieno quando calava il sipario. E, infatti, Merton faceva la riverenza.

«Veramente stupida» disse. «L'ho capito la prima volta che l'ho vista». Non mi guardava mentre lo diceva, non per rispetto, ma perché non gli interessavo più.

8

Tutto il commissariato era in piedi in ovazione. Da lontano, davanti a un cordone di poliziotti di Portsmouth addestrati a esercitare la forza, i giornalisti gridavano o sollevavano i cappelli. Ma la voce imperiosa di Merton si impose su tutti, con entrambe le mani aperte, i palmi in avanti, un oratore che chiedeva una pausa.

«Signori, la città di Portsmouth è SALVA!».

Di nuovo si liberò l'allegria. "È stato un cammino duro" sembrava dicessero, "ma siamo arrivati". L'esaltazione contenuta di Merton davanti ai cittadini di Portsmouth, che continuavano a osannarlo, si rovesciò di nuovo su di me, provocando una di quelle pause nella baldoria in cui il più ubriaco è quello che si sente di più.

«Quanto a lei, che il diavolo mi porti, si svegli, diamine! Non è bella come le tre Grazie, non peggiori la cosa essendo, oltretutto, sciocca! Via, sparisca dalla mia vista!».

Si erano già scordati di me. Il che era logico perché io non ero – non ero stata – altro che un'informazione. Concluso il mio ruolo, tutti gli sguardi attenti di poco prima, ora si distoglievano da me e mi costò fatica incamminarmi verso l'uscita. Un poliziotto mi diede una spallata per passare e gli toccai il braccio.

«Mi scusi, può dirmi cos'è successo a Robert Mil...?».

Il poliziotto continuò a camminare. Provai con un altro, grassoccio, che mi guardò come se la mia domanda fosse un oltraggio e mi scansò con uno spintone. Era importante farsi vedere da Merton in quell'istante. Tutti coloro che Merton avesse benedetto col suo sguardo avrebbero potuto, chissà, salire di grado o magari essere trasferiti a Londra in un giorno propizio. Io non avevo niente a che fare con quella faccenda. Ma volevo sapere cosa fosse successo a Robert. Non lo amavo più, ma la sua sorte mi interessava perché un tempo lo avevo amato, e lui aveva amato me, anche se solo all'inizio.

Alla porta, le forti braccia degli agenti potevano appena contenere l'assalto delle bocche urlanti, i baffi arruffati, l'ansia di notizie dei giornalisti famelici. Restai di fronte a loro e si verificò una spaventosa inversione di ruoli: quella che faceva le domande ero io, chi rispondeva erano loro.

«Qualcuno può dirmi cos'è successo al signor Milg...?».

«Cosa si prova a essere stata l'amante di un assassino?» gridò uno. All'improvviso iniziò a farsi strada nella mia mente la spaventosa verità, come un grosso topo nero.

«Lei sapeva qualcosa?! Era sua complice?! Signorina McCarey?! È vero che lei è un'INFERMIERA?! Aiuta i pazzi criminali?! Dice di no?! Ma sta PIANGENDO! Perché piange, signorina McCarey?! Per l'Assassino di Mendicanti?! SIGNORINA MCCAREY?!».

9

Una manica.

Questo vidi.

La manica di un'uniforme che si stendeva come una corda o una rete, come se possedesse la capacità di scacciare le voci e le persone intorno a me. Mi tirava. Mi fece passare tra taccuini e bocche aperte e assordanti.

«Lasciatela in pace» diceva il proprietario di quella manica. «Lasciatela in pace! La signorina è libera dalle accuse! Lasciatela!».

Sulla strada, una carrozza si materializzò davanti a me. La manica che mi teneva mi fece guardare un volto. Era un poliziotto giovane, con i baffi biondi. Mi guardava con lo stesso disprezzo degli altri, ma sul suo volto c'era un po' di comprensione.

«Si è impiccato ieri notte nella stanza della locanda in cui alloggiava, il Peacock's Inn, nel Point...» mi disse velocemente e controvoglia. «Ha lasciato una dichiarazione scritta di proprio pugno insieme alla lettera che gli aveva inviato lei, confessando tutti gli omicidi. Viveva a Londra, lavorando come stagionale al porto, non su una nave, e per questo non voleva che lei venisse qui. L'ispettore crede che abbia passato molti anni da vagabondo, e che il fatto che lei avesse voluto allontanarsi da Londra lo abbia fatto impazzire, facendogli pensare che lei lo odiasse per la sua povertà. È arrivato qui una settimana prima di lei e ha iniziato a uccidere chiunque gli ricordasse ciò che era stato: i vagabondi. Vada a casa e, la prossima volta, scelga meglio i suoi amici».

La manica mi consegnò alla carrozza. La porta si chiuse.

Avevo un dubbio, solo uno. Per favore, volevo chiedere...

Una dichiarazione "scritta di proprio pugno"? Robert sapeva appena scri...

10

L'incubo ricominciò, al contrario. Il sentiero di Clarendon. L'entrata nell'atrio. Non volevo pensare, come se anche la memoria avesse una schiena e non fosse in grado di vedere da cosa si allontanava. Avanzavo con passi tremanti, sapendo qual era la mia meta, senza che nessuno me lo dicesse, e ovviamente molto prima che il signor Weedon, credo con un po' di tristezza, mi comunicasse che il dottor Ponsonby mi attendeva nel suo ufficio.

Tutto quello che sarebbe successo sarebbe stato poco, pensai. Tutto sarebbe stato poco per me e quello che era successo.

Questa volta il dottor Ponsonby mi invitò a sedermi.

Questa volta il dottor Ponsonby ricordava il mio nome.

Io non piangevo più. Non sentivo nulla, in realtà. Ero sotto l'effetto di un cloroformio emotivo, quasi dolce. Vedevo Ponsonby andare avanti e indietro, lui non si sedette, anch'egli sfumato, indefinito, attenuato dalla mia anestesia. A tratti lo ascoltavo.

«... per anni... È qualcosa che ho cercato di mantenere, signorina McCarey, a ogni costo! Perché dipendiamo dal nostro nome! Ah, non dico che questo sia tutto ciò che abbiamo a Clarendon, però... qui non togliamo verruche né aiutiamo con i parti né operiamo vesciche! Questa è una clinica privata per persone deboli di nervi ma rispettabili, di famiglia nobile...».

Mentre parlava mi fissavo le mani. Era chiaro. Io non avevo aiutato in nessuna operazione. La mia compassione e la mia esperienza si erano estese solo ai pazzi. Nel mio cuore avevo dato riparo solo a pazzi e a criminali. Io non ero degna, non ero necessaria. I pazzi vivevano rinchiusi. Il signor X viveva rinchiuso. Perché qualcuno avrebbe dovuto avere bisogno di me? Che facevo io, in realtà? Provavo pena. Io ero solo compassione. E, come mi aveva detto giustamente una volta il signor X, provavo compassione solo per riceverne un po' anch'io. Avevo bisogno della pietà degli altri.

«... e questo, ripeto, non possiamo permettercelo, perché è in gioco la nostra reputazione. Quindi farà le valigie e se ne andrà domani alle prime ore del mattino. Senza diritto di paga. E non si aspetti da me nessuna lettera di referenze. In realtà, se fosse per me, dovrebbe andarsene oggi stesso, ma il signor X...».

Con quel nome fu come se mi avessero bussato alla porta. Mi risvegliai dal mio sopore e guardai Ponsonby.

«... si è rifiutato di accettare che se ne andasse oggi. Vuole che se ne vada domani».

«Cosa?» mormorai, come in un sogno.

«Non mi sente? Anche il signor X vuole che se ne vada, non vuole avere come infermiera una donna come lei. Però lo farà domani. Lei non è di Clarendon. Non è un'infermiera. Non ha nessun diritto e farò in modo personalmente che questo si sappia nell'ambiente medico di questo Paese». Continuai a guardarmi le mani, l'una e l'altra, poggiate sul mio grembo. Pensavo a quelle parole crudeli: "Anche il signor X vuole che se ne vada". «Sembra che lei abbia aggirato le conseguenze penali... Ho parlato con l'ispettore Merton questa mattina. Mi ha detto che sebbene l'abbiano sottoposta a un interrogatorio ordinario, era quasi dimostrato che lei ignorasse ciò che faceva quel selvaggio... Beata ignoranza! Questa è stata una fortuna per lei, non dico una gran fortuna, ma comunque una fortuna, perché, in caso contrario, sarebbe marcita in prigione! È salva davanti alla legge, sì, ma agli occhi degli uomini rispettabili e delle signore dignitose, della dignità stessa, lei è stata condannata! Resta solo da ripulire il buon nome di Clarendon. Ora mi faccia il favore di sparire dalla mia vista. Domani all'alba la voglio fuori dalla pensione. Questo è tutto».

E restai stupidamente seduta lì, sapendo che il vento mi avrebbe trascinata fuori.

11

Mi vestirono altre mani, non le mie.

Apparvero davanti a me, abili, stanche di ripetere sempre gli stessi gesti. Altri occhi mi guardarono allo specchio. Lì c'era il mio volto, il mio naso grosso, il mento piccolo, quasi inesistente. I miei occhi troppo vicini. Le mani estranee mi incoronarono con la cuffia da infermiera per l'ultima volta. Era ciò che ci si aspettava da me.

Quindi iniziai a muovermi. Uscii dalla mia stanza, percorsi il corridoio, attraversai la cucina dove la signora Gillespie mi osservò un istante, l'atrio dal quale Hettie Walters mi aveva fatto passare il primo giorno, e dove ora sembrava voler essere presente per salutarmi, sorridendo e piangendo insieme.

Io ero diventata uno *scandalo*. Una disgrazia. La disgrazia ha una sua carrozza che tutti ammirano. Passi misurati e lenti. Le mani incrociate sul ventre, come se avessi ricevuto una ferita mortale e mi stessi dissanguando.

Non potevo fermarmi.

Salii le scale come fluttuando sui gradini. Mary Braddock scendeva, e nemmeno lei mi parlò. Sul corridoio c'era affacciato il signor Conrad H., ma nel vedermi chiuse la porta. Ereditai la sua paranoia: forse persino lui lo sapeva. Continuai fino all'ultima porta, la aprii. E, infine, mi fermai.

12

Tutto sembrava come prima, e niente era più come prima.

«Abbia fiducia, signorina McCarey» disse la voce dalla poltrona.

Ma non mi commossi.

«Anche lei» risposi. «Me ne andrò domani di prima mattina, signore, come desidera lei, non si preoccupi. Posso chiederle perché ha bisogno di me oggi?».

Le parole mi si bloccavano, come se avessi bevuto l'acqua infernale di quel demonio che era stato il mio – amante, Ann – compagno per anni. Ma nemmeno questo faceva male quanto il disinteresse del signor X.

«Voglio che faccia una cosa» replicò. «Le dirò cosa. Poi domani partirà».

Per non ricominciare a singhiozzare, mi feci da parte e finsi di occuparmi delle mie mansioni.

Non fa tanto male, pensai. È doloroso, sì, ma non tanto, e se ci ragioni, Annie, concluderai che è la decisione più sensata che qualsiasi persona prenderebbe rispetto a te. Sì, persino qualcuno come il signor X, anche se avevi pensato, in un momento di stupidità, che gli interessasse la tua compagnia e che ti capisse meglio di te stessa. Ma sei stigmatizzata. Hai dato rifugio e riparo all'Assassino di Mendicanti. Hai offerto il tuo corpo e la tua anima al diavolo. Neanche il signor X può accettarlo. Molto sensato.

Mi interruppe solo per farmi una domanda con il suo tono delicato di sempre.

«È stato duro il cammino verso il commissariato, questa mattina?».

«Un po'».

«Ci saranno stati giornalisti...» aggiunse in modo vago. «C'era "L'Occhio di Portsmouth"? Ha fatto molte domande?». Risposi di sì a entrambe le cose – ricordavo bene quel giornalista – e replicò qualcosa come a se stesso: «Chiaro, ora gli mancavano informazioni...».

Non capii cosa volesse dire, smettemmo di parlare.

13

Non potevo continuare a lavorare vicino a lui. Trovai qualsiasi scusa per assentarmi e assistere altri ospiti, che per fortuna pensavano meno, o non lo facevano affatto, e non sapevano nemmeno della grande notizia della mia relazione con l'Assassino di Mendicanti – che a quell'ora probabilmente era già stata gridata anche dai venditori di giornali a Londra. Ma avevo una strana impressione, che si rafforzava ogni volta che tornavo nella stanza del signor X: egli si trovava in uno stato diverso dal solito, e lo percepii nonostante i miei sensi offuscati. A momenti lo sentivo persino canticchiare una canzoncina che nemmeno riconoscevo. È contento perché domani me ne vado, pensai stupefatta. Dio mio. Era una cosa così intensa e terribile che la usai per farmi forza e resistere, come si estrae il marcio da un pozzo. Per raddrizzarmi e fare resistenza. Il mio ospite, d'altra parte, ignorava quello sforzo. Mangiò a malapena e si dedicò a tracciare arabeschi col suo violino immaginario finché, poco dopo mezzogiorno, alcuni colpi alla porta annunciarono l'arrivo del dottor Doyle, che introdusse prima la testa, sorrise con tutti i suoi denti e poi fece apparire il corpo con un piccolo balzo.

«Buonasera a questa bella e piacevole assemblea! Come sta lei, caro ragazzo? Mi sembra molto meglio! Ancora più cose da celebrare! Signorina McCarey...».

Aveva una scatola sotto al braccio. Riconobbi il nome di uno dei migliori negozi di liquori di Portsmouth.

«Mi assicurano che questo sia il miglior champagne francese di importazione...! Miei cari amici, non dite niente? Immagino che, sebbene qui non arrivino i giornali, voi viviate nel mondo... Confido almeno in lei, signorina McCarey, perché so già che il nostro sagace Sherlock Holmes si trova su una stella lontana... Accidenti! Perché questi musi lunghi? Lo hanno *catturato*!». Aprì le braccia aspettando una reazione, ma interpretò male il nostro silenzio. «Be', diciamo che, in effetti, non è andata per il meglio... Il nostro caro e maledetto criminale ci ha preceduti e ha rovinato la festa alla giustizia. Immagino sospettasse cosa stava per accadere. Perché già sapete che lo hanno trovato morto nella locanda Peacock...». Indeciso tra i due, decise di guardare me. «Non è ancora uscito nei quotidiani della sera, ma... mi hanno detto che era... un... un marinaio di... Oh, mio Dio...». Impallidì. «*Lui*? Che stupido sono...!».

La sua allegria si ruppe in modo tale che mi sbrigai a sorridergli.

«Non si preoccupi. Ho già avuto tempo di... di accettarlo» mentii.

Doyle aveva buttato giù le spalle, abbattuto. Prese la mia mano tra le sue.

«Oh, Dio, Dio mio... Oh, per favore...».

Il piacere che provai nel vedere che c'era qualcuno, *qualcuno*, un essere umano che mi compativa davvero, qualcuno che non voleva che me ne andassi dalla sua vita, né oggi né domani, fu tale che crollai. Le braccia del dottore mi accolsero.

«Signorina McCarey... Anne... mio Dio, quanto mi dispiace...».

«Non... non bisogna più temerlo» mormorai tra le braccia di Doyle. «Mi... ha mentito. Mi aveva detto che continuava a lavorare su una nave, ma era da anni che non aveva alcun lavoro... Per questo non voleva che me ne andassi da Londra... Lì tirava avanti con quello che gli davo io. Mi voleva solo perché gli davo soldi... E tutto questo avrei potuto perdonarglielo...!». La voce mi si ruppe, mi vergognai da sola del mio pianto e questo mi fece piangere di più – e mi rese ancor più brutta. «Ma i crimini no! Per quanto odio avesse dentro... verso la vita... verso di me...!».

«Oh... signorina McCarey» il buon dottore mi consolava con un forte abbraccio.

«Speriamo arda all'*inferno* per quello che ha fatto a Danny Waters!» esclamai, e infine potei arrendermi alla rabbia, un modo straordinario per asciugare qualsiasi lacrima. Credetemi.

«Lei non è stata responsabile» disse delicatamente il signor X.

Questo mi fece rimettere a piangere, ma ora nascosta dalle braccia di Doyle.

«Sì, lo sono stata, per non averla ascoltata! Lei mi aveva avvertita, mi aveva detto di fare attenzione con lui! Fu la prima cosa che mi disse!» tornò la furia col suo fuoco prosciugatore. «E in ogni caso... a lei che importa se io sia responsabile o meno?!».

Crollai in un pianto senza lacrime. Ma ora non piangevo per la mia relazione con Robert: era l'inconcepibile freddezza dell'uomo che avevo creduto così speciale, così superiore, a ferirmi a morte. La mia palpebra chiusa. Il mio "bella e coraggiosa"... Stupida. Ero caduta nella rete di un pazzo dopo essermi lasciata possedere da un altro. Io ero questo.

Doyle mi mise una mano sulla spalla e mi parlò come Dio dal cielo.

«Stamattina me lo ha raccontato un paziente, mi disse che era un marinaio e non mi è venuto neanche in mente di pensare... Che sciocco che sono!». Io lo tranquillizzavo, mi addolorava vedere la sua allegria giovanile distrutta in quel modo nel pieno della vittoria. «Quell'uomo crudele... l'ha ingannata per tutto quel tempo... Dev'essere stato terribile per lei...».

«Ognuno di noi porta le proprie paure sulle spalle» disse il signor X.

Doyle rimase a guardarlo e dopo mi lanciò uno dei suoi sguardi da "uomo geniale e criptico".

«Bene, vedo che non c'è l'atmosfera adatta per lo champagne» disse, «ma, anche così, continuo a essere allegro. Perché ci siamo tolti di mezzo una bestia folle... Mi perdoni se parlo senza filtri, signorina McCarey...». Feci un gesto per indicare che mi andava bene qualsiasi cosa dicesse. «Quell'uomo era pazzo, ovviamente. Per lei è stato un sollievo, e per Portsmouth la fine di un incubo... Soprattutto tenendo presente che oggi era il giorno».

«Il giorno?» dissi.

Il signor X intervenne:

«Oggi è esattamente una settimana dalla morte di Danny Waters».

La notizia mi fece rabbrividire. In parte condividevo l'allegria di Doyle, anche se il modo in cui il signor X aveva detto quella cosa mi provocò una strana angoscia. Non lo aveva detto con tono sollevato, bensì con un'aria implacabile, come un pendolo che segnasse il tempo in modo ominoso.

«Sì, lo pensavo anche io» ammise il giovane medico. «Proprio per questo penso che abbiamo qualcosa da festeggiare... Forse le sue teorie... Le nostre teorie sul criminale erano sbagliate, eppure... Be', non si offenda, caro amico: Sherlock Holmes esiste solo nella mia immaginazione. Non si unisce a me in un brindisi, signor X?».

«Io le chiederei di rimandarlo, caro dottor Doyle» disse l'interessato.

«Perché?».

«Perché dobbiamo celebrare la mia vittoria, ma più tardi. Ancora non è giunta».

«Giuro che non la capisco».

«Non c'è niente da capire. È così come ho detto».

Io li ascoltavo, anche se ero rimasta a guardare dalla finestra. In lontananza, oltre gli alberi si muoveva il mare, grigio, intangibile. Ricordai Robert che mi gridava che mi amava da quella stessa spiaggia. Robert e i suoi messaggi scritti da altre persone. Eppure il poliziotto che si era degnato di spiegarmi cos'era accaduto aveva detto che aveva lasciato una dichiarazione "scritta di proprio pugno". Non avrebbe mai potuto farlo, tantomeno per spiegare qualcosa di così intricato. Proprio non era da lui...

Sentii un lieve brivido, come se la freddezza del mare mi venisse incontro semplicemente guardandolo, come una specie di spettro.

Dovevo azzardarmi a raccontare questo dettaglio? Non sarebbe sembrato, forse, un tentativo di difendere *in extremis* il ricordo dell'assassino, quando niente e nessuno potevano più farlo?

Capii che non mi trovavo davanti a due uomini qualunque, quindi mi preparai a dirlo, avevo già aperto le labbra quando si sentirono altri colpi alla porta. Il signor X sorrise e sembrò rallegrarsi nella poltrona.

«Eccola, se non mi sbaglio!».

«Chi?» chiese Doyle con la sua tipica ingenuità.

«Perbacco, la mia vittoria! È già arrivata! Sarebbe così gentile da aprire, dottore?».

Ci fu un istante di assoluto silenzio e assoluta sorpresa quando Doyle aprì la porta. Quindi risuonò una voce familiare.

«Bene, bene...! L'ho ascoltata da fuori! Quindi crede che oggi vincerà, signor Holmes? Mi permetta di dubitarne!».

Riconobbi l'uomo robusto coi capelli bianchi e la tonaca nera abbottonata in piedi sulla soglia. Era padre Philipotts.

luglio 1882

Il fuoco di San Telmo

RIVISTA CATTOLICA DI PORTSMOUTH

LA CHIESA CATTOLICA DICE "NO" AGLI SPETTACOLI CLANDESTINI!

Nessuno ne parla in pubblico. Forse i signori Dickens, Tennyson, Thackeray si vergognano di visitarli? Oh, indicibile ripugnanza morale! Oh, degenerazione dal marchio insolito, quelle scene calcate da piedi scalzi, a volte di bambini, quelle follie di perversione e tentazione appropriatamente denunciate dal nostro cardinale, il Mons. John Henry Newman, ex anglicano...! Ma ora, con la cattedrale di San Giovanni Evangelista, luogo sacro, che sarà dedicata e benedetta il prossimo agosto, noi cattolici inglesi dobbiamo riflettere, ancora una volta, sul diabolico nemico...! Una porta qualsiasi, una città qualsiasi... oscurità... una parola d'ordine. Delle scale che conducono, quasi sempre, verso piccole sale. Altre, invece, sono enormi come un Leviatano... Quale diceria su quello che succede lì dentro può non essere certa? Corpi imberbi che ballano o lottano in spettacoli insensati! Famiglie in rovina costrette a umiliarsi sulla scena! Sia chiaro che chi scrive non li ha mai visitati e conosce questi dettagli solo per sentito dire. Non li visiterei mai! E il nostro popolo di Portsmouth, che ha appena smesso di temere l'Assassino di Mendicanti, dovrebbe seguire il mio esempio! Forse a quel criminale di Robert Milgrew – che il signore gli riservi la peggiore delle fosse infernali – non piacevano i clandestini? Non saranno stati forse quei teatri depravati a farlo impazzire? Fino a quando, Signore, sopporteremo l'immoralità del teatro...?

P. Clifford Evans

Le mosse finali

1

«Dottor Doyle, anche lei qui! Che sorpresa!».

D'immediato, io e Doyle non riuscimmo a reagire.

Ma il prete sembrava a suo agio e, dopo aver salutato Doyle e aver fatto un cenno con la testa nella mia direzione, diede uno sguardo allo champagne e rise.

«Ma dai! Champagne francese! Dei festeggiamenti prematuri, signor... lei dev'essere il signor Sherlock Holmes...».

«Piacere di conoscerla, padre». Contrariamente alle sue abitudini innate, il signor X strinse con entusiasmo la grande mano che il padre gli tendeva. Io e Doyle eravamo sconcertati. «Grazie di essere venuto».

«Be', signore, grazie a lei e alla sua insistenza. Oggi scorrerà sangue, signor Holmes, se Dio non lo impedirà!».

«È così».

«Sarà meglio che ci mettiamo al lavoro se non voglio perdere l'ultimo traghetto. Il viaggio da Gosport non è cosa da niente». Aveva portato una valigetta e stava tirando fuori da essa una scatola e una robusta scacchiera di legno a caselle bianche e nere. Quindi si accorse del nostro silenzio confuso. «Oh, temo che... il signor Holmes non vi ha detto nulla?».

«È che non sapevo se sarebbe venuto o no» spiegò il signor X. «Avevo chiesto a Jimmy di richiedere il permesso al dottor Ponsonby e me lo ha concesso».

«Bene» disse il prete robusto, posizionando la scacchiera sul tavolo, dal quale aveva opportunamente rimosso la bottiglia di champagne. «Pensavo che il signor Holmes vi avesse raccontato che da alcuni giorni abbiamo una disputa per corrispondenza... Appena sette mosse, ma già ci sono state vittime».

Il signor X annuì compiaciuto.

«Ho scritto a padre Philipotts che non potevo sopportare più questa tensione: dovevo terminare oggi la partita, in qualsiasi modo. Per fortuna, ha acconsentito gentilmente ad arrivare fino a qui, anche se temo che, quando vedrà il risultato, si pentirà di essersi spostato dalla sua parrocchia».

«Signore, non creda che non sia preparato alla sconfitta». Il prete si rimise a ridere. «Ma ho ancora qualche asso nella manica...».

«Lo spero, e confido che i suoi pezzi si gettino nella lotta con ardore».

«Chiedo scusa...» infine Doyle parlò, un po' impacciato, sorpreso quanto me, «ma... da quando vi conoscete voi due? Il signor... eh... Holmes non mi ha detto nulla...».

"Via lettera" e "per corrispondenza" furono le risposte. Il signor X, che aveva dato la prima, precisò:

«Ricorda, signorina McCarey, quando mi parlò di padre Philipotts e della sua passione per gli scacchi? Scoprii che poteva essere un degno avversario. In fin dei conti, il dottor Ponsonby vuole che mi distragga, no? Che non pensi più alle mie ossessioni...».

Il prete contribuì annuendo.

«Ho esperienza con giocatori di altre città che mi propongono delle partite. Ma questo signore mi ha lasciato senza parole... Alcuni giorni fa mi ha scritto per presentarsi e per sfidarmi in una partita veloce, con mosse quasi quotidiane.

I poveri messaggeri ne hanno pagato le conseguenze, certo, ma ne è valsa la pena».

«Lo penso anche io, padre» disse soddisfatto il signor X mentre il prete disponeva i pezzi sulla scacchiera nella posizione mostrata da un foglio.

«Il dottor Doyle può ben raccontarle quanto io sia pericoloso» disse Philipotts.

«Non serve che lo faccia, lei me lo ha dimostrato abbondantemente, padre. Credo che abbiamo lasciato la nostra battaglia in un punto di tensione che può risolversi in un modo o nell'altro, ma in cui ho un considerevole vantaggio, e le assicuro che lo sfrutterò al massimo fino a spazzare via il mio avversario dal gioco...».

«La vedo molto fiducioso». Sorrise di buon grado il parroco. «Non dico di no, non l'ho mai negato. Ma, ripeto, penso di avere alcuni vantaggi. Cominciamo, se per voi va bene».

Il signor X lo interruppe.

«Mi perdoni, padre, sarebbe troppo chiederle di muovere i miei pezzi per me? Soffro di una piccola malattia che mi provoca tremore quando maneggio oggetti piccoli».

«Non c'è problema».

Che malattia era questa?, mi chiesi. Lo avevo visto maneggiare posate e bicchieri senza esitazioni. Era qualcosa di cui soffriva da poco? A mio dispetto – e per quanto in quel momento non mi piacesse il signor X – provai pena e preoccupazione... ma durarono ben poco, quando sentii cosa disse in seguito:

«E un'altra cosa, signorina McCarey, per favore: annoti *esattamente* le nostre mosse, ho già detto a padre Philipotts che questa partita sarà immortale e meriterà di essere ricordata per sempre. Può farlo, signorina McCarey? Se non le crea disturbo...».

Lo guardai attonita: il suo sorriso, la sua calma davanti ai pezzi nelle loro caselle. Per *questo* mi voleva? Per questo desiderava che restassi ancora un giorno con lui? Per annotare una maledetta partita? Giuro che gli avrei dato una bastonata con il suo bastone.

Invece, dissi con tono asciutto:

«Non so come annotarle. Non conosco il gioco, signore».

«Oh, ma non c'è nessun problema» rispose felice l'omino. «Annoti le mosse così come gliele detteremo io e il padre. Le dispiace, padre?».

«Assolutamente no!».

«Allora procediamo».

Scambiai con Doyle uno sguardo stupito, presi il mio taccuino e una matita dal grembiule e così, tesa per quella sfacciataggine, mi preparai a copiare il dettato.

«Vado con la mia mossa» disse Philipotts, aggiudicandosi i neri. «Alfiere due cavallo regina».

Annotai quella cosa e subito mi resi conto che il "codice misterioso" che il povero Jimmy inviava e portava erano le mosse di quei due personaggi insoliti.

Ci sorprendemmo quando il signor X rispose in quello stesso istante:

«Pedone quattro torre re».

«Interessante». Il prete mosse il pezzo indicato. «Si è preparato. Vediamo. Che mi dice di questo? Pedone quattro alfiere re...».

«Le dico: alfiere due regina...».

«La sua ritirata, signore, non presagisce nulla di buono. Lei mi sta tendendo una trappola...».

Io annotavo. Stupidamente, velocemente. Diedi uno sguardo alla scacchiera: anche ignorando le regole degli scacchi, vidi che restavano ancora in gioco la maggior parte dei pezzi. Questo poteva significare, forse, ore intere di partita. Guardai il dottore con lo stesso stupore costernato che lui mi restituiva.

«Credo che, alla fine, dovrò bere lo champagne da solo» disse Doyle.

«Certo, cosa celebriamo?» disse Philipotts, riflettendo sulla scacchiera. «Se posso chiederlo...».

«Hanno catturato l'Assassino di Mendicanti» rispose Doyle, e gli fui grata del fatto che non fornì ulteriori dettagli.

«Oh, sì, certo! Che testa che ho! Padre Evans, che si è abbastanza ristabilito, mi ha detto di aver pensato di pubblicare qualcosa al riguardo nella nostra rivista "Il Fuoco di San Telmo". È per festeggiare, sì, mi sono giunte voci. Vediamo... Pedone cinque alfiere dama... Mi sono azzardato a rompere le sue difese! È il suo turno, Holmes».

«Regina tre alfiere re...».

«Inarrestabile». Il prete si fece rosso in volto. «Ma devo fare solo questo: cavallo tre alfiere regina».

«E io questo: regina tre re...».

«La sto bloccando. Il mio re è invincibile, signor X».

«Non esiste nulla che sia invincibile» rispose pacatamente il signor X. «Non berrò alcol, dottor Doyle, mi dispiace per il suo champagne. Però accetterò un bicchiere d'acqua».

«Chiaro, il vizio prima di tutto» ironizzò Doyle, andando a prendere la brocca dal tavolino.

«Glielo servo io, dottore» mi offrii.

«Non si preoccupi. Lei è già impegnata a prendere nota della partita *immortale*».

Philipotts parlava nella direzione della scacchiera.

«Certo, mi rallegro che abbiano preso quel criminale... Non auguro del male a nessuno. Siamo tutti degni di compassione davanti a Dio, e solo l'Onnipotente può castigare... Ma dopo quello che ha fatto a quel bambino... che il Signore lo perdoni... Signor Holmes, ha qualcosa da dire prima di morire?». Sorrise facendo la sua mossa. «Alfiere quattro cavallo regina».

«Oh, è potente, ma non mi arrenderò senza lottare: cavallo quattro alfiere regina...».

«Oh. Oh, oh. Questo è stato un pizzicotto dove non batte il sole. Perdoni il mio linguaggio, signorina...».

«È in famiglia, padre» disse il signor X, bevendo un sorso d'acqua dal bicchiere che gli aveva dato Doyle.

Guardavo Doyle con un'espressione talmente limpida che il giovane dottore non poté fare altro che cercare – con difficoltà – di trattenere le risate. Tuttavia, allo stesso tempo sembrava ammirarlo di più. Mi sussurrò:

«È un individuo affascinante. Non ho mai conosciuto nessuno come lui, signorina McCarey. Nessuno. Stravagante, unico».

«Pedone sei torre regina...».

«Oh». E Philipotts canticchiò. «Credo che questo sia stato uno sbaglio, stimato signore... Cavallo mangia pedone torre regina».

E si appropriò del pezzo con l'altro. Il signor X sussultò.

«Suvvia, è il destino di questo gioco. A volte uno ha un buon piano, ma trascura un pezzo. E quel pezzo che manca diventa decisivo. Per fortuna è possibile riscattarlo. E se questo succede, l'avversario farà bene a temerci». Sorrise. «Torre mangia cavallo».

«Strano modo di "riscattare" il pezzo che manca, caro amico... Regina mangia torre. Ripeto che ha sbagliato...».

Doyle fu il primo a desistere.

«Mi dispiace, signor Holmes, ma credo che le cose non si mettano bene per lei. Me ne vado, col suo permesso, perché non voglio vedere il suo martirio. E perché due pazienti mi aspettano, tesi e di malumore. Tornerò dopo, se desiderate la mia compagnia e spero per il suo bene, Sherlock, che sarà ancora qui, perché sarà segno, forse, di uno stallo... Padre, abbia pietà del signor Holmes».

Questo fece piacere a Philipotts il quale, in effetti, sembrava star vivendo il suo culmine scacchistico.

«Figliolo, io mi sacrifico solo per il prossimo, non per l'avversario». Doyle rise con il prete. «Il signor Holmes è veramente straordinario. Nonostante ciò, mi sono trovato in situazioni peggiori».

«Potete tenere lo champagne, ma vi vieto di aprirlo fino al mio ritorno. Signor Holmes, signorina McCarey».

«Dottore» dissi.

«Saremo qui» canticchiò il signor X, «e apriremo quello champagne per celebrare la mia *vera* vittoria. Sicuro di non voler cambiare la sua ultima mossa, padre?».

«Perché dovrei farlo?». Philipotts aggrottò le sopracciglia.

«Perché se mangia la mia torre, ho vinto la partita».

Il prete pensò per un momento.

«Oh, imperdonabile! Non ho visto la trappola con l'alfiere! Togliere la mia regina libera il passaggio! Oh, oh, imperdonabile...!».

«La sua religione insegna il perdono, non si preoccupi. Ritiri quella mossa e continuiamo, lei può cancellarla, signorina McCarey».

«Signore, lei è un degno avversario» rispose il parroco con sufficienza disfacendo la mossa.

Doyle se ne andò dopo aver inarcato comicamente le sopracciglia verso di me. "È lei l'infermiera" – sembrava dicesse – "soffra per me".

2

Non soffrii, almeno all'inizio – dopo sì, in quella che fu la notte più spaventosa che avessi vissuto fino ad allora – e vedere quella coppia stravagante e annotare le loro mosse criptiche mi fece distrarre dal mio incubo. L'uomo della poltrona dettava le sue mosse, felice. Non sembrava esservi in lui la benché minima preoccupazione davanti al fatto che me ne sarei andata il giorno successivo – in realtà, voleva che me ne andassi. Ma cosa mi aspettavo? La sua compassione? Forse era solo, detto chiaro e tondo, che il signor X, alias Sherlock Holmes, era insopportabile. La sua famiglia, tutti i suoi cari, lo avevano allontanato dalle loro vite. Ora mi si presentava l'occasione di fare lo stesso. Perché mi pesava tanto? Cosa mi univa a quell'ometto testone, se non una serie di cose irreali, virgolettabili – un "violino", un "palazzo", un "gruppo segreto", un "teatro del piacere" – e... alcune parole?

"Alfiere cinque cavallo regina".

Mi aveva trovato *bella*. Ecco cos'era, Anne McCarey. Ai suoi occhi eri bella. Era la prima volta che qualcuno me lo diceva. Per quanto la mia ragione mi dicesse che si era trattato solo di una cortesia, avevo percepito della sincerità...

«Regina tre torre regina».

«Il suo modo di avvicinarsi allontanandosi è quantomeno curioso, figliolo... Mi prende, mi prende, ma non mi dà il colpo di grazia. Cosa vuole? Proviamo con questo...».

«Scusatemi» dissi allora, improvvisamente stufa. «Signor X... Signor Holmes».

«Sì, signorina McCarey?».

«Mi dispiace interrompervi, ma dovrei andare a vedere altri ospiti».

Avevo deciso che le ulcere di lord Alfred C. mi sembravano una distrazione migliore.

«Ma certo, signorina McCarey, lei è qui per questo, e aggiungerei che non deve preoccuparsi, perché io e padre Philipotts possiamo riposarci un po'! O non è d'accordo con me, padre?».

«Persino il Signore si riposò un po' il settimo giorno. Ma la prego, signorina, di tornare prima di sette giorni... L'ultimo traghetto...».

«Torno subito, padre» dissi, incapace di resistere un minuto di più.

Quando tornai dopo aver cambiato bendaggi, preso temperature e somministrato farmaci, la sera si era fatta più scura. I due uomini erano immersi in una conversazione di cui sentii appena qualche parola.

«Oh, curioso» diceva Philipotts. «Comunque la sua famiglia aveva il diritto di... Che le succede, signore?».

Mi voltai e vidi che il signor X stava tremando dalla testa ai piedi. Poi il suo piccolo corpo si inarcò con un grido agonizzante. Fu una contrazione così violenta che le gambe colpirono la scacchiera e i pezzi volarono in aria in tutte le direzioni, come se qualcosa dentro di lui fosse esploso.

3

Io e il sacerdote potemmo solo, per un momento, proteggerci dalla pioggia di pezzi. Anche se ho la consapevolezza di essere corsa verso di lui ancora prima che l'ultimo di quegli oggetti colpisse il suolo.

«Sta soffocando!» disse Philipotts dietro di me.

Vidi il suo torso che si gonfiava in cerca di aria, la cartilagine della laringe tremava senza riceverne, e sentii un rantolo atroce uscire dalle sue labbra.

Aveva le convulsioni, era ovvio, ma ancora respirava. Dalla bocca gli uscì un rivolo di vomito, chiaramente bile, mentre io gli mettevo la testa di lato cercando di restare fredda, per favore, e di ricordare, almeno, Annie, stupida, il primo soccorso... Sotto le mie mani ferme, tutto il suo corpo si contraeva come un animale selvaggio. Dei capelli mi caddero sulla fronte. Ora sì, Annie. Ora sono convulsioni, non il violino. Ora non è musica, nemmeno prima, però... Gli tenevo la testa di lato e mi assicuravo che respirasse. Le mie mani, umide del suo vomito, mi scivolavano dal suo mento. No, per favore, pensai. Lo stai facendo male, Annie. No. Non così. Le contrazioni diminuivano, ma i suoi occhi erano due mezze lune bianche e il suo corpo era duro come un mausoleo. Dalle labbra gli colava della schiuma. Gli presi il polso inutilmente.

«Madre di Dio...» diceva qualcuno alle mie spalle, non so chi, lo avevo dimenticato.

«Mi aiuti...» chiesi a chiunque fosse. «Mi aiuti a portarlo a letto».

«Subito».

Unimmo le forze, io e la voce, in un mondo appannato come un vetro in inverno. Ma non era necessario. Quasi non aveva peso. Il suo corpo era leggero, esiguo. Avrebbe potuto non esistere e non lo avremmo notato, pensai.

Ma feci il gesto. Oh, Dio mio, lo feci. Presi quella fragile filigrana umana con tutta la cura e la delicatezza che avevo, con molta attenzione, e lo depositai lentamente sulle lenzuola.

«Cosa gli sarà potuto succedere...?» diceva la stupida voce accanto a me. «Ha polso?».

«Chiami il dottor Ponsonby» mormorai. Le dita sul suo collo non generavano eco. Nulla suonava dentro di lui. «Chia... chiami il...».

Appoggiai l'orecchio sul suo petto dopo avergli aperto il pigiama. La musica doveva esistere, ma io non la sentivo. Era colpa mia. Ero io a essere sorda alla sua piccola musica. Ora lo capivo. Forza, forza, musica. Gli presi le gambe e gliele sollevai sopra la testa. Dopo poggiai le mie labbra sulle sue labbra rigide. Gli aprii la bocca e vi soffiai dentro aria vitale. La mia vita attraverso quella bocca morta. Volevo morire io e cedergli ciò che, qualunque cosa fosse, intangibile, invisibile, mi faceva muovere e palpitare, il mio violino, il mio pregiato violino della vita, affinché fosse suo.

La voce tornò con varie altre voci. Non so quante, non guardai nessuno. Non ricordo nemmeno cosa dicessero. Avevo orecchie solo per il silenzio del suo corpo, tatto solo per le sue arterie immobili. Una delle voci, infine, si impose. Come se mi tirasse, strappandomi fuori da lui, dall'oscurità in cui si trovava, verso il mondo della luce. L'unica voce ad avere tale potere oltre alla sua.

«Si scansi, signorina McCarey, per favore».

Il dottor Doyle mi prendeva dolcemente dalle spalle, ma io gli dissi di no con la testa. Perché dovevo farlo? Non potevo. Non potevo andarmene senza di lui.

«Anne...». Ora era la capa Braddock. «Per favore, lascia che il dottore...».

«Annie...». Susie gemeva accanto a lei.

«Signorina McCarey...».

Mi sentivo come se mi avessero staccata da lui. Era doloroso. Il dottore si chinò ansimando. Quello era il mio mondo: la giacca scura del giovane Doyle, le sue cuciture.

Oltre, il volto pallido e smarrito di un prete di cui avevo dimenticato il nome.

«Da quanto sta così?» chiese Doyle.

Io e il prete parlammo quasi contemporaneamente. Era facile, era successo appena un minuto prima. O forse quindici, o dieci, o meno. Doyle non diceva niente. Ascoltava come un giovane professionista. Lo adoravo. Riposi in lui tutto il mio amore e la mia forza.

Il dottore chiese il fonendoscopio di Ponsonby. Mary Braddock corse nel suo ufficio.

«Per fortuna, io aspettavo ancora che il signor Weedon mi sistemasse delle scartoffie» disse Doyle.

Vedevo l'opera senza partecipare. Era una tragedia. Vedevo svolgersi davanti ai miei occhi quei gesti enormi, indelebili. Sentivo un *tic tac* che proveniva da qualche parte e una conversazione come già provata in anticipo tra due persone, medico e prete. "Com'è successo? Ha detto che ha vomitato? Sì, è vero, signorina...? Ma, è...?".

«È ancora vivo» disse allora Doyle, e tra le mani teneva il fonendoscopio, come se il tempo fosse balzato in avanti senza pause. «Ma è agonizzante».

«Se lo portassimo in ospedale...?» disse timidamente l'uomo vestito da prete.

Doyle gli prese di nuovo il polso, poi gli mosse la testa da un lato e dall'altro. Dopo una pausa, si alzò. Guardavo fisso un punto sul pavimento. Non riuscivo proprio a capire che ci facesse lì quell'oggetto: era la testa di un cavallino di legno.

«Bisogna far venire Ponsonby» disse Doyle.

«Vive fuori» disse Mary Braddock. «In North Road. Ma non possiamo lasciare la pensione. Curiamo altri pazienti e a quest'ora siamo solo...».

«Io non mi muoverò da qui» dissi con sicurezza assoluta.

«Non preoccupatevi, andrò io» si fece carico Doyle. «Padre, la accompagno. Viene?».

«Eh... No... Penso di no» disse il prete – Philipotts, ora ricordavo il suo nome. «Penso che resterò».

«Posso portarla a Gosport, padre».

«No, resto...».

«Come vuole. Che ore sono? Il mio orologio va bene?». "Quasi le undici di sera", disse qualcuno. «Ascoltate, vado a prendere Ponsonby. Voi, infermiere, andatevene, tranne la signorina McCarey. Non c'è niente da fare, ed è necessario che non permettiate ad altri pazienti di entrare e disturbare».

Era un timore sensato: il signor Conrad H. già si affacciava dal corridoio, come anche sir Leslie, il sifilitico sorridente. Non c'è niente di più attraente della morte altrui. Come se la fiutassimo da lontano. Sciacalli che si avvicinano al corpo che sta per effettuare il passaggio.

«Capito, dottore» disse Mary Braddock prendendo le redini.

Non dimenticherò mai che entrambe, prima di uscire, si avvicinarono a consolarmi in qualche modo. Quella che mostrò più affetto fu Mary Braddock, col suo volto sempre sprezzante nel mezzo dei suoi lineamenti rotondi. In quel momento pensai che fosse una donna buona. Mi prese la mano, la strinse. Fece un gesto di approvazione e vidi la pena nei suoi occhi.

«Disturbo se mi siedo qui, accanto a lui?» disse padre Philipotts, che poco prima stava – faticosamente, a giudicare dal suo ansimare – raccogliendo i pezzi della scacchiera dispersi e aveva rimesso la scacchiera sul tavolo. Ora avvicinò la sedia al letto per sedersi al capezzale. Le mie colleghe portarono un'altra sedia per me. «Pover'uomo... Che gli sarà potuto succedere...? Stava così bene!».

Doyle si voltò verso di me.

«Signorina McCarey, porterò dei rinforzi. Badi al castello in mia assenza».

In quel momento – un "momento" che potrebbe essere durato un secondo o forse più di un minuto intero – guardare gli occhi di Doyle mi fece ricordare una cosa.

4

«Dottore! Aspetti!».

Lo presi da parte, lontano da Philipotts, ma il povero prete non sembrava interessato ad ascoltarci e stava mettendo una mano su quella immobile del signor X.

«Si prepari al peggio» diceva Doyle. «Non credo le farei del bene indorando la pillola...».

«Lo so, mi dica solo...».

«Non so cosa gli sia potuto succedere» tagliò corto, frettolosamente, mentre si metteva il cappello e anticipando una presunta domanda. «Potrebbero essere molte cose. È un uomo debole e anziano. Propendo per un'apoplessia, però...».

«No, no, non è questo che voglio sapere. Mi ascolti, per favore».

Lo raccontai rapidamente e con una certa coerenza: ero abituata a farlo in situazioni piuttosto angoscianti. Non come questa, no, come questa mai. Gli dissi che avevo ascoltato parte della conversazione dietro la porta il giorno in cui il signor X e lui si conobbero, e quello che il primo disse riguardo un "segreto" – così disse – che io non avrei "mai dovuto sapere". Sorrisi, cercando di infondere coraggio anche a lui.

«È una malattia, vero? Il signor X soffre di una malattia grave, non è vero?». Mi guardava sconcertato. Lo attribuii al fatto che giudicasse inconcepibile che io gli chiedessi di tradire il segreto professionale. Mi inginocchiai ai suoi piedi. «Dottor Doyle, la imploro... So che non è corretto, ma ho bisogno di saperlo e forse non ci saranno più altre opportunità... La supplico. Me lo dica, qualunque cosa sia, sono preparata...».

E pensai: sono preparata. Qualunque cosa fosse ciò che voleva nascondere l'uomo che trovò in me della bellezza. L'uomo che mi considerò bella.

Qualunque cosa fosse.

«Oh, ancora non lo sa?» disse Doyle, quasi fosse irrilevante. «Mi perdoni, pensavo che a questo punto... Alla fine, non mi crederà, ma...».

«Si sta svegliando!» urlò il parroco.

Corremmo verso il letto.

In effetti, si era mosso.

Una piccola contrazione, un movimento del collo e del torso. Come un tizzone tra la cenere fumante. «Signor X?» io e Doyle lo chiamammo insieme. «Chi è il "signor X"?» chiedeva Philipotts sconcertato. Il medico gli riprese il polso. Aggrottava le sopracciglia. Ero abituata ad avere pazienza con i dottori, eppure quanto avevo bisogno, ora, che dicesse qualcosa che ci desse speranza!

Dopo una pausa insopportabile, sollevò lo sguardo.

«Falso allarme» disse. «Il cuore batte, ma è molto debole. Devo fare in fretta, Ponsonby deciderà cosa fare».

Giunto alla porta si girò di nuovo e mi indicò con mano tremante.

«Mi ascolti, la stanza ha una chiave?» gli risposi che io ne avevo una e che c'era una copia nell'ufficio di Ponsonby. «Perfetto. Chiuda a chiave. Non faccia entrare nessuno fino al mio ritorno. Finché non sapremo cosa succede, è meglio tenerlo isolato. Verrò quanto prima. Non lo lasci».

«Mai».

Dopo aver chiuso la porta con due mandate ed essere tornata al letto mi resi conto che Doyle si era scordato di raccontarmelo.

Il *segreto*.

5

«Mi perdoni, signorina, ma io lo conosco» disse padre Philipotts.

«Come, scusi?».

«Il segreto». Il prete sorrise.

Restai pietrificata.

Accadde quando il giovane dottore era già assente, dopo che ebbi preso l'altra sedia e mi fui seduta accanto al letto pronta a vegliare. A proteggere. Quindi il sacerdote, seduto di fronte a me, mi disse quella cosa:

«Deve perdonarmi» continuò, «ma non ho potuto evitare di sentire che chiedeva al dottore del "segreto" del signor Holmes». Annuii senza sapere bene a cosa si riferisse. La sua presenza lì, in quel momento fatidico, era così strana che riuscivo a malapena a capirla, ma il fatto che conoscesse il "segreto" del signor X mi lasciò ancora più confusa. Dovette percepire qualcosa nella mia espressione, perché si affrettò ad aggiungere: «Oh, non è una confessione, posso raccontarglielo. Lui non mi ha proibito espressamente di farlo anche se, chiaro, mi ha chiesto discrezione... E io non sono indiscreto, che Dio mi scampi, però... L'ho vista così angosciata poco fa, lì, in ginocchio davanti al dottore...». Si sistemò il collare, che si vedeva del tutto solo quando alzava la pappagorgia. «Non è nulla di grave, in fin dei conti».

Pensai: qui tutti sanno questo maledetto segreto tranne me. Faccia a faccia, illuminati dalla piccola lampada sopra al capezzale, la figura immobile nel mezzo, sembrava che Philipotts aspettasse da me qualche segnale, una sorta di permesso. Si vedeva che era un uomo abituato ad aspettare messaggi per fare le cose.

«Padre, faccia ciò che le detta la coscienza» mormorai.

Si accarezzò il volto, come se cercasse di palparsi la coscienza da lì e di verificare cosa gli dettasse. Dopo un istante di riflessione, mi sorrise.

«Vede, quando lei se ne è andata, prima che gli... succedesse questo, mi ha fatto un riassunto della sua vita che immagino lei conosca a grandi linee. Ricoverato in delle pensioni sin da bambino, solitario... Tutto molto triste. Ma attenzione» e sollevò un grosso indice. «Mi ha detto che aveva imparato a essere forte grazie alla sua famiglia».

«La sua... famiglia?». Lo guardai attonita.

«Sì. A quanto pare, sono persone buone, di cuore...».

«Oh» dissi.

«E allora mi rivelò una cosa che, disse, non voleva che si sapesse, perché a nessuno sarebbe importato davvero, e aveva ragione». Il volto roseo di padre Philipotts si commosse e abbassò la voce. Mi piegai. «È battezzato con rito cattolico. Lo sapeva?».

«No».

«La sua famiglia è cattolica. Ma con discrezione». Abbassò di più la voce, mi piegai di più. «A quanto pare, gli Holmes hanno posti di rilievo nella nobiltà e non vogliono...».

«Gli... Holmes?».

«È il cognome della famiglia, no? Lui si chiama Sherlock. John Sherlock, in realtà, da quando lo battezzarono...».

«Ah» dissi.

Sospirai e guardai con un po' di rimprovero la piccola figura che giaceva ferma tra di noi. Piccolo farabutto, pensai senza rancore. Si era preso gioco del povero prete. O forse si credeva davvero Sherlock Holmes, così come credeva che la sua famiglia fosse "buona" e persino "cattolica". Chi poteva saperlo. Era pazzo.

«Se ne andrà in pace» disse il sacerdote, dando una pacca alla manina sul letto. «Io ho deciso di restare per... nel peggiore dei casi, intendo» aggiunse diretto a me.

Iniziai a capire cosa volesse dire padre Philipotts col suo parlare calmo. Conclusi che era accettabile. Non gli avrebbe fatto alcun male se gli avesse dato l'estrema unzione, e magari era cattolico per davvero. Il signor X era strano, era cinico, era molte cose. Poteva essere cattolico. E che fosse uno scherzo o meno, a padre Philipotts aveva già fatto un po' di bene: il suo volto grassoccio e bonario appariva soddisfatto. Si sentiva utile, necessario, forse era persino sollevato di non dover perdere la partita.

Rimanemmo in silenzio e tornammo a vivere il nostro dramma interiore. Mi misi a togliergli dalla fronte quei pochi capelli dal taglio sempre accurato. Aveva la pelle fredda. Sarebbe morto, davvero. Presto. Delle lacrime dolci mi accarezzavano le guance. Signor X, pensai. Ma non con tristezza. Lo pensai come chi accetta un destino. Con l'esaltazione di un martire. Il mio destino era stare accanto a lui in quell'ultimo viaggio. Gli passai la mano sul volto: naso aquilino, zigomi marcati. Mi ricordai di aver fatto lo stesso con mio padre agonizzante. Poco prima di perdere conoscenza e sprofondare in un pantano di ultimi respiri, mio padre mi aveva detto: "Sai cos'è che mi piace di più, Annie? Sapere di essere stato un uomo buono" e io non potei fare altro che annuire, sebbene non sapessi se lo fosse stato o meno – mio padre era un enigma, un'incognita per me – ma confermai quello che mi disse. Perché lo amavo.

In quel momento feci la stessa cosa, come se una voce dal passato mi stesse dicendo questo sul signor X.

Era stravagante, probabilmente era pazzo e mentiva palesemente quando gli faceva comodo. Ma era un uomo buono. Aveva voluto valorizzarmi. Aveva voluto che fossi io a vedermi bella. Mi aveva lodata affinché io mi lodassi. Aveva suscitato in me amore, sebbene egli stesso non mi amasse. Il mio amore verso di me. I suoi occhi erano stati specchi che mi riflettevano in due colori. Mi aveva regalato qualcosa di meraviglioso, il regalo più bello e importante che una persona possa fare a un'altra.

Mi aveva regalato me stessa.

«Guardi, guardi...». Il sacerdote indicava la manina del moribondo, che ora si posava sulla sua manona macchiata dalla vecchiaia e ricoperta di peli bianchi. «Credo che voglia confessarsi... Figliolo, mi senti? Ti penti dei tuoi peccati?».

Io lo lasciai fare. Non ero cattolica, ma ero credente, ed ero sicura che il destino del signor X, o di Sherlock Holmes, fosse di stare nel seno di Dio.

«*Ego te absolvo*» cantilenava padre Philipotts mentre faceva il segno della croce.

6

Dopo tornò il silenzio, ostinato, che si posò con atea maestosità. Non importava in cosa credessimo, anglicani o cattolici, il silenzio tornava sempre.

Non so quanto tempo passò fino a che percepii – oh, Dio – un cambiamento nel moribondo.

Non in lui, in realtà: nei suoi occhi. Qualcosa lì dentro, un'ombra o una luce, o tutte e due. Ora padre Philipotts era immobile, una specie di scultura, come se, compiuta la sua funzione, non vedesse più alcuna necessità di continuare a essere umano. Forse sonnecchiava e, per questo, non aveva visto ciò che avevo visto io. Se davvero c'era qualcosa da vedere.

Mi piegai.

Gli occhi del signor X erano ancora socchiusi. Non sembrava ci fosse nulla di strano in essi.

Mi piegai di più. Fissai lo sguardo su quello azzurro. L'iride era particolare, e da così vicino lo vedevo perfettamente. Archi cerulei tracciati su tutta la circonferenza e concentrati nella pupilla. Un precipizio rotondo. Un pozzo.

Invece l'occhio arrossato era una bocca aperta. Un vulcano.

Allora lo sentii.

Per un istante non riuscii a reagire. Ebbi paura.

«Lo sente?» chiesi senza fiato a padre Philipotts.

Alzando la testa, il suono diminuiva. Mi piegai di nuovo.

Non mi sbagliavo: proveniva dai suoi occhi.

Era il suono di un violino.

Suonava dentro di me, intorno a me. Si estendeva da quelle cavità, dai cerchi dei suoi occhi e dava nuova forma a tutto. Ponti, scalinate, torrioni, feritoie, profondità e ampiezza, una vertigine immensa, ordinata in un caos labirintico. Anche sotto ai miei piedi, dove la sedia era sparita. Cristallo puro; colonne che, come telescopi, si espandevano da sole. Era tutto del colore della sua iride azzurrina, il colore pallido del cielo all'alba. Il colore di un ricordo del mare. Io ero piccola, minuscola, insignificante, al cospetto di quel mondo trasparente. Guardai verso il basso e le vertigini mi fecero inciampare.

Quindi lo vidi. Ero in piedi appoggiata a una balaustra di vetro attraverso la quale potevo vedere le mie mani, mi piegai su di essa e lo sorpresi, a una distanza infinita, mille piani di sotto, col suo violino.

Il signor X smise di suonare per un istante, mi guardò e sorrise. Poi si portò il dito indice alle labbra, come facendomi segno di fare silenzio, e riprese a suonare.

Il suo violino – finalmente lo vedevo – era una bellissima creatura viva e trasparente di colore rosso, come uscita dal fuoco. Sapevo che, se avessi solo sbattuto gli occhi mentre lo guardavo, sarebbe evaporato per via della sua assoluta fragilità. Non volevo sbattere gli occhi, ma non potei farne a meno. Una volta sola. Ci fu un rintocco e il violino, con tutto il palazzo si trasformarono in grandine. Pezzi degli scacchi di cristallo, una pioggia di gemme rosse e azzurre a forma di pedoni, torri e alfieri su di me. Mentre, dall'alto, risuonava la voce di Dio: "Il segreto! IL SEGRETO!".

Tornare nella stanza fu come cadere all'indietro.

Mi risvegliai che ancora guardavo i suoi occhi, così che mi sembrò di uscire da essi, spinta all'indietro dalla profondità delle sue pupille. Capii che a un certo punto mi ero addormentata e avevo fatto quello strano sogno. I rintocchi provenivano dall'orologio al piano inferiore. Suonava la mezzanotte.

Ma non fu il mio brusco risveglio a farmi gemere per lo spavento: fu vedere ciò che stava succedendo.

7

La stanza era la stessa, il signor X era nello stesso punto, ma padre Philipotts era cambiato in modo terribile.

Tutto il suo volto ora era di un bianco marmoreo e la sua espressione si era pietrificata fino a sembrare una maschera di gesso di se stesso.

Qualcosa in lui non era cambiato, comunque: la sua mano era ancora sotto alla manina del signor X che ora, con gli artigli di fuori, sembrava stringerla con forza.

L'orrore – ancora non sapevo orrore di cosa – mi impedì di fare qualsiasi cosa tranne che alzarmi e indietreggiare. Stavo contemplando, lo sapevo, una specie di lotta. Il sacerdote tirava per liberarsi e la mano del signor X premeva sempre di più per trattenerlo. Poco a poco, tuttavia, stava vincendo il primo. Arrivò ad alzarsi, come me. La sedia cadde all'indietro per via del brusco strattone. Anche così, i due continuavano a essere uniti da quel cordone ombelicale di dita. Era incredibile la forza che doveva star esercitando il signor X, o qualunque fosse l'energia che lo possedeva, per mantenere ancora sotto controllo la mano robusta del prete. La cosa più spaventosa era che egli continuava ad avere gli occhi chiusi, allo stesso modo in cui il signor X continuava ad averli aperti, entrambi in silenzio, sebbene tremanti, uno per lo sforzo di liberarsi e l'altro per quello di impedirglielo.

Quindi guardai meglio e mi accorsi che, tra le due mani, c'era qualcosa.

Sangue.

In quel momento iniziò a gocciare sul lenzuolo in rivoli densi.

Non avevo mai visto niente di più atroce di quella scena muta.

«Padre...?» gemetti. «Padre Philipotts...? Signor X...?».

Con uno sforzo improvviso, la statua che era padre Philipotts si girò e fece un passo indietro, ora libero. Inciampò, ma non cadde a terra.

Allora – solo allora, non lo dimenticherò mai – il signor X si alzò del tutto sul letto come una molla, gli occhi bene aperti e un'espressione tale sul volto che mi spaventò quasi più dell'idea della sua morte.

«Signorina McCarey, esca subito da questa stanza!» gridò. «Mi sente? ESCA DA QUI e chiuda la porta!».

Non lo avevo mai sentito gridare. Il signor X non gridava mai. Questo fatto da solo avrebbe fatto culminare il mio orrore, se non fosse che al guardare padre Philipotts aumentò ancor di più.

Perché quello che vidi contorcersi nel mezzo della stanza non era padre Philipotts. Somigliava a una specie di pupazzo di dimensioni umane che, senza nulla che lo sostenesse, si agitava in piedi in un silenzio terrificante, una marionetta il cui proprietario era impazzito. Lo vidi sollevare la mano che il signor X afferrava prima – la destra – ora trasformata in un pugno chiuso, e scaricarla con una forza incredibile su se stesso. Si assestò vari colpi al lato sinistro della tunica. Pensai a una sorta di atto di contrizione delirante, ma era più di questo. Un ritmo meccanico e preciso. I colpi rimbombavano come tamburi. Se il signor X non avesse ricominciato a gridare, quei colpi si sarebbero sentiti in tutta Clarendon:

«Non può PIÙ farsi del male, non si preoccupi, signorina McCarey!». E il signor X sollevò la sua mano insanguinata: lampeggiò una lama d'acciaio piccola ma affilata, come un tagliacarte. «GLI HO TOLTO IL COLTELLO! SE NE VADA IMMEDIATAMENTE!».

Io volevo obbedire, ma qualcosa mi faceva restare pietrificata a fissare il sacerdote. Conclusa quella serie di colpi, alzò la stessa mano e se la passò sul collo con un gesto terribile, una sgozzatura immateriale, precisissima, come quella di un attore prodigioso che inscena la sua morte.

E cadde a terra.

8

In quell'istante la porta si aprì e si chiuse.

Era Doyle. Il suo volto rispecchiava una totale fascinazione. Si voltò verso di me e con l'indice sulle labbra mi fece lo stesso gesto che nel sogno mi faceva il signor X. Silenzio.

Era facile obbedirgli: non potevo articolare una parola. Né muovermi.

Il signor X aveva smesso di prestarmi attenzione, come se avesse interpretato che il rumore della porta lo avessi fatto io uscendo, ed era saltato fuori dal letto, dove aveva lasciato il letale coltello insanguinato. Era accanto al prete che, ora, seduto al suolo in modo ridicolo, muoveva la testa, coi capelli bianchi sottosopra. Le sue guance recuperavano velocemente il colore rossiccio del buon bevitore e del buon peccatore.

«Tranquillo, padre...» diceva il signor X mettendo la sua mano incolume sulle ampie spalle. «È tutto finito... Si calmi».

«Che... che è successo?» disse il prete con la sua voce di sempre. «Ho fatto qualcosa?».

«No, lei non ha fatto nulla, padre» disse il signor X.

L'espressione di padre Philipotts, ora, faceva compassione: era del tutto sconcertato, sebbene tinto da un rossore colpevole. Come se fosse stato sorpreso nel mezzo di un atto vergognoso.

«Mi scusi se ho creato disturbo...».

«Non si preoccupi. Chieda alle infermiere di sotto di restare a Clarendon finché non ci sarà il traghetto per Gosport. Cerchi di riposare». Il signor X dava le spalle a me e a Doyle, preoccupato solo di rivolgersi di Philipotts. «Domani le restituirò la scacchiera e i pezzi. A presto, padre. Grazie di essere venuto».

E, dicendo questo, si diresse alla sua poltrona preferita e sparì dalla nostra vista, nascosto dallo schienale. Il prete si era messo in piedi normalmente e si stava infilando il cappello. L'orrore di pochi minuti prima sembrava solo un incubo irreale, non fosse stato per il sangue e il coltello, ai quali Philipotts diresse uno sguardo neutro, come se non capisse il perché – né gli importasse – della loro presenza sul letto.

Poi ci guardò con affabilità, ma parlò diretto al signor X.

«Non abbia fretta per la scacchiera e i pezzi, ne ho altri di scorta... A proposito, non ricordo se abbiamo finito la partita...».

«Sì, è finita, padre» disse la voce dalla poltrona con decisione. «Del tutto».

«E... chi... chi ha vinto?».

«Io, ovviamente» disse il signor X.

«Mi congratulo con lei. Alla fine, credo di aver fatto bene a venire...».

«È stata la decisione migliore della sua vita, mi creda».

«Se lo dice lei...». Padre Philipotts si grattava la tempia. «È curioso che non... Buonanotte».

«Buonanotte, padre» disse la voce dalla poltrona.

Doyle aprì la porta al sacerdote, che ci salutò con un gesto educato prima di uscire. Poi la chiuse. Sentii il *clic* della chiave e immaginai che avesse preso la copia dall'ufficio di Ponsonby. Stavo per domandarglielo quando proprio Doyle parlò:

«Guarda, guarda, cos'è successo qui...?».

«Raccontarglielo sarebbe ridondante» disse la vocina dalla poltrona. «Come se lei mi raccontasse quello che vuole fare adesso». Doyle fece una risatina strana che condivise con me, come se pensasse di nuovo: "Che uomo ammirevole, che genio". Quindi la voce dalla poltrona aggiunse in tono calmo: «Ma mi perdoni se non l'ho ancora salutata: benvenuto, signor Y».

TERZA PARTE

*

Scena finale

"Quanto somiglia alla morte il finale
di un'opera teatrale! Forse applaudiamo
perché è un altro a essere morto?
Forse celebriamo che noi, per questa volta,
ci siamo salvati?".
(Sir Henry George Bryant, *Studio sul teatro inglese*, 1871)

La tristezza del morto

Il morto passeggia per il salone, inquieto. Il signor Levram non è venuto oggi.

Il signor Levram – un nome curioso, non c'è dubbio, ma ci sono molti nomi curiosi al mondo, il morto lo sa – è il suo unico amico nell'aldilà. Viene sempre a trovarlo a orari precisi, non tutti i giorni alla stessa ora, bensì seguendo una specie di ciclo, variabile e sufficientemente preciso, che ha di certo a che vedere con le possibilità che offre questo mondo, che per il morto ormai non è più "l'altro".

Oggi però è in ritardo.

Non arriva neanche il gruppo, soprattutto quella... bambina? Ragazza?... una bella ballerina che si muove senza ritmo, in un ballo che non segue mai alcun tempo, e che il morto non riesce a smettere di guardare.

Quella danza. Strana, sì, eppure affascinante.

Arriverà, si dice. Levram è un uomo di parola. Finora ha fatto tutto ciò che gli aveva promesso, tranne un piccolo dettaglio: non ha ancora compagnia.

La solitudine intristisce un po' il morto. Il giorno che glielo rimproverò, Levram disse:

«Non preoccuparti di questo. Ti farà bene stare solo. Avrai più tempo per la tua più grande passione... Io ti aiuterò con essa... Ti racconterò cose su un soggetto molto

speciale che ti farebbe piacere conoscere... Forse a tempo debito lo conoscerai».

Ricordando questo, il morto si siede al tavolo, prende il suo pennino e continua a fare l'unica cosa che fa, a parte mangiare e dormire, da quando se ne sta morto in quella fattoria vuota.

Scrive.

Scacco matto

1

Ricordo che tutto, a partire da quel momento, trascorse con rapidità sconvolgente.

O forse era la mia mente, testimone di quanto accaduto fino ad allora in quella stanza nell'arco di poche ore – l'attacco apoplettico del signor X, ora ripresosi miracolosamente; le orribili convulsioni di padre Philipotts, ora miracolosamente finite – a procedere con una lentezza sconvolgente: nel cervello ci sono nodi come nello stomaco, credo di averlo già detto.

In ogni caso, mi trasformai nella spettatrice di un dialogo assurdo, con Doyle come protagonista principale perché, sebbene gli interventi del signor X non scarseggiassero, si realizzavano con il suo solito tono e i suoi soliti modi, delicati come ragnatele, mentre quelli di Doyle mi sembravano affascinanti per quanto mi apparivano lontani da lui. In effetti, era questo nuovo Doyle – così diverso dal giovane dottore che credevo di aver conosciuto – a mantenermi inchiodata in un punto, muta, senza interrompere. Cambiò così tanto che mi sembrò persino che avesse un altro volto, come se il gatto di quel racconto di cui non ricordavo l'autore svanisse fino a lasciare solo il suo sorriso.

La prima cosa che fece, non lo dimenticherò mai, fu un piccolo saltello, si tolse il cappotto e lo ripiegò sul letto, stando attento a non sfiorare il sangue ancora fresco del signor X, del quale contemplavo con incredulità il bagliore sotto la lanterna. Dopodiché si lisciò i baffi e iniziò a parlare. Ma non nel tono ingenuo e gioviale che gli era solito. Al contrario, il nuovo Doyle faceva sfoggio di una sicurezza e di una maturità stupefacenti.

Diciamo che, in pochi secondi, aveva guadagnato cinque anni di esperienza medica, nello specifico in sala operatoria. Perché ora mi ricordava più di ogni altra cosa un chirurgo: deciso, pratico, tutto mani e dita.

E abituato al sangue.

«Mio caro signor X, mio caro signor X... Quando la smetterà di stupirmi? Mi dica una cosa, qualunque sia, mi riveli un trucco... Come ha potuto fingere di essere agonizzante? Sono davvero un medico e l'ho esaminata. Per Giove, il suo polso, la respirazione, la temperatura...! Lei per caso fa teatro?».

«Dominare il corpo è molto più facile che dominare la mente» rispose la vocina dalla poltrona, «e lei aveva bisogno di credere che il suo veleno avesse fatto effetto».

«E come faceva a sapere che avrei cercato di avvelenarla?».

«È stato ovvio, quando ha visto apparire padre Philipotts, anche se, naturalmente, non credevo che fosse nello champagne: questo avrebbe significato rischiare che anche Philipotts o la signorina McCarey si avvelenassero, e tre morti sarebbero stati compromettenti, così ho scelto di chiederle un bicchiere d'acqua, e ha funzionato...».

«Un bicchiere d'acqua che lei, quindi, non ha assaggiato, sebbene sia mezzo vuoto!».

«Non sono molto incline al bere arsenico, signor Y».

Doyle ascoltava il signor X con evidente piacere mentre cercava qualcosa in una tasca del cappotto. Prese un paio di guanti di pelle di meravigliosa fattura, del tipo che si acquistano in alcuni negozi di Londra e che, nel metterli, ti fanno pensare che la felicità dipenda solo dal fatto che le tue mani siano protette.

Erano color grigio tortora. Li lasciò sul letto, vicini, come due bravi fratelli.

«E per finire» disse, «come sapeva che Philipotts sarebbe stato la prossima vittima?».

«Questo era elementare».

«Oh, che espressioni...! Lei sfoggia dei poteri sovrannaturali...!».

«Non ha pensato, signor Y, che forse i suoi poteri sono infranaturali?».

«L'ho pensato del resto del mondo, ma mai anche di me». Doyle prese il guanto della mano sinistra e iniziò a infilarselo separando bene le dita, con una meticolosità simile a quella di un amante intento a compiacere cinque dame. «Ma la supplico, mi dica come sapeva di Philipotts, e come sapeva che sono il signor Y...».

«Già ero stato informato su di lei e sul suo gruppo».

«Sì, so che conosce la nostra piccola società...».

«Non saprei indicare nessuna identità effettiva, a parte la sua, ma questa è l'unica cosa che ignoro; e quanto a lei, capii che non era chi diceva di essere da quando mi visitò la prima volta...».

«Da "uno studio in rosso" e "uno studio in nero"?». Doyle mi guardò ammiccando come al solito: "Che uomo!".

«E perché mi ha retto il gioco?».

«Perché il vero Doyle è vivo, senza dubbio».

Il medico spalancò gli occhi e fischiò.

«Come faceva a sapere che ho preso il posto di una persona reale?».

«Lei è arrivato a Portsmouth qualche mese fa per mettere su questo teatro, ma aveva bisogno di un'identità, perché, quando il teatro fosse finito, avrebbe avuto bisogno di andarsene senza lasciare traccia, e cosa c'è di meglio che prendere in prestito un'identità reale?».

«D'accordo, allora perché non uccidere il vero Doyle senza prendermi tutto questo disturbo?».

«Perché Doyle potrebbe avere ancora familiari che gli scrivono, persone che lo conoscono e che potrebbero venire a trovarlo in momenti inopportuni, se lui non desse segni di vita...».

«È vero. È vivo. Ma riconosca almeno che per un po' l'ho ingannata».

«Al contrario, la sua parodia di un dottore innocente era ridicola».

«Che meraviglia!» disse Doyle guardando l'abitante della poltrona. «Devo ammettere che quando mi parlarono un po' di lei per la questione di Oxford, non le diedi importanza: un pazzo che indaga su di noi! Ora penso che sia la sua follia ad averle permesso di andare oltre al mondo delle apparenze e di arrivare fino a noi. Che coincidenza fortunata che mi abbiano chiesto di visitarla proprio quando avevo in mente di presentarmi!».

«Le coincidenze sono cause sconosciute, signor Y».

La risata di Doyle mi spaventò. Era come se avesse tenuto rinchiuso quello strepito nella gola per tutto il tempo e ora avesse aperto la gabbia.

«Di certo mi sono divertito a inventare teorie sugli omicidi con lei!».

«Mi fa piacere. Ma mi dica, il dottor Doyle sta bene?».

«Oh, splendidamente. Vive in campagna, in una fattoria a nord-est, a Crossing. Non fa molto esercizio, questo no. Si dedica a scrivere di Sherlock Holmes. In realtà è lui ad aver inventato il personaggio... anche se, modestamente, io ho contribuito... Anche a me piace scrivere. Doyle ha usato gli appunti che ho preso su di lei. È un peccato che non pubblicherà mai nulla».

«Lei è uno scrittore frustrato, signor Y, è vero?».

Il modo in cui Doyle guardò verso la poltrona in quel momento mi fece paura.

«Diciamo che mi diletto a scrivere. Doyle lo fa un po' meglio, tutto qui. Ma...».

«E cosa gli avete fatto per tenerlo così quieto?».

Questo ridiede animo a Doyle.

«Troppe domande in cambio di una sua risposta, signor X».

«Le mie risposte valgono molto più delle sue, signor Y».

«In virtù di cosa, mio stimato ragazzo?».

«In virtù del fatto che qualsiasi cosa lei mi dirà non si saprà mai, tenendo conto dei piani che ha con me e, al contrario, ciò che le dico io le sarà molto utile, perché così potrete correggere alcuni errorucci in futuro...».

«Non posso negarlo» disse Doyle sollevando il guanto destro. «Sebbene di "errorucci" ce ne siano stati pochi. Ma le risponderò. Il dottor Doyle è sotto l'effetto di un teatro bello e inquietante chiamato di Atteone. È il nome che gli danno alcuni alienisti. Noi lo chiamiamo della Trasformazione. Opera soltanto a livello mentale, non produce cambiamenti evidenti nell'aspetto. Non evidenti» disse.

«E in cosa si è... trasformato?».

«Crede di essere morto. In questo modo non soffre. Quasi non parla, non fa rumore, non cerca di scappare. Conosco mogli a cui farebbe molto comodo un teatro così. Scrivere, continua a scrivere, e questo non mi sorprende: continuare a scrivere anche dopo la morte è quello che desiderano tutti gli scrittori. *Voilà*».

«Quindi il teatro è davvero capace di controllare la mente...».

«Mio caro signore, il teatro è la magia della realtà. Può fare qualsiasi cosa».

«Persino fare in modo che la vittima accetti di accoltellarsi da sola...».

«Certamente, nel luogo e nell'ora che noi dettiamo, come un burattino. Si chiama teatro della Sfinge o della Domanda Senza Risposta. Abbiamo bambine molto allenate a fare i gesti precisi». Detto ciò, iniziò a infilarsi il guanto sulla mano destra e, mentre lo faceva, mi indirizzò uno sguardo divertito, come se dicesse: "Le sta piacendo? LE STA PIACENDO?". In quel momento non ebbi più alcun dubbio. I suoi gesti, le sue smorfie, il suo portamento... Come avevo fatto a non capirlo prima?

Mi vennero i brividi, al pensiero.

Doyle, il giovane medico che ammiravo, era un attore.

2

«È il suo turno, signor X» disse Doyle. «Come sapeva di Philipotts?».

«Mio caro signor Y, per sapere che Philipotts sarebbe stata la prossima mossa erano necessarie solo conoscenze basilari sugli scacchi, così come l'importante informazione che la Coppelius aveva invitato prima padre Evans, ma quando egli dovette declinare per via della malattia, si affrettarono a invitare Philipotts, perché avevano bisogno di un alfiere nero, ovvio. A questo si aggiunge che il nome di battesimo doveva iniziare con la C, il che vale per entrambi: Charles Philipotts, Clifford Evans...».

«Nonostante ciò, è riuscito a impedire che si uccidesse solo per caso, signor X, lo ammetta! Ho insistito molto col prete affinché venisse con me, ma ha deciso di restare con lei!».

«Gli avevo raccontato una piccola bugia: gli avevo detto che ero cattolico. Ero sicuro che, se mi avesse visto agonizzante, sarebbe rimasto».

«Ah, ah!» disse Doyle, come se gli facessero il solletico. «Basta! Lei sa tutto!».

«Solo le cose importanti, signor Y. Per esempio, che la Coppelius invitava le possibili vittime dietro sua indicazione, le sceglieva lei e, dopo, con qualche scusa e l'aiuto di Pettirosso, le portava nella stanza dietro le quinte per fare quel tipo di teatro».

«Per favore, non mi chiami più "signor Y". Quello è solo il mio nome di battaglia. Sono il dottor Henry Marvel junior, per servirla».

«Mi perdoni se le dico che non voglio conoscere Henry Marvel senior».

«Purtroppo, non potrebbe neanche se volesse, poiché è passato a miglior vita, e ora intendo proprio quella migliore *migliore*, non quella a cui è passato Doyle». Doyle si infilò l'altro guanto e fece la stessa operazione: mosse le dita davanti al suo volto guardandole molto intensamente, come per assicurarsi che si sarebbero comportate bene. «Ma ho un meraviglioso fratello che potrebbe conoscere...».

«Non provo alcun interesse per la famiglia Marvel, ma intuisco che finirò per conoscere suo fratello, prima o poi».

«Perché?» chiese Doyle intrigato.

«Perché sarà l'unico di voi che resterà vivo dopo oggi».

«Divertente! Domani la partita continuerà e lei se la perderà».

«In realtà» rispose il signor X, «la partita domani finirà».

«Ah, non mi dica? Perché?».

«Troppe domande, dottor Marvel, è il mio turno: è venuta a lei l'idea geniale di fare del teatro con una partita di scacchi umani a *distanza*?».

«Sono felice che le piaccia. Vede, le partite di scacchi o di dama con esseri umani in trance sono troppo comuni e costose. Le organizziamo da diversi anni. C'è un pubblico internazionale e selezionato che paga per assistere. E pagano molto, come può immaginare. Ma, di certo, non sono propriamente economiche, nonostante la spesa per gli abiti dei pezzi sia nulla, perdoni la battuta: un palco enorme su cui devono entrare ventiquattro giovinetti di ambo i sessi e un pubblico molto nutrito, venuto dai confini remoti del mondo... Io suggerii che tutto questo sarebbe potuto cambiare con una partita di scacchi per corrispondenza. Invece di limitarci a eliminare solo i pezzi mangiati, ogni mossa sarebbe stata un omicidio...».

«È un'ottima idea, certo» disse il signor X, «e la partita può essere seguita da qualsiasi luogo via telegrafo, o a livello locale tramite un giornale come "L'Occhio di Portsmouth", che era l'unico a fornire il dettaglio sul numero di ferite e le posizioni... senza dubbio corrotti da lei... inviare l'informazione sarebbe stato facile. È facile inventare un codice di gioco, va bene uno qualunque, mi permetta di dirle il mio...».

«La prego» lo incoraggiò Doyle.

«Una linea immaginaria, forse tracciata dal suo studio a Elm Grove, divide l'est dall'ovest, i lati in cui apparivano i cadaveri, rispettivamente bianchi e neri. Le classi sociali per i pezzi: i mendicanti, pedoni; preti cattolici, alfieri; signori dell'alta società, cavalli...».

«Le torri saranno impiegati della fortezza di Southsea» continuò Doyle, come recitando una litania. «E le regine... Oh, che peccato non averle ancora mosse...!».

«E le iniziali dei nomi indicano le colonne: Edwin Noggs, Elmer Hutchins, colonna E del re, C dell'alfiere regina... I tagli al ventre sono il numero di caselle».

«E la sgozzatura?». Era come se Doyle stesse interrogando un alunno brillante e volesse tendergli delle trappole.

«La firma. Non potevate rischiare che la vittima rimanesse viva né che qualcuno che non fosse un pezzo morisse per caso a coltellate... Dovevate lasciare un segno che indicasse che il morto apparteneva alla partita. Si uccidevano dopo aver sentito le campane della mezzanotte, come gli aveva ordinato, dopo aver camminato da un lato o un altro della spiaggia».

«Come ha fatto a scoprire tutto questo?».

«Grazie a lei».

Quella risposta non divertì Doyle neanche un po'.

«Grazie a me?».

«Naturalmente, caro dottor Marvel. Ricorda il suo racconto di ciò che vide Quentin Spencer...? Decise di arricchire la narrazione con risate "spettrali" e "ombre" per distrarre la mia attenzione, allo stesso modo in cui ordinò a Hutchins di strapparsi il suo intestino affinché il suo crimine fosse diverso, ma dopo ripeté quello che aveva visto il testimone senza modificarlo: aveva visto Hutchins che barcollava con "una bottiglia in mano". Capii subito due cose: questo dettaglio veniva veramente da Spencer, non era una sua invenzione, perché lei è un pessimo scrittore e un dettaglio così naturale non lo avrebbe mai pensato; e che questa era la chiave delle morti, perché non venne ritrovata nessuna bottiglia accanto al morto, questo lo verificarono le mie piccole spie, sebbene l'arma del delitto, come sempre, ci fosse. Per questo mi interessava sapere cosa bevesse Hutchins. Danny mi disse che non beveva, come già immaginavo, così mi chiesi: quale altra cosa brilla sotto la luce della luna in modo da far pensare a un testimone casuale che si tratti di vetro?».

«Ce ne sono diverse». Doyle, ora, era serio.

«Sì, ma qual è la più *probabile* se Hutchins era da solo quando venne commesso il crimine e il coltello è stato *ritrovato*? Quando capii che era proprio Hutchins ad aver avuto in mano il coltello, tutto iniziò a scorrere a meraviglia: apparivano vicino alle vittime perché loro stesse li lanciavano mentre morivano... in questo modo, lei allontanava anche il sospetto che lo avessero fatto essi stessi... anche se riconosco che questa soluzione mi sembrava incredibile, perché come può qualcuno fare certe cose a se stesso per ordine di un altro? Quindi mi ricordai che a Oxford mi dissero che il suo gruppo aveva dei poteri molto speciali correlati al teatro, e tutte le vittime erano coinvolte con il Carità. Per il resto si è trattato solo di mettere insieme i pezzi».

«Un po' azzardato, signor X». Questo fece ridere di nuovo Doyle.

«Eppure, lei ha commesso un altro errore, dottor Marvel, il giorno in cui mi comunicò la notizia dell'imprenditore che si era suicidato a Londra...».

«Quello non fu un errore. Le offrii una pista che lei non sfruttò. Mi piacciono le sfide».

«Certo, dottore, io cercavo solo mendicanti... Era il pezzo che mancava. L'avevo dimenticato. Ma quando lo trovai nei miei archivi mentali, feci venire Jimmy Piggot con "L'Occhio di Portsmouth" di quella settimana e la notizia mi balzò agli occhi: sir George Erpinghal, proprietario dei biscotti Merryweather, oriundo di Portsmouth e mecenate del teatro Carità. Si era suicidato nel suo ufficio di Londra col suo tagliacarte: due tagli al ventre e un terzo sul costato sinistro... Un signore dell'alta società a est di Portsmouth, tre ferite, l'ultima a sinistra... Cavallo bianco tre alfiere re».

«Lei è affascinante... Fu facile drogare Erpinghal dopo una cena con i nostri attori e portarlo in una camera di Londra per dargli istruzioni. Era una vittima credibile: i suoi affari erano in bancarotta ed era sul punto di vendere le sue figlie».

«Fu il cambiamento nel numero di ferite e di classe sociale a farmi pensare a una partita di scacchi» continuò il signor X, «un gioco che mi piace particolarmente e del quale serbo molte partite nella memoria... Ne ricordai una molto veloce: tra il giovane Morphy e il conte Isouard, vent'anni fa, difesa Philidor. L'orribile morte di Danny Waters, pedone bianco in regina, era la mossa seguente dopo Taylor...».

«Ha indovinato di nuovo: sì, era una mera riproduzione della partita di Morphy. Questa partita è solo una prova, per convincere i nostri clienti che una partita si può sviluppare anche così...».

«Ed era necessario sfruttare Robert Milgrew per sviare l'attenzione della polizia».

«Almeno per un po'. Una cosa sono tre mendicanti, un'altra preti, funzionari, dame... Dovevo trovare un "colpevole" e quello stupido ubriacone, il marinaio amante della nostra infermiera, cadde a fagiolo... Quel povero idiota geloso il giorno dopo mi cercò per aggredirmi nel mio studio... Fu facile "convincerlo" a impiccarsi. Io stesso scrissi la dichiarazione deformando la mia scrittura...».

Il signor X sospirò.

«La perdita del signor Milgrew è sopportabile, ma scegliere Danny Waters è stato un atto spietato, dottore. Per questo la ucciderò invece di consegnarla alla giustizia».

«Oh, grazie del chiarimento, ma non sono d'accordo: un bambino mendicante è ancora più insignificante di un vecchio marinaio, e deve riconoscere che gli ho risparmiato una vita di tormenti nelle arene. In più, ne avevo bisogno. Dovevo creare un certo terrore nella comunità affinché il mio capro espiatorio funzionasse meglio... Cosa c'era di meglio che annunciare due mosse contemporaneamente, di cui una con uno dei suoi... bambini?».

«Lei si merita un monumento alla codardia».

Questo fece riflettere l'uomo che io chiamavo Doyle.

«Tenendo presente che il coraggio di solito cade nell'oblio... Alla fine, riconosco che ha risolto il caso in modo ammirevole, mio caro pazzo...».

«Quando si esclude l'impossibile, quello che resta, per quanto improbabile possa apparire, deve essere la verità, dottore».

Doyle spalancò tanto gli occhi che pensai, con orrore, che li avrebbe sparati in aria come pallottole. Invece prese il suo taccuino.

«Mio Dio...! Mi permetta...».

«La annoti, dottore, farò in modo che il vero Doyle la erediti quando lei morirà».

Doyle sorrise esageratamente. Saranno stati i miei nervi, sebbene ricordi che, dopo aver riposto il taccuino, i suoi baffi e gli angoli della sua bocca si allargarono come quelli del gatto spettrale del racconto, e mostrò una dentatura molto più vasta del normale.

«Temo che, per quanto riguarda la morte, tocchi prima a lei...». Si avvicinò alla poltrona con le mani alzate.

«Le chiedo prima di soddisfare una piccola curiosità da parte mia, dottore».

«Lei? Con dei dubbi? Mi dica».

«Fate tutto questo solo per soldi? Siete già ricchi. Avete un potere spaventoso. Che altro cercate? A cos'altro si può aspirare?».

«La risposta è semplice, signor X, mi delude. Desideriamo il piacere».

«Già godete del piacere» disse il signor X.

«Esatto. Per questo ne vogliamo di più».

3

Poi un'altra prodigiosa trasformazione fece sì che il volto di Doyle restasse senza espressione, abbattuto, quasi annoiato. Aprì la bocca come un bambino stupido, vidi la saliva che brillava all'interno. Parlò con un'immensa, e terribile, lentezza.

«Il piacere... di sprofondare... in noi stessi e cercare in quel... fango, grazie al teatro...». Si riprese e tornò a sorridere. «Lei non cerca il piacere?».

«Sì, però mi piacciono cose diverse».

«Qui si sbaglia, mi scusi. Il piacere di tutti gli esseri umani è lo stesso, varia soltanto nel grado. I nostri pezzi degli scacchi si uccisero nel mezzo di un'estasi, lo sapeva? Persino Danny ebbe un orgasmo. Li invidi, non li compatisca. Questa partita mi aprirà le porte, signor X... Il vecchio professore si è già accorto di me... Posso assicurarle che presto sarò maestro delle cerimonie dei Dieci dell'Inghilterra del Sud...».

«Oh, congratulazioni. A proposito, chi è il vecchio professore?».

Doyle lo guardò con lo sguardo comicamente sconcertato.

«Lei è incredibile! Sapere chi è il signor M significa essere morto, signor X!».

«Tanto, secondo lei, passerò a breve a tale condizione. Posso saperlo».

«Oh, non pretenda di scalare l'Everest così in fretta...!».

«Non pretendo di farlo, per chi mi ha preso. Io sono al suo livello, devo solo camminare verso di lui. Mi dia tempo e le assicuro che finirò con l'arrivarci».

«Il tempo è proprio ciò che non le darò...». Doyle avanzò verso la poltrona.

Fu allora che si sentirono i colpi alla porta.

«Dottore? Dottor Doyle?».

4

Ho già detto che io stavo ascoltando tutto? Ho già detto che era tutto vero e non una continuazione dello strano sogno che avevo fatto quando pensavo che l'uomo della poltrona fosse agonizzante? Ho già detto che mi sentivo contemporaneamente sollevata per la resurrezione del signor X, confusa dalla macchia di sangue e il coltello e spaventata per le smorfie che faceva Doyle, che a quanto pareva non era Doyle e non si chiamava così?

Se non ho detto queste cose, o la risposta a una di queste domande non vi risulta chiara, ne sarei felice, perché significherebbe che ho realizzato il mio scopo di raccontare tutto così come l'ho vissuto; in quel momento ero totalmente confusa in merito a quanto stava accadendo! Mi muovevo in uno stato tra il sogno e la veglia, una linea come quella che separa il pubblico dal palco in un teatro. O, almeno, credevo di essere in quello stato quando sentii quei colpi alla porta e qualcuno che chiamava: "Dottore?". Perché riconobbi la voce di Mary Braddock, la capa delle infermiere.

E quella fu la voce che mi disse: Anne, io sono la realtà e sto bussando alla tua porta. Sta succedendo qualcosa di grave che forse ancora non riesci a comprendere completamente, ma credimi, è grave per te e per quelli che ti circondano. Devi reagire. Ma come? Chiedendo aiuto alla capa? Aiuto... per cosa?

Chi parlò, anche se a voce bassa, fu il signor X.

«Ecco, sono arrivati i rinforzi» disse in tono divertito dalla sua poltrona, di spalle alla porta e a me. «Come spiegherà la mia morte ora, dottor Marvel? O forse vuole disfarsi di tutte le infermiere di guardia di Clarendon House?».

«Non sarà necessario» disse Doyle. «Mi serve solo la signorina McCarey».

Sentii il gelo nell'immenso silenzio che seguì quella frase. Era come se l'uomo seduto sulla poltrona fosse sparito.

«Dottore?» ripeté la Braddock bussando ancora. «Dottor Doyle...?».

«Posso rispondere?» chiese Doyle, guardando verso la poltrona. «Grazie». E alzò la voce: «Mi scusi se non ho risposto, infermiera Braddock, sono occupato. Il signor X sta come prima, se ci saranno sviluppi, la informerò. Ora non interrompa».

«Oh, non volevo...» disse Mary Braddock dopo un po' di esitazione. «Chiedo scusa, è che non ho ancora visto arrivare il dottor Ponsonby e...».

«L'ho già avvisato. Verrà quanto prima». Mentre rispondeva, Doyle mi faceva dei gesti, come quelli che si fanno ai bambini: "Non dica niente, resti lì, non tocchi la porta, non provi a fare niente di niente".

Mary Braddock se ne andò e sentimmo i suoi passi. Per me era chiaro che Doyle stava mentendo e non era andato a chiamare Ponsonby. Buon per te, Annie, almeno una cosa ti è chiara. Ma a quel punto il silenzio fu interrotto dalla voce improvvisa del signor X, che riusciva appena a dissimulare l'angoscia:

«Signorina McCarey... Lei era... lì...? Le avevo detto di andarsene...!».

«Mi.... dispiace» bisbigliai e iniziai a tremare incontrollatamente.

«Bah, non drammatizziamo» disse Doyle. «Inoltre, pensi che ora è in vantaggio, signor X: stavo per ucciderla, ma farò una cosa migliore».

Con due falcate mi si avvicinò, mi offrì il braccio e mi accompagnò con galanteria fino alla poltrona. Mi mossi senza paura né convinzione, meccanicamente, come in un valzer. Indicava una volta me e una volta la poltrona, come per fare in modo che capissi qualcosa.

Tuttavia io non ero nel mio momento di maggior perspicacia, quindi scelse di dirlo.

«Se grida o prova a fare qualcosa, ammazzo lui. Se lui prova a fare qualcosa, ammazzo lei. Un equilibrio di forze. *Do ut des*. Oh, ma guardatelo...».

Mi girai verso la poltrona, dove finalmente riuscii a vedere il signor X.

Avrei preferito non averlo visto. Non tremava, non si muoveva, ma in qualche modo aveva subito un cambiamento. E non in meglio.

Ora sembrava quello che forse era sempre stato: un povero malato con la fronte ampia, gli occhi bicolore e il corpo di un bambino. La sua mano sinistra – quella ferita, ricordai – protetta dal braccino destro.

«Dottor Marvel» disse con voce neutra, «ascolti...».

«Oh, ora ha perso tutto il suo *aplomb*, signor X... Una piccola falla nel suo piano e *zac*... Non si può fare affidamento sulle donne. Ma non si preoccupi. Come può pensare che farei del male a una donna così amabile, buona e dolce come la signorina McCarey?».

E cinse il mio collo con entrambe le mani, e iniziò a strangolarmi.

5

Robert, pensai.

Per me tutto era iniziato con uno strangolamento. Finiva con un altro. Era giusto.

Smisi subito di respirare. Morii – quasi – subito. Volevo – sì – dire al signor X di non preoccuparsi – inutilmente – ma non potevo parlare, cercavo solo di respirare – inutilmente. Era – Robert – Doyle. Mi stava – strangolando – asfissiando. Aveva una forza immensa. Puro nerbo, muscoli, concentrazione, freddezza...

Ma, soprattutto, occhi.

Occhi.

Azzurri – nessuno arrossato. Occhi sopra dei baffi, sul volto di un uomo che io avevo creduto si chiamasse – Doyle – in un altro modo, molto più vuoti degli occhi azzurro e rosso che non mi guardavano quasi mai mentre lui mi parlava. Non erano nemmeno quelli di Robert, nei quali lampeggiava la furia: dalla sua espressione, il proprietario di questi occhi forse pensava di non star facendo nulla di più interessante che chiudere un rubinetto del gas. L'aria svaniva. L'aria è una cosa che mantiene la testa in alto, come un pallone, e la mia testa si sgonfiava...

Ma la voce del signor X mi soffocava più dei guanti di Doyle.

«Dottor Marvel, la supplico, sono certo che possiamo arrivare a un accordo...!».

La pressione si allentò e presi una boccata d'aria. Rimasi accecata da lacrime rossicce e luminose. Caddi a terra, ai piedi di quel falso Doyle.

«Quindi il gioco delle "domande per domande" è finito? Mi stava piacendo. Mi permetta di continuare ancora un momento...». La voce del falso Doyle mi giungeva dall'alto, più su della sua cintura, delle bretelle, del collo inamidato, dei baffi. Era la voce di Dio. «Vediamo, dov'ero rimasto... Ah, sì. È il mio turno. Questa notte mi ha minacciato più volte di ammazzarmi. So che lei è un nano testone e malato, però non è stupido. Che asso ha nella manica, caro nano...?».

Doyle mi sollevò con uno strattone. Il collare di pelle – dieci collari intrecciati – tornò a cingere il mio collo senza fare pressione. Io tossivo.

«Dottore...». Sentii da lontano la supplica del signor X, come la risposta di Doyle.

«Non mi costringa a farlo, davvero, signor Nano... Qual era la sua mossa segreta da scacchista? Ha chiamato la polizia? No: è troppo intelligente... Chi le crederebbe a Scotland Yard? Lei è ufficialmente pazzo... Quindi? Un amico? Mi risulta che ne abbia, dalla faccenda di Oxford... Sono un medico, signore, posso fare pressione sulla laringe della signorina e ucciderla all'istante, o asfissiarla lentamente...».

«La prego, dottore!».

«Dipende da lei».

«Ho degli appunti».

Il mio boia lo guardò.

«Degli appunti?».

«Un taccuino di appunti. Lì c'è tutto ciò che so sull'Assassino di Mendicanti. Nel caso mi dovesse succedere qualcosa, Jimmy Piggot ha ricevuto istruzioni di consegnarlo alla polizia».

«Non gli crederebbero, comunque. Ma voglio controllare. Dove lo tiene?».

«Sotto il vaso sul comò. E ora la lasci andare, per favore».

Dopo una pausa, il finto Doyle allontanò le mani dal mio collo.

«Conosco i suoi trucchi, signor X, non cerchi di ingannarmi. Mi perdoni il disturbo, signorina McCarey, può portarmi quel taccuino, per favore? Devo avvertirla che la porta è chiusa a chiave. Se corre in quella direzione o grida o fa qualcosa che non mi piace, la raggiungerò. Mi ha capito? Voglio sentire se mi ha capito. Ah, vedo che non può parlare. Be', per il mondo questa non è una grande perdita. Ora vada a prendere il taccuino».

«Signorina McCarey, andrà tutto bene...» disse l'omino dalla poltrona, mentre gli passavo accanto.

Tossii di nuovo, con una mano sul collo.

Avrei voluto dirgli: "Sono felice di essere restata. Volevo restare. È stato lei a cacciarmi, ricorda? Lei ad aver detto che dovevo andarmene il giorno seguente. Ma io non voglio andarmene. Non me ne andrei mai dal suo fianco. Perché ho visto il suo Palazzo di Cristallo. Ho sentito la musica del suo violino. Non me ne andrei mai dal suo fianco".

Volevo dirglielo, eppure con quella voce roca non avrei saputo come.

Ciò che sapevo, invece, era che a entrambi restavano pochi minuti di vita.

Barcollai verso il comò, accanto al letto e, passando, i miei occhi si posarono sul cappotto di Doyle, sul sangue...

«Per favore, signorina, il taccuino» disse Doyle. «Entro oggi».

Mentre mi parlava, mi stavo gettando sul letto.

«Oh, che stupida!» disse la voce alle mie spalle.

Qualcosa mi tirò, dai piedi, dal letto, dal pavimento. Iniziai un grido che fu interrotto da un forte colpo. La mia cuffia si inclinò in modo ridicolo. A volte, quando mi picchiava, Robert mi diceva che, se mi fossi comportata meglio, si sarebbe messo un guanto, quindi pensavo che così i colpi facessero meno male.

Falso. L'impatto col rovescio del guanto di Doyle mi lasciò sorda, stordita.

«... se... non... basta...» sentivo.

Due esseri mostruosi e familiari tornarono sul mio collo e lo circondarono ciascuno con cinque serpenti. Ripresi a sentire.

«... cattiva, signorina McCarey... Dovrò ucciderla, questa volta davvero...».

Quindi mossi la mano destra, nascosta dalla mia schiena.

La mano con cui, nonostante tutto, ero riuscita a prendere il piccolo coltello.

6

Io mi chiamavo Anne McCarey ed ero un'infermiera. Non avevo mai fatto davvero del male a nessuno, volutamente. Nemmeno a quelli che, come Robert Milgrew o il vecchio signor Grossborough, lo avevano fatto a me.

Ma qualcosa dentro di me era cambiato da quando avevo spinto Robert.

Per sempre.

Ciononostante, fui la prima a cedere quando capii cosa avevo fatto. Terrorizzata, tirai via velocemente quella specie di tagliacarte, e il mio angelo buono si congratulò con me, mentre il mio angelo cattivo mi prendeva in giro. Doyle si guardò quella semplice ferita sotto la giacca, all'altezza della milza, con lo sguardo da medico: sopravvivrò, decise. Quindi tornò a colpirmi e scalciò il coltello lontano dalla mia portata. Sanguinavamo. Forse lui di più, anche se gli piaceva. Il signor X diceva qualcosa, ma la sua voce non riusciva a imporsi su quella confusione.

«Ecco la signorina McCarey, la troia del marinaio!» disse Doyle e montò a cavalcioni su di me – che cosa indecente, *scandalosa* – e mi prese i capelli – spogliati della cuffia, che chissà dov'era andata a finire. Non era più l'incantatore di serpenti, il gatto acrobata, bensì una bestia, un cinghiale il cui volto – ora sì – somigliava a quello di Robert, perché arriva un momento in cui tutti gli uomini si somigliano tra loro, che sia per l'alcol, per la brutalità o entrambe le cose. Grugniva. «Ecco la nostra cara infermiera!». Mi rigirai sotto al suo peso, volevo morderlo, mi colpì di nuovo. «Le dirò cosa sta per succedere, signor X! Ucciderò questa qui e poi lei userà il coltello su di sé! Se dovrò aiutarla in tale compito, lo farò con piacere! La polizia dirà che la sua infermità l'ha spinta ad assassinare la signorina e poi a suicidarsi! In fin dei conti, lei è un pazzo... Il che... mi fa venire in mente una cosa... Il segreto. Eh, signorina McCarey...?». Mi tirava per i capelli. «Il segreto! Lei voleva saperlo! IL SEGRETO di questo nano...!».

«No, per favore dottore, questo no!». Era la lontana supplica del signor X.

Io avevo le orecchie come coperte di cotone insanguinato. Mi dissi: ormai non voglio saperlo più. Non mi importano i suoi segreti. Il volto del Non-Doyle era una maschera con i baffi a manubrio che mostrava un ventaglio decorato da un sorriso.

«Oh, sarà l'unico che questa puttana si porterà nella tomba! Vuole saperlo, vero, signorina Puttana?». Il volto sopra di me era sporco di sangue, ma in gran parte era mio. «IL SUO SEGRETO, EH? Non ci crederà!! Lui...!!».

Quindi persino io, che ero sorda, lo sentii.

Un rumore dalla finestra. Molto forte. *CLAC*. Un colpo sul vetro. Un oggetto, forse un sasso.

Il falso Doyle girò la testa nervosamente, mentre il signor X gridava:

«Mosca! Ragnatela! Chiamate la polizia!».

«Ha fatto venire quelle canaglie...?» disse il falso Doyle, incredulo. Mi lasciò e caddi. «*Ha chiamato quei mascalzoni?*».

Passò su di me come un respiro e si affacciò alla finestra chiusa. Il vetro era appannato per via del calore all'interno della stanza e del freddo di fuori. Il finto Doyle lo strofinò con un guanto, non sembrò soddisfatto e prese la maniglia, si accorse che era chiusa e si mise ad armeggiare. E, proprio mentre la maniglia stava cedendo – dal pavimento riuscii a vedere tutto – con la precisione di un giocatore di biliardo o di uno scacchista davanti a un pezzo, il bastone del signor X lo spinse sulla schiena.

Un movimento dolce ma preciso verso destra.

TAC, questa volta. Poi nulla.

L'unica cosa che sentii dopo furono le mani piccole e delicate del signor X che mi aiutavano ad alzarmi. Io continuavo a tossire, ma ormai ero abile nell'arte del respirare.

«Sta bene?».

«Non si preoccupi...» dissi con la voce roca. «Mi sto abituando... a essere strangolata... Lei ha del sangue sulla mano».

«E lei in faccia...» disse accarezzandomi il viso. «Ma quanto a sangue, il dottor Marvel ci batte...».

«Oh...!».

Lo esclamai quando mi voltai. Perché lì, in piedi, c'era il falso Doyle. Chiaramente in una situazione poco vantaggiosa per lui. Comunque, ancora si contorceva.

«Il Chiavistello Assassino ha fatto giustizia» disse allegramente il signor X. «Non lo tocchi. E non lo guardi neanche troppo, non è molto gradevole. Ma non voglio accorciare le sue sofferenze. Ci metterà ancora un po' a morire, dissanguato o soffocato dal sangue, vedremo. E voglio che senta ogni secondo che gli resta. Per i mendicanti. Per Danny. Persino per Robert Milgrew...». Il suo volto si incupì. «Ma soprattutto per lei».

Il perno del chiavistello era così affondato nella sua gola che spariva nella carne. Dalla piccola ferita scorreva del sangue, ma non era nulla in confronto a quello che gli usciva dalla bocca. In effetti, stava affogando. Lottava per liberarsi, tuttavia gli sforzi lo facevano dissanguare ancora di più e le forze gli venivano meno. Era come un grande insetto infilzato da uno spillo. Mi guardò con occhi imploranti, sempre più torbidi. Dalla finestra aperta si sentiva il mare ed entrava il vento. Il mio amato mare di Portsmouth. Il signor X si avvicinò.

«E quello che il dottor Henry Marvel si porterà nella tomba è questo. Ieri mi sono preso la libertà di dettare a Jimmy un biglietto per il direttore de "L'Occhio di Portsmouth", il signor Hammersmith, che senza dubbio accettò una tangente per menzionare sul suo giornale il numero e la posizione delle ferite di ogni vittima, e quella di domani doveva essere padre Philipotts a Gosport. In ogni caso, io gli ho scritto un'altra nota e lui la pubblicherà se non vuole che la sua testa cada per la sua implicazione, inconsapevole, quanto fatale, in tutto questo: la morte di un tale "signor Y", *sgozzato*, e basta. Essendo lei il re nero, questo significherà che è caduto. I neri si arrendono». Diede una pacca al quasi cadavere e tornò alla sua poltrona, accomodandosi come per godersi lo spettacolo. Provai pena per quell'uomo, chiunque egli fosse. Ad ogni modo, era sul punto di morire, anche se di sicuro Danny Waters aveva sofferto molto di più. E Robert. «Avverta le sue colleghe, signorina McCarey» mi disse il signor X. «La polizia non ci metterà molto ad arrivare».

Stavo per farlo quando mi ricordai una cosa. Dovetti sforzarmi per parlare, sebbene sapessi che avrei dovuto usare parecchio la voce, prima che quella notte finisse.

«Il rumore alla finestra... L'abbiamo sentito sia io che lui... I bambini...?».

Il signor X si aspettava questa domanda. Mosse la sua piccola mano in aria.

«Confido che Mosca e Ragnatela siano ancora al sicuro, e molto lontani da qui. Ad ogni modo, quando un uomo strangola una donna... diciamo che entrambi sono presi dalla faccenda. È facile che non si accorgano di certe cose...».

Mi guardai intorno.

Lo vidi in un angolo del pavimento, dov'era rimbalzato. Un oggetto piccolo.

Il re bianco.

«Scacco matto» disse il signor X.

CONFIDENZIALE

LETTERA PRIVATA

... e sono in grado di assicurarle che il piacere che prova il soggetto sotto l'effetto di tipi di teatro come quello della Domanda Senza Risposta lo costringerà a fare qualsiasi cosa, persino del male a se stesso o agli altri. Il piacere permette il controllo. Lo conceda a piccole dosi, come il laudano, e avrà il mondo ai suoi piedi [...] Riesce a crederci? Le chiavi si trovano nel teatro di Shakespeare [...] Mi piacerebbe conoscere la sua spiegazione...

Signor M (1880)

Una spiegazione

1

Sfilarono col volto del pubblico.

Il volto del pubblico è molto vario, come mille facce in una sola: il pubblico quasi sempre recita meglio dell'attore.

Questo lo so perché, come la maggior parte delle donne, in molte scene spiacevoli ho rivolto lo sguardo verso il pubblico.

Susie Trench e Mary Braddock avevano quelle facce quando entrarono nella stanza. Come se non volessero vedere e morissero dalla voglia di vedere. Soprattutto Susie era affascinata. Si avvicinò al – ormai cadavere – tipo alla finestra mentre io spiegavo. Comunque ciò che si dice in certi momenti non è importante. Allungò il suo piccolo collo come una tartaruga timida, i begli occhi azzurri sporgevano mentre qualcosa che non era un sorriso né spavento né dolore né tristezza né riso, e che pure aveva un po' di tutte queste cose, si affacciava sulle sue labbra alla vista del falso Doyle.

«Ah...» disse. E poi: «Oh... Ah!... Ih!... Eh... Ehm!».

Vocalizzando la sua fascinazione come una cantante durante una prova. Sul suo volto passarono il pudore, l'orrore, l'allegria esultante e fiera dello spettatore.

«È morto, vero?» disse.

«Sì» dissi.

La capa Braddock non muoveva un muscolo. Delegava del tutto tale responsabilità a Susie.

«Susie, va' al commissariato» disse infine, dando uno sguardo alla mano del signor X.

Mentre Susie Trench correva, Mary Braddock e io ci dedicammo a bendare la mano ferita del signor X. Il taglio era profondo, ma solo sul palmo. In base alle mie conoscenze, conclusi che avrebbe potuto recuperare del tutto e sarebbe rimasta, forse, solo una brutta cicatrice.

«Dici che non era Doyle?». Ricordo questa domanda della capa Braddock.

«No... *ehem*... era... un altro...».

«Dovrai spiegarmelo meglio, Annie. Dio, che faccia che hai...».

«Sì... *ehem*...». Io mi chiedevo se gli infusi di tè e miele fossero un buon rimedio per gli strangolamenti recenti.

Il signor X si lasciava maneggiare senza porvi troppo interesse, come se, dopo aver battuto il signor Y, avesse perso l'energia che lo animava. Era ancora in quello stato quando la stanza si riempì di poliziotti. Merton entrò a grandi falcate, all'erta, attratto come tutti dal cadavere in piedi inchiodato alla finestra, ed esigeva una spiegazione. Poiché il signor X non parlava, cercai di dargliela io, ma per me era tutto molto complicato, per non parlare delle condizioni della mia gola.

Quindi mi ricordai del taccuino. Mi diressi al vaso e lo sollevai.

Non c'era nulla.

«E questo che significa?» borbottò Merton.

«Non lo so» ammisi.

I segni delle dita del falso Doyle sul mio collo e sul mio viso erano molto visibili, e credo che quella medaglia al merito per la mia sopravvivenza fu l'unica cosa che impedì a Merton di arrestarmi di nuovo. I suoi baffi rabbiosi e setolosi, ispidi a livelli quasi ridicoli, si alzavano verso di me. Sul suo volto aveva un'espressione come se il suo unico obiettivo nella vita fosse di scoprire il gran colpevole e in quel momento avesse deciso che fossi io. Molto lontano da quel primo Merton compiaciuto di se stesso che avevamo conosciuto mesi prima, persino dal secondo Merton che mi aveva interrogato e umiliato il giorno precedente. Il nuovo era tutto di una collera rosso porpora, di quel tipo che fa sempre provare più pena per l'incollerito che per le sue presunte vittime.

Fortunatamente, quello fu il momento che Ponsonby scelse per fare la sua comparsa, accompagnato da Weedon, Jimmy Piggot, Hettie Walters – che offrì l'unica vocale che mancava a Susie, sua prerogativa: "Uuuuh!" – e persino la signora Murray, come un uccello del malaugurio. Ponsonby si mise in mezzo a tutti e gesticolò placando gli animi.

«Ispettore, signori, calma. Ho appena ricevuto un telegramma urgente dalla famiglia del signor X, di certo informata in anticipo da suddetto signore... Signori, il nostro paziente ha già fatto qualcosa di simile nella pensione precedente. È abitudine del signor X risolvere qualche mistero di quando in quando. Non è un gran problema permetterglielo. Ah... non dico che non lo sia affatto» aggiunse guardando il cadavere inchiodato alla finestra, «ma non molto... Le chiedo solo, ispettore, un po' di tempo, tranquillità, calma. Alla fine, ci sarà una spiegazione. Non dico una spiegazione per tutto, però...».

Merton affogava nella sua ira.

«Caro dottor Ponsonby... Le *chiedo* di presentarmi le credenziali che le danno il potere di decidere cosa possano fare o meno le forze dell'ordine in questa città...».

Era chiaramente sarcastico ma, incredibilmente, Ponsonby lo prese sul serio.

«Gliele presenterò subito, se sarà così gentile da accompagnarmi un istante».

Il Merton che tornò alcuni minuti dopo ci mostrò un'altra sfaccettatura della sua mutevole personalità. Non era del tutto sgradevole, ora: si trattava dell'impiegato esperto nel suo lavoro che, anche senza capire cosa stia succedendo, sa quando fare il suo dovere senza invadere i territori altrui. L'eterna scrollata di spalle del soldato e dell'impiegato: "Questo è ciò che mi hanno detto di fare".

Che razza di famiglia aveva il signor X?, mi chiesi. Una capace, come minimo, di dominare l'impeto di un ispettore di Scotland Yard in pochi minuti. Da quel momento, tutto si svolse con fredda disciplina. Fu allora che il piccolo gargoyle sulla poltrona parlò per la prima volta.

«In una fattoria a Crossing troverete il vero Doyle e io vi suggerisco di andare quanto prima, ispettore, perché per ora *crede* solo di essere morto, non facciamo che questa sua convinzione diventi miracolosamente realtà». Poi diresse lo sguardo verso Ponsonby. «Mi perdoni, dottore, possiamo andare nel suo ufficio con la signorina McCarey? Si ricordi che deve licenziarla».

2

Dopo aver preso il suo inseparabile bastone e avermi afferrato il braccio, il signor X seguì i passi del dottore lungo le scale, col mio aiuto. Gli sguardi interrogativi che gli lanciai lungo il tragitto furono inutili. Non mi diceva nulla. Per qualche motivo era ossessionato da quell'idea. Voleva perdermi di vista.

Ponsonby, già posizionato dietro alla scrivania e anch'egli insicuro riguardo a cosa volesse il suo ospite, gli lanciava occhiate nervose e fugaci, come richieste di soccorso che non ricevevano risposta. Infine, deglutì ostentatamente valutando la situazione con un sopracciglio inarcato in modo autorevole e l'altro abbattuto dall'insuccesso. Poi li fece crollare entrambi e mi guardò. Io ero confusa quanto lui.

«Ah... Credo che possiamo cambiare la decisione riguardante la signorina McCarey... Temo di averla giudicata in maniera avventata, ieri».

«Nonostante questo, insisto: deve licenziarla» disse l'omino.

Qualcosa nel suo tono dovette infastidire Ponsonby che iniziò a inviare frenetici messaggi stenografici tamburellando con le dita sul cranio.

«Non siamo frettolosi... eh... ieri abbiamo vissuto tutti dei momenti di tensione... e il buon nome di Clarendon House è, già lo sapete, molto... importante. Ma... la signorina McCarey ha dimostrato il suo... il suo valore... Non vorrei che per un malinteso...».

Il suo disagio mi spinse a reagire.

«Non si preoccupi per me, dottore...» iniziai, ma il signor X mi interruppe.

«Il malinteso è con me, dottor Ponsonby, lei l'ha licenziata e resta licenziata, quindi deve solo pagarle i giorni che le deve e aggiungere un extra per le gravi offese che le ha diretto ieri...».

«Non è necessario...» dissi, eppure il mio ospite continuò imperturbabile.

«... a cui vorrei che aggiungesse delle scuse, tanto scritte quanto verbali, per gli oltraggi, le calunnie e la mancanza assoluta di dignità e rispetto che ha avuto nei confronti della signorina, e che le ha rivolto con un tono che è stato sentito da tutto il personale di Clarendon; sebbene, ovviamente, se si aspetta che le dica chi me li ha ripetuti, perde tempo».

«Posso parlare, signor X?» mi intromisi, tesa, arrossata. «Non è necessario che il dottore si scusi di alcunché. Se qualcuno deve scusarsi di qualcosa quello è lei, che non riesce nemmeno a nascondere il suo desiderio che io me ne vada...». Mi si ruppe la voce. Poiché il signor X non rispondeva, mi rivolsi a Ponsonby: «Chiedo il permesso di ritirarmi, dottore, devo preparare la valigia».

«Non è necessario, signorina McCarey» disse il signor X. «Ce ne andremo tra qualche giorno. Non ancora».

"Ce ne andremo" aveva detto. Lo guardai... Lo guardammo, io e Ponsonby, confusi.

«Signor X...» mormorò, tremante, il medico.

«Non è colpa di Clarendon» disse il mio ospite, sollevando la mano bendata, «ma desidero cambiare aria e fare visita a un vecchio amico. Il mare non mi piace più, mi trasferirò in una clinica dell'entroterra entro una settimana. La mia famiglia ne è al corrente e lei riceverà il saldo dovuto in questi giorni».

«Signor X...» insistette Ponsonby. Si sforzava di scegliere le parole e reprimere le sue emozioni: «Se abbiamo sbagliato qualcosa qui a Clarendon...».

«Ripeto, dottore, sono io che ho voglia di cambiare. Tranne l'infermiera, perché, ovviamente, la signorina McCarey verrà con me. Ho deciso che sarà la mia infermiera personale a vita e, poiché lei l'aveva licenziata ieri, non avrà alcun problema a fare a meno dei suoi servizi. Ovviamente, darò sempre le migliori referenze su Clarendon, sempre che vengano soddisfatte tutte le mie condizioni».

«Grazie, grazie, signor X» sussurrò il dottor Ponsonby in tono reverenziale.

«Inutile dire che pagherò per il tempo in più che resterò qui prima di andarmene, e non le chiederò di concedere alla signorina McCarey più di quanto concordato poiché ho già deciso di includere nell'indennizzo la parte di stipendio che avrebbe guadagnato nei giorni che restano fino alla nostra partenza».

Ponsonby si inchinava.

«Lei è un modello di cortesia... La mia gratitudine...».

«La sua gratitudine inizia qui, ora, con delle scuse verbali alla signorina». Quella dichiarazione ci immobilizzò. Nel vedere lo sguardo nervoso e dolente negli occhi sporgenti del medico, mi sentii quasi indignata.

«Non è necessaria alcuna scusa» dissi.

«Insisto».

«E io insisto di no. Ma c'è qualcosa di necessario, invece» aggiunsi. «Lei non decide per me e per il mio futuro, signor X. "Infermiera personale a vita"? Congratulazioni. Lo ha deciso da solo? Non ha dimenticato il piccolo dettaglio di chiedermi se accetto o no?».

«Accetta o no?».

«Eh... sì, accetto».

«Grazie. E ora, dottore, le sue scuse».

Ponsonby ci guardava come pronto a offrirsi al martirio per una causa più alta. Mentre parlava, accarezzava il cranio come un Amleto invecchiato.

«Il... il signor X ha ragione, il mio comportamento di ieri con lei ha sorpassato ogni mio diritto, signorina McCarey. Da quanto raccontano le infermiere, sembrerebbe che lei ha persino aiutato a... ad arrestare il vero colpevole. Ah, non dico che la stia ringraziando solo io, tutta Portsmouth la ringrazierà in eterno, ma... anche io la sto ringraziando... Lei è una magnifica infermiera e io sono stato ottuso come capo e scortese come uomo. Non dico che non pensassi ciò che ho detto, quando l'ho detto, però... le chiedo di accettare le mie scuse più sincere, per tutto».

«Grazie, dottore» dissi. «Scuse accettate».

La vocina del signor X tornò a tintinnare.

«Perfetto, e avendo completato tutte le pratiche, sarebbe così gentile, dottore, da trasferirci in un'altra stanza, se è possibile? Trasferisca anche la mia poltrona, così lasceremo che la polizia finisca il suo lavoro in pace e l'ispettore Merton presto potrà andarsene a riposare».

3

Non so se Merton riuscì a riposare. Chi invece lo fece, più di quanto avessi mai visto fare a chiunque altro, fu il signor X. Passò i due giorni seguenti nella nuova stanza al secondo piano sdraiato nel letto, nello stato letargico in cui cadeva quando dormiva: a pancia in su, occhi chiusi, mani incrociate sul petto. A volte si spostava per mangiare qualcosa, appena qualche boccone. Era come se avesse compiuto uno sforzo immenso e il suo fragile corpo volesse essere ripagato col sonno.

Quanto a me, tutto ciò che mi succedeva, mi sembrava, come sempre, da quando conoscevo quell'omino, scintillante, inspiegabile, strano e orrendo. Alla fine, conclusi che al signor X non piaceva il teatro perché egli stesso era spettacolo e spettatore. "Infermiera personale a vita", ripetevo tra me e me. In qualche modo, mi piaceva.

Il terzo giorno ricevemmo una visita. La introdusse Jimmy Piggot. Si trattava di un uomo giovane, anche se un po' emaciato, aveva i baffi a manubrio e l'aria di aver patito molto e di essere ancora in via di recupero, come se tornasse da una guerra.

«Signor... X?» disse con tono serio, responsabile, affaticato. Nel sentire la sua voce, l'interessato si drizzò sul letto come una molla. «Sono il dottor Arthur Conan Doyle. Mi hanno raccontato quello che ha fatto. Sono venuto a ringraziarla».

Fu come una resurrezione: il signor X saltò dal letto e occupò la sua poltrona.

«Dottor Doyle, grazie di essere venuto». Fece delle rapide presentazioni. «La signorina McCarey, la mia infermiera personale, il dottor Doyle. Stavolta davvero» aggiunse.

Eravamo felici di conoscerci anche se, quando si instaurò la conversazione, che proseguì per ore, potei verificare che il vero Doyle, nonostante la sua somiglianza fisica con il falso, era molto più serio e distinto di lui, e neanche lontanamente altrettanto seducente. Forse perché non aveva alcun bisogno di sedurre. Non era venuto per essere creduto, bensì per credere. Sedeva molto inclinato verso il signor X e lo studiava con lo sguardo. Era un uomo rigoroso e stanco a cui avevano giocato un tiro mancino, e si mostrava comprensibilmente sospettoso.

«Amico mio» disse il signor X, «la sua odissea deve essere stata molto sgradevole».

«Le assicuro che ancora non la capisco del tutto» ammise Doyle.

Pensai: anche lui ha bisogno di una spiegazione.

«Sarebbe troppo chiederle come l'hanno recuperata?» disse il signor X.

«Sarà un piacere raccontarle tutto ciò che ricordo, signore» disse Doyle.

La sua storia era straordinaria. Due giorni prima, spiegò, Merton e i suoi collaboratori lo avevano trovato in una fattoria nel nord-est della città, a Crossing, fattoria che, per quanto ne sapeva Doyle, degli anziani del luogo avevano venduto tempo prima per emigrare. Il proprietario attuale era un certo Henry Levram. In quel momento non c'era, ma a esserci, e ad uscire in risposta alla chiamata della polizia, barcollante e tremante, fu Doyle. Era in maniche di camicia, e il suo volto richiedeva urgentemente una buona rasatura. Non ebbe problemi a riferire che si chiamava Arthur Conan Doyle, che era un medico e che era morto. Quello che faticò a credere fu che l'ispettore Merton e i poliziotti fossero vivi. Sebbene lui fosse tra coloro che consideravano possibile la comunicazione tra i due mondi, questa poteva avvenire solo durante sedute spiritiche e non in un capanno che puzzava di uova strapazzate, che Doyle aveva appena cucinato, e sterco di cavallo.

Un dettaglio commovente: quando la polizia gli chiese gentilmente di accompagnarli a Portsmouth, Doyle entrò di nuovo nella vecchia fattoria e ne uscì con gli stessi abiti e lo stesso aspetto di prima, ma con un fascio di fogli sotto al braccio dai quali non voleva separarsi, disse, "neanche morto". Erano i suoi scritti. In gran parte erano bozze di racconti su questo suo detective, Sherlock Holmes. Mentre lo riportavano a Portsmouth, gli vennero in mente altre cose. Non tardò a rivelare che l'ultima cosa che ricordava chiaramente, prima della fattoria, era che quel giovane di nome Levram era venuto nel suo studio per parlargli di un dolore alla testa. Doyle iniziò a prendere nota e improvvisamente accadde qualcosa. Si svegliò già morto, nella fattoria. Levram, che a volte gli faceva visita, gli disse che quello era l'aldilà. Doyle si guardò intorno e pensò che aveva visto posti peggiori. Chiese carta e penna. Ammise che, essendo morto, viveva come da sempre aveva voluto: scrivendo dalla mattina alla sera senza doversi preoccupare di guadagnarsi da vivere, perché non aveva più una vita da guadagnarsi. Fame, cibo e soddisfazione apparivano e scomparivano secondo un ciclo semplice e ripetitivo, e lo stesso succedeva con le sue altre poche necessità. Levram, inoltre, aveva la sua stessa passione ed era molto interessato al suo personaggio, Sherlock Holmes. Lo aiutava con consigli e migliorie. Si meravigliava che Doyle si fosse ispirato a uno dei suoi professori di medicina. Un giorno, Levram arrivò a dirgli: "Dovresti conoscere una persona che somiglia incredibilmente al nostro Holmes". Doyle era entusiasta e chiese di conoscerlo. Levram gli disse qualcosa del tipo: "È un malato mentale e non posso presentartelo perché è ancora vivo..." – e aggiunse, sorridendo – "ma presto te lo presenterò". Doyle non era sorpreso da nulla che dicesse il suo amico. Viveva in uno stato di piacere e pace assoluta, anche durante le lunghe assenze di questi. "Questo è il paradiso" confessò un giorno a Levram, ed entrambi piansero per l'emozione.

Non era neanche isolato da tutto. Levram gli faceva visita di quando in quando con una lettera o un telegramma di un parente di Doyle e gli diceva che, nella morte, i suoi cari continuavano a scrivergli. Gli chiedeva di rispondere senza menzionare il suo stato, solo poche parole brevi e rassicuranti, e lui accettava con entusiasmo, pensando di aver finalmente scoperto come comunicassero i vivi con i morti. Nessuno lo avrebbe mai immaginato. Per posta. La cosa più semplice del mondo.

Solo in poche occasioni venivano anche gli amici di Levram. Sconosciuti. Attori, pensava, dal modo in cui vestivano... o svestivano. Conservava nitida l'immagine di una ragazza giovanissima, di non più di dodici o tredici anni, bellissima, flessuosa che si dedicava a... be', ammetteva di non ricordarlo bene. "Soprattutto, a camminare senza vestiti", disse. Dopo quelle visite, Doyle si risvegliava come dopo un lungo sonno. L'impressione in generale era piacevole, come se avesse bevuto a una festa e il ricordo fosse divertente.

«Erano sessioni per rinnovare il teatro a cui l'avevano sottoposta» disse il signor X.

Doyle aggrottò la fronte.

«Il teatro? Si riferisce a...?».

«Una cosa simile al teatro mentale, ma più efficace. Produce una trance profonda dovuta al piacere. La vittima crede a ciò che le dicono o che le ordinano».

«Chi... chi era che lo faceva?».

«Difficile rispondere a questo» disse il signor X. «Gente potente. Sebbene il nostro caro ispettore Merton a quest'ora starà interrogando un certo signor Constantine, un altro certo Pettirosso e una certa signorina Abigail, temo che siano solo delle pedine e non otterrà nulla da loro».

«Ma perché?».

Il signor X riassunse la storia degli scacchi per corrispondenza e delle vittime. Nascosta tra l'incredulità e lo stupore di Doyle, percepii una grande attenzione: i suoi occhi scrutavano i più minimi gesti, le espressioni, l'immagine dell'uomo nella poltrona.

Quando il signor X ebbe finito, Doyle rifletté un poco.

«Un teatro che ipnotizza il pubblico... fino a questo *punto*?».

«Non mi faccia domande in merito, ignoro cosa sia e quale sia la sua origine...».

Il medico annuiva.

«Sono sicuro che facessero qualcosa per mantenermi in quello stato... perché mi ripresi del tutto quando la polizia mi riportò nel mio ambulatorio».

Quando il vero Doyle entrò nel suo ambulatorio di Elm Grove – che in quel momento veniva perquisito – già si era convinto di alcuni fatti dolorosi: che Levram lo aveva ingannato, che non aveva immaginazione per inventare nomi falsi – "Levram", "Marvel" – e che, invece, era bravo a fingere un'altra identità e aveva usato la sua negli ultimi mesi. Tuttavia, la cosa che gli provocò più dolore fu rendersi conto che era vivo. Ci disse che dapprima rifiutò l'idea, che trovava atroce tornare alle responsabilità, al dramma quotidiano, ai doveri degli esseri umani sulla terra. "Vivo?", gemette. Merton annuì sobriamente, come se condividesse lo stato d'animo.

«Sono sicuro che quelle canaglie avrebbero finito col liberarsi di me, quando non gli fossi più servito» disse Doyle.

«Sfortunatamente, la sua impressione è esatta, dottore» disse il signor X.

«Crede che io sia ancora in pericolo?».

«No, non penso. L'hanno usata per uno scopo e disfarsi di lei ora significherebbe correre un rischio inutile, perché per lei questo è un capitolo cancellato dalla sua vita e loro non vogliono attirare l'attenzione. Si pongono dei grandi traguardi e sacrificano quelli più piccoli, e in questo sono come me e come tutti i bravi giocatori di scacchi».

«E se scrivessi di loro? E se li smascherassi pubblicamente?».

Il signor X faceva no con la testa.

«Mi dispiace, dottor Doyle, dovrà scrivere di altre cose, non di questa».

«Perché?».

«Perché in questo modo vivrà più al sicuro, gliel'ho detto. Si tratta di un gruppo di persone che possiedono denaro e potere, due cose che di solito permettono di ottenerne qualunque altra, in questa vita. Scriva di cose fittizie e lasci a me il compito di smascherarli».

«Ma... qualcuno deve scrivere di questo!» protestò Doyle, nervoso. «Una dichiarazione, una... *spiegazione*! Lasciare almeno una testimonianza di...!».

«Ne scriverò io» mormorai. Entrambi gli uomini mi osservarono. «Un giorno. Quando il signor X mi darà il permesso. Penso di aver bisogno di farlo».

«Forse non è una cattiva idea» disse il signor X. «Quanto alla polizia, non si preoccupi. Ho già pronta la spiegazione per l'ispettore Merton».

Doyle rifletteva.

«Qualcuno apparentemente muore e "rivive" dopo... Niente male come trama per un racconto... La mia gratitudine nei suoi confronti è immensa. Non so come ringraziarla».

«Oh, io sì» replicò il signor X con tranquillità. «Infatti, devo confessarle che sono stato io a richiedere questo incontro. Ho bisogno di un favore. O meglio, di due».

«Se sono nelle mie facoltà...».

«Certo che lo sono: il falso Doyle ha preso molto seriamente la sua parte, e mi parlava del personaggio che ha inventato lei come se fosse il suo, ma mi piacerebbe che mi dicesse se rispondo alla *sua* visione del personaggio, dottore». E se ne restò così, compiaciuto nella sua poltrona, in attesa. «Sono Sherlock Holmes?».

La domanda mi stupì. Il vero Doyle – in modo molto diverso dalla reazione che avrebbe avuto il falso – si limitò a guardarlo in silenzio.

«Non saprei dirle... Credo, piuttosto, che sia il contrario».

«Può spiegarsi?».

Doyle aggrottò le sopracciglia.

«Lei non rappresenta l'idea che io avevo di Sherlock Holmes. Ma mentre Levram... o Marvel, mi raccontava cose su di lei, la mia idea di Sherlock Holmes iniziò a *trasformarsi*... Mi raccontava aneddoti, come quando le visitò l'occhio e lei gli disse che lui le aveva fatto "uno studio in rosso" e lei a lui "uno studio in nero"... Ridemmo di quel fatto. Mi affascinò. E mi parlò dei... dei bambini poveri che usava per trovare delle piste... E del suo violino... Certo, sarebbe interessante se Holmes suonasse il violino. Un violino vero, chiaro».

«Anche il mio lo è» disse il signor X. «Vero tanto quanto il suo personaggio».

«Oh, certo, intendo...».
«So cosa intende. Continui, per favore».
Doyle parlava senza guardarci, come se pensasse a voce alta.
«Non so... È stato tutto molto strano. Quell'uomo mi raccontava delle cose su di lei e io le immaginavo applicate a Sherlock Holmes e aggiungevo qualcosa di tasca mia. E ora, qui, davanti a lei, mi sento come se fossi davanti alla materia prima... Lei non è Sherlock Holmes, ma Sherlock Holmes *è lei*, non so se mi spiego...». E dopo una pausa, titubante: «Be', magari un po' più alto, forse...». Arrossì e rimase in silenzio.
Il signor X sorrideva placidamente. La sua espressione esprimeva autentica felicità.
«Non mi offende, dottore, ed è logico che sia così».
«Che sia più alto?».
«Sì. Nella sua immaginazione, Sherlock Holmes è cresciuto».
«Certo». Doyle sorrise. «Non ci avevo pensato, ma certo».
«Quanto al secondo favore...».
«Mi dica».
«Posso avere il suo permesso a usare il nome Sherlock Holmes in privato, soltanto con la signorina McCarey?».
Qualcosa rabbuiò il volto tranquillo e affaticato di Doyle.
«Be'... Questo... Io... È che non so... non so dirle...».
Io e Doyle rimanemmo sorpresi nel sentire la risatina delicata del signor X.
«Non si preoccupi, dottore, la sua reticenza è comprensibile». Poi, voltandosi verso di me, continuò: «Ha capito, signorina McCarey? Seppi con certezza assoluta che il falso Doyle stava mentendo quando mi diede il permesso di farlo. Nessun vero scrittore accetta che qualcuno giochi con il nome dei suoi personaggi».
Doyle si vide costretto a sorridere mentre gli tendeva la mano.
«Caro signor X, è stato un vero piacere conoscerla».
«Se mi permette, di solito non stringo mani, ma le auguro tutta la fortuna del mondo, anche se non le servirà:

lei è un uomo di talento. La sua vocazione di scrittore, per spiccare il volo, aveva bisogno solo di ciò di cui hanno bisogno tante altre persone che vogliono cambiare vita: di rinascere. Lei ci è riuscito».

I saluti furono cordiali. Tuttavia, quando accompagnai Doyle nell'atrio di Clarendon, mi accorsi che era a disagio.

«Non so se ho fatto male a non permettergli di usare il nome del mio...» confessò, preoccupato e imbarazzato. «È grazie a lui se io posso usarlo».

Lo tranquillizzai al riguardo. Era il nome del suo personaggio e aveva tutto il diritto di mostrare il suo disaccordo, gli dissi. Inoltre, il signor X l'aveva presa bene. Doyle non sembrò essersi convinto, ma si inchinò davanti a me con eleganza e lo vidi allontanarsi lentamente lungo il viale.

Quello stesso giorno, il signor X inviò a Merton, attraverso Jimmy Piggot, la tanto attesa spiegazione. Era un libricino con la copertina blu. Immagino la faccia di Merton quando lesse il titolo:

"LE CINQUANTA MIGLIORI PARTITE DI SCACCHI"

In una pagina con l'angolo piegato compariva uno schema di gioco.

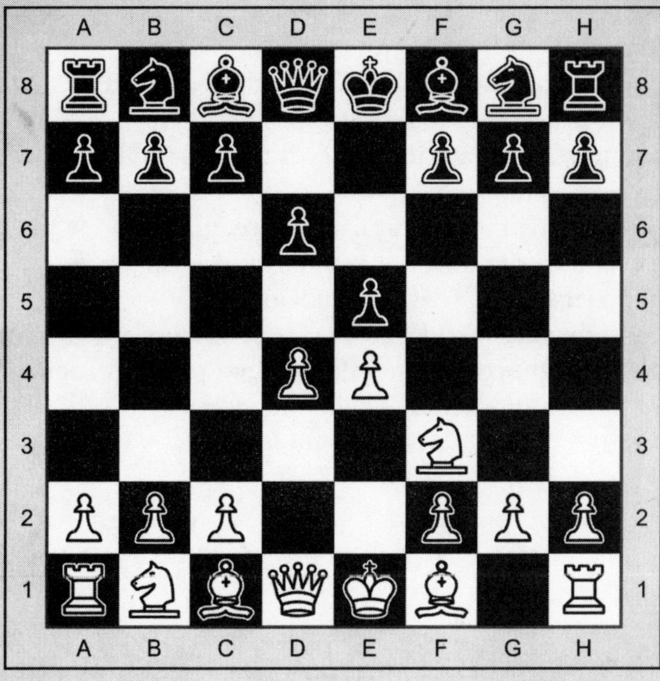

DIFESA PHILIDOR

(Muovono i neri)

4

Dopo aver consegnato quel pacco, Jimmy Piggot tornò e mi diede la posta del giorno. Poi andai in cucina, preparai un tè per il signor X e tornai nella sua stanza, porgendogli la tazza.

«Quindi quel taccuino di appunti... non esisteva...». Sorrisi. «L'ha fatto per me».

Il signor X bevette un sorso di tè e ricambiò il mio sorriso.

«In questa vita è necessario sapere quali sono le persone di cui ci importa, mia cara signorina McCarey...».

«Grazie, signor X» dissi, emozionata.

Continuavo a sorridergli mentre sollevavo la mano con la quale impugnavo il coltello che avevo preso in cucina e lo affondavo con precisione nelle sue viscere.

Giù il sipario

"Quella strana barriera tra l'opera e la realtà,
la palpebra che infine si serra sull'illusione,
come se tutto il teatro fosse un grande occhio
che ci ha osservati da quando ci siamo introdotti
nella sua pupilla come un maestro ipnotizzatore...".
(J.H. Milestone, *Riflessioni sull'arte teatrale*, 1865)

Il ciclista è appariscente, ma un osservatore attento forse potrebbe pensare che voglia attirare l'attenzione su certi dettagli per nasconderne altri. Una cosa come un trucco di magia su ruote. Non ci sono, comunque, osservatori nelle vicinanze, acuti o meno. Il ciclista pedala su un immenso biciclo per le distese alberate del Surrey. I lunghi lembi di un cappotto di pelle, forse molto più caro della carissima bicicletta, svolazzano con movimenti meccanici sull'enorme ruota anteriore, e formano una specie di coda agitata dal vento sulla piccola ruota posteriore. Il cappotto è tagliato in modo da lasciare spazio al movimento delle gambe, ma le nasconde del tutto. Risulta talmente vistoso e assurdo che il nostro ipotetico osservatore si concentrerebbe più sui lembi svolazzanti che sulla vita sottile o sulla forma curiosa che il vestito prende sul torso. Alzando lo sguardo, troveremmo meno cose curiose: sciarpa grigia, occhiali con le lenti colorate, cappello con il paraorecchie, qualche capello nero danza al ritmo della velocità. L'insieme parla di innovazione, ingranaggi, gloria umana di fine secolo. I giri della ruota grande abbozzano un sogno di Leonardo da Vinci a ogni volteggio.

Alcuni ostacoli rendono difficile seguire il nostro sportivo veloce e operoso: querce alte e antiche, un sentiero serpeggiante, i muri dell'immensa proprietà privata. Un cancello si apre e si chiude come in un carcere di campagna. Un viale di granito, un'arcata custodita dalle guardie. Infine, il nostro ciclista raggiunge un cortile interno che potrebbe tranquillamente accogliere un piccolo paesino.

Ma altolà, perché se lo abbiamo seguito fino a questo punto, ci accorgeremo che non ci sono più strade da percorrere. Senza dubbio, è arrivato alla sua destinazione. E mentre lo pensiamo, i raggi della ruota si fanno più nitidi, si differenziano tra loro, riusciamo a isolarli, a dare un nome a ciascuno, diventano ripetitivi, si fermano. Vederlo scendere non è spettacolare semplicemente perché lo fa con grazia da ballerino, e scivola dalla ruota liscio come l'olio. Uno stivale a terra, poi l'altro. Si avvicinano dei domestici con la livrea, alteri, dall'estremo opposto del cortile mentre il ciclista appoggia il velocipede alla parete e alza una mano inguantata che tiene un rettangolo di carta. I domestici lo scortano all'interno, percorrono tanti corridoi che non sembra altro che il viaggio ora sia più lungo di quello fatto in bici, passi di sei scarpe, porte doppie doppiamente aperte affinché il ciclista entri da solo in un nuovo salone dove ad attenderlo c'è un uomo davanti al quale il ciclista si ferma, si immobilizza. Alza la mano che non tiene il foglio al collo, slaccia un bottone e il cappotto intero cade ai suoi piedi pesantemente, e con esso anche cappello, occhiali, sciarpa e stivali.

Ormai completamente nuda, la donna consegna la lettera.

L'uomo estrae il foglio dalla busta e la legge.

«Interessante».

«Mh?» dice un altro uomo in lontananza, nello stesso salone.

«Molto interessante».

«Mh?».

Entrambi gli uomini lasciano il salone da un'altra porta. Indietro resta, immobile, la donna. Ai suoi piedi tutti i suoi abiti, come un mare oscuro dal quale nasce un'Afrodite dai capelli corti. Le luci del salone si spengono.

«Il gioco di Portsmouth, rivelato» dice il primo uomo.

«Y?».

«Anche "Y"».

«Oh».

«Sì».

«Interessante».

«Certamente».

I due uomini camminano nel nuovo salone. Passi attutiti dalla moquette. Delle statue fiancheggiano il passaggio. Ce ne sono a decine nel grande salone buio.

«Chi è stato?» dice l'uomo che non ha la lettera.

«Legga».

I ruoli si invertono e ora è il secondo uomo ad avere il foglio.

«Dovremmo avvisare il signor M, no?» dice quello con la lettera dopo averla letta.

«Oh, il vecchio professore è già stato avvisato». L'altro uomo si ferma e accarezza distrattamente la colonna vertebrale e il didietro di una statua bellissima. La statua sbatte le palpebre. «E, ovviamente, ha preso delle misure».

Epilogo

Mi chiamo Anne McCarey e sono un'infermiera.

Anche se ora lo specchio mi restituisce un volto nuovo. O i miei occhi lo vedono diversamente, sprovvisto di bellezza, ma anche di frustrazione. Il mio volto, fatto per me, come la mia vita, elaborato con la materia della mia realtà. Sento questo cambiamento, questa trasformazione interna, come se la mia pelle si vestisse di luce, e le sue conseguenze mi risultano piacevoli. Nessun vero cambiamento è in lotta con i nostri desideri: cambiare del tutto significa essere felici. I cambiamenti tristi sono solo modi diversi di continuare come prima.

«Mi chiamo Anne McCarey e sono un'infermiera» dico.

Lo dico solo per informare, sebbene nel mio tono si celi una leggera sfida. L'infermiera del Royal Portsmouth Hospital è un pasticcino con la panna ambulante. Le loro uniformi sono le più meravigliose che qualsiasi infermiera potrebbe desiderare. Ci scambiamo sorrisi di intesa tra colleghe e mi guida attraverso sale bellissime, padiglioni femminili pieni di fiori freschi profumati, corridoi incantati da un lontano odore di etere, mobili lucidati, pavimenti splendenti, tutti i trucchi con cui mascheriamo il dolore. Passando sorrido a ogni paziente, per deformazione professionale, immagino, e alcuni, poco abituati al fatto che i visitatori siano educati quanto le dipendenti, non mi restituiscono il gesto e sembrano persino offesi.

«Mi chiamo Anne McCarey, sono un'infermiera».

Lo dico solo come informazione ai poliziotti in uniforme che controllano la porta. Si aprono come tende ed entro in un paradiso di luce. La stanza, in effetti, è così pulita che luccica.

E lì, al centro, la gemma sacra del palazzo.

La sua magrezza inerme non nasconde il potere del suo splendore incastonato nel letto, un astuccio troppo grande per il piccolo gioiello. Ha gli occhi aperti, uno rubino e l'altro acquamarina, ma so che sta dormendo. Ho imparato a distinguere i simboli nelle righe sulla sua fronte di madreperla, un alfabeto di geroglifici che parlano solo a me. Ora ci sono solo delle lievi increspature, e questo significa che è perso in corridoi infiniti, in una delle stanze del palazzo destinato al riposo e alla felicità.

«È arrivata la signorina McCarey, signore» cinguetta l'infermiera come un'allodola.

«Lo lasci stare» dico. «Sta dormendo».

«Ha gli occhi aperti».

«Sta dormendo».

Prendo una sedia e mi siedo accanto alla testiera. Il bambolotto di porcellana non si muove, circondato dal candore.

«Grazie mille, resterò un po'». L'infermiera pasticcino alla panna mi restituisce il sorriso ed esce dalla stanza. È una stanza arredata appositamente per il suo ospite. Niente alle pareti, niente sul pavimento. Una finestra, un comodino, due sedie accanto al letto. È questa la ragione per cui è tanto felice, mi dico: chi già vive nel nulla, non lo teme.

C'è qualcosa di nuovo sul comodino, tuttavia. Un libricino.

La sua presenza è strana come se lo avessi trovato sul fondo del mare. Incuriosita, mi piego per prenderlo.

È di *quell'autore*. Quello di cui non riuscivo mai a ricordarmi.

Quindi percepisco un cambiamento.

Continua ad avere gli occhi aperti, non si è mosso, ma so che ormai è tornato dal suo palazzo e si affaccia al balcone della realtà, che ha la forma esatta del suo sorriso.

«Signorina McCarey, oggi è venuta presto».

«Buongiorno, signor X. Ieri ho parlato con i dottori, finalmente».

«E?».

Esito.

«Mi hanno detto che si riprenderà... Per fortuna, non è stato colpito nessun organo vitale».

«Oh, questo era sicuro. E lei?» aggiunge. «Si riprenderà?».

È una domanda a cui non è facile rispondere.

Dopo la prima coltellata estrassi il pugnale che si trascinò dietro una ghirlanda di sangue.

Sono un'infermiera e conosco i punti in cui posso fare più danni.

Vidi il signor X crollare seguendo la direzione del brusco strattone del coltello che veniva strappato dal suo corpo. Lui e la tazza di tè che aveva in mano caddero l'uno accanto all'altro, nella stessa pozza, come se si fossero frantumati entrambi. Quanto piacere provai allora! Vidi le sue gambette piegate, la sua testa col volto tra le mani. Così, da dove lo guardavo io, sembrava un feto avvolto in una vestaglia. Un aborto maturo appena rimosso, il cordone di sangue che lo univa alla vita è già stato tagliato.

Mi piegai per non sbagliare la mia pugnalata successiva, che doveva essere l'ultima.

Il mio piacere era illimitato. Era un piacere-mare: aperto a qualsiasi orizzonte, creatore di percorsi infiniti. Un piacere superiore al mio corpo, *dentro* al mio corpo.

La schiena non era un buon punto. Quello che dovevo fare era tagliare la carotide. Esanime com'era, non mi risultava difficile. Dovevo solo sollevargli il mento con l'altra mano e rivelare la culla dei suoi battiti nel collo. Lì, verso quell'ultimo cordone blu, puntai il mio coltello da levatrice e alzai la mano per impedirgli di nascere.

Quindi vidi che le sue labbra si aprivano.

«Signorina... McCar... Anne».

Mi parlava.

Era incredibile che ci riuscisse. Il coltello gli si era conficcato nel ventre. Le sue viscere, che sul momento si erano ritirate, dovevano star cercando una via d'uscita. E insieme a loro sarebbe uscita la vita, prima o poi. Il dolore doveva essere atroce, lo sapevo fin troppo bene: mi chiamavo... Be', questo non lo sapevo in quel momento, ma ero un'infermiera. Sapevo che era un dolore che, per fortuna, pochi esseri umani provano, e che di solito si sente una volta sola.

Nonostante tutto, parlava.

«Anne...».

Io avevo ancora in mano, nella stessa posizione e alla stessa altezza, la sua gocciolante sentenza di morte.

«Anne, le hanno fatto... questo... Non è lei...».

Le mie labbra si incurvarono. Immagino che, viste dalla giusta posizione, invertita, formassero un sorriso. Da un'altra angolazione, una smorfia di tristezza. Dipendeva tutto dall'occhio di chi guardava, come la bellezza.

«Anne...».

Ogni volta che diceva il mio nome sputava una schiuma rossa. Il mio nome era il suo sangue. Moriva un po' di più ogni volta che mi nominava, ma continuava a farlo. Testone.

«Anne... Anne... Lei è... superiore a...».

Il mio coltello pendeva. Non indeciso: immobile. Non titubante: in agguato. Teso.

«Hanno fatto... teatro... Ma lei è superiore a... Vuole resistere...».

I battiti dal suo collo mi inviavano un messaggio sempre più lento. Sotto al suo corpicino si estendeva una laguna di dolore rosso. Le mie pupille riflettevano quella pozza sdoppiata. Due pozze rosse e rotonde.

«Vuole resistere... Si chiama Anne... La mia... bella e co... coraggiosa Anne...».

Fu allora che mi accorsi della presenza di un oggetto accanto a me. Mi nascondeva parzialmente la luce della finestra della stanza. Era un coltello insanguinato. Pensai che fluttuasse in aria, ma lo sosteneva un braccio con la manica di un'uniforme da infermiera di Clarendon House. Restai a contemplare meravigliata quell'arto estraneo mentre la voce esalava parole agonizzanti sul pavimento.

Ero stupefatta. Il braccio continuava fino alla mia spalla, rigido e dolorante, contratto. La mia spalla e il mio corpo, e in alto la mia testa, e dentro di essa io, che mi facevo strada...

«... Non permetta che nessuno mai... la inganni di nuovo...».

Iniziai a tremare. Ma solo per via del mio scontro interiore. Volevo rompermi, allungarmi, spaccarmi per poter affiorare.

Ai miei piedi, la piccola figura si disfaceva nel sangue.

Mi chiamavo Anne McCarey ed ero un'infermiera.

Il coltello non mi apparteneva. Lo scagliai lontano. Anche le lacrime, ardenti, vennero espulse. Il dolore germogliò, la coscienza di quello che ero stata sul punto di fare. Tutti i piaceri si persero e si infransero e la mia vista si annebbiò con dei cristalli liquidi. Mi restava solo lui, accoccolato sul pavimento, come un bambino appena nato in attesa di un abbraccio. E mi lanciai verso di lui. Susie e Jane, allertate dalle mie grida, mi trovarono così.

Lo faccio ancora ora. Mi piego, piango e sento le sue mani sulle mie.

«Mia cara Anne, non si dia altre colpe» dice con la delicatezza di sempre, ma con molte più pause, il bicchiere della sua vita ed energia è ancora pieno a metà. «Non era lei... È stato il teatro da camera a cui l'hanno portata... a cui l'ha portata il signor Y... Questo è quanto hanno capito la polizia e la mia famiglia...».

«Ma come...? Le stavo servendo un tè dopo che Doyle... e... allora...».

«Dopo che ha salutato Doyle l'altro giorno... cos'ha fatto?».

Avevo cercato di ricordarlo molte volte. Poco a poco, come se la mia memoria fosse stata dragata fino a lasciare in vista i fossili dei dettagli, i fatti esatti vengono infine alla luce.

«Aspetti, sì... Jimmy mi ha detto che c'era della posta. Una lettera per me. Ho pensato che fosse di mio fratello...».

Il signor X annuisce.

«Ma non lo era, vero?».

«No».

«Cosa c'era dentro?».

Ci metto un po' a rispondere perché quel ricordo preciso continua a farmi tremare – di piacere – di orrore.

«Due grandi cerchi neri disegnati a matita. Uno accanto all'altro».

Il mio "orso" coi bottoni neri, penso.

«Era la forma che avevano scelto per attivare dentro di lei le istruzioni che aveva ricevuto» mi spiega. «Da quando ha visto quel disegno non è più stata se stessa... Ha preso un coltello da cucina, mi ha preparato un tè ed è salita trasformata in qualcos'altro... in uno strumento che volevano usare. Ma lei ha dimostrato che nessuno può più usarla».

«Ma io... volevo ucciderla...» mormorai. Era un dolore – piacere – ancora atroce.

«Non lei, loro. Lei è stata solo usata. Hanno inviato quella lettera quando hanno saputo che il signor Y era stato eliminato... Hanno azionato la loro ultima risorsa. È stato molto crudele usarla, ma le giuro che la pagheranno molto cara, signorina McCarey... Nessun coltello, neanche fatto di diamanti, gli costerà più caro di averla usata, le do la mia parola».

Ci credo. Ma allo stesso tempo, una cosa mi risulta evidente.

«Lei se lo aspettava...» dico, asciugandomi le lacrime. «Lei *aspettava* che succedesse... lo sapeva da quando il signor Y mi ha portata al teatro... e mi ha lasciata andare, non mi ha avvertita...». Il silenzio del signor X è la conferma che non mi serve. «Perché?».

«Perché lei ne aveva bisogno».

«Cosa?».

«Signorina McCarey, ricorda quando il falso Doyle parlò per la prima volta della compagnia Coppelius e suggerì persino che lei lo accompagnasse?».

«Sì».

«Perché l'ha fatto? Non ci ha pensato? Perché attirarla verso la compagnia dove c'erano i responsabili dei crimini? Voleva che si accorgesse di quella porta...».

Fa una smorfia di dolore e resta in silenzio. Annuisco.

«Sì, ora capisco».

«Dovevano usarla... se tutto fosse andato male. E ha ragione: io lo sapevo, ma li ho lasciati fare... Lei aveva bisogno di passare per quest'ultima scena e uscire infine... alla luce. Più forte».

«Non lo so».

«Cosa non sa?».

«Non so se ne sono uscita "più forte"... Io...».

«Il piacere» dice il signor X.

«Sì» mormoro. «È stato...».

«Immenso» terminò lui. «Per questo ne è uscita più forte, signorina McCarey. Siamo più potenti di qualsiasi teatro, qualsiasi illusione, ma lei aveva bisogno di verificarlo. Ora sa che niente può farci credere in ciò in cui non crediamo».

«Ma avrei potuto ucciderla...».

«Sapevo che non sarebbe successo. Lei è la bella e coraggiosa Anne. E lo ha dimostrato. Per sempre. Vuole collaborare con me, signorina McCarey? Per arrivare in fondo a tutto questo. Può essere molto rischioso, lo ha già visto...».

«Sono disposta» rispondo senza dubitarne. «Con lei, lo sono». Per sfuggire all'emozione, indico il libro sul comodino. «*Alice nel Paese delle Meraviglie*... L'ho letto. Lewis Carroll è il suo amico di Oxford? Per questo ha chiesto di essere trasferito nella stessa pensione di Oxford dove viveva prima di Portsmouth?».

«La storia di quel libro e del suo autore è strana» dice, evitando la mia domanda. «Gliela racconterò. E, in effetti, devo tornare subito a Oxford. È urgente». E noto la tipica inquietudine nella sua voce, l'ansia di affrontare una nuova sfida. «Ma ora dedichiamoci al sollazzo della buona letteratura. Mi leggerebbe un po' del libro? Vorrei ripassare alcuni dettagli di quella storia prima di partire...».

Pensierosa, osservo il volume.

«Non ho voglia di leggere, signor X. Ma... pensavo... perché non legge lei a me? Davvero... mi piacerebbe molto se lo facesse, per cambiare».

Gli porgo il libro. Non lo prende. Il suo sorriso si allarga come una luce.

«Mia cara signorina McCarey, come mente male... Gliel'hanno detto ieri i medici, vero?».

Lo guardo. Il labbro inferiore mi trema.

«Non mi importa più che lo sappia» dice il signor X. «All'inizio volevo che lei si fidasse di me, che credesse che ci sono altri modi di guardare, di vedere noi stessi e gli altri. Ora non mi importa più se conosce il mio piccolo segreto... Ponsonby e il dottor Marvel lo sapevano, ovviamente, ed erano semplicemente sbalorditi. Spero che neanche a lei dia fastidio saperlo...».

Mentre parla, muovo la mano davanti ai suoi occhi. Sono di colori diversi, ma uguali davanti al gesto. Sembra che nulla li turbi.

In effetti, me lo hanno detto i medici, e la cosa più incredibile è stata che non ne ero troppo sorpresa. Be', un po' sì.

Mi vengono in mente tutti i dettagli: la stanza sempre al buio, la difficoltà nel camminare sulla spiaggia, il fatto che “non aveva mai visto” i suoi genitori, la richiesta che qualcuno muovesse i pezzi sulla scacchiera e che io ne prendessi nota – così che Philipotts dicesse le sue mosse a voce alta – Jimmy che leggeva sempre per lui e scriveva tutte le sue lettere, il fatto che non si fosse accorto che non ero uscita dalla stanza... *Dettagli*.

Per quanto sembrasse incredibile al falso Doyle dopo averlo visitato – e forse aver creduto, erroneamente, che sarebbe stato inoffensivo. Per quanto sembrasse incredibile e strano a Ponsonby – che pretendeva che Doyle consegnasse il referto a lui per attenersi al divieto imposto dal suo ospite di rivelare il suo “segreto”. Per quanto risulti incredibile a chiunque lo abbia conosciuto davvero e sappia di cosa è capace...

Scoppiai quasi a ridere. L’unico uomo ad avermi detto che sono “bella”!

Ma non aveva mentito. Mi aveva *vista*.

Perché si può vedere senza occhi, uccidere senza assassini, suonare con strumenti immaginari.

«Leggerò un po’ per lei» dico, mentre le lacrime lavano il mio nuovo volto. Quello della bella e coraggiosa Anne.

«Grazie. Prima andrò al palazzo, per conservare tutto ciò che mi legge...».

Allunga le mani. Gli consegno il violino.

Il signor X suona una musica meravigliosa.

Nota finale

Il dottor Arthur Conan Doyle completò un manoscritto. Venne pubblicato anni dopo nel *Beeton's Christmas Annual*. Lo intitolò *Uno studio in rosso*. Una copia di quella prima edizione venne spedita a un indirizzo preciso, con una dedica scritta di proprio pugno dall'autore.

La dedica dice:

"Per il signor Sherlock Holmes".

Ringraziamenti

Per pensare un romanzo basta una sola persona, per pubblicarlo ne servono molte.

Di certo, nel mio caso, molte più di quelle che citerò qui, ma lasciatemi provare.

Grazie alla miglior agenzia letteraria del mondo, l'agenzia Carmen Balcells SA, e alla sua squadra di grandi professionisti, in particolare a Ramón Conesa, per i suoi costanti sforzi e operosità. Grazie alle mie editor, Ana Rosa Semprún e Miryam Galaz, e alla magnifica squadra dell'editorial Espasa, per aver avuto fiducia nelle potenzialità di questa opera. Grazie al mio amico, il dottor Diego Jiménez Morón, per la sua brillante lettura del manoscritto e gli utili consigli per migliorarlo. Grazie al mio amico Fernando Chacón, che ha trovato tempo da dove non ne aveva per leggerlo. Grazie a María José, mia moglie, per aver accettato di sentirmi leggere capitolo dopo capitolo in quella che si era trasformata in una sorta di saga radiofonica nelle serate estive, e per avermi restituito, come vendetta, le sue accurate critiche. Grazie ai miei figli, José e Lázaro, che apportano sempre i loro punti di vista particolari e aiutano a migliorare i miei.

Soprattutto, la mia eterna gratitudine va a mio padre, a cui questo libro è dedicato, che un giorno mi disse quella semplice parola che ci dicono quando ci consegnano un libro che poi entrerà a far parte dei nostri sogni e della nostra vita per sempre.

Il libro, in questo caso, erano le avventure complete di Sherlock Holmes, di Arthur Conan Doyle.

La parola era la stessa che avranno detto anche a voi qualche volta:

Leggilo.

Indice

alter ego

Finito di stampare nel mese di aprile 2021
presso Grafica Veneta S.p.A. – Trebaseleghe (PD)
per conto di Utterson s.r.l.